Gallmeister

LA GLORIEUSE VENGEANCE DE MAUDE HORTON

DU MÊME AUTEUR

La Fille du pêcheur de perles, 2022, totem n°297

Lizzie Pook

LA GLORIEUSE VENGEANCE DE MAUDE HORTON

Roman

Traduit de l'anglais
par Johanne Le Ray

Gallmeister

FICTION

Titre original: MAUDE HORTON'S GLORIOUS REVENGE

ISBN 978-2-35178-338-2
ISSN 1956-0982

Conception graphique : Aurélie Bert

Pour Bobby

Le meurtre est, à n'en pas douter, un délit des plus choquants ; néanmoins, puisqu'on ne peut défaire ce qui est fait, tirons-en de l'argent.

"LE SANG", *PUNCH,* 1842.

Ah, Franklin !
Pour te suivre, ce n'est pas la géographie qu'il nous faut,
Ou pas seulement, mais plutôt
Cette connaissance instrumentale que possèdent les os,
Leurs limites, leurs mesures.
L'œil crée l'horizon,
L'oreille invente le vent,
La main qui sort de la manche de la parka
En touchant exige que la chose touchée soit.

GWENDOLYN MACEWEN, *TERROR ET EREBUS*

LA FIN DE TOUTES CHOSES

Prison de Newgate, Londres
17 janvier 1851

COMMENÇONS par la fin, voulez-vous ? Sur une froide place londonienne. On s'apprête à y pendre un meurtrier et l'agitation a attiré les pigeons par centaines. Enveloppés dans des effluves de tourtes à la viande bon marché, les oiseaux grattent le sol autour des commerçants qui vantent la marchandise à la foule. Avançant par saccades leur col d'un gris-vert soyeux, ils gonflent le plastron à la manière d'influents personnages, esquivant bottes ferrées et bouteilles éparpillées tout en se disputant des miettes à coups de bec.

Dinnnnngggggg.

Les oiseaux s'élèvent d'un seul mouvement et, au son assourdissant de la cloche, ils se dispersent comme des éclats de verre.

Bien plus bas, à la Porte des Débiteurs, un prisonnier réticent est amené dans l'air glacial.

Une brume gélatineuse plane sur la Tamise. L'air est mouillé, et quand on respire on a l'impression de s'envelopper le corps d'un pardessus humide. Old Bailey grouille de monde, avec la puanteur de la sueur aigre d'environ vingt mille personnes. La moitié de Londres, dirait-on, est venue assister au spectacle, car il n'y a rien de tel qu'une pendaison pour faire sortir l'humanité de chez elle.

La foule émet un long braillement sourd et continu – des ivrognes beuglent vers le ciel, des prostituées, la tête rejetée en arrière, piaillent et gloussent de leurs voix haut perchées. De petits corps se déplacent dans la foule incognito, chapardant des pièces de monnaie et des bourses dans des poches sans méfiance.

Au-dessus de tous, sur l'échafaud, Calcraft prend ses marques, et tandis qu'il le fait, la populace se presse pour apercevoir le célèbre bourreau. Les corps gonflent et s'agitent. Dans la précipitation, une jeune femme tombe à genoux. Ses membres sont rapidement, silencieusement écrasés.

— Recevez votre dose de lamentations !

— L'horrible confession dans son intégralité, en version imprimée !

De jeunes garçons vêtus de pantalons usés jusqu'à la corde fourrent des affiches pliées dans des mains couvertes de bijoux.

— Vous n'avez jamais lu une telle histoire ! Personne ne mérite davantage qu'on lui torde le cou.

Des yeux avides et écarquillés s'imprègnent de détails sordides, des mains délicates agrippent des clavicules, et Calcraft prend son horrible capuche pour la passer sur la tête du meurtrier. Il l'attache avec une dextérité effrayante, de ses doigts tordus rompus à cette besogne. Il tend une main, saisie par une paume tremblante.

Adieu.

La foule explose et les pigeons jaillissent des toits comme des balles de cuivre. Six pieds au-dessous de la ville, les rats lèvent leurs têtes huileuses au son du vacarme.

Le condamné est mené vers l'échafaud, chevilles attachées, entravées par un nœud coulant de chanvre. Alors que la créature se traîne en trébuchant, le soleil arrive enfin, transperçant son propre linceul.

L'âme condamnée aperçoit sa lueur à travers le coton rugueux de la capuche.

Ses épaules tombent.

Sa respiration ralentit.

L'espace d'un instant de temps arrêté, elle est enveloppée de lumière.

La silhouette se penche en avant dans la chaleur de la lumière, les mains lentement tendues, jusqu'à ce que, impitoyablement, le levier soit tiré. La barre d'attelage tombe avec un fracas retentissant, et elle chute entre les mâchoires ouvertes du piège.

À quelques kilomètres de là, au sommet d'une colline tranquille surplombant la ville, une silhouette cachée sous le couvert des arbres observe l'enterrement d'un corps dans un modeste cercueil de bois. C'est un lieu exposé, quelques parcelles ont déjà été profanées, des ossements jaunes exhumés gisent, lugubres, parmi les pierres tombales. C'est un endroit sinistre. Mais cela avait été la seule possibilité, compte tenu des circonstances.

Il n'y a qu'un seul endeuillé, un homme mince aux yeux gris dont la peau a depuis longtemps perdu son élasticité.

L'air est plus pur sur cette colline, plus frais que dans ce lieu misérable en contrebas. Mais la puanteur de la ville finit par gagner lentement les narines.

Le cercueil est porté en terre sans la moindre fantaisie ni cérémonie, tandis qu'un rouge-gorge lance son trille depuis les branches d'un vieux chêne. Son chant est argenté, doux comme de l'huile de rose, mais il est désarticulé et emporté par la brise. L'homme mince s'éloigne à grands pas, et la lumière du soleil inonde le ciel. Un rugissement tout-puissant en provenance de la ville se fait entendre.

Il baisse la tête et referme son manteau.

C'est fait, se dit-il avec un petit hochement de tête. C'est fait.

LONDRES

I

Maude

octobre 1850

Bang bang bang.

Maude Horton frappe du poing sur l'acajou poli, et le son est avalé par le marbre austère et immaculé du couloir. Sa poitrine se soulève, la sueur poisse les cheveux sombres qui frisottent sur sa nuque. Elle se sent la peau moite, l'épiderme à nu dans cet environnement où elle est entourée d'imposants portraits d'hommes fiers en uniforme. L'hubris capturée par le pinceau, pense-t-elle. Elle colle l'oreille à la porte, et attend.

Silence.

Elle frappe à nouveau, sans considération pour sa propre impudence, pour les mauvaises manières, pour la sensation qu'il n'est pas convenable qu'une femme aille frapper du poing sur une porte comme celle-ci. Il n'y avait pas eu de réponse à ses demandes. C'était devenu la seule option.

On entend un bruissement, et un instant Maude imagine les personnages qui sont à l'intérieur tout vêtus de bleu brodé, penchés sur des planisphères poussiéreux et des cartes des vents, les cigares fichés sous leurs lourdes moustaches huilées.

BANG BANG BANG.

Juste au moment où elle entend se rapprocher les pas frénétiques de l'employé qui la poursuit, la porte s'entrebâille et un homme aux cheveux argentés et à la gorge gonflée comme celle d'un crapaud se penche en avant, occupant tout l'espace.

— Qu'est-ce qui justifie un tel tapage ?

Les médailles sur sa poitrine étincellent.

— Monsieur le commissaire. (L'agent de sécurité arrive hors d'haleine.) Elle s'est faufilée sous mon nez. J'ai essayé de l'arrêter. C'est juste que… je n'ai pas tout à fait réussi. Elle a dit qu'elle était l'une des nouvelles bonnes !

— Très bien, Mason. Remettez-vous. Ce n'est pas la prise de la Bastille, n'est-ce pas ? (Les yeux du commissaire passent négligemment en revue la mise simple de Maude.) Eh bien ? (Les vigoureux sourcils se soulèvent presque jusqu'à la racine des cheveux.) De quoi avez-vous besoin ?

Elle avance le papier revêtu du cachet officiel de l'amirauté en direction de la fente.

— Je m'appelle Maude Horton, dit-elle. Ma sœur s'appelait Constance Horton, et ce dont j'ai besoin, c'est de la vérité.

Pénétrer dans la salle du conseil de l'amirauté, c'est comme avoir un chiffon plaqué sur la bouche. Cela provoque un vertige, une suffocation. Maude s'avance, prenant soin de ne pas trébucher sur le tapis tout en regardant sir Hancock, le commissaire de l'amirauté, traverser la pièce et se tourner pour lui faire face, bras croisés sur la poitrine. Tout, entre ces murs lambrissés de chêne, est lesté de plomb : l'imposant plafond à caissons octogonaux, les outils des marins, si complexes qu'ils ressemblent à des pièces de musée. Des sculptures encadrent la cheminée ornée – ancres, sabres, sceptres et télescopes – tandis qu'au-dessus du foyer, une grande rose des vents de la taille d'un bouclier a été peinte avec en filigrane une carte des îles britanniques. Une mince flèche blanche pointe furieusement la direction du NORD-NORD-OUEST.

Maude jette un coup d'œil aux hautes fenêtres à meneaux, en manque d'air pur. Mais au lieu d'air, c'est une lame de lumière matinale aqueuse qui pénètre par la vitre, pour atterrir sur une longue table polie, à laquelle sont assis plusieurs messieurs aux cheveux blancs. Certains, emplis de curiosité, se tiennent très droits, tandis que d'autres sont vautrés comme des lémuriens sur le cuir capitonné, dans une posture nonchalante, comme si le fait qu'une femme débarque dans la salle de conseil de l'amirauté à Whitehall était aussi habituel que de voir une souris traverser le plancher.

— Madame Horton est venue à propos d'un incident qui a eu lieu sur le Makepeace. Le vaisseau de Despie engagé dans le Passage.

Les mots de Hancock atterrissent avec un bruit sourd. Un secrétaire blafard prend un stylo et commence à griffonner.

— Toutefois, je crains fort, madame Horton, qu'il n'y ait pas grand-chose à ajouter à ce que vous savez déjà. (Il jette un regard vague sur le sol devant elle.) Je suis persuadé que vous disposez déjà de tous les détails dans cette lettre, là (geste superficiel de la main), que vous a fait parvenir le secrétariat.

Elle retourne le morceau de papier. Cinq misérables lignes écrites en cursive.

Nous avons le regret de vous informer. Malencontreux incident. Cordialement.

— Les détails ? (Le son de sa voix est grêle et elle sent sa poitrine commencer à s'enflammer.) Avec tout le respect que je vous dois, il n'y a aucun détail dans cette lettre, monsieur le commissaire. C'est un écrit formel dénué de sens.

Hancock aspire l'intérieur de ses joues. Les lémuriens grommellent et se tortillent sur leurs sièges.

— Et qu'aimeriez-vous savoir exactement, madame Horton ?

Le ton est si mielleux que les mots semblent trempés dans le sucre.

Le greffier s'arrête, stylo en l'air. Des lanternes dorées scintillent et une douzaine de paires d'yeux la transpercent.

Elle inspire lentement.

— J'exige de connaître les circonstances de la mort de ma sœur sur le Makepeace. J'exige de savoir à quoi se rapporte exactement cette expression : malencontreux incident.

Elle tend le document en le tapotant du doigt, en espérant qu'ils ne s'aperçoivent pas avec quelle violence sa main tremble.

Elle l'avait offensée, cette expression, lorsqu'elle avait reçu la lettre quelques semaines plus tôt. Accablée par le chagrin et cherchant désespérément des réponses, elle avait ouvert le dossier en le déchirant et parcouru les quelques lignes qui se trouvaient à l'intérieur. Ses yeux s'étaient arrêtés sur cette expression lourde de sens – des mots qui pouvaient raconter bien des histoires différentes.

Hancock pousse un soupir.

— Cela peut signifier beaucoup de choses dans l'Arctique, madame Horton. Et, quoique je sois au regret de vous affliger, les accidents sont fréquents lors d'expéditions si ambitieuses. Vous pouvez aisément l'imaginer, j'en suis certain.

Elle voudrait arracher ce vil rictus narquois de son visage.

— Le Grand Nord est un endroit inhospitalier, poursuit-il, et dans de telles conditions, il arrive que les corps les plus faibles aient tout simplement…

Il a à nouveau un geste évasif de la main. Par plus faibles, elle sait qu'il veut dire féminins.

— … aient simplement des difficultés à s'adapter à l'environnement. C'est la raison pour laquelle nous n'autorisons pas les femmes à bord de nos navires, madame Horton.

Cela, et le fait qu'on ne peut pas faire confiance à des hommes livrés à eux-mêmes sur un navire.

— Et je ne devrais pas avoir à vous rappeler qu'en tout état de cause, votre sœur n'aurait jamais dû se trouver à bord du Makepeace. C'est par le mensonge qu'elle a gagné un poste d'amarrage, elle a bafoué les règles, elle a fait fi des protocoles, dans une absence de respect totale pour des centaines d'années de tradition et d'histoire maritimes. Ainsi, vous en conviendrez, j'en suis certain, l'amirauté peut difficilement être tenue pour responsable de ce qui lui est advenu durant cette expédition.

Il semble très assuré de ce dont elle conviendra ou ne conviendra pas.

— Quel genre d'accident s'est-il produit ?

Elle refuse de se laisser distraire par le ton pompeux, par les conceptions rétrogrades et bravaches de ces hommes des hautes mers.

— Si vous le permettez, monsieur le commissaire, je dois vous interroger à nouveau sur les détails, sur la manière dont les choses se sont produites.

Une douleur aiguë dans sa mâchoire trahit ses dents serrées.

Hancock s'esclaffe d'un air méprisant, secoue la tête, dans un mouvement qui se prolonge bien trop longtemps pour quelqu'un qui connaît la réponse à la question posée. Il émet quelques voyelles creuses avant de baisser les yeux vers la table. Un homme filiforme étudie, par-dessus son pince-nez, le contenu de son verre. Un autre évalue les panneaux du plafond avec le plus grand intérêt.

— Il n'est pas de mon ressort de…

— C'était ma sœur !

La voix de Maude fait résonner le cristal taillé de la pièce. Il y a un bref halètement collectif. Elle sent immédiatement qu'elle a fait une erreur.

— Madame Horton. (Les mots du commissaire se détachent avec netteté mais ses yeux se sont écarquillés de manière alarmante.) Je ne suis pas au fait des détails relatifs à tous les décès qui surviennent dans les mers lointaines. Comme vous pouvez le constater, ils sont nombreux et j'ai des problèmes plus urgents à traiter ici. L'un d'eux, et non des moindres, étant la gestion des opérations navales de l'ensemble du pays.

— Il s'est passé quelque chose là-bas.

Elle s'était promis qu'elle ne se laisserait pas gagner par l'hystérie. Elle doit essayer de retrouver son sang-froid.

— Il s'est passé quelque chose que vous ne me dites pas, que vous ne dites à *personne*, et je ne me laisserai pas désarçonner par un mot qui a été choisi pour soulager l'amirauté de toute responsabilité.

Hancock a un sourire sec.

Elle est allée trop loin.

— Madame Horton, je vais devoir insister pour que vous…

— Pourquoi le corps n'est-il pas ici ?

Hancock adresse au garde un geste indiquant que la rencontre est terminée.

— Pourquoi n'avons-nous pas pu organiser d'enterrement ? Qui a pratiqué l'autopsie ?

— Je pense que vous avez déjà fait perdre assez de temps à tout le monde. Bonne journée.

Les hommes autour de la table s'éclaircissent la gorge. M. Pince-nez gratte une allumette, allume son cigare, dont il tire une opulente bouffée.

Un relent âcre monte de l'estomac de Maude jusqu'à sa gorge tandis que le garde traverse la pièce. Non. Elle avait espéré que si elle venait ici en personne, s'ils étaient contraints de mettre un visage sur l'incident, d'intégrer un membre de la famille au "rapport officiel", ils seraient susceptibles de lui dire *quelque chose*.

— Je le découvrirai par mes propres moyens, menace-t-elle tandis que le garde la prend par l'épaule. Je découvrirai ce qui s'est passé, même s'il faut pour cela localiser l'équipage. Ou… le capitaine Despie. (Des mains puissantes la propulsent avec brutalité en direction de la porte.) Ou quiconque aura la courtoisie de me dire pourquoi et comment ma sœur est morte.

— Comme vous voudrez, madame Horton.

Hancock trouve un fauteuil, dans lequel il s'assied et s'installe profondément.

Des volutes bleues de fumée de cigare s'échappent de la pièce tandis que le garde ouvre la porte d'un coup sec. Il ne relâche pas son étreinte avant qu'ils n'aient descendu plusieurs escaliers en colimaçon, et qu'il ne l'ait déposée, en la rudoyant effrontément, à l'air libre dans la cour. Elle se retourne vers lui, mais il referme les doubles portes avec un bruit sourd et satisfait.

Les épaules de Maude se détendent et elle laisse sa tête basculer en arrière, yeux levés vers le ciel. Les nuages sont maussades, aussi piteux que son humeur, et elle lutte contre le sanglot qui menace de s'échapper de sa gorge.

Elle a besoin d'action, pas d'émotions. Elle a toujours été celle qui élabore les plans, qui trouve les solutions. Et pour ça, les larmes sont inutiles.

Elle redresse le dos, lisse sa jupe et traverse la cour, s'engage sur l'artère animée où circulent des fiacres et des hommes d'affaires qui déambulent. Un bruit de pas derrière elle l'arrête net.

— Madame Horton ! (Quelqu'un l'interpelle.) Madame Horton !

Elle se retourne, les yeux fermés, raidie dans l'attente de sa punition.

Rien ne vient.

Elle cligne des yeux. En face d'elle se tient le secrétaire, l'homme qui rédigeait les procès-verbaux pour Hancock. Il a la peau si pâle que ses veines ressemblent à des rivières sur une carte.

Il jette un coup d'œil derrière lui et fait prudemment un pas dans sa direction, lui indiquant d'un léger mouvement de tête qu'il souhaite qu'elle emprunte une rue latérale.

— Je n'en ferai rien. (Il n'est pas dans ses habitudes de s'aventurer dans des ruelles sombres avec des étrangers.) Que puis-je pour vous ?

— Madame Horton, vous êtes en sécurité, je vous le promets. (Il lui parle avec émotion, maintenant.) Je voulais m'assurer que nous ne sommes pas observés.

Sa curiosité l'emporte alors sur sa prudence, et elle quitte la rue à sa suite pour emprunter une ruelle tranquille grêlée de flaques d'eau de la nuit précédente. Les murs, constate-t-elle, sont couverts de lichen.

Il se penche en avant, jette un coup d'œil dans la rue, des deux côtés, avant de revenir.

Elle prend conscience de la proximité inconfortable du corps de cet individu ; de la fumée des cigares des messieurs qui imprègne encore ses manches de chemise. Elle recule d'un pas, à la vue du regard scrutateur et anxieux de ses yeux pâles. Elle devrait être nerveuse elle aussi, se dit-elle, mais ce phasme d'homme semble incapable de faire le moindre mal à quiconque.

— Madame Horton. (Il parle sur le côté de sa bouche comme s'ils étaient observés par des spécialistes de la lecture labiale.) Pardonnez l'inconvenance, mais j'ai en ma possession quelque chose qui, j'ai de bonnes raisons de le croire, va vraiment beaucoup vous intéresser.

Oh, mon Dieu. Peut-être ferait-elle mieux d'être nerveuse aussi, après tout.

— Cela concerne le Makepeace, balbutie-t-il de manière précipitée. Cela concerne ce qui est arrivé à votre sœur.

Quelque chose s'éclaire soudain en elle. Elle hoche la tête étourdiment, s'accrochant à la perspective de mettre un terme à la torture de l'ignorance. Puis, brusquement, elle se reprend.

— Qui êtes-vous ? demande-t-elle abruptement. Et pourquoi m'aideriez-vous ?

Question plus impérieuse encore, comment savoir si elle peut lui faire confiance ? Hancock pourrait très bien l'avoir envoyé là, pour qu'il lui donne quelque chose qui la mène sur une fausse piste, afin de l'empêcher de poser des questions une bonne fois pour toutes.

— Je suis Francis Heart, employé au secrétariat de l'amirauté. (Il attend une réponse, mais comme elle ne vient pas il reprend.) C'est moi qui écris tout. (Il redresse son col.) J'ai eu l'immense déplaisir de travailler pour le commissaire et ses officiers au cours des années qui viennent de s'écouler.

Maude scrute son visage pendant qu'il parle. Il semble avoir quelques années de plus que ses vingt-cinq ans à elle, mais il y a quelque chose de très vieux dans ses yeux. Un air traqué.

— Vous ne pouvez pas avoir la certitude que vous pouvez me faire confiance, bien sûr. Vous ne pouvez qu'espérer que j'agis de bonne foi, et je vous assure que c'est le cas. (Il éclate de rire.) C'est ce que je dirais si je n'étais pas honnête, je suppose. Mais je sens que vous cherchez désespérément des réponses, et je suis sûr que cela vous poussera à prendre ce risque.

Le fait qu'il pense la connaître l'agace, et qu'il ait vu juste l'agace encore plus. Il jette un regard autour d'eux, à nouveau. Des charrettes et des fiacres descendent la rue à quelques mètres seulement de l'endroit où ils se cachent.

— Alors, vous viendrez me retrouver. Là.

Il lui tend une carte. Sur cette carte, elle le voit d'un simple coup d'œil, le nom d'un établissement qu'elle ne connaît pas.

— Vendredi soir. Sept heures. Portez quelque chose d'oubliable. Ce genre de tenue ira à merveille, fait-il avec un geste vers sa robe de coton gris.

Il lui adresse un signe de la tête, sur le point de s'en aller.

— Un instant ! crie-t-elle. (Il se retourne tandis qu'un corbeau bat maladroitement des ailes au-dessus de sa tête.) À quoi dois-je m'attendre ? Si je viens, s'entend. Si je dois vous rejoindre quelque part, pouvez-vous au moins me dire ce que je vais trouver ?

Heart marque un temps d'arrêt, et un air résolu s'imprime sur ses traits.

— Un message de votre sœur, fait-il avant de se jeter dans la rue animée.

2

LORSQU'ELLE était petite fille, Maude avait découvert qu'elle avait un nez d'apothicaire. La pharmacie à l'arrière de laquelle elle et sa sœur dormaient débordait toujours de senteurs : les nuances boisées de l'huile essentielle d'anis, la morsure d'amande amère du benzaldéhyde. Le talent de Maude était particulièrement utile pour trier et pour cataloguer. D'un reniflement, elle était capable de séparer un pot de craie comestible d'un pot d'os de seiche moulu, de distinguer une gomme de myrrhe résineuse d'un baume visqueux de spermaceti, en attribuant à chacun d'eux la place qui lui revenait sur les étagères. Maude était une enfant prudente, qui s'orientait spontanément vers la sécurité et l'ordre. Si un liquide fuyait d'une bouteille dépourvue d'étiquette, elle était en mesure d'identifier rapidement la substance et de donner des conseils sur toutes les précautions à prendre pour que personne dans la pharmacie ne soit blessé.

Elle l'avait héritée de son grand-père, évidemment, cette compétence olfactive rare. Cela signifiait que peu de choses lui échappaient. Qu'elle était généralement capable de dire quand quelque chose, ou quelqu'un, prétendait se faire passer pour autre que ce qu'il était.

Or elle ne parvient toujours pas à se faire une idée au sujet de Francis Heart.

Un message de sa sœur. Qu'a-t-il bien pu vouloir dire ? Constance n'est pas en vie ; elle n'était pas à bord du Makepeace quand le vaisseau était rentré au port. Maude avait mis beaucoup de temps à accepter cette réalité. Et pourtant. Les voici, les petites vrilles d'espoir qui tentent de se frayer un chemin sinueux dans son esprit. Une autre possibilité était-elle envisageable ? Un nouveau chapitre ajouté à l'histoire ? Sa sœur avait bien mystifié un navire rempli d'hommes. Pourquoi, à l'heure qu'il était, ne serait-elle pas n'importe où, loin de Londres ? Avec une nouvelle identité, à siroter du whisky, à rire de tout son petit monde depuis le confort et l'opulence d'une vie toute nouvelle ?

Heart lui a demandé de le retrouver le vendredi. Ce qui laisse quatre jours. Elle va devenir folle d'attente. Il va falloir qu'elle oriente son attention vers autre chose, vers une autre voie, une autre solution. Oui. Elle va se mettre à identifier et localiser le reste de l'équipage du Makepeace, à commencer par le chirurgien du navire, qui est sûrement le dernier à avoir vu le corps de sa sœur. Pour cela, elle va avoir besoin de l'aide de son grand-père.

C'est une bouffée florale d'héliotropine, un parfum semblable à celui des jacinthes, qui s'échappe des bouches d'aération de la devanture. Il se faufile dans les plis de son bonnet, pénètre sa chevelure, s'installe jusque dans les pores de sa peau. De quoi cicatriser les plaies, pense Maude.

L'enseigne située au-dessus de la vitrine indique HENRY HORTON, PHARMACIEN, et le reflet que, sous l'enseigne, la vitre lui renvoie, la cloue sur place. Quelle expérience étrange de regarder son image et de voir quelqu'un d'autre. Ce visage est le fruit d'un tour de prestidigitateur : une détermination dans la mâchoire, une dureté d'acier dans le regard qu'elle sait usurpées. Si elle plisse les yeux, elle peut encourager de plus petits détails cachés à devenir nets ; une cicatrice imperceptible au-dessus du sourcil droit, le souvenir d'une dent de travers qui se fraye un chemin contre sa lèvre inférieure. Ce visage ressemble tellement à celui de Constance que Maude s'attend presque à ce que le reflet prenne vie et sorte de la vitrine. Mais au lieu de cela, un fracas retentissant se fait entendre depuis l'intérieur de la boutique. L'image se dissout et Maude reprend brutalement ses esprits.

— Grand-père ?

Elle se précipite vers la porte. La boutique est sombre et fraîche, comme toujours. Des marmonnements sourds lui parviennent depuis la pièce du fond, suivis d'un bruit de verre brisé qu'on balaie. Quel soulagement. Maude lève les yeux au plafond et sourit. Son grand-père est un pharmacien doué, mais c'est aussi un empoté en ce qui concerne la manipulation des fioles. Autour de Maude, quelques bougies vacillantes emprisonnent des particules brillantes dans leurs rayons. L'air est humide et sulfureux, les étagères sont enveloppées dans le filet de dentelle irisée d'antiques toiles d'araignées. Une grande armoire présente un cortège de flacons arc-en-ciel, du cobalt et du brun au vert le plus audacieux et inquiétant. Derrière elles, des balances armoriées à deux plateaux côtoient un pilon et un mortier en laiton. La presse à teinture se dresse au-dessus des machines à fabriquer les pilules, des presses à bouchon de liège et des scalpels disposés comme de longs poissons argentés. Ça a toujours été comme ça, pense Maude, chaque surface a toujours été recouverte de *quelque chose*: savons de toilette, sirops pour les dents, poudres pour les névralgies, remèdes contre l'air vicié. Elle connaît les étiquettes par cœur, bien sûr, elle serait capable de les réciter en y jetant à peine un œil: sulfate de strychnine, huile de serpent à sonnettes, fer et acide arsénique. Il y a une pile d'ordonnances sur le comptoir; elle en prend une et la considère, les pattes de mouche n'étant plus lisibles que pour elle et son grand-père désormais.

Tincturae jalaep, ʒss.; Magnesiae sulpatism ʒij.; Infusi sennae, 2/ʒ iss.; misce fiat haustus cras manae sumendus.

Un laxatif simple.

Encore un bruit de verre renversé. Une toux grasse. Avec un marmonnement de jurons, le vieil homme sort de la réserve en balayant. Il est doux mais nerveux, sa silhouette est noyée dans sa chemise rayée et son foulard. Son regard est aussi vaporeux que l'eau stagnante d'un étang.

— Te voilà de retour, Dieu merci. (Il se signe par manière de plaisanterie.) Je m'attendais à moitié à devoir aller te tirer d'une cellule de Newgate.

Maude se rapproche de lui. Respire son odeur de copeaux de bois et de tabac froid.

Il y a des fantômes avec eux, dans la pharmacie. Des goules de chagrin qui guettent dans l'ombre, prêtes à agir. Elles peuvent être convoquées par des gestes simples et quotidiens: l'ouverture d'un bocal qui libère un parfum que Constance affectionnait, un client qui fait sonner la cloche de l'entrée, qui entre et demande des nouvelles de sa sœur.

— Où est-elle donc, demande-t-il, depuis tout ce temps?

C'est ici que les sœurs ont grandi, avec sous les yeux la magie de leur grand-père au travail. Elles l'ont regardé presser soigneusement ses pilules – des mains parcheminées qui roulaient la pâte en forme de saucisse, la posaient sur la plaque de laiton rainurée et déplaçaient les rouleaux d'avant en arrière jusqu'à ce que les pilules en sortent pour tomber dans le plateau de collecte immaculé. Elles le regardaient parcourir son armoire de pharmacien, dont chaque case de bois était dotée de sa plaque signalétique rutilante et d'un seul bouton en laiton, avec un secret caché à l'intérieur. Au début, alors que Constance avait huit ans et Maude dix, tout juste orphelines à la suite de la mort de leurs parents d'une fièvre maligne, elles avaient été discrètes dans leur observation, elles se cachaient comme des souris sous les bancs ou se pliaient sous le comptoir. Leurs mains s'agrippaient l'une à l'autre, doigts entrelacés, tandis que l'étrange puanteur de l'ammoniaque et de l'huile d'encens se répandait partout dans la pharmacie. Au-dessus d'elles, leur grand-père s'armait de courage et travaillait avec diligence, conscient que le seul moyen de recoller les os fracturés du chagrin était de continuer comme si de rien n'était. À l'âge de neuf et onze ans, les filles avaient trouvé le courage d'émerger, faisant de longues stations près du poste de travail de leur grand-père en mâchouillant leurs manches et en le regardant, yeux écarquillés, consulter sa *Pharmacopée* reliée de cuir. Dès le milieu de l'année suivante, elles savaient lire les ordonnances et délivrer des médicaments de base. Les clients de Henry avaient pris l'habitude de les trouver dans la boutique, et certains d'entre eux passaient uniquement pour voir les filles de la pharmacie et leur demander d'aller chercher leur huile de ver de terre et leurs éternelles pilules.

Henry Horton avait enseigné à ses petites-filles que le monde était composé de deux choses : la science et l'art. Maude préférait les histoires scientifiques, les aspects rationnels et méthodiques liés à la confection des pilules et des potions : l'opium mélangé au chloroforme et au cannabis réprime la toux, exactement comme le fait de distiller un globe de goudron de houille suffisamment longtemps le transforme en acide carbolique. Les règles, les calculs, l'évaluation du risque et tout ce qui allait avec était ce qui lui convenait le mieux. Constance lui disait qu'elle était rasante et se moquait de sa nature raisonnable. Constance vivait pour l'art qu'il y avait dans tout cela, pour le spectacle. La façon dont le chlorure de cuivre s'enflamme d'un bleu étincelant lorsqu'on le tient au-dessus d'une flamme.

Voilà que Maude appuie la tête sur l'épaule de son grand-père.

— Je reste une femme libre, annonce-t-elle. Mais j'ai besoin de ton aide. (Elle lève la tête, se tourne vers lui.) J'ai un plan.

— Ah ! Un plan.

Il attrape le mortier et y verse une substance crayeuse de couleur verte.

— Il faut que j'écrive au chirurgien du navire, dit-elle, sans prêter attention à ses sourcils froncés.

Maude sait que son grand-père avait l'habitude d'approvisionner les navires de la marine des médicaments dont ils avaient besoin, et que chaque semaine des chirurgiens passaient à la pharmacie pour remplir leurs malles avant leur départ. Constance s'illuminait quand ils arrivaient, elle les traînait dans toute la boutique, elle tirait sur les pans de leurs manteaux, leur demandant où allaient leurs navires. “Dans les profondeurs de l’enfer”, répondaient-ils en plaisantant, et elle leur demandait s’il leur faudrait beaucoup de temps pour y arriver.

— Il aura pratiqué une autopsie, n’est-ce pas ? dit Maude. Examiné le corps ? Si nous parvenons à le retrouver, nous pourrons l’encourager à partager son rapport, nous pourrons trouver des réponses.

Elle se penche en avant sur le comptoir, se balançant sur ses coudes. Henry a commencé à appliquer le pilon sur la craie et le bol grince de mécontentement.

— J’ai juste besoin d’établir *qui* il est exactement et comment lui faire passer un message.

Ils échangent un regard incertain.

Henry était avec Maude quand ils ont appris la mort de Constance. Elle se souvient encore de ce moment, dans sa dimension purement physique. Cette sensation que ses jambes se dérobaient sous elle.

Constance n’était pas censée être sur ce navire. Maude pense souvent à ce fait. Mais elle s’était insinuée à bord, par entêtement, par impulsivité et, pour autant que Maude pût en juger, en raison d’un sens de l’honneur mal placé. Le Makepeace avait transporté sa cargaison d’hommes jusqu’au nord sauvage de l’Arctique à la recherche de l’explorateur britannique disparu, sir John Franklin. Enfin, il n’y avait pas que des hommes à bord, n’est-ce pas. Sa sœur y était aussi. La présence de Constance était le résultat d’une ruse. D’un tour de passe-passe. C’était un sacrilège.

Elle avait laissé un mot en partant, avait supplié Maude de ne pas la suivre, et il lui avait fallu toute la force dont elle était capable pour ne pas se précipiter vers le quai pour tirer sa sœur du navire et la traîner jusqu'à la maison. Mais elle devait la laisser trouver son propre chemin, faire ses propres erreurs, même si au fond d'elle elle avait eu l'impression de mourir un peu.

Après un peu plus d'un an en mer, le public avait appris que les efforts du Makepeace dans l'Arctique s'étaient avérés infructueux. Ils avaient lu toute l'histoire dans les journaux cet été-là – après des mois de gel, le vaisseau s'était fissuré dans les glaces du passage du Nord-Ouest et avait été contraint de rentrer à Londres en piteux état, sans Franklin, sans les hommes de Franklin et sans avoir établi de voie navigable pour traverser le passage de l'Atlantique au Pacifique. Un échec indélébile. Il n'y avait aucun doute là-dessus. Mais le navire était sur le chemin du retour, avec Constance en sécurité à l'intérieur. Du moins, c'était ce que Maude avait cru.

Cette perspective lui avait donné le vertige, elle en avait été presque malade d'excitation. Au fil des angoissantes semaines passées dans la pharmacie à attendre, elle s'était demandé si elle reconnaîtrait sa sœur quand enfin elle la reverrait. Avec ses cheveux courts et ses membres renforcés par la mer, Constance aurait vécu dans la peau d'un garçon pendant plus d'un an. Elle aurait vu des choses que Maude ne pouvait ne serait-ce qu'imaginer. De féroces ours polaires, le grand large, les lumières éblouissantes des célèbres aurores boréales.

Quand le jour était arrivé, et que les voiles du navire, larges comme les ailes d'un dragon, avaient brisé l'horizon à Woolwich, un murmure prudent s'était propagé à travers la foule assemblée. Ce n'était pas le retour d'un héros, mais les membres des familles dcs marins étaient venus saluer leurs proches, les accueillir, réchauffer leurs os fatigués, gelés par l'Arctique. Le bateau avait pris son temps pour accoster, et Maude et Henry avaient regardé, la gorge nouée d'émotion, des hommes agiter la main depuis le pont. D'autres s'affairaient à fixer des cordes et à régler les voiles avec une concentration inflexible de fourmis soldats. Elle avait aiguisé son regard, avait parcouru l'équipage rassemblé là, à la recherche d'un matelot qui aurait les yeux bleus perçants de sa sœur. Elle avait espéré que, même dans les vêtements d'un jeune garçon, elle reconnaîtrait les mouvements de Constance, la façon dont elle se tenait, son squelette même.

Cela ne l'avait pas alarmée, au début, de ne pas la voir. Le reste de l'équipage devait être dans la cale, avait-elle supposé, en train de préparer l'équipement et de trier les provisions. Finalement, la rampe s'était baissée avec un bruit sourd et les hommes avaient commencé à se déverser de la grande gueule du navire, saluant leur petite amie, prenant des enfants aux joues rebondies dans leurs bras, ou se frayant obstinément un chemin vers les tavernes et les bordels qui longeaient les quais. À un moment donné, Henry avait croisé le regard de Maude et il avait souri. Cela l'avait fait frissonner. Elle n'oubliera jamais son hypocrisie bien intentionnée.

— Jack Aldridge ? (Elle se souvenait du nom que sa sœur avait griffonné dans sa lettre en partant.) Sauriez-vous où je peux trouver un certain Jack Aldridge ? avait-elle demandé.

Sa voix semblait fragile face aux larges épaules des marins. La plupart l'ignoraient, d'autres ne cachaient pas assez rapidement leurs sourcils levés. Des officiers et des matelots étaient passés en jouant des coudes. Certains portaient des coffres marins, d'autres roulaient des tonneaux, l'un d'eux tenait même en équilibre sur ses épaules ce qui semblait être la défense d'un éléphant. Elle avait rencontré le regard d'une âme infortunée, qui semblait avoir perdu le bout de son nez.

— Jack Aldridge ? L'avez-vous vu ? Jack Aldridge. Un mousse.

Elle trouvait à peine la volonté de croasser les derniers mots. L'homme avait cligné des yeux, ôté son chapeau et baissé la tête.

— Là !

Les yeux de son grand-père étaient rivés sur le débarcadère. Un homme de haute taille, vêtu d'un manteau bleu et or, se tenait en haut de la rampe, saluant la foule comme un monarque.

— Despie, avait dit Henry.

Son grand-père savait reconnaître un capitaine de navire quand il en voyait un.

Maude avait essayé de repousser le faible son aigu qui avait éclaté à ses oreilles. Il avait atteint une tonalité horriblement perçante, et devenait plus fort et plus odieux d'une seconde à l'autre. Elle avait dégluti, saisi la main de son grand-père, et il l'avait tirée derrière lui à travers la foule, concentré uniquement sur l'étincelant manteau bleu et or.

Ils avaient gagné le parapet juste au moment où le capitaine Despie commençait à descendre la passerelle en paradant. Il était flanqué de stewards, qui se tenaient la tête haute. L'un d'eux, avait remarqué Maude, une pierre dans le ventre, tenait dans ses bras une pile de vêtements pliés.

— Capitaine Despie, avait crié son grand-père une fois le bas de la rampe atteint.

L'homme avait tourné vers eux son visage buriné. Il avait un nez large, se souvient encore Maude, comme un champignon coupé en deux. La peau de ses joues était rouge et tannée comme du cuir.

— Bonjour ! Bonjour ! Merci pour cet accueil chaleureux. Bonjour. Bonjour.

Despie continuait son chemin, avec force saluts en direction de la foule clairsemée.

— Nous sommes à la recherche de Jack Aldridge, avait dit Maude en forçant la voix.

Alors elle et son grand-père avaient vu Despie s'arrêter, et porter la main sur le bras du steward pour l'immobiliser aussi.

Les deux hommes s'étaient retournés d'un même mouvement. Leurs visages étaient baissés, comme si quelqu'un avait étendu brutalement sa paume au-dessus d'eux.

— Répétez le nom, s'il vous plaît, avait ordonné Despie, non sans une certaine douceur.

— Jack, dit Maude dans ce qui était à peine plus qu'un murmure. Jack Aldridge.

Elle voulait crier le véritable nom de sa sœur. *Constance. Constance. Constance Horton. Elle vaut mieux que n'importe lequel d'entre vous. Où est-elle ?*

Despie l'avait fixée d'un regard étrange. Est-ce qu'il sait ? s'était-elle demandé. Est-ce qu'il sait que Jack n'est pas Jack, mais Constance ? Elle s'attendait presque à ce qu'il se mette à sourire et leur annonce comment sa sœur les avait tous trompés. Cette fille rusée. Quelle performance. Quel tour de passe-passe. Elle méritait une médaille supplémentaire, pour une telle intelligence. Mais le steward qui se tenait derrière lui, celui qui portait les vêtements, avait toussoté avant de s'avancer d'un pas.

— Nous regrettons profondément.

Juste ces quelques mots.

Le monde de Maude avait volé en éclats.

3

L'ADRESSE, c'est une taverne. Maude retourne la carte que Heart lui a donnée quatre jours plus tôt. LES DEUX POUMONS, dit le griffonnage. Elle lève la carte vers l'enseigne suspendue à un crochet, qui se balance au gré du vent au-dessus de sa tête. Ce sont les mêmes mots qui y sont inscrits, au-dessous de deux organes peints en rose. Voilà un nom étrange, se dit-elle, en jaugeant l'aspect élégant du bâtiment.

Elle jette un coup d'œil par-dessus son épaule, comme elle l'a déjà fait bon nombre de fois. Elle se rend compte qu'elle est angoissée de se retrouver seule si loin de la pharmacie. Avant la mort de Constance, sa vie était petite, tissée serré – comme un cocon dans lequel tout était entrelacé, tout se tenait. Son quotidien était simple : elle se rendait chez le boucher pour récupérer leur viande pour le dîner ; elle allait à la boulangerie, à trois portes de la pharmacie, pour récupérer leur pain frais tous les matins, et elle en revenait chargée de sacs tout chauds qui faisaient du visage de son grand-père l'image même du ravissement. Il arrivait de temps à autre aux deux sœurs de parcourir le parc à la recherche d'herbes pour les teintures ou d'aller voir un spectacle de lanterne dans les environs, de contempler dans les vitrines de jolies robes et de coûteux gants de chevreau. Mais elle avait toujours su qu'elle reviendrait à la pharmacie, comme si elle y était reliée par la taille au moyen d'un cordon invisible. Elle avait peu d'amis, à l'exception de ceux qui passaient chaque semaine récupérer leurs médicaments. M. Archer l'engageait parfois dans une conversation sur les primevères au marché de Covent Garden, et Mme Pye, dont le mari était propriétaire du Britannia Theatre, régalait les filles avec des histoires d'actrices de théâtre hautes en couleur et de chamailleries dans les coulisses. Mais elle n'avait pas besoin d'amitiés supplémentaires, pas vraiment, tant qu'elle devait s'occuper de sa sœur et de son grand-père. Lorsque Constance était morte, Maude s'était repliée encore plus profondément sur elle-même, au point de devoir prendre sur elle pour parvenir à se rendre chez M. Kirby chercher du pain frais. Son grand-père lui avait autorisé cette apathie, et il s'était acquitté lui-même de cette petite promenade jusqu'à la boulangerie. Ce n'est que maintenant, alors qu'elle a besoin de réponses qu'on cherche clairement à lui cacher, que le cordon autour de sa taille se relâche.

Les panneaux devant la taverne, qu'elle peut à peine distinguer à la lumière de la lampe, sont peints d'or et d'écarlate, et revêtus de fines lettres cursives qui promettent de la bière, des plats chauds et un hébergement confortable. Du givre semblable à de la farine tamisée s'est déposé sur les pavés et la lumière qui coule à flots des fenêtres le fait étinceler de façon magnifique. Il n'y a pas de grappe d'ivrognes aux portes de l'établissement. Pas de prostituées. Pas de voyous. Pas de mécréants. Aucun acte ignoble ne se prépare dans l'étreinte ténébreuse et remplie d'ombres de cette taverne. Cela ressemble, estime-t-elle, à un endroit qui pourrait être fréquenté par des clients distingués. Elle baisse les yeux sur le coton gris de sa robe, ajuste sa cape sur ses épaules et pénètre dans l'établissement.

Son intuition s'avère rapidement exacte. Ce n'est pas un débit de boissons de bas étage. Les conversations enflent autour d'elle pour former un bourdonnement chaleureux. Des messieurs en manches de chemise, gilets et montres à gousset flanquent les tables moussant de bière. Certains d'entre eux sont engagés dans ce qui semble être une discussion animée, faisant des croquis, échangeant des idées, pesant longuement telle ou telle opinion. Il y a une énergie difficile à définir dans la pièce, un air d'anticipation, quelque chose d'acéré et de caustique. Au fond, un petit feu crépite dans l'âtre. Le barman, en chemise de soie d'huître et épais tablier, lisse ses cheveux en arrière de la paume pour qu'ils brillent dans la faible lumière des flammes.

Il y a quelques femmes ; elle est réconfortée de le constater, soulagée du fait que sa présence ne semble pas trop incongrue. Même si elle ne sera sans doute jamais en mesure de se permettre ce genre de tissus. Leurs robes en soie brillent des mêmes couleurs chatoyantes que celles des oiseaux de la forêt tropicale en pleine parade nuptiale.

Maude s'accroche d'abord aux murs, parcourant la salle des yeux à la recherche de la peau pâle et des épaules étroites de l'employé. Flûte. Elle ne le voit pas. Peut-être qu'il est en retard ? Elle espère, pour le bien de Constance, qu'il n'a pas eu l'idée de renoncer totalement à leur rencontre.

Elle rechigne à s'installer seule et se promène donc aux franges de la foule. Aux murs, elle commence à le remarquer, sont accrochées les images les plus insolites. En allant y voir de plus près, elle comprend qu'il s'agit de croquis anatomiques. Lui traverse brièvement l'esprit l'idée qu'elle s'est peut-être introduite dans quelque réunion secrète de résurrectionnistes*, bien que ces hommes ne semblent pas du genre à rôder dans des culs de basse fosse pour trouver des corps à dérober et à vendre à la criée. Elle accorde un second regard aux croquis. Un dessin au crayon fin représente un corps coupé en deux pour révéler les rivières de ses nerfs et de ses veines. Un autre, au fusain, restitue jusqu'à l'os le plus minuscule d'une main d'enfant. Elle jette un coup d'œil aux tables. Des hommes, certains avec des favoris grisonnants, d'autres éclatant de jeunesse, joutent à coups de mots ou arrachent des morceaux de papier couverts de gribouillages, se les passant mutuellement comme les jetons d'un jeu. Plus loin se trouve une scène de taille modeste qu'elle n'avait pas remarquée en entrant. En son centre, une table est drapée de feutrine ; sur la table, un appareil en verre, qui ressemble à une lanterne, auquel est attaché un long tube vert menant à un embout métallique. Cette vision suscite en Maude un murmure de reconnaissance, mais elle n'arrive pas à situer l'objet. Une chaise est posée à côté de la table et attend patiemment son hôte.

Elle se tourne vers le mur. Chaque illustration est accrochée dans un beau cadre doré. Un étalage de corps disséqués. Des os, des globes oculaires, des langues. Ici, c'est un croquis en gros plan de chaque ventricule d'un cœur splendide. Là, une vieille femme, on ne peut plus morte, les yeux fermés, avec le cou traversé de points de suture. Maude se penche pour

* Trafiquants de cadavres, les résurrectionnistes déterraient les corps fraîchement enterrés dans les cimetières pour les revendre aux médecins anatomistes, dans le Royaume-Uni du XVIIIe et du début du XIXe siècle. (Toutes les notes sont de la traductrice.)

lire l'inscription. Esther Hibner (ou Hübner) exécutée à Old Bailey pour le meurtre d'une apprentie paroissiale* (une fille) à force de mauvais traitements et de privations. Lundi 13 avril 1829.

Elle parcourt à nouveau les visages des habitués, tandis qu'un malaise interrogateur glisse de son gosier à son ventre. D'une seconde à l'autre, la pièce se remplit, à mesure que se faufilent par la porte des hommes seuls ou en groupes denses et animés. Ils font entrer avec eux l'air glacial du dehors. Maude frissonne en envisageant un instant de quitter les lieux. Mais elle doit rester. Elle a besoin de réponses. Elle brûle. Elle en est certaine.

Comme mue par sa conviction, la porte s'ouvre et Francis Heart en personne la franchit à grands pas. Elle le regarde saluer quelques tablées, puis lever sa tête aux cheveux clairs pour la chercher. Leurs regards se croisent et l'employé désigne une table vers le fond de la salle, la plus éloignée de la scène. Au-dessus de la table, au mur, une grande scie à métaux est placée dans une vitrine.

— Je suis heureux que vous soyez venue, madame Horton.

Heart a un mince sourire tandis qu'elle s'assied, puis s'installe lui-même. Il fait signe au barman en levant deux doigts, pose le menton sur son poing et la fixe dans les yeux. Il semble à l'aise dans cet endroit, loin de remettre en question la légitimité de sa présence, contrairement à elle. C'est parce que c'est un homme, suppose-t-elle, et les hommes semblent être à l'aise partout; mais elle se demande pourtant ce que fait un secrétaire de l'amirauté dans un endroit comme celui-ci.

* Orphelins pauvres mis en apprentissage pour éviter qu'ils ne traînent dans les rues.

— Mon frère est chirurgien. (Il a senti sa curiosité.) Le Royal College* est juste au bout de la rue. Ils boivent tous ici. D'où le… d'où cet attirail.

Il agite ses mains en direction des murs.

Pas de voleurs de corps donc, mais Maude se demande pourquoi cette rencontre dans un lieu aussi fréquenté. Il aurait pu lui demander de l'attendre dans une ruelle, comme la fois précédente. Il aurait pu lui transmettre le message de sa sœur quatre jours plus tôt, lors de leur première rencontre. Pourquoi ici ? Pourquoi maintenant ? Ces questions la travaillent et la voilà qui se met à se triturer la peau entre le pouce et l'index – une vieille habitude.

Le barman arrive avec deux bières. Maude porte le verre à sa bouche. Cela lui laisse le temps de réfléchir.

— C'est un drôle d'endroit pour donner un rendez-vous.

Elle finit par poser le verre sur la table et essuie la mousse sur sa lèvre supérieure.

Heart hoche la tête.

— Parfois, se cacher de la foule attire plus l'attention qu'autre chose. (Il se penche brusquement vers elle et baisse la voix.) Tout le monde épie tout le monde à Londres, chuchote-t-il, yeux écarquillés, surtout les personnages les plus malsains, et si tel est le cas, la meilleure façon de se cacher est de ne pas se cacher du tout.

Maude a un mince sourire, jugeant préférable à ce stade de ne pas souligner qu'elle n'a pas la moindre idée de

* Le Royal College of Physicians (Collège Royal de Médecine), fondé en 1518, est la première institution médicale d'Angleterre à avoir été qualifiée de "royale". Son but initial était d'accorder des licences aux praticiens qualifiés et de sanctionner ceux qui ne l'étaient pas. Il a publié les dix premières éditions de la *Pharmacopée de Londres*.

l'identité des personnes dont ils seraicnt censés se cacher. Elle voit les muscles de la mâchoire de son interlocuteur se contracter et pense aux dessins sur les murs. Des tendons, des ligaments, des veines.

— Personne ne se souviendra que nous avons mis les pieds ici, poursuit-il. En tout cas, pas après ce soir.

Il fait un signe de tête en direction de la scène, pour désigner l'étrange lanterne et son embout. Un homme carré d'épaules vêtu d'un tablier de cuir est occupé à disposer un plateau chargé d'ustensiles. Elle plisse les yeux, distingue un jeu d'aiguilles et de la soie, ainsi qu'une longue lame tranchante.

Mais elle ne doit pas se laisser distraire.

— Monsieur Heart, le messa…

— *MESSIEURS*, retentit une voix provenant de l'avant de la pièce.

Maude tourne immédiatement la tête vers la scène. L'homme carré d'épaules s'adresse à la foule.

— *Et il y a là quelques femmes au cœur bien accroché, à ce que je vois. Comme c'est moderne. Bienvenue, bienvenue à notre petite… présentation.*

La foule murmure et chahute.

— De quoi s'agit-il ? demande-t-elle à Heart, luttant contre la panique.

— Cela pourrait être n'importe quelle opération, les connaissant, répond-il en gloussant. J'ai déjà vu de la chirurgie oculaire, de la restauration osseuse, une intervention dentaire ennuyeuse. Mais si l'éther est au programme, ça va devenir très vivant.

De l'éther. Du vitriol doux. Ce doit être à cela que sert la lanterne. Ce n'est pas du tout une lanterne : c'est un inhalateur de Squire. Voilà, c'est cela. Elle connaît l'éther, bien sûr, elle est familière de son usage pour soulager la douleur et, de plus en plus, selon son grand-père, pour de la chirurgie expérimentale en Amérique. Elle connaît ses autres effets présumés, ses effets vertigineux et hallucinatoires lorsqu'on en inhale des vapeurs. Non qu'elle en ait fait l'expérience elle-même : elle est incapable d'imaginer perte de contrôle aussi effrayante. Mais quand elle était enfant, des messieurs venaient à la pharmacie acheter de l'éther pour leurs fredaines. Des hommes honorables, des médecins, des chirurgiens, qui souhaitaient se divertir lors des fêtes qu'ils organisaient. Quand ils quittaient la pharmacie, Henry se tournait vers les filles et levait un doigt en direction du ciel, en disant : "Ce soir, ils planeront comme des cerfs-volants !"

Le chirurgien, si telle est sa fonction comme Maude le présume, s'éclaircit la gorge et lève un bras pour faire signe à son volontaire de monter sur scène. Un jeune homme aux cheveux ébouriffés écrase une cigarette informe, se dirige en trébuchant vers la table et s'empare avidement de l'inhalateur. Chaque homme et chaque femme présents dans l'assemblée ont l'attention irrésistiblement fixée sur la scène.

Cela agit aussi sur elle. Elle se détourne pour presser à nouveau Heart.

— Quel est le message ?

Les quolibets ricochent de table en table tandis que le chirurgien retrousse la manche du jeune homme pour révéler un avant-bras tendu et noueux.

— Le message ? sonde-t-elle à nouveau, une note plus urgente dans la voix, mais Heart s'est déjà retourné pour fouiller dans la poche de son manteau.

Sur la scène, l'homme aspire l'éther à grandes goulées, et la chambre est comme une grande trompe de verre qui surgit devant son visage. Bientôt sa tête commencc à dodeliner, elle tombe lourdement en arrière, ses traits s'affaissent, son cou pâle est exposé. Le public regarde la scène avec attention, sans s'intéresser à l'objet que Heart tend à Maude sous la table, en lui demandant de le laisser là, hors de vue.

Elle y jette un coup d'œil furtif. Il s'avère qu'il s'agit d'un livre. Elle serre très fort la couverture rigide tout en faisant courir ses doigts sur le cuir, à la recherche d'indices. Les murs de la pièce semblent s'être imperceptiblement rapprochés.

— *Je vais maintenant faire une incision de plusieurs centimètres le long de cet avant-bras.*

Maude est saisie du besoin d'ouvrir les pages en grand, de savoir ce qu'elle fait ici au juste.

— *Les tendons seront exposés et manipulés, mais comme vous pourrez le constater, le patient ne ressentira pas la moindre douleur !*

Un bavardage impressionné court à travers le pub.

— *Oui, oui, ensuite je ferai passer l'éther. Nous verrons quels secrets vous avez cachés, vous autres.*

Maude resserre encore sa prise sur le livre, comme s'il pouvait s'envoler pour se précipiter vers la porte et gagner le froid au-dehors.

Heart se penche à nouveau, suffisamment près pour qu'elle puisse sentir l'odeur de la bière dans son haleine chaude.

— Le journal que vous avez entre les mains a été écrit par un certain maître Jack Aldridge, mousse à bord du *HMS*[*] Makepeace.

[*] Dans la marine des forces britanniques, HMS est le préfixe utilisé devant le nom de chaque navire de la Royal Navy ; il signifie *Her Majesty's Ship* ou *His Majesty's Ship*, selon que le monarque est une femme ou un homme.

Le cœur de Maude bondit et se met à palpiter frénétiquement.

— Bien sûr, nous savons qu'en réalité il n'a pas été écrit par quiconque du nom de Jack Aldridge…

— Pourquoi est-il en votre possession ? Comment l'avez-vous obtenu ? demande Maude.

Son esprit retourne brutalement à ce jour sur le quai, lors duquel le steward lui a tendu les vêtements de Constance. Accompagnés d'un étrange collier. Et à la façon que le sol avait eue de sembler se désagréger sous ses pieds.

Pourquoi ne lui avait-on pas donné le journal si c'était celui de Constance ? De "Jack" ?

— Il a été retourné au bureau de l'amirauté, directement au capitaine Despie, explique Heart. J'ai vu cela de mes yeux et j'ai su, alors, qu'il devait contenir des informations qui ne leur plaisaient pas.

Les palpitations dans sa poitrine se sont transformées en un martèlement irrésistible.

— Quel genre d'informations ?

Heart marque un temps d'arrêt, ses yeux parcourant la pièce.

— Lisez-le vous-même.

— *Et là nous avons le nerf médian, et si je me contente de lui donner une petite chiquenaude…*

Puis, comme si tout ce qu'il y avait d'autre dans la pièce avait été englouti, sa concentration est brusquement aiguisée.

— Mais… pourquoi me le donnez vous ?

Cette question, elle ne peut l'ignorer. Si Hancock n'avait pas aimé ce qu'il y avait dans le journal, pourquoi ne l'avait-il pas détruit ? Constance l'avait-elle réellement écrit ? Après tout, ce pouvait n'être qu'un piège tendu par l'amirauté. Une autre de leurs tactiques dissuasives. Elle se tourne, s'attendant à demi à ce que Hancock et ses comparses bardés de médailles fassent irruption dans la pièce. Heart pourrait très bien être dans le coup, lui aussi. Elle n'a pas de raison de lui faire confiance.

— Il n'est que justice que vous sachiez ce qui est arrivé à votre sœur, madame Horton. Tout le monde mérite de savoir cela, et ce qui est écrit dans ces pages suggère que cela va plus loin que ce qu'on vous a dit, ou même que ce qu'on m'en a dit à moi.

— *Regardez les doigts remuer. Et pas une grimace, pas un tressaillement de l…, de l… Ah ! Est-ce que quelqu'un pourrait m'aider ? Une serpillière ?*

— Monsieur Heart, dit-elle en s'adressant au secrétaire de façon très directe, vous ne pouvez pas vous attendre à ce que j'accepte simplement l'idée que vous faites une telle chose pour une inconnue, car c'est ce que nous sommes l'un pour l'autre. Je vais répéter ma question. Pourquoi me donnez-vous ce journal ?

Le secrétaire semble brièvement désarçonné. Il se passe les doigts sur les revers de sa veste, et son regard dévie en direction de la scène, sur laquelle un apprenti est occupé à éponger, à quatre pattes, de grosses mares de sang.

Il soupire lentement par le nez.

— Hancock est une brute et un fanatique.

Ah.

— Travailler avec lui, c'est comme avoir une chaîne autour du cou qui se resserre lentement.

Une pure affaire de vengeance. De représailles, même. Elle aurait dû s'en douter.

— Mais ce qu'il y a dans les pages de ce journal ne présente pas sir Hancock sous un jour positif, continue-t-il en faisant un geste du doigt dans sa direction. S'il devait être révélé qu'il a envoyé ce vaisseau dans le passage du Nord-Ouest non pour aller à la recherche de sir John Franklin, mais en quête de quelque chose de totalement différent, cela l'éclabousserait de honte, et l'amirauté avec lui. Voilà la raison pour laquelle il a escamoté ce journal. Mais (il se penche en arrière, l'entrejambe dirigé vers le plafond, impressionné par sa propre témérité) j'ai pu y accéder. Et le subtiliser.

— Si ce journal peut déclencher une telle infamie, pourquoi Hancock l'a-t-il gardé ?

Elle veut que ce soit vrai. Elle veut tellement que ces mots soient ceux de Constance. Mais elle est femme à toujours évaluer les risques, dresser des plans.

— Pourquoi ne l'a-t-il pas fait détruire ?

— Pour faire pression. (Il entrelace ses doigts fins.) Du chantage. Pour avoir les autres à sa merci. Pour se protéger.

Maude raille mais elle ne peut nier qu'elle est intriguée.

— Se protéger de quoi ?

— De la publicité. (Heart semble presque contrarié de devoir en dire davantage.) Pour préserver son rôle à l'amirauté. Il y a des choses bien plus graves qui sont en jeu ici, madame Horton. Comme vous le constaterez. Des choses qui pourraient être très préjudiciables si elles étaient révélées.

— *Va chercher mon caniche !*

Les chirurgiens se relaient pour aspirer ce qu'il reste d'éther et la pièce se fracture peu à peu dans le chaos.

— Un homme qui était à bord, un pilote des glaces, Mance – vous trouverez des choses à son sujet dans les pages mêmes de ce journal – a été retrouvé mort pas plus tard que la semaine dernière.

Maude réfléchit à l'information, hausse les épaules. Les gens meurent. Sa sœur est morte. Ses parents sont morts. Pourtant, on attend d'elle qu'elle continue à vivre. Pourquoi devrait-elle se soucier de ce "Mance" – pourquoi prêter attention à la mort d'un homme qu'elle n'a jamais rencontré ?

— Mance est un homme très fort. Une bête. D'une santé insolente. Il aurait dû tous nous enterrer. Et pourtant on l'a retrouvé le nez dans une assiette de ragoût de mouton froid, à la table d'une taverne des quais.

Maude le regarde fixement. Cligne des yeux.

— Je soupçonne un acte criminel, dit Heart.

— *Richardson, votre visage est en train de fondre !*

— Que voulez-vous dire par là ?

Elle est à court de patience. Ce qu'elle veut, c'est le lien avec sa sœur. Elle est là pour Constance. Elle veut lire le journal.

— Un empoisonnement, très probablement, poursuit Heart.

Il n'a même pas besoin de le dire discrètement ; ses paroles sont étouffées par le vacarme produit par les hommes dans le pub, qui gambadent et cabriolent.

— Une substance impossible à détecter.

Acide phénique, chloroforme, trioxyde d'arsenic – autant de substances impossibles à détecter, se dit Maude. Enfin, quasiment.

— *Eeeeeeeeeeeeeeeeeeeeeh !*

Les hommes sont étourdis par l'éther, ils crient, chantent, tanguent. D'autres semblent occupés, à en croire les oreilles de Maude, à confesser leurs désirs les plus profonds, les plus sombres, nonobstant leur incohérence. Elle jette un regard circulaire, embarrassée par leur comportement louche, leur manque de contrôle d'eux-mêmes. Elle avait déjà entendu parler de cette drogue que l'on décrivait comme une potion de vérité, mais n'y avait jamais vraiment cru.

Quoi qu'il en soit, elle n'est toujours pas satisfaite de l'explication de Heart.

— Pourquoi ne vous êtes-vous pas contenté d'apporter le journal au supérieur de Hancock ? Pour, ainsi, le détruire, si telle est votre intention ?

— Il y a deux raisons à cela. (Heart, coudes sur la table, s'agite.) Premièrement, Hancock n'a pas de supérieur. Il l'a pensé ainsi. Deuxièmement, je soupçonne que ces irrégularités viennent de l'intérieur du bureau de l'amirauté. Je soupçonne que cela va plus loin que Hancock.

— Pourquoi ne pas aller à la police, alors ?

À nouveau, il serre ses mains pâles l'une contre l'autre.

— Il y a plus de deux raisons à cela. Elles sont innombrables. (Il fait un signe en direction du livre qui est sous la table.) Avant tout, ce journal à lui seul n'est pas suffisant. Il y a des lacunes à combler. Des réponses à apporter. Des documents officiels sont nécessaires.

— Mais vous pourriez leur dire ce que vous savez, leur parler de l'empoisonnement…

Antimoine. Chlorure de potassium. Strychnine.

— Madame Horton. (Il s'éclaircit la gorge.) Loin de moi l'idée d'offenser votre moralité, mais les hommes de ma sorte n'ont pas pour habitude de se mettre sur le chemin de la police.

Il jette un œil par-dessus son épaule.

— La police n'est pas particulièrement bien disposée envers ceux qui privilégient des passe-temps moins… conventionnels.

Maude comprend parfaitement ce que cela signifie, mais tout de même, pourquoi partager de telles informations avec elle ? Elle n'est rien pour lui.

— Écoutez, madame Horton. (Il sent sa réticence.) Et si je vous disais que dans ce journal, il est question d'une personne qui, j'ai de bonnes raisons de le penser, a joué un rôle dans la mort de votre sœur ?

Le monde alentour se tait.

— Quand vous le lirez, je pense que vous parviendrez à la même conclusion.

— Qui est-ce ?

Le moindre centimètre carré de sa peau est soudain brûlant.

À nouveau, il se penche en avant.

— Un homme du nom d'Edison Stowe. J'ai de bonnes raisons de croire qu'il est impliqué dans cette… conspiration. Dans cette dissimulation. Dans ce complot, quel que soit le nom qu'on veuille lui donner.

— Où est-il à l'heure qu'il est ?

Elle s'apprête à sortir le journal de sous la table, il faut qu'elle sache ce qu'il raconte au sujet de cet homme, ce "Stowe".

— Il est facile à trouver. (Il repousse le livre sous la table du plat de la main.) Je veux que vous suiviez sa trace.

— Monsieur Heart… (Elle secoue déjà la tête.) Je ne suis pas capable de…

— Madame Horton. Vous avez la chance d'avoir été gratifiée d'un don précieux : vous êtes une femme.

Elle fronce les sourcils. Le secrétaire, de toute évidence, n'a jamais accordé suffisamment de réflexion à ce que représentait le fait d'être une femme.

— Cela, associé à votre... statut social, vous permettra de passer inaperçue.

Elle attend la suite.

— Si je le suivais, moi, je ne pense pas que cet homme réagirait aussi bien que si vous le faisiez, *vous*.

Il avance ses deux paumes dans sa direction, comme si elle était un objet exposé dans une salle des ventes.

Il baisse la voix d'un air de conspirateur.

— N'avez-vous pas envie de savoir comment Constance est morte ?

Elle ne parvient pas à répondre, son esprit est obstrué. Sa tête est lourde. Mais elle fera tout ce qui est en son pouvoir pour atteindre la vérité. Cela, elle le sait.

Un corps s'écrase contre leur table avant de tomber en se repliant lentement sur le sol puis, de sa position recroquevillée, il se raidit brusquement et hurle comme une pleureuse.

Heart se penche encore plus près.

— En suivant ce Stowe, en faisant sa connaissance, en l'amenant à avouer les circonstances du décès de votre sœur, vous pourriez également me fournir, à *moi*, des informations plus concrètes sur l'implication de Hancock. (Il a un sourire bref.) Ces informations pourraient me diriger vers une trace écrite, un document, un accord officiel, etc., qui pourraient être utilisés contre lui.

Maude déglutit. Elle se soucie peu de la quête de vengeance mesquine de Heart, mais elle sent quelque chose de nouveau et d'indéchiffrable qui bouge au fond d'elle.

— Si vous avez besoin d'argent, je peux vous en fournir.

— Je vous remercie pour cette information, monsieur Heart. Je vais y réfléchir.

Elle sait déjà qu'elle le fera.

Il hoche la tête, ne semblant pas totalement satisfait.

— Je vous demanderai de faire quelque chose pour moi en échange, ajoute-t-elle.

Il penche la tête.

— Vous avez évoqué le fait que votre frère était chirurgien ?

— C'est exact.

— J'ai besoin du nom du chirurgien qui était sur le Makepeace. Il est probablement le dernier à avoir vu le corps de Constance.

— C'est M. Sedgewick. Il est mentionné dans le journal.

Flûte. C'était plus facile qu'elle l'avait cru. Lui a-t-elle dévoilé ses cartes trop tôt ? Elle redresse les épaules et tente un nouveau coup.

— Votre frère pourrait-il lui transmettre une lettre ?

— Je suis certain qu'il pourrait essayer.

Elle a l'impression de se trouver au bord d'une immense falaise, orteils recroquevillés tout au bord.

— Et comment pourrais-je trouver cet homme, cet Edison Stowe ?

Elle chasse le vertige d'un clignement d'yeux.

— Lisez le journal, et vous vous trouverez à frapper à sa porte en un tournemain, je vous le garantis.

Heart fouille dans sa poche pour en sortir une carte.

Sur cette carte se trouve l'image d'un squelette, et une adresse.

Le Journal de Jack Aldridge

58,7° N, 3,2° O
Pentland Firth
15 mai 1849

J'écris ceci à la lueur d'une lanterne, recroquevillée comme un cloporte dans mon hamac, dans le ventre sombre du Makepeace. Rumpelstiltskin, le chat du navire, a calé la petite chaudière de son corps dans l'espace qui se trouve sous mon coude. Il est tout à fait heureux, il ronronne paresseusement tandis que je griffonne, avec en fond sonore les bruits que font les hommes en dormant, qui remplissent le gaillard d'avant, du plancher au plafond.

Le Makepeace est un navire plus grand que tous ceux que j'ai vus, et il grince et gémit comme une bête aux os froids et rouillés. À l'air libre, il a encore l'odeur des copeaux de bois et du vernis, mais sous les ponts la puanteur suffit à faire couler les yeux – huile de baleine qui brûle, crasse des hommes, vêtements moisis et seaux d'urine dans tous les coins.

On est à l'étroit ici, l'espace bruit et cliquette de cette concentration d'hommes pressés les uns contre les autres. Nous rabattons nos hamacs tous les soirs et les tables pour le dîner descendent du plafond au bout de chaînes. Il y a peu de place pour marcher, excepté deux allées étroites qui longent la coque de chaque côté. Avec moins de six pieds de hauteur disponible, les hommes les plus grands vivent dans un perpétuel supplice voûté. Heureusement, je n'ai pas ce genre de problème.

Même en plein jour, vous trouverez là des hommes endormis – ceux qui sont de nuit grappillant un peu de repos ou les soutiers épuisés d'avoir alimenté le brûleur à charbon des heures d'affilée. En tant que garçon de cabine, on ne m'a pas encore assigné de tour de veille, mais je vais bientôt prouver à Despie et aux lieutenants que l'on peut me confier cette tâche.

Il n'y a pas de silence sur ce navire, même la nuit ; les hommes bougent à toute heure, ils grommellent, ils chantent, ils discutent. M. Penny, le cuisinier, semble ne jamais dormir, il prépare des biscuits de mer et remue des ragoûts sur son poêle incandescent jusqu'aux petites heures du jour. Je l'entends en ce moment même, dans la minuscule cuisine à côté du gaillard d'avant, qui marmonne des chansons de marins à travers le tuyau de pipe éternellement serré entre ses dents. C'est un réconfort de l'entendre. Cela me rappelle mon grand-père à sa paillasse, et je peux m'imaginer que je ne suis peut-être pas si loin de chez moi, après tout.

Si vous franchissiez les doubles portes et que vous grimpiez sur le pont en empruntant la petite échelle, vous verriez que nous sommes à présent entourés par les eaux couleur silex de Pentland Firth. L'air grouille de mouettes, agitées comme des cailloux blancs, et leurs cris se mêlent au sifflement métallique du vent. La nuit, les cieux au-dessus de nos têtes s'assombrissent à peine, lorsque des nuages rapides voilent une lune brillante et incomplète, entourée d'étoiles.

Notre mission est de découvrir le sort de sir John Franklin, des deux vaisseaux manquants, et des cent vingt-neuf hommes portés disparus. Cela fait quatre ans maintenant que je suis l'aventure de Franklin, depuis le jour où il a largué les amarres et où il a appareillé pour les mystérieuses eaux du Grand Nord. Je ne suis peut-être pas le garçon de cabine initialement prévu sur ce bateau, mais je me rendrai utile lors de cette expédition. Je sens tout au fond de moi que nous retrouverons les hommes sains et saufs, et leurs vaisseaux presque intacts – quelle gloire rejaillirait alors sur nous ! Je m'imagine la médaille. Je sens déjà son poids froid.

Nous suivrons la route empruntée par Franklin, nous remonterons la baie de Baffin et nous nous engagerons dans le détroit de Lancaster pour gagner l'île du Roi-Guillaume où nous commencerons l'enquête proprement dite, parcourant la terre et les mers à la recherche de cairns, de messages et de caches, en quête du moindre signe de vie.

C'est le capitaine Despie qui commande notre navire, secondé du premier lieutenant Marshall. Ils sont tous deux des chefs impressionnants, aussi bien l'un que l'autre : directs, concentrés de manière inébranlable sur leur but et immunisés contre cette sorte de mélancolie qui gagne certains des autres hommes de ce bateau.

Le High Regard est commandé par le commandant Forsyth et nos deux navires pénétreront de conserve dans l'Arctique, comme s'ils étaient reliés par une chaîne. Les hommes blancs les plus proches, selon Despie, sont les marchands de fourrure de la Compagnie de la Baie d'Hudson, à plus de mille kilomètres de là, sur le terrain le plus sinistre et le plus impitoyable qui soit.

Un matin, Despie s'est mis à genoux pour étaler une carte sur le pont. Je me suis hissée sur la pointe des pieds pour regarder par-dessus les épaules des hommes, sous la piqûre vivifiante du sel et des embruns. Il a retracé le chemin que nous avons pris, en faisant courir son doigt sur les terres et les mers, jusqu'à ce qu'il atteigne le sommet de la carte, où les lignes perdaient leur clarté et leur fermeté pour se dissoudre dans une étendue de blanc béante.

Lady Jane Franklin a déjà prouvé sa ténacité en orchestrant l'expédition envoyée à la recherche de son mari et de ses hommes depuis l'Angleterre, notre patrie. Bien qu'elle soit navigatrice, elle aussi. C'est une meneuse d'hommes. Tout comme Jeanne Baret, qui a embarqué déguisée à bord de l'Étoile, ou la guide Sacagawea, qui a mené des hommes à travers les terres inexplorées de l'Ouest américain ! Je sais que j'ai en moi ce qu'il faut pour être comme elles. Si je dois me faire passer pour un homme pour le prouver, au début, soit !

Cela ne veut pas dire que je n'ai pas eu peur de ma position. En réalité, dès que j'ai mis le pied sur ce bateau, j'ai été assez paralysée par la certitude d'être découverte. Tandis qu'il y a deux semaines, la barque traversait la Tamise en godillant pour gagner le brick qui attendait, tandis que je grimpais l'échelle de corde qui menait au pont et que j'étais poussée sous le pont par un premier officier qui aboyait des ordres, pour y trouver ma couchette, j'étais persuadée que ce n'était qu'une affaire de minutes avant que la partie soit terminée pour moi, que je sois expulsée et renvoyée sur le quai. À coup sûr, il leur suffirait d'un regard sur ma personne – mes épaules étroites, le teint de fraise de mes joues – et on m'ordonnerait de rassembler mes affaires et de quitter les lieux, la tête baissée de honte.

À mon grand étonnement, ce n'est pas ce qui s'est passé.

Je m'étais bien préparée, je suppose, en réfléchissant pendant des semaines aux moyens de me faire passer pour un homme. J'avais étudié le comportement des messieurs qui parcouraient des yeux les étagères, à la pharmacie, mémorisant leur démarche détendue, leur façon de se considérer comme un article digne d'inspection, et d'admiration. Dès ce premier jour à bord du Makepeace, je me suis tenue la poitrine haute, carrant les épaules et écartant bien les jambes. Je me suis mise à l'aise dans mes vêtements de mousse, reconnaissante envers les multiples couches que le travail en mer requiert. Lors des soirs plus froids, quand le soleil couchant teintait le ciel d'une couleur de lavande, j'ai constaté que, dans cette sorte de crépuscule étrange, tous les corps se ressemblaient, le mien inclus.

Quand même, je me bande quotidiennement la poitrine avec des lambeaux de flanelle récupérée auprès du chef de cabine, et même quand je sue à la tâche, je ne déboutonne pas mes manches ni ne m'autorise le soulagement de desserrer mon col de chemise. Un dispositif à entonnoir, grossièrement façonné à partir d'un morceau de fer-blanc, me permet d'uriner debout comme le font les autres hommes ; et quand je saigne, je fais en sorte de cacher les haillons souillés tout au fond de mon coffre de marin.

Donc, je suis prudente, oui, mais je me rassure aussi en me disant que les hommes ne prêtent guère attention au corps d'un mousse. Ils se soucient encore moins de la hauteur de sa voix dans les rares occasions où il pourrait être incité ou autorisé à parler. Pour eux, je suis invisible. Je suis en dessous d'eux. Je ne suis rien. Par conséquent, mon piètre statut est devenu ma grâce salvatrice.

Mes mains changent avec chaque jour qui passe, elles se couvrent d'ampoules, de durillons et de callosités. La nuit, je les approche de mon visage et j'inspecte leurs crevasses avec admiration, en passant les doigts sur chaque pouce de peau durcie, chaque strie. Mes bras, eux aussi, deviennent secs et tendus, ils se renforcent sous le poids des haches, des cordes et des harnais. Les journées s'écoulent dans une rotation sans fin de tâches : lessiver les ponts, pelleter, marteler, réparer sans cesse quelque chose. Despie est un homme secret, et donc une fois que j'ai aidé le cuisinier avec le pain et le cacao du petit déjeuner, une fois que j'ai assisté le capitaine dans sa toilette et que j'ai jeté son eau de rasage, je suis, en grande partie, livrée à mes propres préoccupations et inquiétudes. J'essaie de me rendre utile sur le pont, pour montrer que j'apprends vite, que j'accepte sans broncher les tâches rudes. J'ai tellement envie d'apprendre à utiliser la boussole, de savoir comment sonder les fonds comme les autres hommes. Je suis très attirée par l'équipe des gabiers agiles qui passent leurs journées aussi haut que les oiseaux. Dirigés par Adams, un homme méditatif au doux accent irlandais, ils actionnent les gréements les plus hauts, les vergues de hunier et de perroquet, de jour comme de nuit, quel que soit le temps. Je suis petite, évidemment, et il n'en a pas fallu beaucoup pour prouver mon agilité à Adams. Alors il m'autorise à donner un coup de main, à l'occasion, quand l'un des autres hommes a besoin de repos. Cette toile d'araignée de cordes semblait impossible à actionner au début, mais maintenant je me sens aussi à ma place dans ce nid de pie, à regarder l'océan étendu autour de moi, que je le suis derrière la caisse dans la pharmacie de grand-père.

Maude est assise le journal dans les mains, épuisée, un pied tapant avec agitation un rythme rapide et nerveux sur le plancher. Sa chambre, cette chambre qu'elle partageait avec Constance, résonne encore de la présence de sa sœur. Elle est là dans les murs, dans les lattes du parquet, dans le linge, dans le petit lit bien fait dont elle prétendait, enfant, qu'il était un petit bateau. Personne n'y a dormi depuis que sa sœur est partie. Personne ne s'est assis dessus, personne ne l'a même touché. Maude ne le permettrait pas. Si elle regarde attentivement, elle distingue encore la forme de la tête de sa sœur dessinée en creux dans l'oreiller, elle peut encore ôter un unique cheveu, long et sombre, laissé là.

Elle se souvient avoir trouvé la lettre le jour où Constance est partie, à côté des restes de la tresse de sa sœur, grossièrement coupée aux ciseaux, le tout soigneusement disposé sur la courtepointe. En ouvrant l'enveloppe, les doigts de Maude avaient tremblé. À l'intérieur, Constance expliquait comment elle avait conçu son plan, elle racontait comment elle avait volé la place de quelqu'un d'autre qui devait se trouver sur ce bateau, celle du jeune Jack Aldridge, comment elle avait forgé de toutes pièces une lettre de l'amirauté adressée à la famille du jeune homme, qui expliquait que ses services, quoique très appréciés, n'étaient plus nécessaires car l'équipage était au complet. La lettre contenait des excuses de la part de sa sœur, bien sûr, des expressions d'affection, mais ces mots avaient virevolté dans la tête de Maude, volages, insaisissables.

Elle regarde à nouveau le journal. Cela lui fait encore tourner la tête, de lire les mots de Constance ; certains d'entre eux sont difficiles à avaler.

Je n'ai pas encore le mal du pays.

Cette ligne l'a piquée. Comme si elle avait été frappée à toute volée par un éclat de verre. Elle continue de lire…

Car si vous vous promeniez sur ce navire, vous verriez qu'ici, c'est exactement comme à Londres. Tout fonctionne sur le contraste le plus complet : les marins à l'avant, les officiers à l'arrière, nous entassés les uns sur les autres dans notre espace jauni par la lampe, exactement comme dans les taudis et les bas-fonds de la ville – et de l'autre côté la Grande Salle des officiers à la poupe, où ils boivent du whisky en déplaçant paresseusement telle ou telle pièce de jeu d'échecs. Leurs spacieuses cabines sont les Baker Street, les rutilants Portman Square, avec leurs écritoires en acajou, leurs encriers étincelants et leurs lavabos.

Ces officiers (beaux, soignés, riches), frangés d'or comme des arbres de Noël ambulants, parcourent le navire d'un pas lent, mains nouées derrière le dos comme s'ils arpentaient les couloirs d'un musée. C'est comme s'ils ne nous voyaient pas. Nous, les invisibles. Qui nous agitons autour d'eux. Qui actionnons la vergue. Qui transpirons, qui nous échinons, qui nous trouvons face au vent à sec de toile.

Comme dans n'importe quelle ville, vous trouverez de tout : des nobles, des ruinés, des qui travaillent dur, des hommes endurcis à tous les climats et à toutes les fatigues, des êtres promis à de grandes et remarquables choses, des va-nu-pieds et des saints, entassés ensemble et saupoudrés de sel comme du poisson en boîte. Je suis prête à parier qu'il y en a de dangereux dans le lot.

Des murmures qui circulent entre les plats mettent en garde contre ceux qui, de naissance, sont de la mauvaise graine. Contre ceux que la vie en mer a acculés à la rudesse. Ceux qui ont pourchassé des baleines à Nantucket, jetant leurs lances juste dans leurs évents, pour regarder leur sang jaillir en arcs de pourpre dans le ciel.

Mais il y a aussi des êtres bons, ici. À bord se trouve un chirurgien, un certain M. Sedgewick. Un homme aux yeux vifs, intelligents, dont l'infirmerie, nichée dans le coqueron avant, est remplie des mêmes flacons que ceux qu'on trouve alignés sur les étagères de la pharmacie. Je m'attarde un peu à chaque fois que je passe devant cette porte, et je respire l'odeur familière et herbacée de l'huile d'origan et du camphre. J'ai tellement envie de pénétrer à l'intérieur de la pièce, de passer en revue ses armoires, pour rechercher la forme distinctive et familière des cristaux de l'acide salicylique, ou de la résine rougeâtre du sang-dragon.

Il m'a surprise tandis que je me cachais, l'autre jour, et ça m'a bien refroidie. Mais il ne m'a pas ordonné de m'en aller. À la place, il a souri, ce qui a fait se relever ses épaisses moustaches noires tandis que la lumière de la lampe de cloison se réfléchissait sur le verre rutilant de ses lunettes. Mais je me suis éclipsée, trop timide pour ouvrir la bouche, bien trop convaincue que ma curiosité serait prise pour une gaminerie de fille et que cela m'exposerait.

Il en faudrait très peu pour que mon secret soit découvert ici : un bouton qui cède au mauvais moment, une garniture qui tombe, un filet de suspicion qui s'insinue ici et là. Mais je resterai prudente, jalouse de mon isolement comme une palourde. Je garderai le regard baissé, mon cache-nez bien serré et mes pensées tournées vers l'intérieur. Ce journal restera caché, à l'abri des yeux de tous, excepté des miens. Je me maintiendrai en sécurité, je protégerai ma position sur ce navire. Je suis Jack Aldridge, mousse, et si je suis ici c'est pour mener à bien cette glorieuse mission.

Le lien que partagent des sœurs peut être cruel, pense Maude en refermant une fois de plus les pages du journal. Différent de l'amour dont il est question dans les romans. C'est un amour tranquille. Une fatalité. Il existe exactement comme l'air existe. Comme le ciel existe. La terre. Un amour qui n'inspire ni poésie ni chanson, mais sans lequel tout le reste perd son sens. Constance partie, Maude avait perdu le pivot de son univers. Comme il est cruel qu'une telle chose puisse exister. Comme il est cruel qu'on ait pu la lui enlever, en un claquement de doigts.

Elle avait toujours éprouvé une responsabilité, la responsabilité de prendre soin de Constance, une charge qu'elle avait accueillie avec bonheur. Elle avait fait passer Constance en premier, ne s'était préoccupée que d'elle, lui avait donné la priorité. Au détriment d'elle-même, mais elle s'en fichait. Elle ne pourrait pas exister si sa sœur n'existait pas, elle en était certaine. Après la mort de ses parents, prendre soin de Constance avait été son affaire. Qu'aurait-elle eu d'autre à offrir à quiconque ?

Les désirs de Constance la portaient à l'aventure, elle avait le besoin d'évasion chevillé au corps. Maude l'avait vue passer des heures à étudier des articles au sujet de lady Franklin. L'avait vue parcourir chaque affiche, chaque livre, chaque avis public consacré à l'expédition. Sa sœur avait toujours été emportée par les sentiments, par la passion.

Elle gardait une réserve de feuilletons à sensation sous son lit, loin des regards désapprobateurs de leur grand-père. Elle s'imprégnait de leurs aventures de baronnets meurtriers, de pirates et de naufrages, de leurs histoires de femmes avec des couteaux, de princesses lointaines. La vie de Constance était remplie d'émotions et de couleurs, avec des pièces qu'elle jouait toute seule pour les spectateurs patients qu'étaient sa sœur et son grand-père, et son existence était peuplée de superstitions étranges et de rumeurs fantaisistes. "Ne marche jamais au-dessus d'une trappe, disait-elle à Maude les yeux brillants d'excitation, tu passerais au travers pour tomber dans un antre souterrain, tu serais volée, tuée et ton corps serait vendu aux médecins !" Incarner un rôle lui avait semblé facile. Là ! Voici Jeanne d'Arc avec sa sainte épée. Non ! Voici Mary Anning, la paléontologue, les bras chargés des lourds os de ses grands lézards. Maude, elle, ne s'était jamais sentie à l'aise dans les vêtements de quelqu'un d'autre. Une telle prétention l'étouffait. Elle avait la gorge contractée par la vérité.

Puis, un jour, Constance était partie. Les histoires avaient cessé et toute la couleur avait été aspirée de leur vie. La première réaction de Maude, même si elle a honte de s'en souvenir maintenant, avait été la fureur. Quel égoïsme de la part de sa sœur, quelle témérité, quelle folie pure, quelle inconscience de les laisser purement et simplement seuls ! Comment allaient-ils s'en sortir ? Maude avait passé sa vie à attacher sa sœur à elle. Constance avait négligemment coupé le lien. Maude ne s'était jamais sentie trahie à ce point.

Dans la pharmacie, à l'avant du bâtiment, le soleil du matin pénètre à travers le verre coloré, projetant des reflets chatoyants dans la poussière des étagères. Maude est restée éveillée toute la nuit à lire le journal. Elle en connaît désormais le moindre mot, elle a passé les doigts sur le moindre trait d'encre, lisant et relisant fébrilement chaque ligne. Le regard flou et les yeux brûlants, elle a scruté les mots de sa sœur à la recherche d'un message codé, sondant chaque nom contrefait, chaque signification cachée.

Mais elle n'a pas eu besoin de chercher si loin.

Heart avait raison. Tout était très clair.

Elle reprend le livre avec des mains douloureuses et parcourt rapidement des yeux les pages sur lesquelles des marques appuyées de son propre crayon soulignent avec force les mots de sa sœur. Les marques désignent toujours la même chose, soulignée encore et encore. Ah. Elle en a raté une ; elle attrape le vieux crayon mâchonné. Elle trace un trait vigoureux sous les deux mots.

Edison Stowe, disent-ils. *Edison Stowe. Edison Stowe. Edison Stowe.*

4

Edison

octobre 1850

Les escaliers qui mènent à la boutique d'Inchbold, au rez-de-chaussée, grincent comme de la glace sous ses pieds. Edison descend lentement, se penchant pour tester une planche pourrie de ses longs doigts. Il se mord les lèvres. Il devra réparer cela lui-même s'il reste ici un moment. L'homme semble bien trop préoccupé par ses spécimens pour s'occuper des questions de sécurité.

Dehors, Londres est déjà réveillée et la foule s'écoule dans un flot rapide devant la vitrine – un brouillard continu de costumes, de chapeaux, de calèches et de chevaux. Sur ce fond se détachent les grandes lettres dorées. Les mots apparaissent à l'envers quand on les lit de l'intérieur.

DLOBHCNI. M ED SETTELEUQS SEL

Les squelettes sont jaunâtres dans la maigre lumière du matin. Leurs os remplissent tout le magasin, certains assemblés et empilés de manière complexe les uns sur les autres sur des socles polis, d'autres arrangés sur l'appui surélevé de la vitrine pour mettre mieux en valeur l'attrait des animaux. Edison saute la dernière marche et se dirige vers le guépard, récemment importé du Tanganyika, qu'Inchbold s'est procuré auprès d'un professeur qu'il a dû rétribuer très grassement pour ce service.

Il s'accroupit tranquillement et examine les os assemblés. L'animal a été mis en scène comme s'il était en mouvement. Deux jambes levées comme si la peau était partie la première. Il se redresse et scrute la pièce à la recherche de son propre butin : les os d'un phoque annelé suspendus à des chaînes fixées au plafond ; dans le coin, un duo – une renarde arctique blanche avec le délicat squelette de son petit. Il se souvient bien d'eux. L'espace d'un instant, il sent encore l'odeur d'ammoniaque des viscères qui bouillent. Il sourit au souvenir de la délicate beauté du tendon au moment où il se détache de l'os.

Une clé grince dans la serrure.

— Ah, il est vivant.

George Inchbold entre, journal sous le bras. Il jette la clé, sans un regard, sur un plateau d'argent poli que tient en équilibre un imposant ours empaillé. Il est dressé sur ses deux énormes pattes, à côté de l'entrée, et c'est le seul animal de la boutique à avoir encore sa fourrure. Edison avait eu un mouvement de recul lorsqu'il avait vu l'ours pour la première fois, “Frederick”, babines retroussées, découvrant de grandes dents jaunes. Mais les clients, devait-il observer bientôt, adoraient cette curiosité bizarre, et tout ce qu'Inchbold présentait sur ce plateau – cartes de visite, dépliants publicitaires, bonbons – disparaissait en un clin d'œil.

Inchbold porte sa casquette visière baissée, ce qui projette son visage, marqué des rides de la cinquantaine, dans une ombre profonde et le fait paraître bien plus austère qu'il ne l'est réellement. Un chien trotte derrière lui, un lévrier, aux membres déliés aussi rapides que de l'eau, au museau que des poils durs couleur poivre et sel tirent vers le gris.

— Livingstone.

Inchbold appelle le chien au pied, l'éloignant en douceur du squelette d'un jeune chimpanzé. Ainsi monté sur ses piquets, Edison avait toujours pensé que le singe ressemblait à la dépouille d'un petit garçon. Chaque squelette de la boutique provient du réseau de collectionneurs et d'experts d'Inchbold – des amis de la Société zoologique lui apportent des crânes d'hippopotames et de fragiles carcasses de lémuriens. Des collègues sont revenus d'expéditions dans les jungles d'Amérique du Sud en hissant des serpents de deux fois sa taille sur le comptoir, pour voir quel montant ils pourraient retirer des os délicats qu'ils contiennent.

Lorsqu'Edison était revenu de l'Arctique cet été-là, des vautours l'attendaient à Londres. Il n'avait pas un sou vaillant pour les tenir à distance, mais il possédait quelque chose de bien plus précieux qu'une poignée de pièces. Il avait en sa possession une rareté de l'Arctique, un objet légendaire qui mettrait les collectionneurs en transe.

Il avait croisé Inchbold à plusieurs reprises au cours de sa vie. Ils avaient échangé lors de conférences de la Société, avant qu'Edison en soit si injustement expulsé, et partageaient un intérêt identique pour le travail quelque peu controversé du professeur Owen. Aucun des deux hommes n'avait été à la hauteur de ses ambitions académiques, et Edison voyait parfaitement qu'Inchbold portait en lui le poids de cet échec. Ils avaient trouvé chez l'autre une âme sœur : lorsqu'on n'est pas accepté dans certains cercles, il faut se mettre en quête de ceux qui savent reconnaître vos talents.

Edison avait entendu dire que George Inchbold avait une boutique et, avec la morsure de l'Arctique encore fraîche sur sa peau, il attendait patiemment dans la queue tandis que d'autres hommes pleins d'espoir vantaient leur butin à la caisse. Tous étaient venus avec “la curiosité la plus rare et la plus singulière”. Mais Inchbold les avait repoussés. C'était un homme qui avait des goûts très spécifiques, et qui aspirait à la vraisemblance. Les trucages ne l'intéressaient pas – les bras d'un singe attachés à la cage thoracique d'un oryctérope, la tête minuscule d'un colibri qu'on faisait passer pour un crâne de fée… Il voulait de la surprise, il voulait de la rareté, mais ce qu'il voulait avant tout c'était de l'authenticité. Edison s'était avancé et lui avait proposé les trois à la fois.

— La défense du narval ! (Inchbold avait haleté quand Edison avait retiré la couverture, découvrant son trésor.) La licorne des mers. Comment vous l'êtes-vous procurée ? En réalité, peu importe. Combien en voulez-vous ?

— La moitié de ce que vous en retirerez, avait marchandé Edison, à quoi j'ajoute votre discrétion la plus totale, et cette chambre.

Il désignait l'offre d'hébergement qui figurait sur une petite annonce fixée sur le comptoir.

Bien sûr, il aurait pu vendre la défense rapidement et rembourser une partie de ce qu'il devait, même si cela n'aurait probablement réduit ses dettes que de manière infime. Des hommes aux goûts variés fréquentaient les conférences de la Société : il y avait des anatomistes privés ; il y avait ceux qui étaient à la recherche de curiosités de cirque ; et il y avait des hommes aux intérêts singuliers, aux cabinets et salles des merveilles pleins à craquer. À la périphérie se cachaient ceux qui prisaient les crevasses les plus noires de la nature. Les insatiables et les acharnés, ceux qui étaient en quête de mutations, d'anomalies et d'aberrations. Mais Inchbold était convaincu qu'attendre l'acheteur adéquat leur apporterait encore plus de richesses. Il connaissait des hommes qui seraient prêts à débourser une fortune pour un tel spécimen alors il leur suffisait d'attendre le bon moment.

Edison regarde le chien tourner trois fois sur lui-même avant de se diriger vers le coin de la pièce. Inchbold enlève son manteau et l'accroche soigneusement à la patère. Edison connaît désormais suffisamment son homme pour sentir qu'il a quelque chose à dire. Ses épaules raides, ses mains toujours crispées le trahissent. Edison attend et, enfin, l'autre se retourne, une ride profonde creusée au-dessus du nez. Nous y voilà.

— Ils sont encore revenus traîner dans les parages.

Edison sent sa gorge se serrer. Lequel était-ce ? Est-ce que c'était Lui, selon leur arrangement, ou est-ce que l'un des autres laquais était allé fouiner partout ?

— Je ne peux pas continuer à vous fabriquer des excuses. Ce n'est pas mon rôle. Vraiment.

Inchbold prononce le dernier mot en agitant un doigt avant de le remettre dans sa poche.

Edison imagine la silhouette svelte du prêteur sur gages, mais trouve flous et imprécis les détails qu'il a gardés à l'esprit. Cette lacune, voilà le danger. Une normalité qui permet à quelqu'un d'être englouti par le restant de la ville de Londres. Regarder Lucian Carter, c'est avoir sous les yeux un gentleman. Gilet et moustaches. Boutons coûteux, chapeau de castor noir et chaussures lustrées. Mais Carter n'est pas un gentleman. Il est le marionnettiste de quelques-uns des hommes les plus impitoyables de Londres.

Avec un soupçon d'inconfort, Edison imagine le timide Inchbold expliquant aux hommes de Carter que celui qu'ils recherchent est, une fois de plus, porté disparu. Il imagine leurs visages chiffonnés. Les mains nerveuses d'Inchbold qui se crispent pour former des poings.

La culpabilité lui serre le ventre.

Inchbold n'était pas obligé d'être gentil quand Edison, les joues creuses et le corps transi de froid, s'était installé dans la pièce au-dessus du magasin. Mais il avait fait tout ce qu'il pouvait pour qu'il se sente le bienvenu chez lui. Edison avait englouti cette gentillesse sans réfléchir – son esprit était encore suspendu dans le vaste désert gelé. Mais une fois que ses pensées avaient commencé à fondre lentement, il avait tenté de se mettre à l'aise. Il avait d'abord fait en sorte qu'on suspende un petit miroir et avait demandé à Inchbold de libérer de la place dans le grand placard pour ses manteaux. Lorsqu'il l'avait ouvert un beau matin, il avait été alarmé d'y trouver un squelette humain au complet empalé sur un poteau.

— C'est un spécimen qui a appartenu à un vieux docteur, avait marmonné Inchbold quand Edison l'avait sondé à ce sujet pendant le dîner. Plus de place dans son officine. Il jette des choses.

Edison avait entrouvert les lèvres pour y glisser une cuillerée de bouillon qu'il avait fait couler dans sa gorge en pensant aux orbites enfoncées du squelette qui l'observait.

Inchbold avait senti son inconfort et avait posé ses couverts.

— Je vais le mettre ailleurs, avait-il promis. Tout de suite.

Edison se passe avec brusquerie les mains dans les cheveux.

— Tout ce que je peux faire, c'est vous présenter mes excuses, George, sincèrement.

Il déglutit avec difficulté en pensant à ses dettes. En pensant à leur poids sur ses pauvres épaules fatiguées. Dans un coin de la pièce, Livingstone s'agite, lève le nez pour renifler l'air. Un éclair gris-brun traverse le sol comme une flèche avant de traîner un moment près des os des orteils d'un aye-aye. Sans la moindre hésitation, Edison traverse la pièce, lève le pied et écrase sa botte au sol. La souris succombe dans un cri pitoyable, le corps réduit en bouillie écrasé contre les planches.

— J'aurai bientôt l'argent pour lui, pour vous. Je viens de… (Edison lève sa botte pour en inspecter la semelle ensanglantée. Zut.) J'ai besoin d'un peu plus de temps.

La bouche d'Inchbold reste ouverte et il y a un long silence tandis qu'Edison saute à cloche-pied dans la direction de Livingstone pour se débarrasser des restes du rongeur en raclant sa semelle sur le sol à côté du chien.

— Carter n'est pas un homme bon, prévient Inchbold une fois qu'il a retrouvé l'usage de sa mâchoire.

Edison sait que Carter n'est pas un homme bon, il sait que Carter l'aurait fait tuer sur-le-champ, sans sa propre agilité d'esprit.

— J'ai un spectacle ce soir, rétorque-t-il.

— Cela ne se terminera pas bien si vous le faites attendre encore longtemps.

Un bruit d'os qui craquent leur provient depuis le coin où se situe Livingstone.

— Je suis sûr qu'il y aura plus de monde qu'au précédent, poursuit Edison. À part ça, il y a eu d'autres offres pour la défense ?

Inchbold émet un bruit désapprobateur. C'est une question à laquelle il a déjà répondu à maintes reprises. Il veut attendre l'Exposition* maintenant, Edison le sait parfaitement, bien que cela leur permettrait à tous les deux de sortir de cette situation inconfortable s'il se contentait de vendre cette foutue chose. Edison avait même proposé, à un moment donné, de vendre purement et simplement le spécimen à Inchbold ; il prendrait l'argent et poursuivrait sa route, trouverait un autre endroit où vivre. Mais l'autre avait refusé ; il semblait apprécier le pouvoir que lui conférait la propriété partagée. C'était comme s'il avait Edison à sa botte et qu'en réalité il en était très heureux. Avec tout l'intérêt que l'Exposition apporterait au niveau international, Inchbold aurait aussi l'occasion d'affermir sa position scientifique, de monter une collection de ses os et de pratiquer des tarifs plus élevés pour tout. Edison le soupçonne également de garder la défense dans le magasin pour attirer plus de clients et augmenter ses chances de vendre ses articles les plus passe-partout. Mais il avait espéré que le petit problème que représentait la présence de Lucian Carter sur leur dos l'inciterait à changer d'avis.

* La *Great Exhibition of the Works of Industry of all Nations* (1er mai – 15 octobre 1851) fut la première des Expositions universelles (la suivante eut lieu à Paris en 1855).

— Carter a tué par le passé, vous savez.

Inchbold traverse la boutique. Les yeux de Livingstone le suivent. Il se penche pour inspecter l'ours indien, *Melursus ursinus*, qui a une fissure de l'épaisseur d'un cheveu courant du haut du crâne à la cavité orbitale droite.

— Et je dois protéger les animaux.

Il dit cela comme pour s'excuser.

Edison sait que le ton signifie qu'il est tiré d'affaire pour un moment encore. Il s'autorise à détendre ses épaules.

— Il y a des hommes qui veulent mettre la main sur ces choses-là, dit Inchbold en faisant un geste circulaire de la main, tout en baissant la voix, qui finit en murmure. *Des hommes méchants*.

Edison fait semblant d'acquiescer.

— Ce sont des choses très précieuses pour les collectionneurs. Je prends un risque en vous permettant de rester ici.

— Je vais résoudre le problème. Je vous l'assure. (Edison sort un billet de banque de la poche de son manteau, qu'il tend à Inchbold.) Je vous en prie, prenez cette petite somme comme preuve de mon intention de vous rembourser ce qui est dû le plus rapidement possible.

Inchbold prend le billet à contrecœur, ouvre la caisse et le range en toute sécurité dans un tiroir muni d'un carillon. Le mouvement fait doucement osciller la défense suspendue au-dessus du comptoir. Edison serre les dents. Il s'était attendu à ce que l'autre refuse l'argent. Il devra renoncer à prendre un fiacre pour se rendre au spectacle.

— En fait, dit-il en recouvrant son sang-froid, je suis sûr que j'aurai des nouvelles réjouissantes à mon retour de la banque.

Il tend la main en direction de son chapeau et fait un signe d'adieu. Il pousse la porte et s'autorise un regard prudent vers Inchbold, mais l'homme est déjà passé à autre chose, occupé à polir les socles avec son plumeau.

Les rues sont animées, même à cette heure précoce, et Edison est englouti par l'emprise crasseuse de la ville. Des corps le frôlent à grande vitesse, des épaules le heurtent violemment, il est bringuebalé ici et là comme une épave. Il tend le cou de contrariété, menton en avant, puis il prend une grande inspiration avant de rejoindre le courant.

Il lui a fallu du temps pour se réhabituer aux rues de Londres. Parce que se réveiller chaque matin dans les eaux propres du passage du Nord-Ouest avait vraiment été autre chose que ce smog et cette crasse. Des icebergs de la taille d'une cathédrale se dressaient, cristallins, à l'horizon, fissurés et dentelés, mais assez puissants pour transformer le Makepeace en bois d'allumettes. En mer, entouré de tant de glace, on ne sentait presque aucune odeur. À Londres, avec ces quantités de sang, de boue et de merde, on aurait eu besoin de bouchons pour empêcher que tout cela n'envahisse vos narines.

Lorsqu'il arrive à la banque, l'employé lui fait signe d'entrer d'un geste indifférent. Voici un endroit qui sied parfaitement à ses goûts. Cela sent le cirage et les larges bureaux au plateau recouvert de cuir : le parfum délectable de l'argent. Edison s'y enfonce comme dans un bain. Mais moins de deux minutes plus tard, le voilà dehors. Tête baissée, piquante de fiel.

"Pas un candidat approprié pour un prêt."

Quelle honte ! Pas un candidat approprié ? S'ils ne le considèrent pas, lui, comme un candidat approprié pour un prêt, Dieu seul sait à quels poux aisément manipulables ils jettent leur argent. Il repousse les pensées liées à "Avant". Le souvenir de l'imposante maison sans cœur qu'il avait héritée de sa mère quand elle était morte. De la façon dont il avait rempli ces pièces vides de nuits passées à boire du cognac chaud. De la façon dont la maîtrise de son argent, l'argent de sa mère, s'était relâchée au fil des ans jusqu'à ce qu'elle lui échappe complètement.

Le navire était censé lui permettre de s'échapper de tout cela. Mais voilà qu'il était de retour là où il avait commencé.

Il déglutit, cligne des yeux. Quelque chose de froid et de lourd se pose sur ses épaules. S'il ne peut pas rendre ce qu'il doit, il sait que Carter ne reculera devant rien pour obtenir sa pénitence. La "solution" qu'il a trouvée pour le tenir à distance, son arrangement secret, n'est qu'un pis-aller temporaire. De quoi lui faire gagner juste un petit peu de temps. Mais ça ne tiendra pas éternellement. Il repense à la devanture étincelante du créancier. Vous pensiez trouver Carter dans une ruelle ? Peuh ! Il préfère se pavaner à la vue de tous tandis que ses cafards écument les bas-fonds de St Giles et de Devil's Acre. Carter se présente comme un gentleman, et personne ne soupçonnerait un gentleman de facturer des taux d'intérêt aussi exorbitants. Personne ne soupçonnerait un gentleman de trancher des pouces ou de marquer de ses initiales, au fer rouge, les parties les plus molles du corps.

Il a tué par le passé. Il fera ce qu'il faut pour obtenir son dû.

Désespéré, il laisse son dos reposer contre un mur. À côté de lui, un homme sans chapeau racle les mucosités de sa gorge et lance un jet vert et vaporeux dans le caniveau. Infect. Edison se détourne avec dégoût juste au moment où un homme de grande taille fonce sur lui, manquant le renverser.

Il sent un fil se briser en lui.

— Puis-je vous demander ce qui peut être si important pour que vous deviez arriver si vite, monsieur ?

L'homme s'arrête, se retourne à demi. Il respire le malheur.

— La pendaison. (Son ton dit son incrédulité face à une telle question.) La pendaison à Newgate.

Il se retourne et repart à toute vitesse.

— Oui, bien sûr, marmonne Edison, même s'il n'avait pas la moindre idée qu'il y eût une pendaison ce jour-là.

Pendant un moment, il tire sur les manches de son manteau, puis, quand un temps suffisant s'est écoulé, il se lance au trot à la poursuite de l'homme. Il suit la brute à distance, dépasse les fiacres, évite les monticules fumants et colonisés par les mouches qui sont tapis dans les caniveaux. Dans sa hâte, à Cornhill, il s'étale à genoux en heurtant une cage remplie de rats destinés aux paris. Sous l'impact, la porte s'ouvre et les rongeurs déferlent dans la rue comme une onde. *Là*. L'espace d'une seconde, il est de retour sur le Makepeace, à écouter le raffut que faisaient, la nuit, les surmulots dans le faux-pont.

Un coup dans les côtes le ramène à l'instant présent.

Des corps affluent vers Old Bailey, la rue qui longe la prison de Newgate, et il voit les barrières qui ont été érigées ici et là pour contenir le flux hurlant. Il entend le bourdonnement que produit la foule, même à cette distance. Bientôt, l'impressionnante hauteur de l'échafaud apparaît.

Les poteaux bien agencés et la traverse de la potence posée dessus, peints d'un noir profond tout ce qu'il y a de plus ordinaire. Au-dessous de l'échafaud, et à perte de vue, il y a des humains entassés, bouillonnants, frémissants, ondulant comme un seau de viande putréfiée. Les humains se sont entassés dans tous les espaces imaginables, ils ont grimpé sur les toits, ils se sont accrochés aux portiques et se balancent aux grilles.

Il est tellement distrait qu'il se cogne une fois encore dans quelqu'un.

— Oh, excusez-moi, je vous prie.

Une femme aux cheveux noirs vêtue d'une robe jaune affiche un joli sourire en guise d'excuses. Tandis que leurs regards se croisent, quelque chose d'étrange s'empare de lui, quelque chose qui ressemble à la glace, mais elle se détourne et s'enfonce plus avant dans la foule.

Edison suit sa trace pendant un moment avant de se désintéresser et de lever les yeux. Il voit une femme habillée à la dernière mode se pencher à une fenêtre, scrutant la scène à travers une paire de jumelles d'opéra. Elle bouge la tête de gauche à droite et observe le moindre détail sordide de la mêlée. Que voit-elle de son point d'observation surplombant ? Colporteurs, bonimenteurs, vendeurs se frayent un chemin à travers la foule pour vanter des anguilles à l'étouffée, des pieds de mouton, des coques, tout ce qu'ils peuvent offrir. Elle voit aussi des enfants. Des pauvres. Des gens riches. Un océan tourbillonnant de chapeaux hauts de forme, de crânes galeux et de bonnets de dames aux couleurs vives.

Le vacarme est ahurissant, et tous ces regards sont comme un orchestre désaccordé. Edison, rouage impuissant dans le mécanisme, se tourne à nouveau vers l'échafaud. Tout autour du gibet, des ivrognes réclament à grands cris d'atteindre la potence, et ils sont repoussés par une phalange d'hommes armés de tricornes et de piques, dont les chevaux soulèvent des panaches de terre blanche.

Et tout cela, se dit-il, juste pour voir un misérable criminel se balancer au bout d'une corde. Misère.

Un petit garçon s'insinue à ses côtés.

— Un gentleman instruit de votre sorte mérite le fond de l'histoire. (Edison ne le chasse pas.) Il ne vous en coûtera qu'un penny, monsieur.

Il prend le feuillet et dépose une pièce dans la paume du garçon, en prenant bien soin de s'essuyer les doigts sur la futaine de son pantalon de velours côtelé. Il regarde le journal. La grossière gravure sur bois montre l'image d'un corps suspendu à une potence. Au-dessous, suppose-t-il, se trouve un portrait du condamné : tout ce qu'il y a de plus ordinaire, si ce n'est que l'homme a un pied posé sur le corps inerte d'une servante. L'expression que l'artiste lui a attribuée est celle d'un triomphe exalté et sans scrupule.

"Le meurtre on ne peut plus cruel et inhumain d'Effie Strong", clame le titre.

Edison parcourt le texte – c'est l'histoire d'une jeune domestique, charcutée d'une oreille à l'autre par son maître après qu'elle est tombée enceinte de son enfant illégitime. Rien que de très banal.

Sa langue trouve l'intérieur de sa joue. Il roule des épaules et dirige son regard sur la foule et son mouvement de houle. Des marionnettistes agitent des squelettes dansants sur leurs scènes, tendant leurs chapeaux pour recevoir une pluie de pièces de monnaie. Des pâtés à la viande sont vendus et engloutis. Des garçons qui vendent les dernières confessions de l'assassin se remplissent les poches de pièces de monnaie sales et sonores.

L'endroit tout entier dégouline d'argent, un argent dépourvu de la moindre vergogne.

Peut-être aurait-il dû être surpris que tant de personnes soient attirées par un spectacle aussi macabre. Mais les journaux ne parlent que de meurtre : le fabricant de tuyaux qui a massacré sa concubine avant de lui couper les membres pour pouvoir se débarrasser plus facilement du cadavre ; le sergent fou qui a tué ses deux enfants avec un rasoir, en leur entaillant la gorge si profondément qu'on leur voyait les vertèbres du cou. Et tout à l'avenant – des corps marinés dans des tonneaux, des maris empoisonnés à l'arsenic. L'accent était mis sur des détails microscopiques qui l'horrifiaient. Au moins ça, ça devrait y faire, non ? Mais les gens étaient toujours là, prêts à lire, prêts à regarder, prêts à entendre de quelle manière exactement une gorge avait été tranchée.

Un rugissement s'élève de la foule et Edison tend le cou. Un agrégat de corps en uniforme est apparu à la Porte des Débiteurs, et il s'éparpille lentement dans la rue.

— Ôtez vos chapeaux, ôtez vos chapeaux.

La foule braille et fanfaronne, réclamant à grands cris la vue la plus favorable sur le prisonnier. Edison aperçoit ce qui doit être le chapelain de Newgate, vêtu de la panoplie canonique de ses vêtements lugubres. Et puis les gardiens, les gardes et les shérifs, eux aussi dans des costumes sinistres. Sur l'échafaud, le bourreau – large, trapu et vêtu de noir – effectue sur son équipement les derniers réglages, sans se soucier du fait qu'il œuvre sous les yeux de l'homme qu'il s'apprête à pendre.

— Bougez de là.

— Enlevez votre casquette.

— Enlevez-moi cette fichue casquette, qu'on puisse voir, bon sang !

Le mouvement se répercute dans la foule, les cris sont presque noyés dans le grondement sonore de la cloche du Saint-Sépulcre.

Autour de lui, Edison compte les têtes nues. Dix. Cinquante. Deux cents. Davantage. Quelque chose est en train de prendre forme dans son esprit, quelque chose de brûlant et de vif.

Les premières étincelles d'une allumette.

Edison Stowe a une idée.

Le Journal de Jack Aldridge

69° N, 52° O
Whale Fish Islands, baie de Disko, Groenland
2 juillet 1849

Ce ne sont pas les hommes qui décident de la direction que prendra un vaisseau. Pas plus qu'ils ne sont en mesure de déterminer la vitesse à laquelle il se déplacera.

C'est la glace qui en décide.

Il y a des hommes sur le Makepeace qui ont d'étranges et surprenantes préoccupations : le jeune assistant du soutier, Baker, qui cultive une plantation de cresson au coude d'une chaude cheminée de cuisine ; Mansfield, le commis au visage allongé, qui embrouille les hommes en parlant un latin raffiné au dîner. Pourtant, aucun d'eux n'est aussi mystérieux à mes yeux que ceux dont le métier est de converser avec la glace. Ce sont des conducteurs au sommet du grand mât qui manœuvrent leurs lunettes de leurs doigts gelés, traduisant les ordres rusés et muets de la glace. La façon dont ils parlent entre eux me donne l'impression qu'ils chantent. Ce n'est pas un bourdonnement mélodique et choral, mais quelque chose de guttural, quelque chose de fort comme une chanson de marins. "Glace de neige fondue, murmurent-ils, glace instable, glace dérivante", le tout au rythme saccadé d'un tambour.

Le pilote des glaces, cependant, l'homme chargé de naviguer dans toute cette étendue gelée, est une brute achevée. Le matelot Abel Mance. Rugueux comme la pierre, avec des yeux qui ne se sont certainement jamais donné la peine de sourire. Les hommes disent qu'il a passé sa vie à travailler avec les chasseurs de morses dans le Nord, à les guider dans les défilés les plus étroits entre les murs de glace, à diriger des bateaux de bois dégoulinants de sang, à travers les banquises et les congères. C'est un homme de peu de mots, je l'ai constaté. Il prend ses repas avec l'officier scientifique, Stowe, qui semble hautain et condescendant face à la brutalité de rustre du pilote des glaces. Il n'est cependant pas si rare que de telles relations se nouent sur un navire comme celui-ci, surtout lorsque des gens de toutes espèces sont si étroitement liés. Je les regarde parfois. L'un est sale, l'autre est propre : Mance dans sa culotte de toile toute tachée ; Stowe avec le lustre sacré de l'officier – bottes cirées en cuir de veau et manteau de laine peignée, immaculé. Quand je le croise dans les escaliers conduisant d'un pont à l'autre pour aller assister M. Penny dans la cuisine, il sent toujours l'onguent et l'antiseptique. Mance exhale horriblement des remugles d'entrejambe. Stowe picore sa nourriture comme un oiseau, tandis que Mance déchire la chair comme un vieux chien affamé.

J'apprends chaque jour de nouvelles choses sur la glace, en contemplant l'océan depuis mon poste à mi-hauteur du gréement. La glace qui dérive en partant du pôle n'est pas blanche comme je m'y attendais. Non, elle est d'un bleu marbré éblouissant sur sa face inférieure. Ou encore couleur étain ou, parfois, aussi rose que le nez d'un chaton. Tout ce paysage est vivant ! Les icebergs sont filetés de veines comme celles qu'on trouve dans un corps qui vit et qui respire. Le ciel aussi est rempli de vie : macareux, fulmars, eiders, oies des neiges et mouettes abondent. Il y a des baleines de temps en temps. Des baleines boréales, une colonie occasionnelle d'orques, dépassent le navire à toute allure avec leurs nageoires dorsales plus hautes que n'importe quel homme à bord du Makepeace. Lorsque les plus grosses baleines sont en vue, fendant les eaux de leurs bouches grandes ouvertes pleines de fanons, elles vaporisent l'air de leur souffle, comme si l'océan lui-même était en train d'exhaler.

Parfois, les baleines ne sont même pas vivantes, comme je l'ai appris hier. Nous avons franchi l'entrée des Whale Fish Islands, et les hommes montaient la garde à tribord, dans l'air glacial rempli du claquement aigu des drisses contre les mâts. Le Makepeace avançait lentement, voiles gonflées, le long d'un isthme drapé de brouillard.

Au fur et à mesure de sa progression, les vigies appelaient depuis le mât de hune.

— Vers l'ouest, ho ! criaient-ils. Vers l'ouest, ho !

Comme si c'était une chanson.

Une odeur rance nous a frappés comme un mur.

C'était une odeur plus nauséabonde que tout ce qu'on peut imaginer. Certains hommes ont plongé vivement dans la cale pour y échapper. D'autres, attirés sur le pont par la curiosité, s'enroulaient le cache-nez bien serré sur le nez et grimpaient sur les enfléchures pour avoir un meilleur point de vue. Alors que le navire dépassait petit à petit le niveau de la plage, le brouillard a commencé à se dissiper progressivement. Nous avons tendu le cou et aiguisé le regard, mains levées pour résister à l'éclat liquide du soleil. La plage était constituée de galets, de gravier gris en pente ascendante, et le terrain qui l'entourait n'était que boucles ondulantes et petites collines. À proximité, des falaises noires étaient striées de fientes de marmettes d'un blanc immaculé.

Lorsque la brume s'est entièrement dissipée, nous avons perçu sans difficulté la source de la puanteur.

Une grosse baleine s'était échouée sur les graviers où elle était morte. Son corps était ridiculement enflé. Noir et raide de putréfaction. Elle devait faire le double de sa taille normale, me suis-je dit, on aurait cru qu'elle avait été gonflée comme les ballons qu'utilisent les acrobates.

Autour de cette énorme baleine morte se trouvaient des dizaines d'ours blancs.

Je ne pouvais pas en croire mes yeux. J'ai entendu parler des ours arctiques, les plus grands prédateurs de cette planète. L'une des créatures les plus féroces qu'on puisse rencontrer. J'ai entendu parler de leur puissance – je sais qu'ils peuvent écraser la cage thoracique d'un homme et lui trancher la colonne vertébrale. Mais nulle part je n'avais lu qu'ils se rassemblaient pour se nourrir de la chair des baleines.

Les ours étaient musculeux, avaient un pelage jaune sale et donnaient des coups de patte frénétiques à la viande en décomposition. J'ai combattu l'envie pressante de me couvrir la bouche. Les animaux soufflaient et toussaient, leur puanteur astringente n'était pas loin d'avoir un effet étouffant sur les poumons. Leur haleine embrumait l'air, leurs dents étaient à nu. C'était comme si un rideau de théâtre s'était levé pour révéler des acteurs qui s'affrontaient comme des cannibales.

Lorsque la nouvelle s'est répandue, ceux qui étaient restés en bas ont émergé, bouche bée devant ce spectacle étonnant. Les ours n'ont pas été dissuadés par leur public. Quand ils ne déchiraient pas la graisse à coups de patte, ils se frappaient les uns les autres, se mordaient, se cabraient sur leurs pattes arrière pour se battre à la manière des choses mythiques.

Quelqu'un a fait circuler sa longue-vue, et juste au moment où je l'ai collée à mon œil, quelque chose de froid a parcouru tout mon corps. J'ai baissé la lunette pour constater que le pilote des glaces, Mance, était apparu à côté de moi. Ainsi côte à côte, mes épaules atteignaient à peine sa taille. Il n'avait pas de cache-nez sur le visage, il ne cillait pas, ne grimaçait pas au spectacle des ours qui battaient l'air en rugissant. Le spectacle du sang, des lambeaux de peau et de la chair en bouillie dispersés sur toute la plage ne l'a pas perturbé, et je m'imaginais combien de morts il avait dû voir lors de ses chasses au morse. J'ai entendu des voix basses et j'ai levé les yeux – j'ai vu qu'il murmurait quelque chose à quelqu'un. J'ai fait un pas en arrière et j'ai jeté un œil derrière la masse que constituait son corps pour constater que le scientifique, Stowe, se tenait maintenant également à ses côtés. À eux deux, ils modifiaient quelque chose dans l'air par leur seule présence. Leurs yeux étaient fixés sur les ours qui étaient devant eux, et ils n'avaient pas conscience des halètements et des haut-le-cœur des autres hommes. Stowe avait un fusil Baker en équilibre sur sa cuisse. Il rutilait sous les rayons du soleil qui perçaient le brouillard. Mais j'étais certaine qu'il avait écarté l'idée de tirer – non seulement un coup de feu aurait provoqué le chaos parmi les ours, qui se trouvaient déjà dangereusement proches de notre navire, mais nous avons des rations en quantité suffisante et en outre, ces créatures se régalaient de viande en putréfaction. Même si l'ours bouilli était considéré comme un mets délicat, ce qui n'est absolument pas le cas, nous ne pourrions pas les manger.

Mais Stowe aime tirer sur des choses. J'ai entendu la rumeur. Il considère cela comme un sport, disent les hommes. Il dépiaute son butin, emporte les os des bêtes dans sa cabine pour les y cacher, dans l'intention de les vendre une fois de retour en Angleterre à ses amis de la Société.

Tandis que les ours se battaient et se régalaient, je l'ai vu avec ébahissement lever effectivement son fusil. Ma peau s'est mise à me picoter tandis qu'il fermait un œil pour regarder de l'autre dans la ligne de mire. Voilà qui ne plairait pas à Despie. Mais alors, pas du tout. Le massacre le rendrait furieux. Le massacre, et aussi le risque.

Quelqu'un a suggéré qu'il serait peut-être préférable qu'il pose son arme.

L'écho du tir a ricoché sur les falaises.

Ce qui a suivi, ç'a été une explosion. Un volcan. Edison Stowe avait manqué sa cible.

Au lieu de la chair d'un ours, la balle a atteint à l'estomac la baleine enflée. En un instant, il a éclaté et s'est déversé dans une averse de matière sanglante, couvrant le pont et ceux d'entre nous qui se trouvaient dessus d'une pulpe brun-rouge des plus diaboliques. Les ours se sont enfuis, bondissant de terreur pour sortir de la carcasse. Les hommes gémissaient. Ils crachaient pour se débarrasser de l'humeur qui était dans leur bouche, et certains se penchaient sur le plat-bord pour vomir.

J'ai vérifié. Mance n'a pas haussé un sourcil et j'ai vu sa langue sortir de sa bouche pour lécher ses lèvres maculées des humeurs de la baleine.

— Ce n'est pas un ours que je veux, dit Stowe en rudoyant les hommes comme s'ils avaient été touchés à la tête. Un ours, je n'en ai pas besoin. Cet animal-là est un cachalot. Son spermaceti est incroyablement précieux.

J'ai pensé à la substance cireuse à l'intérieur du crâne de la baleine. Stowe aurait très bien pu la supprimer avec son tir, et par ailleurs nous avons eu de la chance qu'aucun ours ne se soit précipité sur notre navire.

Il a ordonné qu'on abaisse la rampe, puis il s'est dirigé vers la plage d'un pas lourd pour récupérer sa prime.

Ainsi, j'ai appris une chose supplémentaire. C'est un navire rempli d'hommes téméraires. Des hommes prêts à se mettre eux-mêmes et les autres en danger pour obtenir exactement ce dont ils ont besoin. Voilà ce que j'ai appris.

5

Edison

CE soir-là, la participation au spectacle était catastrophique. Il savait que ce serait le cas. Plus personne ne s'intéresse à la lanterne magique. Pas quand Livery facture moitié prix son foutu spectacle de monstres juste à côté, où les hordes affluent en troupeaux salivants pour reluquer des femmes tatouées et des avaleurs d'épées. Edison ne s'était lancé dans ces spectacles que pour gagner de l'argent. Certains qualifieraient cette entreprise de désespérée, lui préférait y voir une démarche entreprenante. Inchbold avait une lanterne défraîchie dans la réserve, et comme il était homme à se mettre à n'importe quoi ou à peu près, il lui avait suffi de l'épousseter un peu pour la remettre en marche.

Les files d'attente pour le spectacle de Livery étaient déjà en train de grossir lorsqu'il était arrivé au Monde à l'envers, la lanterne encombrante pesant à son bras. Il avait essayé d'ignorer leurs bavardages infects, tout occupé à étudier le globe qui se trouvait devant la taverne, à le regarder se balancer au gré de la brise au bout d'un vieux crochet en fer. En l'inspectant, n'importe quel client, s'il lui venait à l'idée de se décoller des géantes, verrait qu'il est tout à fait remarquable – que c'est un simulacre, un subterfuge. Le monde entier, mais travesti. Les côtes sud de tous ses continents sont tournées vers le bas, avec le Spitzberg et la Nouvelle-Zemble qui se languissent au fin fond de l'Antarctique et la Terre de Feu située à la latitude à laquelle on s'attendrait à trouver le Labrador ! Ce globe l'amuse toujours, parce qu'il fait appel à son sens de l'humour. Mais il suppose qu'une telle géographie ludique échappe à ceux qui considèrent les femmes aux orteils palmés comme un divertissement.

Il avait poussé la porte de la taverne et avait salué Humphreys derrière le bar, remarquant avec un vague élan de gratitude que l'homme avait griffonné quelques affiches qu'il avait fixées à la hâte sur les murs. Une poignée de participants étaient rassemblés à la porte de la salle du fond et avaient prodigué quelques clameurs dérisoires quand le barman s'était avancé pour la déverrouiller.

Edison avait fait ses préparatifs, jaugeant les clients peu avertis avec dégoût. Aucun pedigree. Juste quelques ouvriers d'usine ternes. Il ne manquerait pas d'enlever immédiatement son chapeau pour le leur tendre. Les spectacles exigeaient un droit d'entrée de deux shillings, et il n'était prêt à y renoncer pour personne. Une jeune mère n'avait pas l'argent et avait donc été expulsée, avec ses enfants, qui avaient fait un fracas épouvantable en partant.

Une fois que tous les clients avaient réglé et avaient été enregistrés, une fois convaincu que son dispositif était prêt, il avait fait le tour de la pièce pour éteindre chacune des bougies dans leurs appliques. Elles laissaient une mince fumée dans l'air tandis qu'il poursuivait sa besogne. Il avait gardé une chandelle allumée sur la table située à l'avant de la salle, puis s'était retourné pour s'adresser à son auditoire.

— REGARDEZ.

Il avait ravalé un soupir.

— Le plus magnifique spectacle de lanterne magique du moment.

De qui se moquait-il ?

Il avait espéré que le volume de sa voix serait un substitut efficace à l'enthousiasme, pour que le public ne se rende pas compte à quel point il était fatigué d'une théâtralité si bon marché. Il n'avait pas la force d'expliquer une nouvelle fois pourquoi il ne pouvait honorer les remboursements. Deux spectacles par semaine lui avaient dérobé beaucoup trop d'énergie, et les rendements étaient si dérisoires qu'il avait à peine réussi à réduire ses dettes. Mais, se disait-il, il lui fallait aller au bout de ce dernier spectacle, après quoi sa nouvelle entreprise lui apporterait suffisamment de richesses pour qu'il n'ait plus jamais à poser les yeux sur une foutue lanterne.

D'un geste fatigué il avait ôté le tissu et exposé le dispositif, le public parfaitement conscient du fait que le moment était venu pour lui de se lancer dans ses *ooh* et ses *aah*. Les spectateurs avaient rempli leur rôle avec aplomb. Edison avait grillé une allumette et allumé l'huile de baleine, dont l'odeur épaisse gagnait le moindre recoin de la pièce pour s'y installer. Sans diapositive dans la lanterne, la flamme avait projeté une simple lumière circulaire sur le drap épinglé au mur du fond. Il avait rapidement épousseté la première vue, l'avait insérée dans le support et le drap avait pris vie.

EXPLORATIONS ARCTIQUES

Les lettres rouges incurvées apparaissaient chacune aussi longue que son bras sur le tissu. Elles avaient été soigneusement peintes sur la lame de verre avec de l'émail transparent, et chacune d'elle avait été frangée de blanc, comme si elles étaient incrustées dans la glace. Au-dessous des mots, une scène fascinante était projetée – un paysage gelé de glace vierge, composé de sommets déchiquetés et d'imposantes montagnes blanches, le tout illuminé par la lumière incandescente de l'étoile Polaire. Un doigt glacé parfaitement familier s'insinuait dans le col d'Edison, lui remémorant le Nord gelé et inflexible, le rappelant à cette terre blanche et immaculée, aussi dure que la pierre et le fer.

Il avait regardé la foule en plissant les yeux, momentanément distrait par un éclair d'un jaune vif. L'éclair n'avait été là que l'espace d'un instant, pris dans un kaléidoscope de lumières qui provenait de l'arrière de la lanterne, puis il avait disparu, passant la porte pour s'engloutir dans le froid.

Edison avait cligné des yeux. Il avait toussoté pour se remettre sur les rails et s'était tourné vers la projection.

Au milieu des crêtes et des festons de la mer figée, un navire était immobilisé. De la glace pendait en javelots à bâbord comme à tribord. Sur le pont, de minuscules silhouettes ressemblant à des fourmis contemplaient les étendues désertes de l'Arctique infini.

— C'est le navire de Franklin ! (Un garçon avait sauté de son banc.) Je l'ai trouvé, je l'ai trouvé. Dites-le à lady Jane. Où est ma récompense ? Je serai riche !

Le public avait gloussé et Edison avait rapidement pris les deux diapositives suivantes. Il les avait insérées dans la lanterne et avait saisi entre ses doigts les petits leviers. Au moyen de ces leviers, il pouvait créer une astucieuse illusion de mouvement, pour donner l'impression que le vaisseau traversait une mer agitée. Il avait levé les yeux pour vérifier la réaction du public. Les enfants du premier rang semblaient abasourdis, même si, à sa grande irritation, il voyait deux hommes tirés à quatre épingles en pleine conversation au fond de la salle. Ils n'avaient pas l'air à leur place ici, au milieu des haillons et du chagrin. Il avait reniflé et glissé la diapositive suivante dans l'appareil, qui avait projeté la forme d'une grande baleine blanche sur le tissu. Le public murmurait de ravissement. Les enfants grimpaient sur les genoux de leur mère pour mieux voir le Léviathan.

— Le béluga, avait-il annoncé en se souvenant de la forme que le corps des baleines avait prise sous l'eau, de la façon dont elles levaient la tête au-dessus de la surface et la tournaient de côté et d'autre, exactement comme un hibou.

La diapositive suivante exploitait un mécanisme coulissant, deux plaques de verre rectangulaires dans un petit cadre en bois. L'une d'entre elles représentait un homme habillé pour le froid – un épais manteau, des mitaines et une perruque galloise*. À côté de lui, sur la glace, se trouvait un énorme ours arctique, la gueule grande ouverte. Sur l'autre diapositive, l'homme était absent, alors quand Edison l'insérait puis l'ôtait de la lanterne, il semblait disparaître complètement, dévoré par le terrible animal. Quelques spectateurs

* La perruque galloise est un bonnet de laine en vogue au XIXe siècle. Il s'agissait d'un bonnet rond qui avait la particularité d'être doté d'une sorte d'extension à l'arrière pour protéger la nuque et les oreilles, extension qui ressemblait à une chevelure bouclée (d'où son nom).

aux penchants apparemment macabres gloussaient en signe d'approbation et frappaient dans leurs mains. Un enfant avait enfoui sa tête dans le coude de sa mère et s'était mis à gémir.

Une fois le spectacle terminé, après qu'Edison eut remballé son appareil d'un air maussade, il s'était autorisé à parcourir des yeux les visages de ceux qui, après avoir raclé leur chaise au sol, se dirigeaient vers la porte. Quelle pitié, ces roturiers qui n'avaient jamais rien vu de plus fascinant qu'un ours galeux enchaîné à Newmarket. Il avait considéré les quelques shillings rassemblés au fond de son chapeau, observé les dos couverts de châles et de chemises miteuses tandis que les spectateurs s'en allaient. Ces gens ne lui procureraient pas l'argent dont il avait besoin pour rembourser ses dettes. Son esprit était brusquement revenu à la pendaison de la matinée, au volume exorbitant de spectateurs qui composaient la foule, ces gens à perte de vue : des visages qui gémissaient, qui hurlaient, une extase de jouissance morbide. Il avait jeté sur la table la diapositive qu'il avait à la main, attrapé deux pièces dans son chapeau et s'était dirigé vers les chaises qui se trouvaient au fond de la pièce. Les deux hommes en costumes et chapeaux étaient toujours absorbés dans leur conversation.

— Messieurs, les avait-il salués. Si je puis me permettre, j'aimerais avoir deux secondes de votre temps.

Les hommes s'étaient tournés d'un même mouvement. Edison avait pris place à côté d'eux.

— J'espérais pouvoir sonder votre opinion sur un sujet un peu délicat. (Il avait sorti les pièces de sa poche.) Un sou en échange de vos pensées, si vous le voulez bien.

Les hommes avaient grogné, et l'un d'eux avait tendu la paume pour recevoir la pièce.

— Vous êtes flic ? avait demandé l'homme en serrant les doigts sur la pièce.

— Rien de tel, je vous l'assure.

Edison avait entrelacé les mains avant de s'en entourer le genou.

— Journaliste ?

Il y avait eu un silence.

— En quelque sorte, je suppose. Plutôt une sorte d'universitaire. Je prépare un article.

Il avait soutenu le regard de l'homme.

En guise de réponse, une moustache cirée s'était tordue.

— Dites-moi, avez-vous déjà assisté aux pendaisons qui ont lieu dans la ville, à Old Bailey devant la prison de Newgate ?

L'homme avait aspiré l'intérieur de ses joues.

— Vous essayez de vous faire une idée de mon caractère ?

— Je suis… en pleine expérience sociale. J'essaie de démontrer ma théorie, selon laquelle même les gens les plus instruits et les plus aisés, ce que vous êtes assurément (il était à deux doigts de s'incliner), sont attirés par ces événements. (Ce genre de minauderie pouvait marcher. Ça avait bien l'air d'être leur genre.) Je crois que quiconque est doté d'une boussole morale, avait poursuivi Edison, ne peut que se réjouir de voir les criminels les plus dépravés se balancer au bout d'une corde. (L'homme l'observait avec attention.) Sinon, comment pourrions-nous maintenir une société digne de ce nom, sans ces manifestations exemplaires qui mettent chacun en garde contre les conséquences de la criminalité ?

Edison avait vu les sourcils de l'autre homme s'animer. Sa cravate s'était froncée tandis qu'il se penchait en avant.

— J'y suis allé, avait-il admis. Mais seulement à la pendaison des Manning. Je ne connais personne qui ne soit pas allé les voir.

Edison avait hoché la tête. Oui, bien sûr. *L'Horreur de Bermondsey*, comme l'avaient appelée les journaux. Le mari et la femme s'étaient balancés de conserve devant la prison de Horsemonger Lane pour le meurtre de l'amant de Maria, Patrick O'Connor. Les journaux n'avaient laissé de côté que très peu de détails sur le crime, ils s'étaient employés à raconter dans une prose racoleuse comment les meurtriers avaient frappé l'homme avec un ébauchoir puis recouvert son corps de chaux vive avant de l'enterrer sous le carrelage de leur cuisine. Deux millions et demi d'affiches avaient été imprimées. Une cinquantaine de milliers de personnes étaient venues assister au spectacle de leur pendaison.

— Elle avait un voile de dentelle noire qui lui couvrait le visage, avait marmonné l'homme. Je l'ai vu juste avant que Calcraft ne lui mette le bonnet sur la tête. C'est à peine si un chapeau s'est levé dans l'assemblée quand la trappe s'est ouverte.

L'autre homme s'était penché aussi pour se joindre à leur conversation.

— Je trouve du mauvais goût le plus achevé, avait-il jeté, de voir une personne mourir ainsi, devant une foule en délire. Elle n'est pas mieux traitée qu'un ours dans une fosse. (Edison avait vigoureusement hoché la tête, brièvement dissuadé.) À moins (l'homme avait levé un doigt en l'air, sourcils froncés) à moins que ce soit pour le meurtre d'un enfant. (Edison et l'homme moustachu avaient grogné en signe d'assentiment.) Auquel cas, vous me trouverez au premier rang des spectateurs.

Les hommes avaient acquiescé d'un air révérencieux, puis tous s'étaient tus.

— Ou, avait repris l'homme après un moment d'une voix étrangement aiguë, qu'il ne s'agisse d'une meurtrière.

Grognements, à nouveau. Assentiments plus marqués.

— Car je pense que nous pouvons tous convenir qu'il n'y a rien de plus dépravé sur cette terre qu'une femme qui tue.

Le Journal de Jack Aldridge

69° N, 51° O
Île Allluttoq, Groenland
4 août 1849

J'ai réfléchi à ce que signifie être un homme. Quels fils s'entrelacent pour former la tapisserie de qui il est vraiment.

Avant ce voyage, j'avais passé peu de temps en compagnie des hommes. À part grand-père, bien sûr. Mais maintenant, je vis parmi eux et je suis quotidiennement témoin de conversations généralement accompagnées de fumée de pipe et de parties de bésigue.

On ne me demande rien sur ma vie, évidemment, ni sur ma famille ou mes désirs. Les autres se soucient peu des histoires d'un moussaillon, et j'avoue que je leur en suis reconnaissante. J'aurais du mal à parler de famille sous l'identité de Jack. Je mourrais d'envie de leur parler de ceux que j'ai laissés derrière moi, de la famille de Constance – de la façon dont ma sœur a mis de côté toute pensée la concernant pour prendre soin de moi depuis la mort de nos parents. De la façon dont mon grand-père fredonne sans la moindre mélodie, tout comme M. Penny, pendant qu'il travaille sur sa paillasse. Je me sens bien seule, parfois, à garder mes histoires pour moi, à écouter celles des autres au sujet de leurs petites amies ou de leurs sœurs, tout en sachant que je suis plus en sécurité en ne partageant aucune des miennes, en les gardant sous clé – en les tenant secrètes. Il m'arrive parfois de croiser le regard de ceux qui sont proches de moi par l'âge et le statut – Baker, l'assistant du soutier, ou Hatton, le jeune garçon de quatorze ans qui aide le charpentier dans son travail dans la cale. Dans ces cas-là, je détourne rapidement le regard, et je sais qu'ils doivent me trouver impolie. Mais je ne peux pas me laisser entraîner dans de telles allégeances, pas si je veux rester déguisée.

Mais les autres hommes parlent librement.

J'ai découvert que ceux qui jouissaient d'une belle position aimaient beaucoup parler de leurs exploits. Les hommes bien élevés. Les hommes instruits. Ceux qui ont fréquenté les écoles privées adorent raconter des histoires sur leur propre courage. Cela les nourrit comme du porridge.

Ceux qui servent à l'avant du mât – pour la plupart originaires du nord de l'Angleterre, d'Irlande, du pays de Galles, ou d'Écosse – admirent ceux qui sont vêtus de belles vestes bleues à épaulettes, tout en espérant un jour se trouver à leur place. En retour, les hommes en vestes bleues aiment se réjouir de leurs aventures devant nous, les mousses et les marins, ils aiment se vanter de la façon dont ils ont parcouru le monde, jusqu'aux colonies de la Terre de Van Diemen, jusqu'aux avant-postes les plus reculés de la baie d'Hudson. Ils nous racontent des histoires où il est question de belles femmes crees et de baleines qui sautent hors de l'eau pour faire chavirer les navires. Tous se sont battus avec des ours blancs à mains nues, tous ont couché avec les filles des chefs les plus nobles, tous sont allés aux plus beaux bals qu'on puisse imaginer.

Les femmes, ou plutôt l'amour d'une femme et l'acte d'"amour" en lui-même, sont de loin le sujet qui revient le plus souvent. Assis sur des coffres marins ou sur des tas de corde, accompagnés du bruit des cuillères qui racle le métal des gamelles, les hommes se rassemblent et parlent, la bouche pleine de ragoût chaud, de leurs petites amies restées à terre. Ils se taquinent mutuellement à propos de prostituées de taverne ou s'accusent d'être cocufiés par leurs voisins. Je fais les bruits qu'il faut, bien sûr. Je ris au bon moment, je m'applique des claques sur les cuisses. Il ne faut pas qu'ils apprennent ma propre familiarité avec l'amour, avec le chagrin. Ils ne doivent rien savoir de moi.

Les hommes se livrent à un concours d'obscénités, partageant des chants grivois et des dessins grossiers – les contours d'une femme nue gravés dans une dent de baleine ; des silhouettes en copulation taillées dans le bois de récupération jeté par les menuisiers. Ils parlent aussi de la guerre. De leurs familles, parfois. Il y a ici des hommes dont le seul désir est de rester en vie assez longtemps pour retrouver leurs engagements matrimoniaux. Des hommes dont les enfants seront nés et auront appris à marcher à leur retour à Woolwich.

Lorsqu'ils se dispersent, qu'ils descendent par les écoutilles pour remonter des provisions, ou qu'ils montent dans les hauteurs pour s'occuper des mâts et du gréement, des pensées d'amour restent avec moi. Et lorsque je retourne à mon hamac le soir, je repousse les souvenirs : une tête douce posée sur ma poitrine tandis que nous lisons ensemble, un contact chaleureux, des lèvres rugueuses qui effleurent les miennes, des bras minces qui m'enlacent. Puisque je ne peux pas avoir ces choses, je suis mieux ici, seule.

6

Maude

ELLE claque la porte derrière elle et s'effondre contre le bois. La pièce tout entière tangue, les flacons penchent, une image d'équipement pharmaceutique brouillée traverse son champ de vision.

L'horreur de tout cela lui fait porter la paume à sa bouche.

Elle ne s'attendait pas à trouver si difficile de l'entendre parler. En se redressant, elle chancelle un peu, apercevant au passage le reflet de sa robe dans une grande vitrine. Elle l'avait choisie avec soin. L'avait plaquée contre sa poitrine devant le miroir. Avait remarqué à quel point sa couleur vive donnait vie à ses yeux bleus.

Elle secoue la tête, se pince l'arête du nez. Ces images de l'Arctique. Le bateau. Les fanfaronnades de cet homme dont la silhouette se découpait à la lumière de la lanterne.

Elle n'a pas l'habitude de se faufiler, d'échapper à la détection. L'absence de naturel de cette situation l'épuise et la peur rend sa tête douloureuse. Elle se souvient d'une seule fois où elle s'est trouvée dans une telle situation – à la demande de Constance, bien sûr. Elles étaient sorties en douce, de nuit, à l'insu de leur grand-père. Maude avait hésité, avait voulu rebrousser chemin, estimant qu'il était trop dangereux de faire de telles choses seules dans le noir. Mais Constance avait ri en l'entraînant par le bras. Elles s'étaient retrouvées parmi une foule de jeunes gens dans une vieille boutique désaffectée sur Conduit Street, qui avait été transformée en théâtre. Il n'y avait pas d'affiches, pas de rideaux de velours, rien d'aussi formel, mais une scène grossière avait été érigée à une extrémité de la pièce, et l'espace restant avait été rempli de bancs. Des fêtards étaient entassés dans le moindre recoin, des jeunes messieurs et des jeunes femmes bavardaient avec enthousiasme, buvaient, mangeaient. Le panneau fixé au-dessus de la scène affichait le nom du spectacle : LE MEURTRE DE LA GRANGE ROUGE.

Malgré elle, et en dépit de la partie d'elle-même qui mourait d'envie de prendre Constance par le col et de la tirer hors de ce théâtre de second ordre, Maude avait été passionnée par la pièce qui se jouait sur scène. Des marionnettes se mouvant à l'aide de fils attachés à leurs mains et à leurs pieds racontaient l'histoire macabre de Maria Marten, la jeune fille d'un taupier, qui avait été abattue par son amant et enterrée dans un sac, dans une grange du Suffolk. Maude avait ouvert tout grand la bouche quand un mouchoir de sang écarlate avait fleuri sur la poitrine de Maria qui agonisait tandis que son ignoble tueur sautait d'un pied sur l'autre en criant de joie. Mais à ce moment précis, les portes d'entrée du théâtre de fortune s'étaient ouvertes derrière Maude et un flot de policiers était entré. Il y avait eu un mouvement de panique. Les agents attrapaient les spectateurs par les épaules, les tiraient des bancs et les traînaient le long des allées pour les emmener hors du théâtre et les coller directement dans la gueule de voitures qui attendaient dehors. Les sœurs s'étaient agrippé fermement la main et frayé un chemin à travers la foule, parvenant finalement à s'échapper par une porte dérobée et à gagner la rue où elles avaient couru, couru jusqu'à ce que leurs poumons les brûlent. Constance était rentrée à la pharmacie le visage pétillant d'excitation. Voyant son expression, Maude l'avait giflée pour son imprudence, pour les avoir mises dans une telle position.

Elle s'était juré de ne plus jamais prendre un tel risque. Mais maintenant, sa sœur était partie, et elle sentait encore la morsure de cette gifle dans sa paume, elle avait encore dans la bouche le goût de la culpabilité.

Il allait falloir qu'elle s'habitue à faire des choses qu'elle n'était pas censée faire.

Edison Stowe avait été facile à dénicher, enfermé au-dessus d'une boutique qui vendait toutes sortes de squelettes d'animaux. La carte de Heart l'y avait menée. RARETÉS, y lisait-on. SQUELETTES DE PREMIER CHOIX, PAS DE CONTREFAÇONS (PAS DE SIRÈNES). Drôle d'endroit pour se cacher, avait pensé Maude en évaluant les crânes d'antilope qui regardaient par la vitrine. La devanture était impeccable, rutilante et propre comme les ailes d'une libellule.

Elle était ornée de grandes lettres dorées.

LES SQUELETTES DE M. INCHBOLD

Maude n'était pas parvenue à trouver le cran d'entrer et avait donc surveillé l'homme pendant des jours, observant son comportement de loin. Elle connaissait son apparence en détail d'après ce que Constance en avait écrit dans son journal. Cheveux blonds, yeux froids, plutôt mince, élancé et bien charpenté. Elle attendait chaque matin qu'il descende les escaliers, écoutait sonner la cloche au moment où il passait la porte de la boutique pour sortir. Elle avait été surprise, au début, par le caractère anodin de son apparence. Ses membres longs et minces dans un pantalon en laine peignée et une veste de jour, ses cheveux légèrement bouclés et coiffés avec une raie austère sur le côté. Il quittait le magasin à la même heure tous les matins, juste après que les cloches de St James avaient sonné huit heures. Il était donc facile de se faire à ses habitudes de vie ennuyeuses – l'itinéraire qu'il suivait dans les rues de Londres, la façon dont son visage se relâchait lorsqu'il pensait que personne ne le regardait. Parfois, elle restait sur place et observait M. Inchbold et ses spécimens. Il prenait grand soin des os, avait-elle observé, et les manipulait avec la délicatesse qu'un enfant mettrait à toucher un agneau. Il faisait preuve d'une grande patience envers les plus petites créatures en particulier, et passait des heures à inspecter des singes et des chats fragiles à l'allure étrange. Les plus grands – les ours vigoureux, impressionnants sur leurs pattes postérieures, le puissant tigre figé comme s'il traquait sa proie dans la jungle –, il s'en approchait avec une sorte de révérence tranquille.

Mais le plus souvent, Maude suivait Edison Stowe par les rues. Il marchait d'un pas insouciant, droit comme un fusil, le corps propulsé en avant par son nez pointu et proéminent. Il portait les vêtements qu'affectionnent les dandys, des redingotes noires à pans arrondis et à col montant, des pantalons fauves et des cravates ridicules. Lorsque Heart lui avait fait part de ses soupçons, Maude n'avait pas vraiment su qui elle s'attendait à trouver. Mais certainement pas un homme qui ressemblait à n'importe quel raseur privilégié de Londres.

Sa nonchalance était ce qui la mettait le plus en colère. Elle l'avait suivi prudemment à travers des ruelles plongées dans une ombre disparate. Elle l'avait suivi dans des cahutes au fond de cours remplies de linge. Quand elle marchait, la boue cédait avec un bruit de ventouse sous ses vieilles bottes non cirées. Mais il se déplaçait bien plus confortablement qu'elle dans les rues. C'était, bien sûr, parce qu'il donnait l'impression de les posséder.

Au début, elle avait donné à son apparence un aspect passe-partout avec des oripeaux mornes, des manteaux de drap tout simples et de vieux bonnets démodés. Cela lui avait permis de passer inaperçue les fois où elle avait dû prendre un fiacre pour le suivre. Mais à part une brève visite à la Société, où l'entrée semblait lui avoir été refusée, et une matinée où elle l'avait suivi jusqu'aux quais, où elle avait attendu des heures qu'il sorte d'un entrepôt, il n'avait pas eu d'autres obligations sociales, et il se contentait de se promener, de tuer le temps en arpentant la ville chaussé de cuir de veau pour ne rentrer qu'en fin de journée quand les femmes sortaient des taudis surpeuplés comme des oiseaux qui chantent la nuit.

Ce matin, après deux semaines de traque, elle avait constaté, avec un sentiment étrange, qu'au bout du compte elle voulait qu'il la remarque. C'était comme si elle était prête à présenter sa main à la flamme. Elle avait donc choisi une robe couleur beurre de baratte qui avait appartenu à sa mère et qui lui donnait l'apparence d'une dame de plus haut rang que le sien. Elle l'avait suivi le plus discrètement possible jusqu'à la banque, d'où il était sorti la mine sombre et orageuse. Puis elle l'avait filé tandis qu'il s'éloignait dans la rue animée. Lorsqu'ils étaient tombés sur la pendaison à Newgate, après une course qui, elle en était sûre, ne pouvait qu'endommager définitivement sa robe, elle avait poursuivi sa filature, le talonnant de si dangereusement près qu'à un moment ses épaules à lui étaient venues heurter de plein fouet les siennes. Leurs yeux s'étaient rencontrés, et cela lui avait fait l'effet d'un coup sur le crâne de croiser son regard de cristaux de glace avec, dans le bleu le plus clair, une étincelle de reconnaissance.

Elle s'était éloignée rapidement, consumée d'une ardeur contradictoire faite de chaleur et de givre, et s'était laissé avaler par la foule tout en prenant soin de ne jamais perdre Edison Stowe de vue. Elle aurait pu retourner à la pharmacie, rassembler sa détermination et remettre la confrontation à un autre jour. Mais elle avait réalisé qu'elle n'avait pas eu son compte; filer cet homme était devenu une drogue pour son système nerveux. Ainsi, quand le soir était venu, elle n'était pas retournée auprès de son grand-père et de ses étagères encombrées et poussiéreuses. Non, elle avait attaché ses pas, une fois de plus, à la piste sinueuse de Stowe, errant dans l'ombre, ignorant sa faim et le froid acide de l'hiver tandis qu'il la conduisait, à son insu, jusqu'au public de son spectacle de lanterne magique.

Son malaise était conséquent dans ce lieu inconnu, mais sa curiosité, son besoin d'en savoir plus l'avaient rivée au banc, la silhouette recroquevillée le plus possible pour éviter d'être repérée. Pourtant, dès que le vaisseau avait pris vie, aussi décoré d'armoiries qu'un beau fiacre sur le drap, elle avait senti son courage l'abandonner.

— REGARDEZ! avait hurlé l'homme.

Elle avait tressailli si violemment que celui qui se trouvait à côté d'elle avait jeté un regard alarmé dans sa direction. Stowe poursuivait, distillant son théâtre de pacotille en direction des sièges, et le corps de Maude s'était tordu sous l'effet torturant de sa voix. Elle avait gardé les yeux fixés sur ses genoux. Elle ne pouvait regarder ce navire sans imaginer la vie de Constance à bord. Elle ne pouvait supporter de voir toute cette glace et d'imaginer son corps coincé dessous.

Elle s'était donc enfuie, elle avait traversé tout Londres pour regagner la pharmacie, traînant dans les rues sombres de la ville sa colère, sa peur et son chagrin face à son propre manque de courage. Cet homme, elle ne l'avait pas encore, mais elle l'aurait. Il lui fallait juste trouver le bon moment.

Les planches du parquet grincent tandis qu'elle se dirige vers sa chambre. En regardant dans la pharmacie, elle trouve son grand-père endormi dans son fauteuil, la lumière déclinante d'un bougeoir caressant ses vieux traits relâchés.

C'est une position dans laquelle elle l'a trouvé à plusieurs reprises depuis qu'ils ont appris la mort de Constance. C'était comme si, a-t-elle souvent pensé, il ne pouvait pas s'offrir le confort d'un lit si sa petite-fille n'avait pas la possibilité de se reposer dans le sien.

Lorsqu'elle gagne sa chambre, elle s'effondre, épuisée, sur le lit. Les draps sont étrangement tièdes. Elle passe une main sous la couverture et ses doigts heurtent quelque chose de dur et de chaud. Elle sourit. Son grand-père a placé une bouillotte entre les draps pour qu'elle n'attrape pas froid. La culpabilité la mord à la poitrine. Elle n'a pas été honnête avec lui ces dernières semaines. Elle ne lui a pas encore parlé du journal de Constance ni de ses filatures quotidiennes. Elle sait que dès qu'elle le fera, il essaiera de l'arrêter. Il en a déjà perdu une ; il ne laissera pas facilement sa seule petite-fille restante se mettre sur le chemin d'un homme dangereux.

Elle se dit qu'il finira forcément par connaître la vérité. Mais tant qu'il se satisfait de ses excuses – tant qu'il s'imagine qu'elle passe son temps dans les archives des journaux, à faire des recherches sur l'équipage du Makepeace, ou qu'elle prend l'air dans le parc le plus proche, en quête d'herbes et d'ingrédients, exactement comme elle en avait l'habitude avec Constance –, elle mènera cette entreprise seule. Elle a seulement besoin de temps. Elle a seulement besoin de trouver assez de courage pour franchir la porte de ce magasin et affronter Edison Stowe.

Le Journal de Jack Aldridge

70,5° N, 55° O
Île de Qeqertarsuatsiaq, Groenland
15 août 1849

Cela fait trois mois que j'ai embarqué sur le Makepeace. Et mon secret reste intact.

Les marins de l'équipage ont trouvé une familiarité facile les uns avec les autres. Je ne suis qu'un visage dans la foule, un garçon parmi un groupe d'hommes. Le fait de les avoir trompés pendant si longtemps m'apporte une satisfaction sournoise.

M. Penny m'a prise sous son aile désormais, il observe la saillie de mes omoplates et mes joues creuses tandis que je l'assiste en cuisine. Il me glisse des biscuits, du jus de citron vert ou des portions supplémentaires de poisson séché quand personne ne regarde. J'ai de la chance qu'il ne soit pas plus méfiant. Il n'a pas la moindre idée que je fourre tous les soirs ce livre derrière son immense poêle rougeoyant, que je retire la planche de bois branlante et que j'y cache mes secrets, à l'insu de tous ceux qui sont sur ce navire.

Le paysage qui nous entoure est en train de changer. Les îles stériles se sont finalement transformées en falaises noires et abruptes qui se sont amenuisées pour laisser place à des champs de vastes terres impénétrables. Il y a quelque chose de monotone dans ce paysage, une tristesse qui laisse mon esprit disponible pour des pensées dangereuses – la nostalgie se faufile, des images de mon foyer frappent doucement aux hublots pour que je les laisse entrer.

Mais j'ai trouvé quelque chose pour me distraire.

J'ai déjà écrit sur le chirurgien Sedgewick, sur la façon dont je m'attardais devant sa porte, dans l'espoir de pouvoir jeter un œil sur ses remèdes. Un jour, il y a quelques semaines, alors que je reniflais l'air dans l'escalier de descente pour essayer de discerner si c'était de la bergamote ou du cannabis qu'il utilisait pour ses teintures somnifères, j'ai entendu le bruit d'une porte qui s'ouvrait à la volée : Sedgewick en personne était planté devant moi, bras croisés, appuyé au chambranle de la porte, un sourire étrange sur le visage. Je me suis figée. Il mesurait presque trente centimètres de plus que moi, à vue de nez. Il était en manches de chemise, avec un gilet, une cravate et un tablier. Il avait bien l'apparence de ce qu'il était, mais je ne voulais pas lui montrer à quel point il m'impressionnait. Je ne voulais pas qu'il sache à quel point je mourais d'envie de voir ce qu'il y avait dans la pièce.

— C'est de la camomille, dit-il. Je l'ajoute au laudanum pour aider les hommes qui ne peuvent pas dormir.

Il a ôté ses lunettes, les a nettoyées sur sa manche de chemise. Le navire a fait une embardée.

C'est un bel homme, Sedgewick. Je suis sûre que ce serait la première chose que remarquerait n'importe quelle femme. M. Penny dit que sa mère était une femme cree qui vivait sur l'un des avant-postes. Elle est morte alors que Sedgewick était encore un jeune enfant et il a été recueilli par un médecin de passage, transbahuté d'une étendue sauvage de l'Arctique à l'autre et instruit des aléas du métier de chirurgien à la lueur d'une lune pleine et froide.

Mais même s'il était beau, j'étais bien plus intéressée par ce qu'il y avait dans sa cabine – et cela, je ne pouvais pas le cacher. J'ai jeté un œil par-dessus son épaule en direction des flacons qui se trouvaient sur ses étagères. Et à nouveau, il a surpris ce regard.

— J'aurais cru que c'était de la bergamote.

J'ai prié pour qu'il ne considère pas cette suggestion comme un affront.

Il a haussé un sourcil en replaçant ses lunettes sur ses oreilles.

— Vous vous y connaissez en plantes ?

Je n'ai pas répondu. Je ne savais pas si je devais dire la vérité.

— J'en connais quelques-unes. Mon grand-père est pharmacien.

Je prenais un risque. Mais je voulais voir l'intérieur de l'infirmerie.

Il a réfléchi. Ses yeux ont parcouru mon visage comme s'il était en train d'effectuer des calculs. Qu'a-t-il bien pu voir ? Mes yeux écarquillés, mes lèvres minces de garçon, mes sourcils sombres. Je me suis crispée à cet examen.

— Je viens de terminer, a-t-il enfin dit. Vous êtes le bienvenu si vous voulez jeter un œil à l'intérieur.

La pièce était spartiate et magnifique. Une seule lampe était suspendue à la traverse, située juste au-dessus d'une table d'opération. Deux bougies coulaient sur une table appuyée contre la coque, et les armoires murales étaient bourrées de flacons, de poudres et de pots. Des étagères contenaient en accès libre des produits qui me sont familiers, du camphre, du savon à l'arsenic, de la gaze, des piluliers et de la cire à cacheter, et d'autres qui ne me le sont pas, des aiguilles recourbées, des ventouses, des pinces, et ce qui ressemblait à des tournevis. La pièce était chargée d'une épaisse odeur chimique, dans laquelle se démarquaient des notes de fer, l'odeur reconnaissable entre toutes du sang. Je me suis dirigée vers l'armoire et j'ai jeté un coup d'œil interrogateur au chirurgien. Il a hoché la tête en signe d'autorisation et j'ai commencé à prendre dans mes mains les flacons de verre dûment scellés, l'un après l'autre, pour les inspecter. Du laudanum, des pilules d'opium, du vitriol bleu, du calomel. J'ai reconnu le latin abrégé qu'on utilisait sur des étiquettes similaires à la pharmacie – SIR pour désigner les sirops ou les mélanges à base d'eau sucrée, les liniments désignés par LIN, et ainsi de suite. Les solutions toxiques étaient aisément identifiables grâce à leurs flacons de couleur verte. Je savais aussi, à la quantité de sulfure de magnésium et d'huile de ricin présente, que les entrailles de ce navire devaient être aussi paresseuses que la glace.

Et c'est ainsi que tout a commencé. Sedgewick a demandé à Despie s'il pouvait me former en tant qu'apprenti, en quelque sorte. Celui qui devait lui tenir lieu d'assistant n'avait pas embarqué à Woolwich, il en avait donc partagé un avec Blackblock, qui était sur le High Regard. Despie, qui était plus intéressé par le mouvement des premières glaces que nous rencontrions que par les préoccupations de son humble mousse, a accepté.

La société, j'en ai parfaitement conscience, a du mal à concevoir un arrangement entre un homme et une femme qui ne soit ni romantique ni charnel. Mais de telles choses existent bel et bien, et Sedgewick et moi avons noué une sorte d'amitié étrange (même si je dois parfois me rappeler qu'il ne connaît pas ma véritable identité et qu'il me considère comme un jeune garçon enthousiaste de quinze ans). Qu'il converse si librement avec moi peut sembler inapproprié aux autres, mais en réalité je crois qu'il est flatté par ma curiosité, et je m'imagine qu'il trouve libérateur de discuter des détails de son métier sans qu'intervienne ni jugement ni contestation.

En tant que mousse, je n'ai pas de présence. Qu'il me fasse part de ses inquiétudes ou de ses hypothèses les plus farfelues est sans conséquence. Il est libre de tester sur moi ses théories sur la débilité, d'expliquer à un public intéressé pourquoi il est si violemment en désaccord avec les idées à la mode en matière de phrénologie. Il voit en moi, je crois, un élève enthousiaste, et il me permet même de l'assister dans des opérations chirurgicales mineures (uniquement si Despie est occupé ailleurs). Nous avons eu fort à faire ces dernières semaines avec des doigts coincés entre des barreaux d'échelles, des orteils écrasés par des burins qui tombaient, des paumes dont la peau avait été arrachée. Nous avons eu à traiter des bronchites, des maux d'estomac, des écorchures, des avulsions et des furoncles suppurants. Parfois, je le regarde et je me souviens de la façon dont M et moi nous observions Grand-père au travail lorsque nous étions enfants. Comment nous inclinions nos petits corps sur la paillasse tandis qu'il pesait, tamisait, broyait et réduisait les substances en pâte.

Tout comme Grand-père, Sedgewick ne craint pas les précisions macabres. Cela me flatte d'être considérée comme suffisamment robuste pour entendre, avec des détails sinistres, parler du timonier qui a perdu un œil alors qu'il utilisait une longue-vue sur le pont. D'être abreuvée des dangers suscités par les engelures et de la manière exacte dont elles endommagent les cellules pour s'emparer plus aisément des doigts et des orteils. Sedgewick parle avec facilité de la façon dont les hommes auront la barbe arrachée lorsque les températures chuteront. Des oreilles qu'il devra amputer quand les rabats des perruques galloises mouillées que portent les hommes leur gèleront sur le crâne et tueront les tissus.

Je suis reconnaissante de la façon dont il me traite. Je suis reconnaissante du fait qu'il me considère comme un homme, autant que n'importe qui à bord de ce navire. Car il ne doit pas savoir qu'il n'en est rien, et je ne le lui dirai pas. Je ne ferai rien qui puisse mettre ma position ici en danger.

7

Edison

— Mme Swan est prête à vous recevoir.

La vieille femme, aux capacités de mouvement atrophiées, commence sa lente ascension des escaliers. Edison la suit, étudiant les murs avec impatience. Ils sont tapissés d'un somptueux imprimé. On dirait des fruits exotiques – fraises, mangues et kakis mûrs – dégoulinant de jus. Mais, quand on y regarde de plus près, l'image se recompose pour former des corps inclinés dans des postures d'extase, unis dans des actes de luxure.

Il tousse.

À mi-hauteur des escaliers, la femme s'arrête et tend sans un mot une paume desséchée derrière elle. Il y dépose les pièces qui lui restent du spectacle de lanterne. Les doigts de la femme se referment.

Oh, comme il aimerait être riche. Il *mérite* d'être riche. Comment pourrait-il en aller autrement ? Un homme de sa qualité, de son savoir-faire, de son intelligence ne devrait pas se sentir si gêné d'avoir à se séparer d'un peu d'argent. Il était autrefois ce que les femmes de la haute société appelaient “aisé”. Il redresse les épaules.

Mais ça n’a pas tenu.

Peu importe : la fortune qui lui manque, il la compense par son ingéniosité. Il savait qu’une solution finirait par arriver et la voilà qui s’est présentée, exactement comme un cochon prêt à être embroché.

Elle nécessite seulement quelques ajustements.

— Là.

La vieille femme ne fait pas le moindre geste, mais Edison sait quelle porte il lui faut gagner. Il frappe, attend un instant et ouvre.

La pièce est d’un rouge abrasif. Des rideaux écarlates sont suspendus partout et au centre, un grand lit rococo parade sur un tapis persan cramoisi. Il y a quelque chose de claustrophobique dans cette pièce. Elle lui a toujours semblé déconcertante dans sa similitude avec un utérus.

— Edison, mon cher. (La femme a déjà commencé à délacer son corsage.) Vous allez bien ?

— Adélaïde, acquiesce-t-il tout en évaluant les rubans sombres qu’elle a dans le dos. Ce ne sera pas nécessaire.

Il passe devant elle et s’assied sur la méridienne située près de la commode. L’air sent le cirage et l’ambre gris.

Elle s’immobilise, secoue la tête avant de renouer son corsage puis se dirige vers la commode d’où elle sort un cigarillo. Elle lui en offre un, qu’il refuse.

— Je veux vous parler de quelque chose. (Il croise les mains et les pose sur son genou.)

— Vous voulez *parler* ? Très bien.

Adélaïde gratte une allumette qu'elle maintient devant le cigare tout en tirant dessus à grandes bouffées, et l'extrémité brûle d'un éclat de luciole.

Il attrape un tabouret qu'il place devant la méridienne. Le tapote de la main.

— Asseyez-vous.

Elle s'exécute en tirant une autre bouffée, ses yeux d'opale fixés sur lui.

— De quoi voulez-vous parler, Edison ?

La fumée qu'elle rejette est aussi âcre et amère qu'anisée.

Adélaïde Swan est la femme la plus intelligente qu'Edison ait jamais rencontrée. Aucune autre représentante de son sexe ne peut tenir comme elle une conversation sur les livres, sur la politique, sur la philosophie. Son intellect n'est pas tout à fait capable de rivaliser avec celui d'un homme, bien sûr, mais si quelqu'un est en mesure de lui donner une opinion subtile et éclairée sur ses projets d'affaires, c'est bien cette intelligente petite catin.

— Dites-moi, l'interroge-t-il. Avez-vous beaucoup d'expérience en matière de voyages en train ?

— Des trains ? (Elle avance la lèvre inférieure comme une actrice.) Au lieu de délacer mon corsage, vous êtes venu me parler de trains. Eh bien, me voilà horriblement offensée.

Elle sourit et souffle un rond de fumée parfait.

— Vous devez avoir été accompagnée lors de vos voyages en train par d'autres… clients.

Il sait que c'est le cas ; Adélaïde Swan a accueilli entre ses cuisses certains des plus grands esprits de Londres.

Elle se lève et se dirige vers le miroir posé sur la commode, se penche et inspecte son visage – un beau visage félin, mais qui commence à marquer. Elle attrape un petit tube doré et le porte à ses lèvres pour réappliquer son rouge, comme une balafre de vermillon.

— Vous avez dû assister à bien des événements ainsi. Bien des spectacles.

En prononçant ce mot, il écarquille les yeux.

— Je suppose que oui, concède-t-elle en s'essuyant les lèvres avec un carré de soie et en s'asseyant sur le tabouret. Des combats professionnels, des bals d'arboretum, des jardins d'agrément, des choses comme ça.

— Et ces excursions en train, poursuit Edison en s'animant progressivement. Ceux que Cook remplit de milliers de personnes. Est-ce juste… (Il s'interrompt, ne sachant quels mots utiliser compte tenu de la position de la femme.) Est-ce que ce sont uniquement les classes *populaires* – il murmure l'adjectif – qui participent à ces voyages à bas prix ?

Adélaïde réfléchit.

— Je dirais que non. J'y ai vu toutes sortes de gens.

— Ils partagent les mêmes wagons ?

— Oui, à moins que les wagons de première leur soient spécifiquement réservés. Mais même en première il n'y a pas beaucoup de place. (Elle se retourne à moitié sur son tabouret.) De quoi s'agit-il donc ?

Il réfléchit longuement. Thomas Cook connaissait son affaire, il chaperonnait des foules entières de Londres à Sheffield, Bradford, York et Shields. Il leur faisait gagner Birmingham pour observer la production de métaux précieux, il embarquait jusqu'à l'île de Man ceux qui avaient envie d'une petite traversée vivifiante. Il avait déjà vu des affiches, des pancartes et des prospectus qui annonçaient les séjours organisés par l'agence de voyages pour aller voir la Grande Exposition qui aurait lieu l'année suivante. Mais que se passerait-il si les visiteurs en excursion réclamaient un spectacle plus *haut en couleur* ? S'ils désiraient quelque chose de vraiment *unique* ?

Un esprit critique l'accuserait volontiers d'impulsivité. Ce ne serait pas une accusation inepte ; on le lui avait déjà reproché, c'est vrai. L'impulsivité l'avait conduit à l'échec à maintes reprises. Elle lui avait coûté sa maison, elle lui avait coûté plus, bien plus que cela. De retour à Londres après le voyage en Arctique, il s'était retrouvé ostracisé par sa famille, sans le sou, trompé, sans abri. Il suppose que c'est là une conséquence de son impulsivité. Mais qu'est-ce qu'une vie dépourvue de la moindre prise de risques ?

Ce ne sera certes pas le moyen le plus simple, ni le plus rapide, ni le plus sûr de gagner de l'argent. Mais il pourrait bien élever une centaine de poulets, vendre des œufs d'or pendant un an qu'il serait toujours très loin du montant que cette entreprise promet de rapporter.

C'est un pari, mais c'est ce à quoi il est habitué. Si vous voulez gagner gros, il faut savoir jouer gros et, Dieu lui en est témoin, il faut qu'Edison Stowe touche rapidement son pactole.

Le moment est idéal : l'Angleterre est en proie à une transe. *Punch* publie article sur article sur cette soi-disant Murder Mania. Londres réclame à cor et à cri des histoires de gorges tranchées et de crânes fracassés, tout comme les poissonnières de Billingsgate crient après la dernière caisse d'anguilles. Les histoires de meurtres sont au cœur des pièces de théâtre jouées dans les salles de spectacle les plus raffinées de Londres, tout comme elles le sont dans les pantomimes et les zograscopes qui ont les faveurs des forains itinérants, lesquels les font tourner dans les foires locales. C'est comme d'écouter la pluie lorsqu'on est tous calfeutrés à l'abri autour du feu, n'est-ce pas ? Les gens veulent être proches du crime, de la mort, ils veulent ressentir ces choses sans avoir à assumer leurs conséquences désastreuses.

Il y a de l'argent à se faire, c'est certain, et personne n'occupe ce créneau.

Alors, il parle à Adélaïde Swan de son plan. Et quand il a terminé, il s'assied et attend, mains croisées sur son genou.

Elle semble réfléchir attentivement à ce qu'elle a entendu, frottant le bout de ses doigts les uns contre les autres comme pour essayer de se frayer un chemin à travers le concept. Cette femme n'est pas une idiote. Elle doit être capable de voir l'argent que cela pourrait rapporter.

— *Attrapez-les vivantes !*

Les cris d'un vendeur de pièges à mouches pénètrent par la fenêtre.

Edison déglutit. Il sent un câble se resserrer lentement autour de sa poitrine. Ça va marcher. Ça doit marcher. Il faut qu'elle l'accepte.

— J'ai entendu parler de ce genre de chose, acquiesce-t-elle au bout d'un moment. Il y a quelques années, un train est parti de Wadebridge pour aller voir les frères Lightfoot se balancer au bout d'une corde à Bodmin. Plus d'un millier de personnes si je ne me trompe pas. Je connais des filles qui y sont allées. Le train s'est arrêté sur les voies juste sous les murs de la prison pour que les passagers puissent voir le tout.

Elle exhale une bouffée de fumée.

Il hoche vigoureusement la tête. Donc, c'est possible.

— Et comment allez-vous monter une chose pareille, Edison ? Des milliers de personnes. Vous avez l'argent ? Les moyens de le faire ?

Il se hérisse sous l'offense, attend un instant mais aucune excuse ne vient.

— Je n'ai pas besoin de milliers de personnes. (Il déplie les jambes.) Juste de quelques-unes, bien sélectionnées. Un échantillon de privilégiés très riches. Mes excursions susciteront plus d'intérêt auprès des bonnes personnes et, assurément, plus de gains, si elles sont privées, à la carte, sur mesure. Comme un beau costume.

Il jette un regard dubitatif sur sa propre veste, usée autour des boutons.

— Mais vous ne trouvez pas cela d'un goût douteux ?

Elle tire une bouffée de son cigare.

Il est surpris de sa réaction. Adélaïde Swan est peut-être une prostituée intelligente, elle n'en reste pas moins une prostituée. Que peut-elle bien savoir du goût ?

— De nombreuses célébrités ont assisté à des pendaisons, répond-il froidement. Elles ne semblent pas trouver cela de mauvais goût.

— Qui ?

Puff, puff.

— Thackeray, Byron, Dickens…

— Dickens a réprouvé ce spectacle !

— Ah, mais il y était, n'est-ce pas ?

Elle lève les yeux au ciel.

— Melville a payé une demi-couronne pour une place sur le toit avec vue sur la chute lorsque les Manning ont basculé.

Elle le regarde d'un air dubitatif.

— Il y a des affaires à faire dans ce secteur, de l'argent à gagner. (Il pense brièvement à Carter, aux orteils coupés net, aux oreilles tranchées à la hache, jetées dans des seaux.) Quoi qu'il en soit, ces pendaisons, ces *spectacles* ne sont pas si différents de ce que réclament les touristes depuis des siècles.

— Que diable voulez-vous dire ?

Fantastique. Maintenant, elle l'écoute.

— Eh bien… (Il se penche en avant sur la chaise.) Qu'en est-il des spectateurs qui parcouraient des milles et des milles pour assister à la mise à mort considérée comme un sport dans les jeux de gladiateurs du Colisée ? Jeux durant lesquels, pourrais-je ajouter, des criminels étaient également exécutés, pour pimenter le divertissement.

— C'était il y a deux mille ans ! Cela n'a rien à voir, E…

— Et qu'en est-il de Waterloo, l'un des lieux les plus visités au monde ? Depuis les sommets des collines environnantes, la noblesse a regardé toute la bataille se dérouler. (Il ne se souvient pas très bien si ce qu'il dit est vrai, mais il est pris d'un élan de passion, alors il continue.) Ont-ils fait les délicats devant le sang versé ? Non. Ils étaient davantage préoccupés par la qualité de la nourriture du pique-nique !

Elle ne peut s'empêcher de sourire.

— Des gens de toutes sortes sont attirés par le sombre et le macabre, de l'ouvrier d'usine au chef de bureau. Nous ne sommes que des hommes.

Adélaïde soupire et retourne à son miroir.

— Le tourisme d'exécution. J'en serai le pionnier. Le fer de lance du progrès.

— Le tourisme d'exécu… Eh bien, là, j'aurai vraiment tout entendu.

Elle est désormais cachée derrière un nuage de poudre pour le visage.

— Vous connaissez The Magpie and Stump*? demande Edison.

Tout le monde dans son milieu connaît le pub animé d'Old Bailey, en face de la prison de Newgate.

— Je suis passé devant tout à l'heure et j'ai vu une affiche qui faisait la publicité de leur formule. Moyennant un supplément, les clients peuvent y passer la nuit, profiter d'un petit déjeuner puis bénéficier d'une vue privilégiée sur les pendaisons. Depuis la fenêtre de leur propre chambre!

Elle semble avoir perdu la force d'argumenter.

— Songez-y.

L'extrémité de ses doigts le démange d'impatience. Il se lève de la méridienne pour poser les mains sur les épaules d'Adélaïde. Il oriente son corps en direction du miroir pour pouvoir s'adresser directement à son reflet.

— Adélaïde Swan, répondez à cette question: qu'est-ce que le voyage, sinon une forme de voyeurisme? Pensez au nombre de jeunes gentlemen européens qui ont passé leur excursion à graver leur nom sur les murs excavés de Pompéi.

— Pompéi maintenant… et d'où cela sort-il? crie-t-elle presque.

— C'est un site qui mêle la tragédie, la souffrance et la mort. Un lieu extrêmement visité. Et qu'est-ce que la mort… (Il s'interrompt pour conférer de la gravité à ses propos.) … si ce n'est l'héritage que nous partageons tous?

* Littéralement "La pie et la souche", nom d'un pub londonien existant depuis 1550, situé face à la prison de Newgate, et qui offrait une vue très prisée sur les pendaisons. Cette taverne est fréquemment mentionnée par Dickens dans son premier roman, *The Pickwick Papers* (1837).

Elle fronce les sourcils. Soupire à nouveau. Tourne le visage pour inspecter son nez de profil.

Il se penche sur elle.

— Le voyage et le spectacle. (Les mots mijotent doucement.) Combinez les deux et vous obtenez une recette assez remarquable.

Elle étreint brièvement les doigts qui sont posés sur son épaule. Il prend cela pour un encouragement et non comme le signe qu'il doit les retirer.

— Ce sera une entreprise d'excursions. EDISON STOWE LIMITED. Les voyages de Stowe, société à responsabilité limitée. Les aventures d'Edison. Non, c'est épouvantable…

Un bruit de sabots de chevaux pénètre par la fenêtre ouverte.

— Exactement comme l'entreprise de Cook. (Il parle si vite maintenant que les mots ont la consistance d'un liquide renversé.) J'escorterai les voyageurs dans tout le pays pour leur permettre d'assister aux exécutions de certains de ses personnages les plus atypiques et les plus ignobles ! Les invités apprécieront à leur juste valeur mes antécédents et mon parcours, bien sûr. Ils sauront ce que représente le fait d'être guidé par un explorateur chevronné.

Adélaïde bâille.

— Nous voyagerons en train. Nous passerons une nuit, voire deux, dans les plus belles villes du pays. Nous observerons le *spectacle* offert par les exécutions puis nous rentrerons confortablement à Londres.

Et à lui la richesse.

Il sent son estomac se soulever comme s'il dévalait une colline trop vite. C'est un bon filon. Il le sait.

— Ça n'aura rien à voir avec les voyages bon marché conçus pour répondre aux besoins du grand public. Ce seront des voyages d'agrément, destinés au voyageur averti. Des excursions au long cours. Le tout organisé par mes soins.

Il sera riche.

Son cœur rugit.

— Franchement, je ne vois pas en quoi c'est différent de la location d'un bateau à vapeur pour proposer un voyage permettant d'assister à une régate.

En quoi est-ce *différent* ? Il ne fait que combler un manque. Boucher un trou. C'est un entrepreneur qui fournit un produit. S'il ne le fait pas, quelqu'un d'autre le fera à sa place, et il n'a pas l'intention d'en laisser d'autres se montrer plus malins que lui.

— C'est une idée commerciale tout ce qu'il y a d'unique, Edison, rétorque Adélaïde. Je suis sûre que si quelqu'un peut y parvenir, c'est vous.

— Oui ! fait-il en frappant une fois dans ses mains.

Puis il s'interrompt, sourcils froncés, poing sur les lèvres tandis qu'il réfléchit.

— Si je commandais des prospectus, accepteriez-vous d'en laisser dans cette pièce pour que vos clients puissent les feuilleter ?

Il demandera à Inchbold s'il peut en laisser quelques-uns à la garde de l'ours Frederick à l'entrée de la boutique.

Adélaïde se lève de son tabouret, prend le chapeau d'Edison au bout du lit et le lui tend. Ce geste, il le sait, marque le signal de son départ.

— Bien sûr, Edison, acquiesce-t-elle. Tout ce que vous voudrez. Je suis à votre service.

Il s'incline dans un simulacre de gratitude et prend le chapeau.

— Juste une chose, ajoute-t-elle tandis qu'il se dirige vers la porte. Vous devrez me donner dix pour cent des bénéfices.

Le Journal de Jack Aldridge

69° N, 53° O
Île de Disko, Groenland
22 août 1849

CHEZ moi, à Londres, j'ai passé des années à imaginer ce que l'on pourrait trouver dans l'Arctique. Je savais qu'il fallait s'attendre à des bêtes étranges et remarquables ; j'avais vu des ours blancs sur des pots de graisse capillaire, des phoques dodus sur les diapositives d'un spectacle de lanterne magique. Mais il y a ici des animaux dont je n'aurais jamais pu concevoir qu'ils puissent exister.

Sedgewick a l'intention d'apercevoir une licorne de mer. Un narval, me dit-il, tel est son vrai nom, mais je n'ai jamais entendu parler de pareille chose – une baleine avec le corps marbré d'un cadavre et une défense plus grosse qu'un lampadaire et plus grande qu'un homme ? Les Esquimaux traquent ces créatures à travers les fissures de la glace, ils les prennent au piège, ils aiguisent leurs défenses avec leurs silex et les utilisent comme armes de chasse.

Les morses aussi sont des plus extraordinaires, ces immenses masses de chair qui se rassemblent sur leurs échoueries et envoient des bouffées d'air à travers leurs moustaches en forme de brosses à chaussures. S'approcher d'un troupeau de morses dans un petit baleinier n'est pas pour les âmes sensibles : Johnson, le maître d'équipage, dit qu'il en a déjà vu un tirer un homme de son canot et l'attaquer pour le laisser à moitié mort. À notre passage, ces créatures ont coutume de glisser dans l'eau comme une grosse masse empotée. Le poids de leur corps provoque une telle houle qu'il peut être difficile de maintenir un bateau à flot. Et comme l'eau grouille de morses, on entend leurs bruits étranges – des mugissements gutturaux, des rots et des bafouillages confus et, de temps à autre, une sorte de carillon triste et obsédant. Comme si le vent traversait un rideau de perles d'ivoire. Parfois, je m'autorise l'idée romantique selon laquelle ces créatures sauraient qui nous sommes. Qu'elles sauraient ce que nous faisons ici, et que c'est la raison pour laquelle elles nous accompagnent en chantant sur notre route.

Je continue à m'occuper ici et là, j'aide Sedgewick, je réponds aux besoins de Despie ou je travaille avec M. Penny dans le périmètre étroit de la cuisine. Si je garde la tête baissée et ne me préoccupe que du labeur, je peux m'imaginer que nous sommes les uniques êtres vivants sur cette terre, que nous sommes seuls dans ce désert blanc sous des nuages roses, violets et bleus. Mais je dois avouer que j'ai commencé à rêver de ces visages que j'essaie d'oublier. Ce qui m'amène à me réveiller chaque matin dans un brouillard de confusion et d'alarme. Je m'assieds dans mon hamac et mon cœur s'enfonce un peu plus dans ma poitrine lorsqu'il se rappelle que je suis seule.

J'en suis arrivée à respirer comme le navire respire, à tanguer comme il tangue. C'est comme si j'existais dans la cage thoracique de quelque chose d'énorme et de vivant. Comme si j'avais été avalée vivante. Comme si j'allais ne jamais en sortir.

Nous nous trouvons désormais sur la plus grande des îles Whale Fish et les hommes sont occupés à effectuer des observations magnétiques et à mettre en œuvre des réparations sur les navires.

Despie nous rassemble tous, avec toutes nos différences, chaque soir, et les hommes serrent leurs cigarettes et se frottent les mains pour se réchauffer tandis qu'il parle. Les officiers et lieutenants de la Royal Navy sont briefés un par un, sous des puits de lumière, avec des verres de cognac taillés et des télescopes polis. Mais pour nous, qui sommes entassés tous ensemble dans nos maillots de corps et nos velours côtelés tandis que le navire qui nous entoure tangue et grince, les différences peuvent se faire entendre haut et fort. La plus prononcée, peut-être, c'est la différence de posture : certains se balancent sur leurs talons, impatients et tendus comme des cordes de violon, d'autres se prélassent sur des fûts ou des coffres, leur peau exsudant leur ambivalence. Les plus jeunes marins peuvent paraître maladroits, indifférents ou encore excessivement enthousiastes et dociles. Les marins plus âgés ont une sorte de relâchement, comme si ce qui les faisait tenir avait été déchiré par le passage des ans.

Chaque fois que nous sommes tous réunis ainsi, je me retrouve à réfléchir à nos corps. Les organes et les os qui existent sous ces vêtements d'hiver. Les différences entre leur corps et le mien.

Ces corps, c'est Sedgewick qui les connaît le mieux. Il les examine, les guérit, les recoud, applique des pommades et des baumes sur leur peau altérée par les intempéries. Il sait mieux que quiconque qui a les genoux qui se dérobent à cause du froid, qui a les dents déchaussées et douloureuses, qui montre des signes de débilité, de faiblesse.

Il a ce pouvoir.

Mais son champ d'expertise dépasse celui des corps. Nous parlons souvent du fonctionnement de l'esprit des marins. Il évoque de nouvelles théories, il parle de la façon dont la maladie pourrait se manifester dans les comportements du corps autant que dans ses blessures. Eh bien, j'ai été élevée dans la croyance aux choses du corps, on m'a appris que la chair, le sang et les os – ainsi que les contusions, les brûlures, les fractures et les infections qui les abîment – sont d'une importance capitale en matière de santé. Mais Sedgewick a une façon différente de penser, tout à fait nouvelle, qui l'amène à soutenir qu'un homme peut présenter un corps sain tout en étant pour le moins malade dans sa tête. Il est en possession de livres qui, à ce que j'ai compris, sont considérés comme assez controversés dans les cercles qu'il fréquente. J'en ai choisi un l'autre jour et n'ai pas trouvé dans ses pages grand-chose que je puisse comprendre. Mais ça m'a intriguée – l'idée que quelqu'un puisse s'écarter d'un état d'esprit naturel tout en conservant un intellect extérieurement sain ; qu'il y a certains désordres cérébraux qui font qu'une personne peut héberger des perversions morbides et des pulsions anormales tout en paraissant tout à fait normale.

Bien sûr, les histoires de folie ne sont pas difficiles à trouver ici dans l'Arctique – des histoires d'hommes devenus fous par débilité, d'hommes qui se perdent dans leur propre solitude et leur désespoir. Sans jamais pouvoir retrouver le chemin du retour. Nombreux sont ceux qui, raconte-t-on, laissent leur esprit dans le Nord arctique pour en revenir irrévocablement changés, les yeux morts, détruits, vidés et incurables. J'ai réalisé que peut-être, ce ne sont pas les ours ou la glace que nous devrions craindre. Peut-être que c'est plutôt ce qui se passe dans notre esprit qui constitue le plus grand danger.

8

Edison

LORSQU'IL rentre dans sa chambre, égayé par sa conversation avec Adélaïde, il vérifie son reflet dans le miroir. Il s'attend à trouver le genre d'éclat dont est gratifié le visage d'un homme qui sait qu'il est sur le point de gagner *beaucoup* d'argent. Au lieu de cela, il a l'air flétri. Complètement essoré. C'est tout le temps le cas ces derniers mois. L'Arctique a aspiré la moindre goutte de vie hors de son corps.

Il se dirige vers la commode, sur laquelle le *Times* est encore ouvert à une page où s'étale l'une des publicités de Cook. Une excursion pour visiter des usines de céramique. Fascinant. Où est donc le sang, M. Cook ? Où est le frisson ?

Il récupère dans le bureau une feuille de papier sur laquelle figure le logo qu'il a commencé à dessiner – un train à vapeur à l'intérieur d'un cercle formé par le nœud coulant d'un bourreau. Le nom de son entreprise : *Les Circuits moraux d'Edison Stowe* est celui qui obtiendra le plus de publicité. Il y avait pensé en rentrant chez lui à pied (à nouveau, il ne pouvait pas se permettre de gaspiller d'argent dans un fiacre). Ce nom a tout ce qu'il recherche. L'aventure. L'ordre. L'inévitable punition du crime. Sa fortune imminente. Mais tandis qu'il y réfléchit, une image lui vient. Une image qu'il n'a pas désirée, comme c'est souvent le cas, celle des biens de sa mère emportés par les huissiers. Dans son esprit, une armoire passe lentement au-dessus de sa tête. Cela masque le soleil, lui fait plisser les yeux. Il est sur le dos, affalé au milieu de l'escalier sur les marches qui mènent à la maison de sa mère, à *sa* maison. Du vomi s'accumule dans les plis de son cou. Les hommes l'enjambent facilement tout en dépouillant la maison de tout, des canapés, des tapis et des tables en palissandre – un joli petit cortège qui passe au-dessus de sa tête, lui rappelant tout ce qu'il a perdu.

Au début, le déclin avait été lent. Juste un petit tressaillement occasionnel. C'était un homme en vue, un célibataire ! Qui vivait seul avec de l'argent à revendre. Puis le tressaillement s'était fait entendre chaque semaine, chaque nuit, puis, par nécessité avant tout, tous les matins et tous les soirs. La qualité des salles de billard et de la compagnie qu'il fréquentait avait progressivement décliné, jusqu'à ce qu'il en vienne à devoir gaspiller son argent en se glissant dans des ruelles et dans des bouges. Il avait commencé à emprunter auprès de personnages qui prélevaient des marges d'intérêt inconcevables sur les sommes qu'ils prêtaient. Puis il avait emprunté plus, toujours plus, puis juste un tout petit peu plus. Alors, évidemment, le moment était venu où il ne lui était plus rien resté. La désolation la plus totale.

Cela ne finira pas comme ça à nouveau. Il ne se retrouvera pas sans un sou. Sans abri. Un homme raffiné contraint à demander de l'aide. Abîmé dans des gouffres de dettes. Lorsque c'était arrivé, il s'était rendu au seul endroit auquel il avait pu songer, au seul parent dont il connût l'existence, puisque son père les avait quittés sans leur donner d'adresse. Non qu'il connaisse vraiment ce parent, bien sûr, il n'était qu'un nom dans sa mémoire, des mots prononcés par les lèvres cruelles de sa mère avant sa mort. Un oncle, avait-elle dit, à l'amirauté de la reine. De l'entregent, avec ça. Et comme la plupart des hommes dotés d'entregent, lorsque son neveu s'était présenté à sa porte, il avait pris grand soin de lui témoigner horreur et dédain. Non, il n'accorderait pas un penny à Edison. Non, il ne voyait aucun intérêt à lui proposer un prêt.

Mais. Il y avait bien un travail qu'Edison pouvait faire pour lui.

— Embarque sur ce navire, avait-il dit. Juste un aller-retour de Londres au passage du Nord-Ouest.

Edison avait froncé les sourcils. Il connaissait le Passage, bien sûr, il avait lu des articles de journaux sur sir John Franklin et avait même assisté à des conférences sur le sujet à la Société avant d'en être ignominieusement expulsé. Mais avait-il réellement prêté attention à tout cela ? Dans ces situations, il était beaucoup plus souvent question de la personne à côté de laquelle vous étiez assis que de ce qui se disait sur scène.

— Nous pouvons te faire passer pour un officier scientifique. Ce qui ne veut pas dire grand-chose. Personne ne s'intéressera suffisamment à la chose pour te chercher des ennuis, avait dit son oncle.

Edison avait grimacé mais s'était surpris à hocher la tête. La science, c'était à sa portée, bien sûr. Il avait toujours nourri des ambitions scientifiques, il avait toujours évalué les choses à l'aune de leurs éléments constitutifs, de la manière dont elles fonctionnaient sous la surface de la peau. La pulpe. Le sang. Son esprit vif était bien adapté à la science, et Dieu sait qu'il en avait consacré, des heures, à la Société. On ne peut pas lui reprocher, à lui, d'en avoir été évincé. On ne peut pas le lui reprocher si le monde a conspiré contre lui pour ruiner la moindre réussite académique qu'il aurait pu obtenir. Ce qui se présentait était une échappatoire. Aucun prêteur sur gages ne mettrait la main sur lui à bord d'un bateau, quel que soit le nombre de pouces qu'il ait pu trancher par le passé.

— Ramasse des algues, dessine des méduses et rapporte-moi quelque chose. Quelque chose d'important.

Lorsqu'il en avait appris plus, Edison s'était battu pour garder son calme. Il ne voulait pas que son oncle pense qu'il était pétrifié de peur devant lui.

— Et qu'est-ce que ça va me rapporter ? avait-il risqué.

Son oncle avait passé la langue à l'intérieur de sa joue.

— Qu'est-ce que *toi*, tu y gagnes ? (Il avait eu un rire amer.) Le salut, à ce stade, je dirais.

Il ne veut plus ressentir cette humiliation. Il ne se réduira plus à mendier. Il organisera des excursions pour les gens riches et il rappellera à la société que c'est parmi les riches et les grands de ce monde qu'il a sa place.

Il desserre sa cravate. Il a besoin d'un bain après le bordel. Jamais il n'aurait dû toucher aux meubles.

— Hattie ! (Il se dirige vers la porte pour appeler la femme de ménage d'Inchbold.) J'ai besoin d'eau pour un bain !

Après un moment de paresse, il y a un pas traînant dans l'une des pièces contiguës. Il entend la bonne se diriger vers le feu et remplir bruyamment les seaux. Finalement, précédée de cliquetis et de bruits de crécelle comme une goule dans un conte de Dickens, arrive une jeune femme aux traits délicats avec des cheveux couleur de mulot enroulés en chignon à la base du crâne. Une image trompeuse. Bien que son apparence soit ordonnée, les actes de Hattie ne le sont pas. Depuis qu'elle s'est présentée à la boutique en proposant ses services comme femme de ménage – une proposition à laquelle Inchbold semble avoir accédé avant tout par peur de l'offenser –, Edison n'a cessé d'être contrarié par la maladresse de la jeune fille, son manque de précision quand elle plie les draps, sa tendance immodérée à faire tomber les bibelots du buffet pendant qu'elle l'époussette. Il a mentionné son incompétence à Inchbold à plusieurs reprises, à voix basse pendant le dîner pour signaler une pendule de cheminée brisée ou un vase qui avait échappé au dépoussiérage. Mais l'autre semble peu s'en soucier; Edison est persuadé que c'est simplement parce qu'il aime avoir quelqu'un d'autre dans la maison.

Dans la chambre d'Edison, Hattie se débat avec les seaux, elle renverse des flaques d'eau sur le plancher et remonte la poignée d'un seau jusqu'au creux du coude pour repousser de la main les cheveux humides qui lui collent au front.

— Contentez-vous de me donner ces foutus seaux, lâche Edison en les lui retirant des mains et en les plaçant à côté de la baignoire.

Tandis qu'il se penche pour le faire, il remarque quelque chose sur le fer-blanc. Les muscles de sa mâchoire se tendent. Aaah. Il rappelle la femme de chambre au moment où elle s'apprête à quitter la pièce.

— Avez-vous une explication à cela ?

Il dénoue complètement sa cravate avec des gestes saccadés avant de désigner la baignoire de la main. Il faut plisser un peu les yeux pour le voir, mais il y a une toute petite trace de quelque chose, c'est certain.

— Je l'ai récurée pendant une demi-heure, monsieur, plaide la bonne, d'autant plus après la dernière fois. Elle est propre comme tout, cette baignoire. Je peux vous l'assurer.

— Si elle est propre, alors cela ne vous dérangera pas de la lécher.

La servante lui rend son regard, narines grandes ouvertes.

— Monsieur !

— Si la baignoire est aussi propre que vous le dites (il s'interrompt pour permettre à la servante de suivre) alors vous la lécherez bien volontiers pour me le démontrer.

Les yeux de la servante sont comme des flèches dardées sur son visage. Il reste impassible. Ça lui apprendra.

Il fait un signe de tête en direction du sol et la femme de chambre soulève à contrecœur ses jupes pour s'agenouiller afin que sa tête soit au bord de la baignoire.

— Léchez, ordonne-t-il. (Mais la servante ne bouge pas.) Léchez-la.

Tandis qu'elle se penche en avant, ses épaules commencent à trembler légèrement, et Edison s'incline pour voir un ruban de langue rose sortir de sa bouche. Ses yeux se mouillent tandis qu'elle déplace ses mains pour agripper les parois de la baignoire, et les os blancs de ses doigts sont visibles aux jointures.

Il se penche de plus en plus près, jusqu'à lui souffler son haleine chaude à l'oreille puis…

— Aïeeee !

La douleur le prend à la fesse gauche et il se redresse d'un bond en se retournant pour découvrir que le lévrier, Livingstone, a les mâchoires fermement refermées sur son arrière-train.

— Va-t'en !

Il donne un coup violent sur le nez du chien qui recule avec un gémissement pathétique. En battant en retraite, il se lèche le museau de sa longue langue rêche. Edison réajuste son pantalon, la peau de ses fesses est pulsatile. Hattie se ressaisit et quitte la pièce en courant, le laissant seul pour faire son travail à elle, le travail d'une femme de chambre, pas celui d'un homme. Edison émet un bruit désapprobateur, creuse les joues, saisit l'un des seaux fumants et commence, lentement, plein de ressentiment, à remplir la baignoire.

Le Journal de Jack Aldridge

70° N, 68° O
Clyde River, île de Baffin,
8 septembre 1849

Nous avons chassé des renards arctiques. C'est Despie qui en a eu l'idée. Il a ordonné au forgeron de confectionner plusieurs petits colliers de cuivre qu'on pourrait attacher facilement au cou des animaux. Sur eux, il a fait graver la dernière position de nos navires et l'emplacement des dépôts de nourriture que nous avons laissés sur notre chemin. C'est notre message pour Franklin et ses hommes. "Nous sommes là, dit le message, nous sommes prêts à vous aider."

Les pièges ont été tendus il y a quelques jours et hier, un groupe (dont je faisais partie) a été envoyé pour récupérer les messagers. Baker, le jeune assistant du soutier, avait également été affecté à ce groupe et nous avons fait de notre mieux pour dissimuler notre enthousiasme à l'idée d'être autorisés à quitter le navire. J'ai choisi de ne pas me considérer comme une femme seule, loin de la sécurité représentée par le Makepeace. J'étais Jack désormais, en sécurité dans ses vêtements, et c'était une responsabilité que j'avais méritée.

Au moment de notre départ, les nuages s'enroulaient serré à l'horizon, le ciel était inondé de rose et de bleu comme une aquarelle un peu sale. L'air était acide, la lune blanche et brillante. Derrière le morne rivage constitué d'éboulis de pierres, le vent effleurait la pointe des arbustes sur le flanc des collines.

Comme un seul homme, nous avons quitté la passerelle pour gagner la plage. Le premier des pièges en bois a été localisé facilement. À notre grande déception, la porte en était béante et l'intérieur vide. Les deuxième, troisième et quatrième n'ont rien donné non plus, bien qu'un ptarmigan ait réussi à s'introduire dans un piège où il donnait des coups de bec vains dans les airs. Il a battu des ailes et s'est agité quand nous l'avons attrapé. Le commissaire de bord, Harris, a voulu lui serrer le cou et le ramener pour le ragoût du cuisinier. Aucun de nous n'y a vu d'inconvénient. Nos estomacs grondaient.

Avec peu d'espoir, nous nous sommes approchés du dernier piège, mais ce faisant, nous avons entendu des gémissements. Cela venait de l'intérieur. La porte était ouverte.

À l'intérieur se trouvait un renardeau. Pas blanc comme on aurait pu s'y attendre mais plutôt gris. Il avait été blessé, sa jambe avant droite pendait mollement. Nous avons soupiré. Il n'était d'aucune utilité pour nos besoins.

— Encore un qui finira en ragoût, a annoncé le commissaire de bord en se penchant pour récupérer l'animal.

— Attendez !

Nous nous sommes tous retournés.

Le cri venait de Mansfield, le commis, un excellent aquarelliste, qui avait réclamé sa place dans le groupe dans l'espoir que les paysages pourraient lui inspirer des croquis.

Certains hommes fronçaient les sourcils et commençaient à grommeler, à protester. Mais il était clair que d'autres étaient moins disposés à permettre que l'animal soit tué.

— Il est très petit, a poursuivi Mansfield. Ça ne fait pas grand-chose à manger.

La peur avait réduit au silence le renard qui tremblait dans un coin du piège, ses yeux pâles et implorants tournés vers nous.

— Peut-être que Sedgewick pourra sauver sa jambe, ai-je avancé. Il pourrait la panser jusqu'à ce qu'elle guérisse, et ensuite nous pourrons l'envoyer en éclaireur avec un collier.

Il y a eu un silence tandis que le vent strident fouettait nos cache-nez. Puis, au bout d'un moment, les hommes ont commencé à hocher la tête, un par un. Nous allions probablement être sermonnés par d'autres hommes affamés, mais nous avons décidé de le ramener vivant au navire.

En approchant, nous avons attiré l'attention de ceux qui se trouvaient sur le pont, progressant lentement jusqu'à nous trouver à quelques mètres de la coque du Makepeace. Je tenais le renard dans mes bras. Au début, il s'était tortillé de détresse, mais il était trop épuisé pour se battre réellement. Ils ont dû trouver étrange de nous voir approcher avec une boule de poils gris parmi nous, et alors que nous étions sur le point d'emprunter la rampe, le renard a ouvert les yeux en frissonnant.

Puis quelque chose s'est produit. Quelque chose que le vent nous a transmis. Un bruit. Un son mystérieux et inhumain. C'était ténu au début, et on le distinguait à peine du bavardage des hommes qui se trouvaient sur le pont. Puis ça s'est amplifié. C'était un appel étrange. Ça ne ressemblait pas au chant d'un coq, ni à l'aboiement d'un chien, ni au cri d'une mouette. C'était un peu comme les trois à la fois. J'en ai frissonné jusqu'à la moelle de mes os.

Nous avons tourné la tête et j'ai senti la peur se propager parmi les hommes. La superstition est tenace chez les marins, à ce que j'ai appris ; ils croient en toutes sortes de choses – les maléfices, les fantômes, les personnes qui portent malheur, les fées.

Puis nous l'avons vue trotter dans notre direction. La renarde, sa mère. La tête rejetée en arrière, elle appelait son petit disparu.

Les hommes ne savaient pas quoi faire. Ils ont paniqué, ils se sont mis à parler tous en même temps et leurs voix se mêlaient de sorte que je n'entendais que de petites bribes de conversation.

— Ah, bon sang, qu'allons-nous faire d'elle ? ont-ils demandé.

— Ne le dites pas au cuisinier, il la voudra certainement pour le repas de dimanche. Elle est plus grosse. Ça fait plus de viande pour tout le monde !

Le renardeau s'est agité de nouveau dans mes bras. La renarde gémissait et aboyait. Son cri, si plein de douleur, prenait les hommes aux tripes.

Ils ont continué à débattre.

— Attrapez-la. C'est un cadeau, voilà ce que c'est, cria quelqu'un d'en haut. De la viande fraîche qu'on n'a même pas eu à chasser.

Je voulais que ça s'arrête, j'ai proposé qu'on laisse partir le renardeau, qu'on laisse la renarde le reprendre avec elle.

On m'a ignorée.

— Attrapez-la seulement par…

La phrase n'a pas été terminée. Le claquement d'une balle a retenti sur la glace et le renardeau a tressailli follement dans mes bras. Je me suis retournée pour voir la renarde étendue au sol. Je ne pouvais m'empêcher de haleter, l'air froid me brûlait les poumons.

Toutes les voix m'ont semblé très lointaines après cet épisode.

— Bon Dieu, tu aurais pu m'arracher la cheville !

Quelqu'un a demandé qui diable tirait des balles sur le groupe qui était parti en expédition.

Nous avons levé la tête. Sur le pont, Edison Stowe était debout, fusil posé en travers du bastingage. Il l'a éloigné de son œil et s'est redressé. Je savais ce qu'il allait dire avant même qu'il ouvre la bouche :

— Les os sont à moi.

J'ai apporté le renardeau à Sedgewick un peu plus tard dans la soirée. Il a promis de panser la patte du mieux qu'il le pourrait, mais il était réservé quant aux chances de survie de l'animal. J'ai tenu la pauvre créature pendant qu'il lui mettait une petite attelle le long de la patte. J'ai attendu un moment en regardant l'opération sans mot dire puis j'ai posé la question qui me travaillait.

Je lui ai demandé si Edison Stowe allait bien dans sa tête.

Lorsque je suis montée à bord de ce navire, ma conviction était que c'était Abel Mance l'homme le plus dangereux de cet équipage. Mais, comme je m'en suis assez rapidement rendu compte, des hommes comme lui, il y en a à la pelle ici. Leur brutalité est banale. Elle est gravée en eux par leur environnement.

Alors qu'il se penchait pour inspecter les bandages, je lui ai dit que j'avais été perturbée par le comportement de Stowe. Il a l'apparence d'un gentleman, cela ne fait aucun doute. Un coup d'œil superficiel le rangerait dans la catégorie des officiers, ferait de lui un homme respectable, qui a réussi et en est fier. Mais cela fait maintenant deux fois que je constate avec quelle facilité il en vient à tuer. Tirer sur une baleine ou un ours ne le dérange pas. Pas plus que de massacrer une renarde qui réclame son petit.

Il faut nécessairement une certaine froideur pour accompagner un tel massacre. Une sorte de précision. J'avais supposé que c'était le fruit de sa position, de sa formation – c'est un homme de science, n'est-ce pas ? La biologie, la vie, la mort, tout cela, ce sont des concepts aussi factuels pour lui que pour un chirurgien.

Mais maintenant, je n'en suis plus si sûre.

Sedgewick, qui m'avait observée attentivement pendant que je parlais, a posé les bandages avec un hochement de tête sombre.

— J'ai vu, a-t-il admis, et je crains qu'il soit capable de bien pire.

9

Maude

Novembre 1850

La foule de Central Station s'agite comme des poissons dans un tonneau, émettant un vacarme qui monte jusqu'au large plafond voûté. Des corps s'affairent, têtes baissées, des cliquetis de métal et des cris de vapeur adoucissant le froid de l'air ambiant.

Sur le quai, Maude attend. Elle a oublié de porter des gants et ses doigts triturent les cuticules sèches de ses pouces. Elle a l'impression d'être totalement dans le mauvais corps. Comme si ce n'était pas la bonne sœur Horton qui se tenait sur le quai à attendre de monter à bord d'un train. Elle secoue la tête, se réprimande pour son manque de courage. Si la situation était inversée, Constance ne serait pas inquiète. Constance ferait tout ce qu'il fallait pour obtenir des réponses. Elle cillerait à peine face aux obstacles dressés devant elle. Mais Maude a toujours été si douce comparée à Constance, si terne, si banale. Il lui est parfois arrivé de se demander, quand elle se sent vraiment très déprimée, si son grand-père ne regrettait pas le fait que ce soit la sœur la plus intéressante qui ait dû mourir. Ce n'est pas juste, n'est-ce pas ? Comment est-il possible que quelqu'un qui était doté d'une telle énergie vitale soit mort ? C'est comme si les flammes les plus vives s'éteignaient le plus vite, estime Maude.

Le train qui est devant elle est élégant, peint du même vert soutenu que les flacons de la pharmacie. Des porteurs s'affairent avec leurs bagages et des hommes en gilets et en manches de chemise couverts de suie grimpent sur des échelles pour alimenter la chaudière. L'acier se contracte en buvant et la locomotive pousse un long sifflement d'aise. Le voyage en train semble à Maude chose ambitieuse. Onéreuse. Trop onéreuse pour quelqu'un comme elle. Mais ce n'est pas elle qui paie la note en l'occurrence, bien sûr. Heart y a pourvu.

Il avait fallu du temps pour convaincre son grand-père de l'autoriser à faire ce voyage. Elle ne lui avait pas dit la vérité, évidemment, et elle avait été surprise de constater qu'elle s'habituait de plus en plus au mensonge.

Un cousin lui avait écrit pour savoir si, compte tenu de la tragédie, Maude trouverait agréable d'échapper à la cohue de Londres pour un week-end à la campagne. Du moins, c'est ce qu'Henry avait été amené à croire. Et ce n'était pas si absurde ni si éloigné de la vérité, n'est-ce pas ? Du moins, au sens le plus large du terme. Après tout, il y aurait peut-être quelques paysages bucoliques à apprécier au cours de cette excursion.

Elle pose sur le quai sa grosse valise au cuir raidi par le manque d'utilisation et fléchit un poignet douloureux, essayant d'ignorer les nerfs qui palpitent vivement jusque dans sa poitrine. Elle n'a pas l'habitude de porter des bagages. Non qu'elle ait l'habitude que quelqu'un les lui porte, mais elle n'a jamais vraiment eu de raison de voyager.

Son grand-père avait exigé de l'escorter jusqu'à la gare, pour l'accompagner un bout de chemin. Mais en quittant le magasin, elle avait pris soin de tourner légèrement le coude et d'envoyer un flacon s'écraser au sol.

Du mercure.

Un nettoyage minutieux et une élimination appropriée des débris étaient nécessaires. Son grand-père allait devoir rester sur place. Quel dommage. Maude l'avait rassuré : elle était certaine de pouvoir se débrouiller seule pour se rendre jusqu'à la gare.

Lorsque Maude avait commencé à chercher des réponses, elle ne s'attendait pas à ce que cela la mène dans un endroit pareil. Mais une fois que l'occasion de rencontrer enfin Edison Stowe s'était présentée, il lui avait été impossible de résister. Cela s'était produit quand elle avait enfin trouvé le courage d'entrer dans la boutique de squelettes de M. Inchbold. Elle avait attendu de l'autre côté de la rue, bien cachée comme d'habitude, jusqu'à ce que Stowe parte pour ses déambulations de la matinée. Une fois certaine qu'il ne reviendrait pas, elle s'était précipitée vers la porte et avait pénétré dans la boutique.

Il y avait bien plus de squelettes que ce qu'elle avait imaginé. Le magasin en était littéralement rempli, des spécimens étaient empilés jusqu'au plafond sur une surface qui s'étendait jusqu'à la réserve de l'arrière-boutique. Les os s'accrochaient ensemble pour suggérer des créatures étranges et inconnues : un animal qui ressemblait à un petit cheval mais avec un cou plus long et un crâne semblable à celui d'un chien ; quelque chose de bas et de cuirassé, avec un nez mince et saillant et une coquille de cartilage sur le dos, les articulations des doigts effleurant le sol comme celles d'un singe. Son regard avait été attiré par un grand boîtier hexagonal et elle avait traversé la pièce pour s'en approcher. À l'intérieur, un python de cinq mètres de long était enroulé sur lui-même tel un énorme collier. Le squelette était presque uniquement constitué d'une colonne vertébrale, avec des centaines de délicates côtes fines comme des cheveux qui lui allaient de la tête à la queue. Sidérant.

— Puis-je vous aider, madame ?

Le commerçant se tenait à la caisse, occupé à nettoyer ce qui ressemblait à un fémur. Au-dessus de sa tête, une défense pointue et torsadée pendait du plafond comme un mousquet poli en exposition.

— Je venais seulement… Je voulais… J'étais juste… (Elle avait senti son visage s'empourprer.) Je me demandais si vous auriez l'amabilité de me donner l'heure ?

L'homme avait souri et s'était tourné pour jeter un œil à l'horloge murale par-dessus son épaule.

— Huit heures vingt, madame.

— Merci, avait-elle balbutié en tournant les talons. Merci beaucoup.

La rougeur sur son cou avait encore augmenté. Elle aurait dû lui parler de Stowe, et cette pensée lui avait appliqué une chiquenaude sur l'épaule tandis qu'elle se dirigeait vers la sortie. Elle aurait dû lui demander quel était son caractère, lui demander s'il lui avait dit quoi que ce soit au sujet d'un accident qui serait survenu à bord du Makepeace. Au lieu de cela, toutes ses forces l'avaient abandonnée et elle avait choisi de fuir. Voilà ce qui lui traversait l'esprit, avant qu'elle manque d'entrer en collision avec un ours dressé sur ses pattes arrière situé juste à côté de la porte.

— Oups. Je vous prie de m'excuser.

Elle avait marqué un temps d'arrêt, levant les yeux au ciel à sa propre étourderie. Il n'y avait qu'elle pour s'excuser auprès d'un animal empaillé. *Trouve du courage, Maude, bon sang !* C'est alors qu'elle avait remarqué l'assiette d'argent qu'il tenait dans ses pattes et la pile de prospectus qui se trouvait dedans. Elle en avait pris un. Le dessin d'un train à vapeur y était entouré d'un nœud coulant. LES CIRCUITS MORAUX D'EDISON STOWE, lisait-on. Elle avait jeté un rapide coup d'œil à Inchbold, qui caressait toujours l'os de cuisse, puis elle avait serré le papier dans son poing avant de se remettre en route et de se jeter dans la rue animée.

Sur le quai, le gardien donne un coup de sifflet. Le train est désormais enveloppé de vapeur, et Maude sait qu'il est temps pour elle de monter à bord. Elle se penche pour prendre sa valise et se dirige vers les portes du wagon, mais alors qu'elle avance le fermoir de la valise s'ouvre et tout ce qu'elle contient se répand sur le quai. Flûte. Maude jette un regard fébrile autour d'elle. Elle rassemble ses effets et les fourre en vitesse dans la valise – une robe couleur prune, un livre, plusieurs petits flacons de verre.

Le sifflet retentit à nouveau et, après avoir tout ramassé, elle referme vigoureusement les fermoirs et s'en va en courant, espérant qu'il n'est pas dans l'habitude du conducteur de prendre le départ lorsqu'il aperçoit une femme se précipiter sur le quai pour attraper son train. Elle est presque arrivée devant la voiture lorsqu'elle sent une main ferme lui saisir l'épaule.

La déception coule dans ses veines.

C'est son grand-père. Elle le sait. Il vient sans doute tout juste d'arriver et il se demande pourquoi elle se dirige vers ce train en particulier. Il va essayer de l'arrêter.

Mais en se retournant, elle constate que ce n'est pas du tout son grand-père. C'est le chef de quai. D'un air renfrogné et impatient, il lui tend un collier étrange et grossier.

— Madame, vous avez laissé tomber ça, mais vous devez vraiment monter à bord du train maintenant, nous sommes déjà en retard.

Elle lui arrache le cordon et le cache derrière son dos. Puis elle se souvient de ses manières.

— Merci.

Elle n'arrive pas à croire qu'elle a failli le laisser derrière elle.

Remettant le collier dans sa valise, elle se précipite le long du quai et monte dans la voiture. Le chef de quai bondit après elle et ferme la porte.

Elle se demande un instant, en reprenant son souffle, si cette tâche n'est pas au-delà de ses forces. Sa sœur a toujours été celle des deux qui était directe, celle qui prenait des risques, qui, voyant une porte s'entrouvrir, la poussait en grand et entrait pleine d'entrain dans la pièce. Maude, elle, ne prenait pas de risques. Elle n'était pas comme ça.

Mais elle n'est pas vraiment elle-même ces derniers temps, n'est-ce pas ?

Elle doit trouver des réponses à ses questions. Et ces réponses se trouvent dans ce wagon même.

Le Journal de Jack Aldridge

70° N, 68° O
Clyde River, île de Baffin
18 septembre 1849

Le renardeau est mort et le temps est en train de changer, pour se transformer en un froid si glacial qu'on voit encore son souffle dans l'air quand on descend sous le pont. Tout est humide – les couvertures, nos vêtements, même Rumpelstiltskin. La glace recouvre les poutres et les cloisons. Les hublots sont bordés de neige. Pourtant, il fait quinze degrés de plus que sur le pont, et lorsque nos orteils dégèlent quand nous descendons l'échelle, on a l'impression qu'ils sont piqués par des aiguilles.

L'énormité de la tâche à accomplir pèse lourdement sur les hommes. Chaque jour, nous nous enfonçons toujours plus profondément dans ce lieu de glace et de neige infernales, cette terre sombre et inhospitalière, et notre détermination connaît une fêlure supplémentaire.

Je me demande parfois, la nuit, quand l'air resplendit du bleu le plus profond et le plus sombre, et que la lueur de la lampe se reflète sur l'eau d'un noir d'encre, ce que les hommes de Franklin font à ce moment précis. Si les navires *Erebus* et *Terror* sont tout simplement gelés quelque part plus au nord, fichés dans la glace comme des os dans la moelle. Je me demande s'ils nous attendent, s'ils prient pour que nous arrivions. Ou s'ils ont été coulés par quelque puissance malveillante. Et parfois, au plus noir de la nuit, je me laisse aller à me demander si ces sons que nous entendons, loin d'être les craquements des tuyaux et la glace qui gémit, ne seraient pas les corps noyés de Franklin et de ses hommes qui cognent contre la coque de notre navire.

Je suis également de plus en plus certaine qu'il y a des gens à bord qui ne partagent pas notre objectif de retrouver Franklin.

Depuis ma conversation avec Sedgewick, j'observe Edison Stowe. Je l'observe de très près.

Il a des façons singulières. Il semble passer son temps à se nettoyer, et il exige constamment qu'on chauffe plus d'eau glacée pour pouvoir se frotter la peau jusqu'à ce qu'elle soit rouge, à vif et brûlante. Tandis que je mange, au coude à coude avec les autres garçons, j'observe aussi ses habitudes alimentaires. M. Penny le déteste car il empoisonne le monde quel que soit le plat qu'on sert.

— D'où vient cette viande ? aboiera-t-il quand quelque chose de brun tombe dans son assiette. Ces pommes de terre ont-elles été lavées ?

À chaque fois, le cuisinier lève les yeux vers les poutres du pont.

— Je vais vous épargner de la salive, Stowe, siffle-t-il. Tout vient d'une foutue boîte de conserve.

À chaque dîner, il se retire pour s'asseoir seul dans son coin, à distance des autres hommes. Je l'ai rarement vu prononcer plus de deux mots à l'adresse de quiconque, excepté le pilote des glaces, Mance. La plupart l'évitent complètement, le dépassant dans la descente comme on passerait devant une chaussure abandonnée.

Même Rumpelstiltskin ne lui témoigne aucun intérêt, alors que je suis certaine que ce chat serait capable de faire ami avec des chiens limiers.

Stowe n'est jamais excité comme le sont les autres hommes lorsque Despie nous parle de Franklin, lorsque notre capitaine nous rassemble, pipe serrée entre les dents, pour nous rappeler comment nous servons notre reine et notre pays. Il semble plutôt ennuyé par cette perspective. Il semble se soucier comme d'une guigne du fait que nous sommes ici pour rechercher un héros des océans, que nous sommes ici pour devenir nous-mêmes des héros.

J'ai pris le plus grand des risques aujourd'hui. J'ai décidé de suivre Stowe jusqu'à sa cabine.

J'ai pensé que je pourrais peut-être avoir un aperçu de ce qu'il garde là-dedans. Sedgewick aurait plaisir à de telles observations. Je devais juste me rendre invisible.

La tanière exiguë lambrissée de bois sombre de sa cabine dégageait une odeur sulfureuse similaire à celle de l'infirmerie de Sedgewick. La porte était fermée mais, après avoir vérifié qu'il n'y avait personne d'autre dans la descente, je me suis accroupie et j'ai constaté que je pouvais voir à travers les interstices qu'il y avait entre les lattes. J'ai regardé à l'intérieur et j'ai vu Stowe, qui me tournait le dos, occupé à examiner ses étagères. La lumière de la lampe tremblotait, illuminant les contours aigus de son visage. Ses cheveux blonds brillaient d'un or transparent. Cela lui donnait l'apparence d'une goule.

Alignés tout autour de la couchette intégrée se trouvaient des bocaux, qui lui permettaient d'entreposer ses spécimens, dûment étiquetés et numérotés, remplis de liquides couleur d'eau sanglante. Des choses y flottaient : de petites anguilles, des crustacés et des plantes, les masses globulaires d'algues que je l'avais vu tirer des chaluts du navire. Je n'avais aperçu de miroir dans aucune autre cabine que dans celle de Despie, et pourtant Stowe semblait en avoir apposé un sur la cloison de sa cabine, et son verre jaunissant reflétait des piles de scalpels et des lancettes. Alors que, fermant un œil, je tentais de voir plus profondément dans la cabine, une sensation de picotement a saisi ma chair. Il était clair que Stowe stockait les os de tous les animaux que les hommes avaient abattus – ce qui avait dû être des lapins gisait en tas de côtes désassemblées ; des crânes de lagopèdes étaient piégés dans un bocal comme des œufs marinés. Dans l'ombre, de petites formes aux contours vagues étaient tapies, recroquevillées et embaumées.

J'ai retenu mon souffle et me suis penchée pour mieux voir en m'approchant encore plus près des lattes, mais à ma grande inquiétude une autre silhouette est apparue dans la pièce. J'ai pris une grande inspiration. Il avait dû se trouver dans le coin de la cabine, hors de ma vue jusqu'ici. J'ai vite reconnu ces manches de chemise froissées et ces bretelles, cette barbe mal rasée, ces cheveux longs et hirsutes. Les épaules de Mance occupaient la majeure partie de l'espace de cette cabine.

Lentement, sans faire de bruit, j'ai reculé en position accroupie pour qu'ils ne me voient pas à travers les lattes.

Et j'ai écouté.

— C'est un pauvre gars roublard, mais têtu. Le baleinier type. (La voix de Mance était profonde et gutturale, et filtrait parfaitement à travers les lattes pour résonner dans la descente.) Hancock lui a donné une échéance ?

J'ai jeté un coup d'œil en direction des quartiers des officiers pour vérifier que personne ne venait.

— Il attendra bien, non ? Il sait que nous sommes en route ? Et puis, ce n'est pas comme s'il allait quelque part.

Le timbre de Stowe, feutré et circonspect, avait moins de rondeur que le grondement du pilote des glaces.

— Oui, il attendra. La cupidité rend les hommes patients. Il est question de combien ? Qu'est-ce que Hancock a promis ?

Je me suis rapprochée encore plus des lattes pour mieux les entendre, mais tandis que je le faisais ma botte s'est dérobée. Je me suis rattrapée juste avant de tomber, mais pour me maintenir debout j'avais agrippé les lattes de bois de la porte. Je les ai lâchées comme si elles m'avaient brûlée.

En un éclair, Mance était sur moi.

Il a ouvert la porte et il est apparu comme une montagne de glace au-dessus de moi. Derrière lui, Stowe me fusillait du regard. Je me suis mise debout et j'ai dégluti, persuadée qu'ils devaient entendre mon cœur battre à tout rompre.

— Des méduses ! ai-je balbutié, en quête de quelque chose, n'importe quoi pourvu que cela puisse expliquer ma présence. Des méduses vertes, qui brillent comme l'aurore. Je les ai vues à bâbord. J'ai pensé que ça pourrait vous intéresser, monsieur Stowe.

On aurait pu briser l'air qu'il y avait dans cette descente avec un marteau tellement il était épais. Les deux hommes me regardaient fixement, sans bouger, mâchoires serrées, sans quitter mon visage des yeux. Ils se demandaient, j'en suis sûre, combien j'en avais entendu. À qui je pourrais le dire. Si moi, simple mousse, je représentais une menace pour eux.

Au bout d'un moment, Mance a dû en déduire que ce n'était pas le cas. Juste un petit insecte ou animal nuisible. Une contrariété, mais rien de plus.

— Il n'y a que les chiens pour attendre aux portes, mon garçon.

Mance m'a bousculée en passant. Je l'ai regardé disparaître dans le couloir tout en mettant la main sur sa pipe.

— Vais-je trouver des méduses dans l'océan si je monte sur le pont ?

Les yeux de Stowe ressemblaient à ceux d'un loup.

J'ai hoché la tête. Maîtriser ma terreur.

— Des méduses, ai-je répété, dans ce qui était presque un souffle.

Il s'est retourné pour prendre un carnet qui se trouvait derrière lui, avant de lever une main pour me chasser comme le chien que j'étais.

10

Edison

Edison est contrarié, comme il l'est si souvent. Le manque d'air dans la voiture est suffocant, et le peu qu'il y a est très nettement chargé de miasmes.

Il était passé devant la troisième classe qui voyageait à l'air libre en se dirigeant vers son siège, et en voyant son toit ouvert et les excursionnistes pour Stonehenge* entassés sur les bancs comme des sardines, il s'était surpris à envier le fait qu'ils n'allaient pas tarder à sentir la fraîcheur de la brise sur leurs joues.

Il n'y a qu'une seule voiture. Petite, exiguë et encombrée. Deux rangées de sièges qui se font face, soit huit au total. Ce qui le met, pour son circuit, dans une proximité inconfortable avec ses invités.

Il regarde en clignant des yeux le siège vide à côté de lui – un liseré sale s'est accumulé dans les plis du rembourrage.

* Monument mégalithique de vaste dimension situé à treize kilomètres au nord de Salisbury, contruit entre 3000 et 1100 avant Jésus-Christ, dont la vocation probablement sacrée a évolué au fil du temps. Ce groupe de mégalithes disposés en cercle commence à être mesuré, dessiné et étudié au XVIIe siècle.

Il ne peut tout de même pas passer en troisième, où il n'a pas sa place. N'importe qui verrait du premier coup d'œil qu'il n'y a pas sa place. Et puis, il a déjà dépensé la moitié de ses bénéfices pour réserver cette foutue voiture, alors pour sûr il va s'y installer.

Il parcourt du regard le groupe réuni là, une assemblée hétéroclite, dont chacun a répondu à son annonce dans le *Times*. À sa gauche, à la fenêtre, se trouve un homme aisé vêtu d'un manteau extrêmement cher. Il a à peine souri quand Edison s'est présenté.

— Jameson, a-t-il lâché.

Edison lui a tendu un petit ruban noir.

— Pour qu'il soit clair que nous voyageons en tant que groupe, a-t-il expliqué. Je me suis dit que le noir était approprié.

L'homme a regardé ce qu'il avait dans les mains comme si c'était un serpent qu'il lui avait jeté.

À la droite d'Edison, une femme âgée s'installe sur le siège vide et fixe avec impatience son propre ruban noir sur sa poitrine. Elle a l'apparence d'un crapaud splendidement tiré à quatre épingles, avec son regard brun et vif qui papillonne, ses gants de soie fine, ses longs cheveux retenus par des bijoux coûteux. Elle dégage l'opulence à plein nez, Edison en a conscience. Non la crasse métallique des pièces, mais le côté craquant des billets de banque tout droit sortis de l'Hôtel de la Monnaie.

La femme se penche par-dessus l'espace qui la sépare du siège d'en face et donne une tape sur la main de son mari. Il lâche son journal et prend le ruban qu'elle lui tend, y jette un œil avant de le mettre dans sa poche et de reprendre sa lecture.

— Daphné Westbury, annonce la vieille femme aux deux personnes assises à la droite de son mari – une femme sans attrait en sergé de voyage, d'environ vingt-trois ans, et un homme de haute taille situé côté fenêtre, en face de Jameson, beaucoup trop vieux pour être son mari. Lady Daphné Westbury, répète-t-elle.

Les invités sourient poliment.

— Hollis, répond l'homme de haute taille en touchant son chapeau.

Voilà un homme au squelette massif, pense Edison en se représentant des fémurs solides et une cage thoracique de la taille d'un tonneau. Cela lui rappelle Frederick, l'ours monte-plats de la boutique d'Inchbold.

— Et voici ma femme, Charlotte.

Sa femme ! Bon Dieu.

Sous son bonnet, la jeune femme fait un signe de tête posé.

— Lady Westbury sera un atout pour nous tous, annonce Edison au groupe. Elle connaît quasiment tout ce qu'il y a à savoir sur le processus judiciaire, sur la peine capitale et tout ce qui s'ensuit. (Il tente un geste libéral de la main.) N'est-ce pas plus de cinquante pendaisons auxquelles vous disiez avoir assisté, lady Westbury ?

— Cinquante-quatre. Une pour chacune de mes années.

Elle penche la tête comme pour accueillir un compliment aimable. Cinquante-quatre ? Edison ne sait pas très bien qui elle croit abuser.

— Elle a déjà repéré Calcraft en deuxième classe, ajoute-t-il. Avec son sac et tout son attirail.

— Calcraft ? interroge la femme à la mise simple, l'épouse, d'un ton doux et curieux.

— Le bourreau ? dit lady Westbury comme s'il s'agissait d'une question. Vous venez de Londres, n'est-ce pas ? Et vous ne savez pas qui est Calcraft ?

— Charlotte choisit de ne pas laisser les journaux retenir son attention. (Son mari répond à sa place.) C'est une artiste, n'est-ce pas ma chérie ? Une sculptrice de talent.

M. Westbury glousse en tournant bruyamment les pages de son journal.

— William Calcraft est le bourreau le plus affairé du pays, explique lady Westbury. C'est lui qui s'est occupé de presque tous les personnages les plus détestables de Londres.

— Je suppose que beaucoup d'entre eux auront croisé votre chemin, monsieur Hollis, ajoute Edison. Ou du moins leurs imitations ? Si je me souviens bien de votre métier.

Lady Westbury hausse un sourcil argenté.

Hollis hoche la tête.

— Je suis cireur chez Tussauds, explique-t-il au reste du groupe. Nous en avons beaucoup dans la Salle séparée*. (Il tousse.) Immortalisés.

Edison imagine la cave à l'accès interdit par un cordon, chez Tussauds, avec ses masques mortuaires, son obscurité spectrale, ses visages de cire des criminels les plus célèbres d'Angleterre. Une vision bien trop épouvantable pour une

* La "Salle séparée" est une salle d'exposition permanente du musée Madame Tussauds, à Londres, présentant des statues de cire de meurtriers et d'autres figures historiques célèbres pour des raisons macabres. Présentée d'abord comme une "Salle séparée" lors de l'exposition qu'elle monta en 1802, au Lyceum Theatre, la galerie est initialement alimentée par des œuvres de Curtius, anatomiste et sculpteur de cire français, qu'il légua à sa mort à Marie Tussauds, son élève et apprentie. Lorsqu'elle met en place, en 1835, une exposition permanente à Londres dans ce qui deviendra le musée Tussauds, la "Salle séparée" est rebaptisée "Chambre des horreurs".

sensibilité féminine comme celle de lady Westbury, même si quelque chose lui dit qu'elle ne se laisserait pas désarçonner par de telles horreurs.

— Bishop et Williams ? lâche-t-elle avant de marquer un temps d'arrêt et d'être dûment gratifiée d'un signe de tête de Hollis. Ils ont tué un enfant. (Elle se penche pour être plus près de Charlotte.) Un jeune garçon ; ils ont vendu son cadavre aux anatomistes.

Edison émet un grognement de dégoût.

— James Greenacre, affirme-t-elle avec assurance. Le meurtrier d'Edgeware Road. Je crois que la police a sorti la tête de sa fiancée de Regent's Canal, mais vous avez dû couler la sienne dans la cire ?

La main de Charlotte Hollis se porte à sa bouche.

— Vous connaissez tous les Manning, assurément. (Un murmure sourd se fait entendre dans toute la voiture.) Ils sont certainement dans la Salle séparée. (Elle s'interrompt brièvement pour ajuster l'énorme rubis qui se trouve sur sa gorge.) Un meurtre fait de vous un scélérat, un million de meurtres un héros, poursuit-elle à la manière de quelqu'un qui démontre quelque chose. Calcraft a fait du bon travail ce jour-là. Même s'il n'est pas toujours aussi habile.

— Mais le sac ? Qu'est-ce qu'il a dans son sac, à votre avis ? demande Frank Hollis. Je me le suis toujours demandé.

— Son équipement, répond lady Westbury. Des chaînes, etc.

Il y a un bref silence et le sifflet strident du chef de quai retentit.

— Pourquoi se rendre à Salisbury s'il est bourreau à Londres ?

Tandis qu'elle pose cette question, Edison regarde Charlotte. Il y a quelque chose dans ses yeux, quelque chose de pénétrant, quelque chose d'aigu. C'est dommage que le reste de sa personne soit si dénué d'intérêt.

— Des bourreaux expérimentés sont tenus de se rendre de temps à autre dans les villes d'assises pour y exercer leurs fonctions. C'est une compétence, vous comprenez. Et ils sont bien payés pour cette tâche, avec ça.

— Et qu'est-ce qui fait de lui un bourreau si compétent? demande Charlotte.

Elle en pose, des questions, cette dinde.

M. Westbury baisse brusquement son journal et jette un œil par-dessus à travers ses lunettes.

— Ses victimes mettent un temps extraordinairement long à mourir.

Charlotte Hollis a encore des sels à portée de son nez lorsque la femme monte dans la voiture. Son arrivée déplace chaque molécule de l'espace. Elle marque un temps d'arrêt, dans l'encadrement de la porte, et vérifie son billet pour s'assurer qu'elle est au bon endroit. Edison sent l'air crépiter autour de lui. Il déplace la main vers sa nuque, persuadé de sentir des doigts glacés lui parcourir l'échine.

Cette femme est belle. Sa beauté est du genre à accrocher le regard et à le tenir captif. Même depuis son siège, il peut observer la rondeur de ses joues, l'intensité de ses yeux bleu pâle, ses cheveux lisses qui brillent d'un éclat de jais. Ses lèvres, décide-t-il, sont aussi délicatement roses que l'intérieur d'un bulot.

Il essaie de se lever pour la saluer, mais ses jambes sont de plomb. Voilà qui est extrêmement inhabituel. Il n'est pas du genre que la beauté laisse bouche bée. Mais cette femme… cette femme ! Sa beauté est si puissante. On dirait Hélène de Troie. Non, la séductrice Salomé !

Peut-être qu'il se laisse un peu emporter.

Mais il y a quelque chose en elle. Quelque chose de capricieux. Quelque chose dans les fines ridules au coin de ses yeux, dans la façon dont sa mâchoire se contracte légèrement lorsqu'elle sourit. Est-ce à l'actrice Sarah Siddons qu'elle ressemble ?

— Bienvenue, fait-il en parvenant enfin à se lever, charmé de voir apparaître une touche de rose sur ses jolies joues. Vous devez être le dernier membre de notre groupe.

Il remarque que Charlotte Hollis ne croise pas le regard de la femme, que les coins de sa bouche restent obstinément inexpressifs tandis qu'elle replie son mouchoir pour le remettre dans la manche de son manteau. La jalousie, se dit-il. Cela doit être exaspérant pour quelqu'un d'aussi commun d'être mis en présence de qui ne l'est pas.

M. Westbury glousse doucement et se débarrasse de son journal.

— Comment vous appelez-vous, ma chère ? fait Mme Westbury en désignant le siège libre à côté d'elle, près de la fenêtre.

La femme s'assied et dépose sa petite valise de voyage dans la niche.

Elle lève les yeux et lance un regard circulaire aux passagers rassemblés.

— C'est un plaisir de vous rencontrer tous, dit-elle en clignant des paupières à deux reprises. Je m'appelle Maude.

Le Journal de Jack Aldridge

70° N, 71° O
Île de Sillem, baie de Baffin
25 septembre 1849

SCHISTE sur schiste, grésil sur grésil. J'ai désormais cédé une partie de moi à la météo.

J'étais de quart hier au moment où le crépuscule nautique est arrivé avec son bleu marine resplendissant et profond. Le vent hurlait autour de nos têtes. La neige fondue tourbillonnait si dru qu'elle masquait les lampes des autres hommes de service. Le maître d'équipage Johnson est venu me relever, et il semblait quatre fois plus massif que sa taille réelle à force d'emmaillotages.

Je lui ai dit que je sentais que mon squelette était sur le point de se briser.

— Oui, a-t-il fait. Des os glacés. Voilà ce qu'on récupère à être ici. Des os glacés, du sang glacé, et une fichue âme glacée.

Je me suis dirigée péniblement jusqu'à l'échelle en tapant du pied pour empêcher le sang têtu de geler dans ses veines. En avançant, j'ai senti une pression bizarre monter dans ma tête. Je n'arrivais pas à situer cette sensation, mais dans ce froid, je suis surprise chaque jour par une douleur d'un genre nouveau. J'ai entendu un bruit étrange, qui ressemblait à celui d'une coquille d'œuf qui craque. Puis il y a eu comme une explosion dans mon crâne, et j'ai senti un objet dur cogner le fond de ma gorge. J'ai eu un haut-le-cœur et j'ai ouvert la bouche pour cracher.

C'était une molaire fendue en deux par les températures glaciales, pâle comme du lait caillé dans ma paume recouverte de sa moufle. J'ai amené ma langue vers le trou que la dent avait laissé dans ma mâchoire. C'était doux, humide et isolé.

Je ne sais pas trop ce qui m'a poussée à le faire, mais une fois le quart terminé, j'ai demandé à l'assistant du menuisier s'il avait quelque chose qui pourrait percer un trou dans des morceaux de dent, puis je les ai enfilés sur un cordon que je me suis attaché autour du cou. Les deux moitiés d'un tout, ai-je pensé. Comme deux sœurs, ou un couple.

J'ai raconté à Sedgewick ce que j'avais entendu dans la cabine de Stowe, je lui ai dit que Mance et lui discutaient de quelque chose de secret. Je suis à peu près certaine qu'ils ont un plan sinistre en cours et j'étais persuadée qu'il penserait la même chose. Il a froncé les sourcils et m'a demandé des détails, et j'ai essayé de les lui donner. Le nom, j'ai fini par me le rappeler : Hancock.

— Mais il n'y a personne qui porte ce nom sur le Makepeace, ai-je dit. Peut-être sur le High Regard ?

Il se passait les mains sur la barbe.

— Le seul Hancock que je connaisse est…

Sa voix s'est amenuisée comme une vapeur.

J'ai attendu.

— Le seul Hancock que je connaisse est sir Horatio Hancock, a-t-il dit.

— De l'amirauté ? ai-je repris.

Je l'avais croisé lors de mes recherches avant de monter à bord du Makepeace.

— C'est l'un des hommes les plus influents du bureau de l'amirauté. (Il a semblé y réfléchir.) Ils doivent parler de quelqu'un d'autre. Ce n'est pas un nom très rare.

— Je n'en suis pas sûre, ai-je répondu.

Mon sang bouillait tandis que je me souvenais de la sensation étrange qui régnait dans cette cabine.

— Le commerce avec les baleiniers est monnaie courante. C'est très probablement de cela qu'il s'agit, a-t-il déclaré.

Je savais que ce n'était pas mon rôle – Sedgewick est mon supérieur, mon mentor, c'est un guide pour moi –, mais j'ai dû manifester mon désaccord. Je sentais qu'en ne disant rien, je risquais de nous mettre, et de mettre tout le navire, en danger.

Je l'ai assuré qu'il s'agissait de bien davantage que du commerce habituel avec les baleiniers.

J'ai lu des histoires, des récits de mutineries sur des navires comme celui-ci. De tentatives pour renverser un capitaine, pour modifier le cours d'un voyage à des fins personnelles. Et je me suis retrouvée, la nuit, incapable de chasser de mon esprit l'image du visage de Stowe. Deux parties qui ne vont pas ensemble : une bouche qui remplit son office – parler, manger, se tordre dans un sourire horrible, contre nature – mais des yeux qui ne suivent pas. Aussi durs que du verre cassé. Impénétrables.

— Stowe est un scientifique, pas un pirate, s'est moqué Sedgewick.

— Mais vous avez dit vous-même qu'il n'était pas… normal.

— Ne pas être sain d'esprit ne fait pas de vous un mutin pour autant. Et puis, même si Mance pourrait avoir une chance grâce à sa force, les mutins ont besoin d'alliés – et Stowe ne serait pas capable d'influencer un équipage.

— Et si c'était autre chose alors ? (Je voulais continuer à insister pour obtenir une réponse. Cela me tenaillait comme une douleur.) Et si ce Hancock était impliqué ? Et si c'était quelque chose de plus grande envergure que ce qui se passe sur ce navire ?

Il m'a jeté un regard derrière ses lunettes, et j'ai été certaine qu'il se disait que j'avais moi-même perdu la tête. J'étais devenue le genre de personne dont il pouvait lire le cas dans ses livres.

Je l'ai dit quand même.

— Ils envisagent peut-être de couler le Makepeace.

Il a paru tellement saisi que, sur le coup, son visage est resté figé. En comprenant, il a ouvert la bouche, comme en quête de mots, avant de la refermer. Je savais que j'avais dépassé les bornes. Mais je lui ai expliqué en détail que j'avais déjà lu une histoire pareille dans le *Times*. Un navire coulé délibérément pour toucher l'assurance du souscripteur.

Il s'est moqué encore une fois. Mais je voyais bien qu'il réfléchissait à ce que je venais de dire.

— Qu'est-ce qu'un scientifique et un marin auraient à gagner à couler un navire de l'amirauté ? a-t-il répliqué. Et Hancock ? Il n'y a probablement aucun homme sur cette terre qui souhaite plus que lui que notre expédition soit couronnée de succès. La réputation de l'amirauté est en jeu. Il sera considéré comme un héros si on retrouve Franklin. Il sera célébré, admiré, gratifié de plus de médailles que sa poitrine ne peut en supporter. Il ne conspirerait pas avec deux modestes membres d'équipage pour couler un navire de la marine. Ce n'est pas possible.

Après cela, il m'a exhortée à me calmer. M'a dit que mes pensées s'étaient emballées. Mais quelque chose a pris racine à l'intérieur de moi qui ne veut pas lâcher prise.

M. Penny dit que je suis distraite tandis que nous nous remuons tous deux dans la cuisine. J'ai brûlé les biscuits l'autre jour et les hommes m'ont manifesté leur contrariété en tapotant les hexagones durs et calcinés contre la table.

Mais quoi qu'il arrive, chaque nuit, tandis que je m'allonge, agitée, dans mon hamac, je réfléchis aux façons dont le Makepeace pourrait être coulé. J'ai appris à envisager des phénomènes qui vont au-delà des causes naturelles : une tempête pourrait briser le navire, mais elle ne peut être causée par des mains humaines. En revanche, un incendie qui se propagerait dans tout le navire pourrait tous nous détruire. Une explosion de chaudière provoquerait chaos et blessures et nous plongerait dans une tombe aqueuse. Mais c'est la glace, en suis-je venue à penser, qui peut être utilisée comme arme ici. Et Mance est celui qui connaît le mieux cette glace à bord. C'est lui qui saura l'utiliser au mieux au service de ses desseins les plus sombres. Le scénario se termine, dans mon esprit, avec des corps éparpillés dans l'eau ; des cadavres gonflés qui se balancent comme des phoques, des hommes qui crient, qui se débattent, tant de morts alentour. La peur a gravé des rides profondes sur mon front, le manque de sommeil laissé des traces violettes sous mes yeux. Mais je ne peux pas me reposer, je dois trouver un moyen de convaincre Sedgewick du danger qui nous attend. Je dois trouver un moyen de découvrir la vérité.

II

Maude

La campagne défile dans le flou. Les champs, les vallées et les hameaux s'étalent comme de la peinture sur une toile. Mais Maude se soucie peu du paysage. Elle n'a d'yeux que pour Edison Stowe.

Qu'avait-elle imaginé pouvoir faire lorsqu'elle le rencontrerait enfin ? Quand elle pourrait le regarder dans les yeux, chercher la moindre parcelle de vérité sur ce qui s'était réellement passé sur ce navire ? Il lui est presque impossible de rester tranquille sur son siège ; rester assise est une torture. Elle attrape le tissu de sa jupe, le fait rouler sous ses doigts, puis gratte les cuticules mordues de ses ongles de pouce. Chaque fibre d'elle meurt d'envie de se lever et d'exiger, devant cet étrange public, que la vérité soit dite. Mais quelle que soit la force de son besoin de s'en prendre à lui, de son besoin de hurler, elle sait que ce n'est pas le bon moyen d'obtenir la vérité de ceux qui ne veulent pas qu'elle soit dite.

Elle s'est souvenue dernièrement d'un jeu auquel Constance et elles jouaient, dans la pharmacie, lorsqu'elles étaient enfants. Après avoir pris deux nappes à volants, elles les drapaient autour de leur tête à la manière de voiles de mariée. Avec beaucoup de précautions, elles se servaient du tabouret pour arriver à la hauteur de la paillasse, leur menton dépassant à peine le plan de travail, leurs quatre yeux écarquillés flottant au-dessus du comptoir. Là, elles se mettaient à fabriquer leurs poisons. Dans des mortiers, elles mélangeaient tout ce qui leur tombait sous la main dont elles pensaient que cela ne ferait pas défaut à Henry, un peu de menthe à chat écrasée par-ci, une pincée d'argile bentonite par-là, quelques comprimés de poudre de Douvres pilés récupérés dans l'un des vieux pots de l'arrière-boutique. Elles mélangeaient et broyaient le tout, mâchoires serrées sous l'effet de la concentration. Une fois leurs préparations finement moulues, elles serraient les bols contre leur poitrine et discutaient en détail de la manière dont elles administreraient leurs poisons et à qui. M. Brackett de l'autre côté de la rue, qu'elles avaient vu à plusieurs reprises donner des coups de pied aux chats ? Le client régulier à la longue moustache grise soigneusement cirée, qui, quand il croyait qu'elles ne regardaient pas, pinçait la peau du bras de sa femme jusqu'à lui faire venir les larmes aux yeux ?

Constance privilégiait l'approche à base d'arsenic : une petite quantité versée dans le dîner tous les soirs, en augmentant lentement la dose jusqu'à ce que le corps fasse une crise convulsive. Maude avait toujours préféré les solutions plus expéditives, comme le cyanure injecté directement dans les veines. Le jeu se terminait invariablement par des rires, ou par l'arrivée en trombe de leur grand-père qui exigeait de savoir pourquoi ses bocaux avaient été renversés et pourquoi sa paillasse était dans un tel désordre. Elles restaient bouche cousue mais il avait une parade. “Vous mentez toutes les deux. J’ai du sérum de vérité dans la réserve, je vais vous faire parler. Attendez voir !” Les filles criaient de joie et leur grand-père les chatouillait jusqu’à ce qu’elles rient si fort qu’elles avaient l’impression que leur poitrine allait éclater.

C’était exactement ce dont Maude s’était souvenue à la taverne des Deux Poumons tandis qu’elle regardait les chirurgiens tirer des bouffées d’éther. Les produits chimiques peuvent desserrer bien des lèvres. Elle le savait. Et à quoi avait-elle accès sinon à des produits chimiques ?

Cela faisait suffisamment longtemps qu’elle suivait Stowe et il était désormais temps de le faire parler. Le sérum de vérité, évidemment, était le fruit de la fantaisie de son grand-père. Mais elle avait à sa disposition toutes sortes d’autres drogues. Elle avait d’abord envisagé l’éther. Un liquide incolore qu’on pouvait très bien verser dans une boisson. Les effets n’étaient pas durables, une quinzaine de minutes seulement, mais elle n’avait pas besoin de plus de temps et une petite dose suffisait à produire des effets. En revanche, la solution n’était pas particulièrement soluble et son odeur était aisément reconnaissable. Elle serait découverte. Du laudanum ? Pourquoi pas, si elle pouvait en administrer une quantité suffisante. Le laudanum additionné de chloroforme serait une meilleure option, et si l’on y ajoutait un peu de mercure, Edison chanterait comme une cloche d’église. Elle a des formules plus fortes dans sa valise, des remèdes qui plongent les hommes dans un état hallucinatoire, dans lequel ils se désincarnent de leur propre conscience et révèlent leurs désirs les plus profonds. Du mescal, du peyotl, du protoxyde d’azote. Elle ne sait pas encore si elle en a le cran, mais il faut d’abord qu’elle l’incite à lui faire confiance, qu'elle se rapproche de lui, qu'elle se trouve seule à seul avec lui. Ensuite seulement elle pourra décider de ce qui le pousserait à livrer ses secrets.

Elle fait semblant de regarder le paysage depuis la fenêtre tandis que les autres invités discutent. Il lui faut au moins admettre que c'est une agréable évasion loin du bruit et du tumulte de Londres. Ici et là, on voit une église, une école, une auberge. Au-dessus d'une étendue de verdure, une gerbe de minuscules oiseaux noirs s'élève avant de retomber comme des graines. Basingstoke est plutôt joli. La ville s'étend dans un creux, baignée par la lumière dorée du petit matin. Le conducteur du train ralentit tandis qu'ils passent devant les vestiges gothiques de la chapelle en ruine, puis reprend de la vitesse en les plongeant dans les bois et en enveloppant d'ombre les voitures. Il y a encore une chose qu'elle va devoir supporter au cours de ce voyage. Elle avait essayé de ne pas trop penser aux pendaisons jusque-là. Mais étant donné l'enthousiasme de lady Westbury – qui n'avait cessé de parler de potence et de technique de contention depuis que Maude avait pris place dans la voiture –, elle va devoir s'habituer à de telles inclinaisons et à de tels sujets. Mais cette brutalité ? Cette horreur ? Comment la société peut-elle en arriver à un point où elle se persuade que la seule solution au mal et à la souffrance est précisément de les imposer aux autres ? Elle déglutit brusquement. Ses oreilles sont devenues très chaudes. Ne serait-ce pas ce qu'elle fait, d'ailleurs ? Non, tout ce qu'elle veut, ce sont des réponses à ses questions et elle ne fait qu'utiliser les outils à sa disposition pour l'aider à en trouver. Personne n'a à souffrir.

Elle détourne les yeux de la fenêtre pour découvrir que Stowe la regarde. Il semble alarmé d'avoir été surpris à le faire et baisse rapidement les yeux.

Être si proche de lui lui glace le cœur. Elle connaît désormais son caractère, a lu des milliers de mots qui attestent de son étrangeté, de son manque d'intégrité, de ses sombres obsessions. Mais pouvoir le *voir*, percevoir chacun de ses cils blonds, la peau un peu plus tannée de ses joues, voilà qui est désarmant.

Les autres doivent tous se demander pourquoi elle est là. Elle a déjà surpris lady Westbury coulant un regard de côté en direction de sa robe simple et de son absence de bijoux. Elle sait que l'autre brûle de poser des questions, mais elle a continué à regarder inflexiblement par la fenêtre et a gardé les lèvres résolument closes. Elle ne se fait pas encore confiance pour prendre la parole. Ils doivent sûrement voir en elle une femme qui travaille. Sans chaperon, pour un voyage en train aussi sordide. Mais il n'est pas dans son intérêt de les corriger maintenant.

Lorsqu'ils atteignent Winchester, Frank Hollis descend brièvement à quai tandis qu'on alimente le train en eau. Maude envisage de se dégourdir les jambes, mais au moment où elle se met en mouvement les chefs de quai harcèlent déjà les passagers pour les faire retourner dans les wagons exigus. Hollis revient, les joues couleur prune à cause du froid, un journal à la main. Maude le regarde sortir un coupe-papier de sa poche et trancher les pages pour les ouvrir en les étalant bien, ce qui révèle la une.

FRANKLIN, claironne la manchette en grosses capitales. TOUJOURS INTROUVABLE.

Elle se penche un peu plus.

> Une récompense de 20 000 £ sera accordée par le gouvernement de Sa Majesté à n'importe quel particulier ou groupe de particuliers de n'importe quel pays qui apportera une assistance efficace aux équipages des navires de la Flotte d'Exploration sous le commandement de sir John Franklin.

Maude sent le nœud dans son ventre se resserrer davantage. Elle pense aux obsessions de Constance, à son esprit qui se sentait piégé par Londres, par ce que cela signifiait d'être une femme. Jeune fille, sa sœur n'avait d'yeux que pour les récits d'aventures, elle dévorait avec fébrilité des histoires d'expéditions en ballon, de voyages en canoë pour gagner des rivières mytiques, d'excursions jusqu'aux confins les plus reculés de la forêt tropicale pour récolter des plantes médicinales rares. Il y en avait peu, mais c'étaient les histoires d'aventurières qu'elle appréciait le plus. Aux yeux de Constance, ces femmes avaient tout ce qu'elle pouvait désirer, elle : la liberté, l'aventure, la possibilité d'inscrire leur nom dans les livres d'histoire. Maude s'était toujours demandé s'il était étrange qu'elle se sente elle-même si heureuse dans la pharmacie de son grand-père. Elle n'avait jamais fait la cour, n'en avait jamais ressenti le besoin, alors qu'elle avait la compagnie de sa sœur et de son grand-père. Et elle ne pourrait jamais se marier. Elle ne pouvait pas les quitter ; ils avaient besoin d'elle. Mais parfois, elle enviait sa sœur pour le but qu'elle s'était donné, pour son ambition. Et parce qu'elle avait sauté le pas, elle était réellement partie. Constance n'avait pas considéré qu'il était de son devoir de femme, de sœur, de rester. Maude devait-elle aspirer à autre chose ? Il lui arrivait de penser que oui. Mais c'était là encore un domaine dans lequel elle avait évalué ses propres attributs, qu'elle avait trouvés insuffisants. Constance n'aurait pas eu ces doutes si la situation était inversée. Maude aurait aimé, en ce moment même, avoir la moitié du cran de sa sœur. Elle aurait tellement aimé qu'elle soit avec elle dans ce train.

SALISBURY

12

Maude

TOUS les marchands de Salisbury devaient être à l'affût du train à l'approche. Quand Maude et le groupe ont débarqué et ont été emportés dans la rue en compagnie des excursionnistes enthousiastes pour Stonehenge, ils étaient déjà prêts à relever le défi, et c'était à qui criait, racolait, faisait l'article avec le plus de conviction.

Ce qui est à vendre est selon Maude de qualité variable. D'un côté, de jolies marchandes de fruits proposent des paniers remplis de pommes astiquées à la salive. Certaines ont des plateaux qu'elles portent autour du cou, suspendus à des sangles, chargés d'oranges à peine piquetées de taches de moisissure. Moins alléchants sont les vendeurs de pieds de cochon ou de mouton et de parties d'animaux flasques, ostensiblement arrangés selon leurs nuances de gris plus ou moins insipides. Au-dessus d'eux, le soleil est haut dans le ciel et dore les océans de verdure de la lueur ambrée de la bière.

Alors qu'elle progresse tant bien que mal dans la foule, Edison arrive à son niveau. La température de l'air change à son passage, elle en est certaine. C'est comme s'il avait ramené avec lui une bouffée d'air arctique. Elle observe ses épaules tandis qu'il avance à grands pas puis s'arrête, et elle voit son dos se relâcher dans l'admiration de la magnifique flèche de la cathédrale de Salisbury.

Edison réserve trois fiacres – les hommes et les femmes voyageront séparément jusqu'à la prison de Fisherton Anger pour assister à la pendaison. Tandis qu'il échange avec les cochers, Maude se familiarise à nouveau avec ce corps qu'elle a passé les dernières semaines à suivre. Il n'est pas massif, mais ses membres sont secs et tendus dans une démonstration de force animale. Tout est tendineux. Ses jambes sont longues, ses bras assez robustes. Mais il ne ressemble pas à un homme habitué à la violence, aux écarts.

Il fait un signe aux femmes – Maude, la discrète Charlotte Hollis et la très peu discrète lady Westbury – et elles se dirigent vers le fiacre. Elles y seront serrées, mais il faudra bien que ça rentre. Elle s'apprête à monter. Edison l'observe dans chacun de ses mouvements, réalise-t-elle. Ses yeux sont vifs et attentifs. Elle espère qu'il ne voit pas l'ombre de sa sœur sous sa propre enveloppe.

Lorsqu'ils arrivent au gibet, une foule est déjà rassemblée là, dérisoire comparée à celle qu'on trouve aux spectacles criards de Londres, mais suffisamment ample pour émettre un grondement sourd et pulsatile. L'air sent la terre dure et le pain d'épices tout juste sorti du four. Maude est nerveuse à l'idée de ce qui va arriver.

Des spectateurs montés sur leurs charrettes se pressent les uns contre les autres. Un homme a même apporté un escabeau pour observer les opérations de la matinée. L'événement est marqué par une intimité hideuse : en l'absence d'échafaud, la foule est si proche qu'elle pourra percevoir la moindre contorsion du condamné. Elle entendra le moindre mot murmuré, le moindre halètement de peur, l'ultime râle des poumons. Maude déglutit avec difficulté.

Les pâtissiers se faufilent facilement dans la foule pour vendre des sandwichs, des friandises et des tartes à ceux dont la faim est aiguillonnée à la vue du gibet.

Une feuille de grand format est fourrée dans les mains de Maude.

> *LE MEURTRE ET LA MUTILATION TRÈS SANGUINAIRES DE NANCY BIRD, ÂGÉE DE 15 ANS, PERPÉTRÉS PAR SON PÈRE PERCIVAL BIRD, ÂGÉ DE 45 ANS, À DEVIZES, DANS LE WILTSHIRE.*
> *Son incarcération et ses aveux. Avec une copie de la lettre. Mais aussi, tous les détails de l'empoisonnement dans l'Essex.*

Elle baisse la feuille. Un père. Une fille. Elle ne se souvient de l'apparence de son père que de manière intermittente désormais, des détails qu'éclairent des bougies aux flammes vacillantes. Celle de sa mère aussi, elle doit lutter pour s'en souvenir avec précision. L'image douce et usée d'un large sourire, de mains dans lesquelles on était en sécurité, d'yeux bienveillants. Elle se souvient d'avoir visité le lieu de leur sépulture et se rappelle encore le motif en toile d'araignée du lichen qui courait en grimpant sur le bord des pierres tombales. Elle se représente maintenant une tombe étroite creusée à côté d'elles pour accueillir sa sœur, s'imagine scruter le fond du trou pour découvrir un cercueil, ouvert mais vide. Il n'y a pas de corps, on ne leur a jamais donné quoi que ce soit à enterrer, sa sœur est restée leur otage à tous, confisquée dans la mort. Elle s'imagine griffer cette terre, injurier le ciel, mais le sol est froid sous ses doigts tandis qu'elle gémit, rendue folle à force de vide, d'injustice et d'horreur.

Un rire perçant transperce la foule et la tête de Maude se relève d'un coup. Le reste du groupe s'est rassemblé et fait cercle autour d'un petit spectacle non loin d'elle. En approchant, elle aperçoit une grande cage grillagée qui occupe près de la moitié d'une brouette. Le reste de l'engin a été tapissé de planches pour improviser une scène à destination d'artistes incongrus. Elle avance un peu plus près. Dans la cage se trouve une bande d'animaux sous-alimentés – deux chats, une demi-douzaine de souris et une poignée de canaris. Elle regarde le forain fournir aux chats de minuscules gants de boxe et les inciter à s'entraîner. C'est un spectacle peu convaincant, mais les spectateurs gloussent de ravissement. Ensuite, les souris sont encouragées à marcher sur une corde raide mince comme un fil, avec pour s'équilibrer des bâtons fixés sur le dos… Les hommes reniflent en signe d'approbation, les femmes en tablier marron s'esclaffent. Ensuite, les canaris sont mis en position. Avec un léger *pop*, un oiseau tire un petit canon avec son bec. Un autre, feignant d'avoir été tué, se laisse mettre dans un cercueil et emmener sur un corbillard miniature. L'oiseau ne donne aucun signe de vie jusqu'à ce que la voiture s'arrête, alors il reprend vie tout à coup et saute sur ses pattes. Pendant ce temps-là, le meurtrier aviaire est capturé pour être châtié. Sa tête est placée dans un petit nœud coulant, suspendu à un gibet, qu'un autre oiseau serre en tirant sur le fil avec son bec. Une fois que l'oiseau s'est "balancé" au bout de sa corde, le forain se penche pour récupérer la pauvre créature. Il la présente à la foule, bien vivante, ses ailes battant sauvagement l'air. Puis il ôte son chapeau et le fait circuler pour récupérer de l'argent.

Une cloche sonore signale le début d'opérations plus sobres. Les nuages en profitent pour libérer de grosses gouttes de pluie, qui reposent comme de funestes perles sur les bords des chapeaux de feutre et les poutres peintes en noir du gibet.

Une charrette dévale la piste en direction de la foule qui attend, flanquée d'agents de police à cheval. Alors que la charrette approche, Maude rive son regard sur le prisonnier qui se trouve à l'intérieur. Il porte une chemise blanche par-dessus ses vêtements et il est assis, affalé comme un sac abandonné contre le bord du chariot. Cette position lui permettra, Dieu merci, de ne pas voir Calcraft, enveloppé d'un long manteau marron comme une chauve-souris dans ses ailes, qui tire sur la corde pour tester sa solidité.

Alors que le garde sort le condamné de la charrette, Maude surprend, du coin de l'œil, M. Jameson – jusqu'à présent, le membre le plus silencieux de leur groupe, elle exceptée – fouiller dans son manteau pour en sortir une pile d'affichettes.

— Honte à vous !

Alarmée, Maude pivote sur elle-même pour voir à qui il peut bien s'adresser.

— Honte, gronde-t-il. Honte. Honte !

La cloche émet toujours le même bourdon.

Jameson poursuit sa protestation solitaire pendant que le garde transporte l'homme, qui a complètement perdu l'usage de ses jambes, jusqu'au gibet. Il continue sa harangue pendant que l'aumônier dirige la foule dans le premier des psaumes solennels.

— Monstres, siffle Jameson. (Un homme à la casquette tachée se tourne vers lui avec agacement.) Monstres !

Il répète ce mot tandis que les psaumes enflent autour de lui. Quelques hommes se moquent. Quelqu'un lui lance à la figure une tarte à moitié mangée.

— Regardez-vous, hurle-t-il en faisant un signe en direction de la foule médusée. Pas de chagrin, pas de terreur salutaire, pas d'horreur.

Maude n'est pas totalement certaine de comprendre ce qui se passe, mais elle sait qu'elle aime ça. Le visage d'Edison est devenu tout blanc, et sa pâleur n'a d'égale que la complexion cadavérique de l'homme qui est sur le point d'être pendu.

Un spectateur en tenue de fermier prend un prospectus de la pile de Jameson avant de l'exhorter à se taire.

— Un spectacle est en cours. Témoignez au bourreau un peu de respect.

— Ce n'est pas dissuasif, poursuit Jameson sans s'arrêter. Ce n'est pas un moyen de se repentir ou de réformer sa conduite. C'est un divertissement ignoble et grossier. C'est un MEURTRE.

Maude jette un œil au dépliant qu'elle a dans les mains. Un père. Un meurtrier. Qui a pris la vie de sa propre fille.

Jameson se tourne maintenant vers le gibet pour crier.

— Calcraft ! Espèce de porc ! N'avez-vous aucun sens de ce qui est saint ? N'êtes-vous pas vous-même faillible ? Allez-vous continuer à répondre au péché par le péché ?

Jameson continue sa protestation fougueuse pendant un moment, mais au milieu du deuxième psaume il est soulevé dans les airs par deux hommes de grande taille qui le prennent chacun par un bras et le traînent hors de portée de voix.

Sur la charrette, le prisonnier attend, la corde lâche autour du cou. Elle est attachée au sommet du gibet, qui n'est pas particulièrement haut, et Maude le voit évaluer la chute, comme s'il calculait combien de temps cela allait lui prendre de mourir. Sa gorge se liquéfie. Elle espère, pour le bien du condamné, que la mort lui soit rapide.

Après une accalmie, l'aumônier appelle tous les membres de la famille à faire leurs derniers adieux. Un homme au corps contrefait, un frère peut-être, monte lentement les marches. Il prend le visage du condamné dans sa main et lui fait don de quelques mots à voix basse, sacrés pour tous deux.

Quand vient le moment, elle ne regarde pas Calcraft couvrir le visage de l'homme avec sa capuche. Elle ne le regarde pas non plus fouetter les chevaux attelés à la charrette, qui glisse sous les pieds du condamné pour sceller son sort. Elle ne regarde pas l'homme tomber. Non, elle cherche le frère, qui se tient debout, chapeau serré contre la poitrine, non loin de là. Au bout de quelques minutes, quand la foule a commencé à se dissiper, le frère s'approche du corps et serre la botte du mort, juste un instant. C'est alors que Maude le sent, le coup de tonnerre du chagrin. Elle voit les pieds de sa sœur, inanimés, enfouis sous plusieurs mètres de neige. Cette neige horrible, inflexible. Ont-ils laissé ses bottes à Constance tandis qu'ils l'enterraient ? Est-ce qu'elle a froid, là-bas ? Est-ce que ses os sont froids ? Est-ce qu'elle a peur, dans ce grand désert arctique ?

Le Journal de Jack Aldridge

72° N, 77° O
Pond Inlet, baie de Baffin
30 septembre 1849

Quelque chose a changé. Je dois le confier au papier, même si le faire me fait peur.

Nous avons rencontré les baleiniers dans la baie de Baffin. Il y a quelques jours, deux goélettes écossaises à la traîne de la flotte d'été sont passées à notre niveau, voguant plein sud sur le chemin du retour, drapeaux claquant au bon vent vif qui les poussait. Les goélettes avaient toutes sortes d'équipements étalés sur leur pont, des canons, des lances, des harpons, tous les outils spécifiques d'une équipe baleinière, qui donnaient l'impression, à vrai dire, de croiser des navires de guerre. Les vaisseaux projetaient des reflets sur l'eau en avançant, et je ne pouvais m'empêcher d'imaginer ce qu'il y avait à l'intérieur de leurs coques – des tas de fanons de baleine, des barils de graisse. C'étaient des navires remplis de mort à ras bord.

Nous avons croisé trois autres bricks un peu plus loin, à l'ancre le long de la côte, et en pénétrant dans le port pour les rejoindre, nous avons vu quelque chose que nous n'avions pas vu depuis longtemps : une habitation. Après tant de temps passé dans l'unique compagnie de la glace, de la mer, et du même équipage lugubre et tanné par le vent, il semblait invraisemblable, presque fantastique, qu'il puisse exister d'autres hommes vivants sur cette terre.

Le paysage était d'un froid mordant mais resplendissant de soleil, hérissé de structures en bois qui semblaient être des habitations ou des magasins. Non loin de là, un cercle de tentes était recouvert de peaux d'animaux. Tout en plissant les yeux pour supporter la luminosité, il m'a semblé que leurs poutres étaient faites d'os, des os plus gros que tous ceux que j'ai pu voir. On aurait dit les côtes d'un Léviathan, ou un géant abattu et dépouillé de sa chair.

J'ai grimpé en haut du gréement pour avoir une vue plus claire.

À peine arrivée là-haut, j'ai entendu mon nom.

Sedgewick me regardait depuis le pont.

— Venez voir ça.

Je suis redescendue, j'ai suivi son regard et je me suis figée sur place.

Des femmes avaient commencé à monter à bord de notre navire.

Jusqu'ici, je n'avais vu de représentations d'Esquimaux que dans des livres. Et voilà que j'en avais sous les yeux, en parkas de peau et en pantalons de fourrure – il y en avait une douzaine qui avaient apporté des objets à échanger.

Ces femmes étaient les premières représentantes de mon sexe que je voyais depuis des mois. Je devais envisager qu'un simple regard sur ma personne les amène à me voir telle que je suis vraiment. Quelque chose d'implicite pourrait passer entre nous si nos mains se touchaient, ou si nous partagions un sourire nerveux. Quelque chose d'impalpable pourrait nous relier, entre femmes isolées dans un paysage sauvage au milieu de baleiniers et de marins solitaires.

J'avais imaginé à plusieurs reprises ce qui pourrait arriver si mon secret était révélé. Des scénarios indésirables s'étaient joués dans mon esprit pendant que je briquais le pont ou que j'étais de veille dans le nid de pie. Aucun de ces scénarios n'était favorable. Tous étaient dangereux. Je pourrais me retrouver envoyée dans la cale, maintenue attachée tout au fond du navire, séparée des hommes pour ma propre protection ou pour la leur. Je pourrais être jetée par-dessus bord par ceux qui étaient assez superstitieux pour croire qu'une femme porte malheur à un navire et non l'inverse. Je pourrais être menacée de violence, exposée à la torture, aux appétits implacables des hommes. Chacun de ces scénarios était plus terrifiant que le précédent. Mais je ne m'étais jamais sentie aussi près d'avoir à en éprouver la validité.

Alors je me suis cachée, observant de loin les hommes qui allaient inspecter les marchandises proposées. Morue séchée, peaux de caribou, couteaux confectionnés dans des défenses de morse, ballots de peaux de phoques. Certaines des femmes avaient amené des enfants avec elles et le commissaire de bord, Harris, un homme à l'énergie débordante, les poursuivait joyeusement sur le pont tandis qu'ils hurlaient de joie.

C'était une camaraderie facile et finalement les hommes ont disparu dans les soutes pour en revenir avec de nombreuses marchandises à troquer, des couteaux à cran d'arrêt et des aiguilles en acier, des limes, des perles et du tabac. Mais c'étaient leurs brillants boutons dorés, sculptés des armes royales, que les femmes convoitaient le plus.

Sedgewick servait de traducteur, car il était le seul homme sur tous les navires qui soit capable de parler une version ampoulée de la langue des femmes. Stowe était sur lui comme un faucon, il harcelait le chirurgien, encore et encore, pour qu'il leur pose des questions. Sedgewick traduisait patiemment, mais les femmes secouaient la tête et poursuivaient leur chemin. Stowe s'est retiré en marmonnant dans sa barbe tandis qu'il descendait, laissant l'écoutille de l'escabeau ouverte.

L'arrivée des femmes a apaisé l'ennui qui accompagne l'éternité de temps passé en mer. Elle a mis tout le monde de bonne humeur, mais dans mon estomac elle a introduit une substance corrosive.

Je me suis frayé un chemin au milieu du groupe en longeant le pont et en veillant à me tenir aussi loin que possible des femmes. Pour les hommes, ces femmes étaient une distraction, un moyen d'acquérir des biens. Une stimulation, même. Pour moi, elles ne représentaient que le danger.

Puis, à ma grande horreur, l'une des femmes a levé la tête et ses yeux m'ont cherchée. Je les sentais sur moi, toute recroquevillée que j'étais contre le plat-bord près de l'écoutille qui menait aux ponts inférieurs. Lentement, elle a penché la tête et ses yeux perçants ont scruté mon visage. Elle a souri, et en cet instant j'ai eu l'impression d'avoir avalé une balle de mousquet. J'ai légèrement chancelé. La femme s'est détachée de son enfant et s'est dirigée vers moi. Je savais qu'il fallait que je fasse vite. Je savais qu'elle pouvait découvrir mon secret. Après tout, il suffit d'une femme pour en connaître une autre.

Je me suis dirigée vers les portes de l'écoutille en gardant les yeux fixés sur la femme tandis que je me penchais en arrière, sans réfléchir, pour les ouvrir.

Évidemment, elles étaient déjà ouvertes.

L'horizon a basculé tandis que je tombais dans le noir, dévalant les marches à toute allure pour m'écraser lourdement comme un paquet tout en bas. La douleur a été vive et immédiate. Il n'y avait plus le moindre souffle d'air dans mon corps. J'ai gémi en portant une main à ma bouche.

Je ne pouvais pas attirer l'attention sur moi.

Les larmes ont coulé quand je me suis passé la main dans le dos pour tâter sous la doublure de flanelle de ma chemise. La peau était tendre. Chaude au toucher. J'étais certaine de m'être brisé les côtes.

Alors, un visage est apparu dans l'écoutille tout en haut.

J'ai passé une main sur mon visage pour me cacher.

Sedgewick.

Il est descendu et s'est penché immédiatement pour inspecter mes blessures.

J'ai essayé de le repousser. D'insister sur le fait que tout allait bien.

Il m'a soulevée et m'a portée sans un mot jusqu'à l'infirmerie.

Jamais je ne me suis sentie aussi exposée et vulnérable. Sedgewick n'avait manifestement pas détecté mon appréhension et il s'est mis à ranger ses bocaux en attendant poliment que je retire mes vêtements pour l'examen.

Je suis restée tout habillée.

Quand il s'est penché pour écouter mon cœur, j'ai pu voir la plus petite ride de son visage. J'ai pu distinguer les fils d'argent de ses cheveux.

Il s'est relevé et m'a fixée dans les yeux.

— La chemise, a-t-il ordonné.

Il l'a dit d'un ton étrange, comme si c'était un défi.

Je n'ai pas bougé. Sedgewick non plus.

J'ai alors compris qu'il savait.

J'y suis allée aussi lentement que possible, mes doigts maladroits s'agitant fébrilement sur les boutons. L'air était si froid que j'en avais la chair de poule. Sedgewick s'est détourné pour astiquer son stéthoscope. Une attention délicate de sa part. Une fois les boutons défaits, il est revenu s'asseoir sur le tabouret devant moi.

— Tournez-vous pour me montrer votre dos. (On aurait dit qu'il parlait à regret.) Je dois voir s'il y a quelque chose de cassé.

J'ai fait ce qu'il m'a demandé, et il a pris le dos de ma chemise dans sa main pour la soulever. Presque immédiatement après l'avoir soulevée, il l'a laissée retomber. Il avait dû voir le bandage.

Il allait faire venir Despie, je le savais.

— Je dois vérifier que votre côte n'est pas fracturée. Pour cela, j'ai besoin que vous retiriez la chemise. (Puis, après un temps d'arrêt.) Je suis désolé.

Tremblante, j'ai sorti mon bras droit de sa manche et j'ai enlevé la chemise. J'ai tourné l'épaule et Sedgewick s'est rapproché, avant de se pencher pour soulever le bas du bandage.

Un instant, j'ai cessé de respirer.

Il a appuyé avec douceur ses doigts contre mon dos.

— Vous allez le dire à Despie ?

Les mots sont sortis dans un chuchotement.

— Ce n'est pas cassé. (Il a remis la flanelle en place et s'est éloigné, comme s'il ne m'avait pas entendue.) Mais les contusions seront douloureuses. Je vais vous donner de l'arnica.

J'ai enfilé la chemise et j'ai commencé à la boutonner, en le regardant se diriger vers son armoire pour préparer un cataplasme.

— Allez-vous le dire à Despie ? ai-je demandé à nouveau.

Plus fort cette fois. Il fallait que je sache quel serait mon sort.

Il a marqué un temps d'arrêt, a soupiré avant de se tourner vers moi. A croisé mon regard.

— Non.

Mon soulagement a été immense.

Mais sa réponse m'a intriguée. Pourquoi ne le disait-il pas à Despie ? N'importe qui d'autre sur ce navire le ferait.

— Vous n'êtes pas surpris ?

C'était prendre un risque que de poser la question, mais je n'ai pas pu m'en empêcher.

Il a haussé les sourcils.

— Aldridge, je ne connais aucun autre mousse qui sache lire, et encore moins distinguer le vitriol bleu du lapis-lazuli. J'étais parfaitement conscient que vous n'étiez pas celui pour lequel vous vouliez vous faire passer.

Je suis restée bouche bée. Il savait depuis tout ce temps.

— Vous n'êtes pas en colère ?

La question semblait implorante. C'était une question de petite fille. Je me suis empressée de rectifier mes paroles.

— Le savoir pourrait être dangereux pour vous.

Il m'a regardée comme s'il cherchait à évaluer mon état d'esprit. Puis il a dit très lentement, à la manière de quelqu'un qui explique une mauvaise nouvelle à un simple d'esprit :

— J'ai bien peur que la personne qui soit en danger ici, ce soit vous, pas moi. (Il s'est essuyé les mains sur un chiffon.) Révéler votre vérité à Despie, puis aux autres hommes, serait fatal. Encore une fois, fatal pour vous. Au cas où je n'aurais pas été clair.

Il m'a vue m'affaisser, et il est venu s'asseoir à côté de moi.

— Je suppose que vous avez entendu les histoires sur ma mère ?

J'ai hoché la tête. J'avais entendu les rumeurs.

— Elles sont vraies, en grande partie. Elle a été emmenée de force. Déflorée. Maltraitée. Par des hommes dans un avant-poste de la Compagnie. (Les muscles de sa mâchoire se sont contractés.) Je sais ce qui se passe quand les hommes sont coupés du monde. Je sais ce qui se passe quand ils trouvent une femme parmi eux.

Il s'est levé de son tabouret et je l'ai entendu ouvrir un tiroir.

— Prenez ça.

Je me suis retournée et j'ai vu qu'il avait le bras tendu. Un objet brillant comme un sou était posé dans sa paume. Je me suis penchée un peu plus près, m'attendant à trouver une cuillère pour une teinture, de l'arnica pour les bleus, ou même un talisman pour me protéger, pour me porter chance.

Ce n'était rien de tout cela. C'était un couteau.

13

Edison

Il rassemble tous les membres du groupe. Il s'agit de limiter les dégâts ; il ne peut pas laisser les paroles de Jameson les atteindre. Ce gros porc.

Dans la mêlée, lady Westbury s'excuse avant de revenir quelques minutes plus tard avec un morceau de corde enroulé autour du cou. À côté d'elle, son mari manifeste bruyamment son désaccord.

— Qu'est-ce que c'est ? demande Charlotte.

M. Westbury pousse un soupir désolé.

— C'est absurde, c'est tout.

Sa femme secoue déjà la tête.

— C'est tout sauf absurde. (Elle touche la corde du doigt.) La corde du bourreau a des pouvoirs curatifs pour toutes sortes de maux. Et avec tes problèmes de poitrine (elle agite un doigt paré d'un rubis en direction de son mari), tu ferais bien d'essayer.

Bon. Au moins, sa cliente la plus lucrative n'a pas été dissuadée par les protestations ridicules de Jameson. Il avise la corde qu'elle a autour du cou. Il n'y a là rien qui excède un audacieux esprit d'entreprise. Il avait entendu parler de tels comportements – saisir la main d'un mort pour soigner un goitre, frotter un morceau de bois de potence contre ses gencives pour traiter un mal de dents, etc. Mais c'était la première fois qu'il entendait parler des propriétés curatives de la corde de bourreau. Il prend note d'enquêter de manière plus approfondie ultérieurement. Toutes les superstitions sont susceptibles d'être exploitées, aussi erronées soient-elles.

— On l'attache autour de la tête pour lutter contre le mal de crâne.

Lady Westbury l'ôte et le tend à Mme Horton, qui refuse d'un air dégoûté.

— Allons, c'est loin d'être aussi horrible que ce que Sanson transportait. Il vous aurait vendu des crânes, des osselets, des mèches de cheveux. Ce n'est que du chanvre, mais… (Elle pointe à nouveau un doigt impérieux en direction de son mari.) Un seul brin peut prévenir les crises et les fièvres.

Lady Westbury ne cille pas lorsqu'ils croisent, quelques mètres plus loin, un homme émacié qui vend ce qu'il promet être la véritable corde du bourreau. Ni quand ils tombent sur un deuxième, puis un troisième colporteur. Au quatrième, elle lève les mains en direction du bout de corde effiloché qu'elle a autour du cou pour lui faire faire un tour supplémentaire.

L'hébergement, au moins, est une réussite. Quel cachet, quelle patine ! Il se retourne et voit lady Westbury inspecter le portique.

— N'aurions-nous pas pu aller au Lion Rouge ?

Elle a les yeux braqués sur les colombages style Tudor.

— Regardez. (Il désigne le panneau sur la plinthe : Maison de choix pour les vins et les esprits*.) Voilà un double sens très spirituel ; le propriétaire raconte une merveilleuse histoire de fantômes. Venez.

Il fait entrer le groupe par la porte basse : les Hollis, les Westbury, réticents, Jameson – revenu tout penaud au moment où ils quittaient la prison de Fisherton Anger, en demandant si l'on pouvait le ramener en ville – et enfin Mme Horton. Maude.

Depuis qu'elle est entrée dans ce wagon de train, Edison se trouve assailli de questions au sujet de cette femme : d'où venait-elle, pourquoi était-elle seule ici, et, interrogation suscitée par son œil scientifique, bien entendu, à quoi pouvait-elle ressembler à l'intérieur. Il découvre qu'il veut tenir son crâne dans sa main. Toucher cette peau, lumineuse comme une perle, caresser cette joue, en suivre le dessin du doigt jusqu'au petit menton aigu. Il se demande, quand il se l'autorise, à quoi peut bien ressembler son squelette. Comment il rivaliserait avec les spécimens de la boutique d'Inchbold. Tout en délicatesse, tranche-t-il. Comme les os envoûtants d'un oiseau.

L'intérieur de l'auberge est exigu. Mais il est impossible, espère Edison, de nier son charme. Les murs ont été noircis au fil du temps par la fumée des pipes mais au moins le

* L'esprit est une boisson spiritueuse obtenue par macération de matières premières naturelles non fermentées dans de l'alcool, suivie d'une distillation. En anglais, le jeu de mots sur "spirits", qui signifie à la fois esprits, au sens de fantôme, et spiritueux, est plus lisible.

sol, un damier de carrelage monochrome, a été nettoyé à la serpillière. Un feu nourri crépite dans l'âtre et une ardoise au-dessus du bar propose des ANGUILLES VIVANTES. À sa gauche, une volée de marches mène à une salle à manger en entresol où les hommes avalent de la bière brune et tournent des os de bœuf dégoulinants dans leurs poings.

— Les chambres sont à l'étage.

Le propriétaire, occupé à astiquer vigoureusement des chopes au-dessous de l'ardoise proposant des anguilles, lève un doigt vers le plafond. Sa tête est parfaitement encadrée par les énormes ramures d'un cerf fixées au mur juste derrière lui.

— Je vais vous aider, mesdames, à porter vos valises. (Il ouvre le portillon et sort de derrière le bar, puis se penche pour attraper les bagages.) Allez-y, avancez, ordonne-t-il.

Mme Hollis et Mme Horton empruntent lestement les escaliers. Edison reste en arrière, il s'autoriserait bien une gorgée de whisky avant le dîner. Il regarde leurs silhouettes grimper et il est intrigué de voir que le sac de voyage de Maude est ouvert. Il doit y avoir un problème avec la serrure. Tandis que le propriétaire soulève le sac jusqu'au creux de son coude, quelque chose en tombe et atterrit dans l'ombre d'une marche qui fait saillie. Le barman ne le remarque pas, pas plus que Maude qui le précède, et ils continuent à monter l'escalier sombre et en colimaçon jusqu'aux chambres. Edison s'autorise un bref regard circulaire sur la pièce. M. Westbury est plongé dans un journal à côté de l'âtre, Jameson est occupé à inspecter les anguilles et lady Westbury a engagé une conversation avec Frank Hollis et une autre âme sans méfiance. Discrètement, Edison fait les quelques pas qui le séparent de l'objet qu'il arrache de l'ombre.

Il ouvre la paume, puis recule.

Au début, il pense que ce pourrait être un scrimshaw*, un pendentif en ivoire de baleine, et son esprit le ramène immédiatement au navire ; aux hommes courbés, la langue pressée contre la joue, occupés à graver des scènes d'aventure, de pornographie ou d'histoire naturelle dans des dents de cachalot. Mais ce n'est pas un scrimshaw, et ce ne sont pas non plus les os d'orteils d'élan qu'il a vu les Esquimaux porter comme bijoux. C'est quelque chose de totalement différent.

Il approche sa main de ses yeux pour l'inspecter à nouveau et à mesure que les détails en deviennent plus clairs, sa curiosité grandit.

C'est une dent. Oui. Deux moitiés de molaire. Une dent brisée dont les deux moitiés ont été enfilées côte à côte sur un petit cordon. Comme pour le porter en collier, à l'image de la corde de lady Westbury. Il inspecte une nouvelle fois les deux morceaux de dent, prend le cordon entre le pouce et l'index, le fait rouler entre ses doigts. Quelle babiole contre nature ! Pourquoi une femme comme Maude Horton porterait-elle une chose pareille ?

À moins que.

Son estomac bout l'espace d'un instant. Le fait que son appréciation de Maude Horton puisse être totalement erronée lui traverse l'esprit. C'est une femme seule, qui participe à une excursion que certains êtres à l'esprit étroit pourraient considérer comme macabre. Peut-être l'a-t-il sous-estimée. Peut-être qu'au lieu d'être sainte, innocente, fragile

* Le terme *scrimshaw* désigne l'artisanat issu de gravures réalisées par les chasseurs de baleines sur les produits tirés de divers mammifères marins.

comme un roitelet, elle est attirée par les ombres et l'obscurité que les autres fuient. Peut-être est-ce l'*aberration* qui a attiré Maude Horton en ces lieux. Peut-être son histoire ressemble-t-elle à la sienne, ose-t-il imaginer. Peut-être a-t-il trouvé en la personne de Maude Horton quelqu'un qui pourrait satisfaire ses inclinations.

Résistant à l'envie d'empocher le collier, il l'appelle par son nom. Grimpe rapidement en haut des marches et le lui tend.

Ce faisant, leurs yeux se croisent et il rencontre un regard qu'il connaît bien. Ce regard provoque en lui une sorte de plaisir lourd et poisseux. Ce regard, il le sait, c'est un regard de terreur.

Un jour, alors qu'Edison était encore petit garçon, il avait fabriqué un cadeau pour son père. Son père ne les avait pas encore quittés, du moins pas définitivement, et quand il revenait de ses voyages de recherche ou de ses conférences à la Société, tard le soir, empestant le gin et les cigares, il rapportait de précieux cadeaux pour Edison – un scarabée goliath embaumé ; la serre acérée d'un casoar ; le crâne fragile et friable d'une précieuse chauve-souris fantôme. Ses parents se disputaient souvent jusque tard dans la nuit. Elle l'accusait de trop boire ; il l'accusait de dépenser tout leur argent en fanfreluches, et leurs voix fortes et le fracas qu'ils faisaient s'élevaient jusqu'à la chambre d'Edison. Le matin, sa mère se couvrait le visage de la main pour qu'il ne voie pas les bleus et les coupures. Mais il savait que son père ne voulait pas la frapper. Pas vraiment. Il savait que sa mère l'avait énervé inutilement, il savait qu'il *fallait* qu'il l'empêche de partir.

Il s'était donc faufilé hors de la maison pour trouver un cadeau suffisamment beau pour que son père ne les quitte pas. Il avait couru les bas-fonds à la recherche de quelque chose qui attire l'attention, lorgné sur des tas d'ordures, et il avait même grimpé sur quelques arbres, mais ce n'était pas la bonne saison pour les œufs d'oiseaux. Finalement, il était tombé sur son trésor dans un carton qui se trouvait à l'arrière de l'épicerie. Une chatte et ses trois chatons s'y étaient manifestement installés avant de succomber au froid. Ils étaient là, rigides, parfaitement préservés dans la mort. Magnifiques. Son père serait totalement fasciné.

Il avait rapporté le carton dans sa chambre et l'avait soigneusement rangé dans un coin. Comment présenter au mieux son cadeau à son père ? Devait-il nettoyer la fourrure des animaux ? Les placer sur une sorte de socle ? Il avait pensé au crâne de chauve-souris que son père lui avait offert, au ravissement avec lequel il avait évoqué ses os délicats, à l'animation qui était invariablement la sienne lorsqu'il parlait de squelettes. Alors, Edison avait décidé de dépouiller les chats de leur chair et de présenter les os, *in situ*, à son père. Cela ne pouvait manquer de l'impressionner. Il avait fallu du temps pour décoller la peau des carcasses avec le couteau de cuisine, pour évider les organes et les viscères, pour jeter le tout dans une caisse dont il s'occuperait plus tard. Quand il en avait eu fini, il n'aurait pas pu être plus fier. Son visage était taché de sang, sa chambre était dans un état épouvantable, mais il s'en fichait. Il savait que son père serait ravi de voir à quel point il avait travaillé dur. De voir que lui aussi, il deviendrait un scientifique.

Ses parents étaient arrivés ensemble à la maison, et tandis qu'il les entendait monter les escaliers, il avait contenu son excitation avec peine. Il savait que sa petite exposition susciterait des réactions, mais il ne s'était pas attendu à celle qu'il avait reçue. Sa mère s'était mise à crier. L'horreur dans sa voix ne faisait aucun doute. Son père se tenait la tête dans les mains, avachi contre le montant de la porte tandis que sa mère hurlait devant les squelettes de chats ensanglantés disposés sur le lit.

— Tu as fait ça ! (Elle s'était tournée vers son père, pointant un doigt tremblant vers son visage.) C'est toi qui l'as transformé ainsi. Regarde. Tu en as fait un monstre !

Son père avait ri, puis il avait levé les mains en l'air comme s'il admettait sa défaite.

— Va-t'en, avait-elle ordonné. Va-t'en.

C'est ce qu'il avait fait. Edison ne l'avait plus jamais revu.

Le groupe se réunit de nouveau pour le dîner, la taverne est d'instant en instant plus fréquentée, des commerçants et des marchands poussent les portes en introduisant avec eux la puanteur de légumes abîmés du marché voisin. La foule devient également de plus en plus maussade, au fur et à mesure que le ciel au-dehors s'assombrit comme une bougie sur le point de s'éteindre. Avec juste un peu d'aménagements, les touristes des Circuits moraux ont pu s'installer autour de la même table. Tout cela en préservant le plus de bienséance possible : les femmes sont assises d'un côté et les hommes de l'autre. Edison a pris soin de ne pas se placer directement en face de Mme Horton, mais plutôt en diagonale à sa droite. Cela lui permet de l'observer plus facilement.

Le dîner est copieux, même si tout, y compris les petits pois, est confit dans la graisse. Il tâte la nourriture avec les dents de sa fourchette. Il retourne la côtelette pâle et l'inspecte avant de la porter à ses lèvres réticentes pour la mâcher. Son esprit s'échappe pour songer au dépiautage des animaux. L'art de dépecer un phoque. Il se souvient du rituel : retourner le cadavre, contourner la nageoire postérieure puis l'ouvrir du cou jusqu'aux organes génitaux. Il enfonçait son couteau dans l'espace situé entre la chair et la graisse, travaillant soigneusement pour couper et arracher les couches extérieures. C'était un geste délicat et qu'il maîtrisait à la perfection. Il y avait un véritable contentement dans la manière dont le crochet pénétrait dans la peau, dont on pouvait traîner le corps sur la glace, laissant pour toute épitaphe un message audacieux et sanglant : j'étais là.

Lady Westbury mange sans la moindre grâce ; Charlotte Hollis, en comparaison, est soignée comme une souris. Edison s'imagine voir tous les os de sa main travailler sous la peau. Elle est comme une île, observe-t-il, ce qui contraste violemment avec son mari, qui est engagé dans une dispute bruyante quoique dépourvue d'hostilité avec M. Jameson, qui n'avait nulle part où manger.

Ils discutent des projets du lendemain, une visite de la cathédrale puis une période de repos avant la soirée à Wilton House. Il avait vu le visage gracieux de Maude rougir à l'évocation de la fête. Elle s'était raclé la gorge avant de s'excuser : elle n'avait rien apporté de convenable à porter pour une telle occasion, elle se voyait contrainte de renoncer. Frank Hollis avait poussé un grognement conciliant, mais à ses côtés sa femme ne pouvait masquer son triomphe. Il avait bien parlé à Mme Horton, n'est-ce pas, du bal de Wilton ? Tout était inclus dans l'excursion.

— Je suis certaine que j'ai quelque chose qui vous conviendra, ma chère. (Lady Westbury recule sa chaise qui racle le sol.) Venez, allons jeter un œil.

Charlotte annonce qu'elle aussi va se coucher.

— Monsieur Hollis, demande Edison en se levant. Une goutte de whisky avant d'aller au lit ? J'adorerais vous questionner au sujet de Tussauds.

— Vous l'entendrez marcher dans les couloirs là-haut, mais ne vous inquiétez pas. Elle est plutôt sympathique.

Les dernières commandes ont quitté le bar, laissant les vestiges de corps affalés sur les tables. Quelques catins infatigables se frayent un chemin à travers ce paysage dévasté, comme des oiseaux qui cherchent des vers, espérant ramener à la conscience quelque pauvre malheureux.

Le propriétaire a rejoint Edison, Hollis, Jameson et M. Westbury et a également apporté sa lanterne. Il l'a placée, tout à fait délibérément, sous son menton pour que les ombres soient aspirées dans la moindre crevasse de son crâne.

— C'est la dame fantôme mais on a aussi une paire d'messieurs. Dont un terrible pervers. (Il lève les sourcils en direction d'Edison.) Et on a un chat fantôme, Eurydice, et l'esprit d'un petit enfant. L'adore vous glousser à l'oreille quand vous êtes au lit. Vous laissez pas impressionner.

— Quelles histoires merveilleuses, merci infiniment, Cecil.

Edison retire ses mains jointes de ses genoux et donne une tape sur la table. Il parcourt les visages des messieurs pour y découvrir un triptyque d'épuisement, d'ennui et de terreur.

— Je suis persuadé que nous dormirons à poings fermés, sans nous soucier aucunement de la compagnie d'un autre monde.

Frank Hollis lève les yeux vers l'escalier avec l'air d'un homme qui s'apprête à saisir son mousquet et à se diriger vers Waterloo.

Le couloir est glacé et les planches miaulent sous le poids d'Edison tandis qu'il se dirige vers sa chambre. Il desserre sa cravate et ouvre la porte en grand, révélant un espace nu meublé d'un simple châlit et d'une petite table d'appoint. On est loin du standing londonien, mais ce n'est pas pire que ce qu'il a déjà pu subir. Au moment où il entre et s'apprête à verrouiller la porte derrière lui, un bruit lui parvient du couloir. Comme le tintement d'un rire d'enfant. Impossible.

Il colle l'oreille à la porte. Attend. Puis il secoue la tête, se réprimandant d'avoir laissé les histoires de cet homme se frayer un chemin sous sa peau. Ses épaules se détendent jusqu'à ce qu'il l'entende à nouveau. Le doux gloussement d'un rire d'enfant. Il s'éloigne de la porte et se dirige droit vers la commode pour se servir à la carafe une bonne rasade de whisky. Il l'avale à grandes gorgées brûlantes. Une fois le verre terminé et le rugissement dans ses oreilles apaisé, il est suffisamment calme pour examiner la pièce et constate avec agacement que personne n'est venu rallumer le feu. Il jette une bûche et lui donne un coup de tisonnier plein de ressentiment, tout en jurant quand il se rend compte que le tisonnier a laissé une traînée de suie noire sur sa paume.

Dehors, la pluie commence à tomber, et chaque gouttelette est comme un doigt qui frappe à la vitre. Il roule les épaules, étirant les vertèbres de son cou, puis enlève son manteau, l'accroche à la patère derrière la porte et laisse échapper un gémissement épuisé. Après avoir ôté ses chaussures, il les range soigneusement dans un coin et s'apprête à ouvrir son col de chemise lorsqu'un cri déchire l'air.

Le Journal de Jack Aldridge

72° N, 77° O
Pond Inlet, baie de Baffin
2 octobre 1849

Je savais qu'ils préparaient quelque chose. Je le savais. Stowe et Mance. Je savais que j'avais entendu quelque chose d'important dans cette cabine.

Je suis en sécurité dans mon hamac pour le moment, mais tout autour de moi se profilent des ombres de plus en plus sombres. Ce que je viens de voir a débandé mes nerfs et relâché tout mon système nerveux. Mes doigts tremblent pendant que j'écris. Mais je dois écrire. Car je commence à croire que les choses dont nous rendons compte, les choses que nous écrivons, celles-là mêmes que je confie au papier dans ce journal, pourraient être vues un jour par d'autres yeux. Les yeux de ceux qui auront eu à assurer notre sauvetage ou, pire, à récupérer nos biens, nos corps, une fois nos âmes disparues.

Nous avons été invités à dîner avec les baleiniers. C'est par là que je devrais commencer.

L'invitation m'a fait hésiter. Je savais que je n'étais pas la seule à craindre les baleiniers. Tous, nous étions circonspects à cause de leur rudesse ; nous avions entendu des histoires de brutalité et d'ignominie, de sang. Il n'était pas bien difficile de les imaginer me regarder avec voracité, et profiter de la situation s'ils me trouvaient, moi – de plus petite taille, plus faible que les autres hommes – seule.

L'après-midi était maussade, le ciel plombé tourbillonnait de brume. Nous avons débarqué du Makepeace à quatre heures sonnantes et avons progressé péniblement en file indienne sur le gravier. Alors que nous approchions du grand mess, nous avons croisé deux baleiniers, trempés de sang, qui travaillaient dur dans la bouche d'une baleine boréale. Le mammifère était étalé de tout son long, aussi grand qu'une goélette, et une sorte d'escalier était taillé à même sa chair. Sa tête avait été fendue et ses mâchoires étaient horriblement ouvertes. Du sang avait coulé de son cadavre et la glace était maculée d'un écarlate criard. À proximité, une meute de chiens tirait sur de longues chaînes métalliques.

En approchant, nous avons pu voir d'autres hommes au travail, en équilibre sur des planches jetées sur d'énormes pots en fer. Avec des spatules, ils remuaient le liquide qui glougloutait. Autour d'eux, des nuages de fumée chargée de nickel s'élevaient en spirales dans les airs.

Certains de nos hommes ont porté leur manche à leur nez. D'autres regardaient avec une fascination morbide les hommes travailler dur. À l'aide de couteaux recourbés, avec des gestes décidés, les baleiniers ont découpé la partie inférieure de la mâchoire de la baleine boréale, puis ils se sont penchés pour soulever son énorme langue rose en marmonnant comme s'ils discutaient de la meilleure façon de l'enlever.

Puis, quelque chose d'encore plus énigmatique : l'un des hommes a levé les yeux vers notre groupe et s'est figé, avec un air de reconnaissance sur son visage tanné par les intempéries. J'ai suivi son regard posé sur nous et j'ai vu qu'il avait croisé les yeux du pilote des glaces, Mance, qui semblait, à son tour, hocher la tête et baisser les yeux avant de poursuivre son chemin en silence vers la chaleur de la cabane. Tandis qu'il avançait, tête baissée, je me suis retournée pour regarder le baleinier dégager son petit corps des entrailles de l'animal et en sortir avant de tracer un chemin pour nous suivre, pour suivre Mance, jusqu'à l'abri.

À l'intérieur, l'espace était sombre et rempli de fumée. Un feu sifflait en son centre et des dizaines d'hommes étaient rassemblés autour de tables de fortune. Dans un coin, un drapeau américain tout flasque pendait à un pieu rouillé. Des fourrures étaient éparpillées alentour. Nous attendions devant la porte, ne sachant pas si notre présence était la bienvenue. J'ai carré les épaules et relevé le nez. J'endossais ma posture d'acteur, comme le premier jour sur le Makepeace.

— Ah, les Britanniques sont là.

Un homme s'est levé d'un tonneau retourné et a frappé dans ses grandes mains. À sa tenue vestimentaire, j'ai déduit qu'il devait s'agir du capitaine Ellis, chef de la flotte baleinière, même si sa veste usée était dépourvue d'épaulettes brillantes. Il était grand et robuste, et s'il n'était pas assez massif pour être qualifié d'imposant, il dégageait le genre d'autorité naturelle qu'on trouve chez les hommes qui sont dotés d'une force d'esprit inébranlable. Avec un grand sourire plaqué sur le visage, il a traversé la cabane pour nous rejoindre et a ouvert les paumes en guise de salutation.

— Ignorez cette misérable horde. (Il avait un accent difficile à situer.) Le froid leur est monté à la tête. À moins que ce soit le sang ? (Ses dents blanches étincelaient.) Installez-vous confortablement. Stanford ! Donnez à boire aux hommes.

Les baleiniers nous ont jeté un regard rapide, observant les vestes des officiers avec amusement. Certains ont grogné, et finalement un homme au gilet sale s'est détaché du groupe pour aller nous chercher du rhum et de l'eau.

Nous avons pris place, remplissant l'ombre, jambes croisées sur des fourrures, reconnaissants du confort qui nous était offert, mais sans trop savoir comment engager la conversation avec les Yankees. J'ai tenté d'ignorer mon sentiment croissant de malaise. Et s'ils débusquaient mon odeur féminine ? Me mettraient-ils en pièces comme leurs chiens enchaînés dehors ? J'ai évalué les armes qui jonchaient la cabane – les couteaux à graisse rouillés, les fouets, les hachettes et les pistolets. L'air était chargé d'une odeur âcre : le relent des âmes souillées qui se sont soustraites à la société.

À un moment donné, la porte derrière nous s'est ouverte, laissant pénétrer un souffle d'air glacial, et le baleinier qui avait croisé les yeux de Mance est entré, la chemise encore trempée de sang. Il était mince et petit pour un baleinier, mais il avait le genre de physionomie grise façonnée par l'expérience. Je me suis tournée pour vérifier la réaction de Mance. Il a cligné deux fois des yeux rapidement, a jeté un coup d'œil à Stowe avant de reporter son regard sur ses bottes.

La soirée avançait et à mesure que les hommes étaient plus imbibés, les bavardages enflaient. Un cuisinier au tablier sale a préparé une marmite de viande pour le dîner, et nous l'avons tous avalée. Rester ainsi mal assise, pendant si longtemps, enflammait mes côtes meurtries, alors j'ai siroté un peu de rhum pour essayer d'atténuer la douleur tout en pensant à l'arnica que j'avais cachée dans mon coffre de mer à bord. Les baleiniers, à ce que je pouvais constater, constituaient un mélange hétéroclite : des hommes blancs, des hommes noirs et même des Esquimaux. J'ai partagé tout bas ma surprise avec Sedgewick. Il m'a dit que les meilleurs harponneurs baleiniers qu'il avait jamais rencontrés étaient esquimaux.

Despie remplissait continuellement sa pipe et avait engagé une conversation polie avec le capitaine Ellis. De ce que je pouvais entendre, ils parlaient de la Jamaïque, d'où Ellis était originaire – ce qui expliquait son accent – et aux environs de laquelle Despie avait beaucoup navigué. Puis leur conversation a dérivé sur Nantucket, la saison de la chasse à la baleine, la recherche de Franklin. Nous les avons écoutés pendant un moment en réchauffant nos doigts engourdis aux flammes. Mais j'étais distraite, intriguée par l'homme qui avait si manifestement reconnu Mance. Je me demandais si c'était celui dont Stowe et lui avaient parlé dans la cabine. Le baleinier avec lequel Hancock et eux avaient un accord.

Alors que Despie et Ellis échangeaient des histoires de pirates et de pillages, j'ai vu, du coin de l'œil, deux silhouettes se lever et se diriger vers la porte. J'ai tout de suite su de qui il s'agissait. Mes nerfs me picotaient. J'étais assise trop près de Despie pour les suivre ; je ne pouvais pas attirer l'attention sur moi et risquer de révéler mes soupçons à Stowe et à Mance. Je suis donc restée assise, terriblement inerte, alors qu'ils quittaient la cabane et qu'au bout d'un moment le baleinier leur emboîtait le pas sans mot dire.

Des heures plus tard, de retour sur le navire, les hommes se sont rapidement fourrés dans leurs hamacs, hébétés par l'alcool et fatigués par une soirée passée à jouer aux cartes. Je n'avais pas le temps de me reposer; j'étais de quart de nuit, alors j'ai enfilé mon manteau de laine et je suis montée à contrecœur dans le froid. La pluie s'était dissipée et le ciel nocturne était animé de la lueur verte des aurores. J'ai fait jouer ma langue dans l'espace vide laissé par ma dent brisée tout en réfléchissant à ce dont j'avais été témoin au campement. J'étais frustrée de ne pas avoir pu m'échapper. En fait, je n'avais rien vu. Je n'avais aucune preuve. Mais je sentais dans la moelle de mes os que quelque chose n'allait pas.

Tout s'est déroulé normalement jusqu'à ce que, peu de temps après cinq heures, je remarque une silhouette voûtée qui descendait à vive allure la passerelle. J'ai été alarmée. Je n'avais vu personne monter sur le pont par l'échelle. Mais je l'ai regardée s'éloigner du navire sur la pointe des pieds, baignée d'une lumière verdâtre, et gagner l'ombre du campement.

À première vue, je n'avais pas moyen de savoir de qui il s'agissait, tant il était emmailloté dans ses couches de vêtements de protection.

Bien sûr, j'avais mon idée.

Je me suis demandé un instant s'il était légitime de quitter mon quart. Mais si Mance et Stowe projetaient quelque chose qui mettrait notre expédition en danger, je devais savoir de quoi il s'agissait. Alors seulement je pourrais faire quelque chose pour les en empêcher.

J'ai quitté le navire.

Sur la passerelle, je me suis sentie exposée à l'éclat resplendissant de l'aurore. Cela donnait au paysage une lueur surnaturelle, illuminant précisément ce que je voulais cacher: mon corps, ma mission.

Pourtant, j'ai posé le pied sur le gravier en retenant mon souffle, dans ce paysage au silence sonore, et j'ai atteint les premiers bâtiments du campement. Une tache blanche et floue a fait une embardée soudaine dans ma direction. Pour un peu je serais sortie de mon enveloppe corporelle, et j'ai fermé les yeux à toutes forces pour ne pas la voir. Puis il y a eu un tintement de chaînes. J'ai ouvert un œil. J'en ai ouvert deux. Un chien a tenté de me mordre les chevilles.

Je l'ai fait taire en reculant dans l'ombre d'une cabane. Tandis que j'avançais, j'ai vu une grande silhouette indistincte passer à ma gauche.

J'ai marqué un temps d'arrêt, le corps tout entier raidi par la peur puis, à une certaine distance, j'ai commencé à suivre les allées et venues de la silhouette à travers le campement.

Je l'ai vue contourner une grande tente par le côté et parvenir à l'entrée d'un magasin de fortune. Des dizaines de barils étaient entreposés sous une structure constituée de quatre poteaux recouverts d'un toit rudimentaire de toile goudronnée. J'ai regardé la silhouette faire halte, se frotter les pieds comme pour se réchauffer, puis jeter un regard circulaire alentour.

Il attendait quelque chose. Ou quelqu'un.

Puis il a tourné son visage dans ma direction. Je me suis recroquevillée dans l'ombre, mais la lumière implacable de l'aurore est tombée sur son visage. Traits aigus, yeux pâles, nez fin, pointu, proéminent.

Stowe.

Avant que j'aie eu le temps de réagir, quelqu'un a contourné le flanc du magasin et l'a rejoint. Même depuis ma position dans l'obscurité, je pouvais voir à sa petite taille et à ses vêtements frustes qu'il s'agissait du baleinier de tout à l'heure. Ils ont échangé quelques mots inaudibles avant que le baleinier parte examiner les barils. Il a passé les mains sur chacun avant de les poser sur l'un d'entre eux, qu'il a renversé sur le côté pour le faire rouler lentement, avec beaucoup de précautions, en direction du scientifique.

J'étais déconcertée. Quel besoin Edison Stowe avait-il d'huile de baleine ? Et pourquoi faire cela en pleine nuit ?

Stowe semblait poser des questions sur le tonneau et sur ce qu'il contenait tout en jetant des coups d'œil furtifs en direction du campement.

Au bout d'un moment, le baleinier a tendu la paume. Il attendait de l'argent, ai-je pensé, ou du tabac, en fonction du marché qui était convenu.

Stowe a regardé la main de l'homme pendant une unique seconde puis, brusquement et sans avertissement, ses propres paumes ont bondi pour serrer le cou du baleinier. Sur le coup, j'ai été totalement sidérée, incapable de comprendre ce que je voyais. Enfin, lorsque la réalité est apparue, j'ai senti mon sang se cristalliser dans mes veines. J'ai entendu un son épouvantable tandis que le baleinier tentait de crier tout en faisant de grands moulinets avec les bras, son souffle s'échappant de sa gorge écrasée avec un gargouillis horrible. Il se battait pour sa survie, mais il ne parvenait pas à s'approcher du corps de Stowe car le scientifique était bien plus grand et bien plus fort que lui. J'ai regardé ce spectacle, horrifiée, et tandis que la peur aplatissait mon corps comme pour le dissoudre dans l'ombre j'ai vu, à la lumière de l'aurore, le blanc des yeux du baleinier s'élargir. Je l'ai vu comprendre qu'il était sur le point de mourir. Cette prise de conscience n'a fait que renforcer la détermination de Stowe et il a raffermi sa prise, bras tremblants sous l'effort. Le blanc de ces yeux a viré au rouge et Edison Stowe est parvenu, au bout du compte, à étouffer le baleinier.

J'aurais dû appeler.

J'aurais dû y aller, l'arrêter. Supplier qu'il arrête. Faire quelque chose. N'importe quoi. J'ai honte de dire que je n'ai pas fait cela, et cette honte est incommensurable.

Je n'ai pas appelé. Je ne suis pas intervenue.

J'ai couru aussi vite que je pouvais.

Poussée par la terreur et sentant à peine l'immense douleur dans mes côtes, j'ai couru sur tout le chemin qui me séparait du Makepeace, trébuchant dans la neige épaisse. J'ai remonté la passerelle à toute vitesse et j'ai réintégré ma position de quart. Ce n'est que lorsque je me suis poussée avec vigueur contre le plat-bord, en haletant et avec un hurlement horrible dans mon crâne, que j'ai remarqué que quelqu'un me regardait du haut de l'échelle. Je me suis retournée. Frénétiquement. Mon cœur était prêt à éclater dans ma gorge. Avant que je puisse voir de qui il s'agissait, il avait disparu sous le pont.

Je sais que le sommeil ne viendra pas ce soir. Je ne peux pas le permettre. Le couteau de Sedgewick est caché dans la ceinture de mon caleçon. Mes oreilles sont attentives au moindre craquement de planches. Mes nerfs sont en pelote, sensibles au moindre souffle chaud contre mon oreille au milieu de la nuit, au moindre doigt qui se glisserait sous mon col. Il n'y aura plus de repos pour moi désormais, plus jamais, maintenant que je sais de quoi Edison Stowe est capable, maintenant que je sais que quelqu'un m'a vue revenir du campement.

Je suis pleine de regret. Châtiée par ma propre folie, par la témérité de toute mon entreprise. La témérité de croire que je pouvais venir ici, au milieu d'hommes brutaux, vivre comme eux, cacher ma vraie nature, être en accord avec un tel risque. Voilà bien les fantaisies d'une enfant. D'une fille. Ce n'est que maintenant que je vis tout cela que je réalise à quel point je me suis trompée.

Mais je dois me protéger. Je dois protéger Sedgewick, M. Penny, ceux qui sont innocents à bord de ce navire, qui ne savent rien de cette barbarie. Je dois protéger le Makepeace et le High Regard. Je dois rentrer à la maison, auprès de ceux qui m'aiment. Je dois rester en vie.

14

Edison

SES yeux se tournent vers la porte. La fin du cri résonne dans sa chambre comme le bruit carillonnant d'une fourchette qu'on frappe. Son regard se pose sur la poignée. S'il était dans des dispositions différentes, il pourrait s'attendre à ce que cette poignée grince avec un bruit de ferraille, il pourrait s'attendre à ce que la porte s'ouvre lentement en geignant pour que le "fantôme" de la femme qui pleure puisse se faufiler dans sa chambre.

Mais Edison Stowe n'est pas un homme superstitieux. Il n'entretient des histoires de fantômes et d'esprits que lorsqu'elles lui permettent de facturer un tarif plus élevé pour l'hébergement qu'il a choisi. Il est conscient que les gens ordinaires peuvent se laisser captiver par des idées fantasmagoriques. Du baratin, bien sûr. Des idioties banales et absurdes ! Mais si de telles choses peuvent lui remplir les poches ? Alors qu'il en soit ainsi. Faites entrer les goules.

Un fracas éclate dans le couloir. Puis d'autres bruits : une porte qui claque, des voix qui s'élèvent, des pas qui martèlent les escaliers.

Il retourne à sa porte. Des voix plus étouffées lui parviennent, non loin de sa chambre.

Il saisit la poignée, la tourne et entrouvre la porte. L'odeur le saisit immédiatement. Dure et âcre, avec un soupçon de relent pharmaceutique.

Quelque chose est en train de brûler.

Il sort dans le couloir en tournant la tête de gauche et de droite. Quelques bougies, quasi consumées, jettent une lumière faible et jaunâtre. Mais aucune d'elles ne semble être à l'origine de la fumée qui envahit le moindre centimètre carré du couloir. En avançant un peu, il constate que, quelques chambres plus loin, une porte est entrouverte. De là s'échappent en spirales des panaches d'épaisse fumée grise qui se répandent dans le couloir.

Il court dans cette direction. À qui est cette chambre ? Il ne s'en souvient pas. Mais qui que ce soit, il ne peut pas se permettre de perdre un membre de son groupe. Et il est hors de question qu'il paie le moindre dédommagement au propriétaire de cette taverne.

Il atteint la pièce et ouvre plus grand la porte. La chaleur le frappe et il lève le bras pour s'en protéger. À l'intérieur, il voit, à travers un écran de fumée, des flammes lécher avec une férocité fantastique les rideaux des fenêtres. Devant eux, Mme Horton, toujours vêtue de la tenue qu'elle portait dans la journée, frappe frénétiquement le feu à l'aide d'une couverture. Elle doit être à l'origine du cri.

Ces rideaux ont l'air onéreux.

Edison se dirige vers le lit, toujours soigneusement fait, et retire le couvre-lit. Il le plie en deux, le passe par-dessus son épaule et rejoint Mme Horton devant les flammes.

— Comment diable…, bafouille-t-il en balançant le couvre-lit d'avant en arrière.

Les flammes diminuent temporairement avant de revenir avec une virulence accrue. Mme Horton a reculé et se couvre les yeux de l'avant-bras.

— Avez-vous renversé un bougeoir ?

Il balance à nouveau le couvre-lit. Il semble ne faire qu'aggraver la situation.

— Il est tombé. (Maude tousse et fait un pas en avant pour donner un coup de couverture.) Oui, il est tombé.

Les yeux d'Edison parcourent rapidement la pièce, atterrissant sur le bâton de bougie posé sur la table de chevet, bien droit.

— J'en ai trouvé un.

Edison se retourne et voit que Charlotte Hollis est entrée dans la pièce, essoufflée, un grand seau d'eau dans les bras. Elle marque un bref temps d'arrêt à sa vue. Puis elle se précipite en direction des flammes et balance l'eau en travers des rideaux.

Les flammes battent en retraite avec un sifflement lugubre.

— Encore un et ça devrait suffire, dit Charlotte.

Edison surprend un échange de regards entre les deux femmes, mais avant qu'il puisse se demander ce qu'il signifie, elle repart, et il entend le bruit de ses pas dans les escaliers.

— Grands dieux !

Il n'a pas besoin de se retourner pour savoir que lady Westbury les a bénis de sa présence, sans doute tirée de son sommeil par la menace de manquer de matière à ragots au petit déjeuner. Elle rejoint ces étranges participants au lendemain d'un enfer. La chemise de nuit en soie de la dame est aussi onéreuse que ses bijoux. Vert et jaune, elle brille à travers la fumée comme les ailes moirées d'un scarabée.

— Bon sang.

Frank Hollis arrive sur ces entrefaites.

Seigneur. Quelle farce.

— Je me disais bien que je sentais une odeur de fumée, je vais aller chercher de l'eau, attendez.

— Votre femme est en train de s'en occuper.

Edison donne un coup de couvre-lit supplémentaire, mais c'est un acte inutile. Il évalue les dégâts causés à la futaine croisée. Comment va-t-il se sortir de ce problème ? Il va devoir exiger, à regret bien entendu, que Mme Horton paie de sa propre poche pour les dégradations.

Lady Westbury tousse et halète de façon théâtrale même si la fumée est déjà en train de se retirer.

— Laissez-moi vous raccompagner dans votre chambre.

Frank Hollis lui offre son bras et tous deux sortent d'un pas chancelant. Tandis qu'Edison se retourne pour évaluer une fois de plus les dégâts, il voit que Mme Horton s'est éloignée et est en train de retirer discrètement quelque chose du buffet. Elle jette un rapide coup d'œil par-dessus son épaule puis glisse le tout dans un tiroir. Mme Hollis revient et pose le seau sur le sol quand elle se rend compte que la crise est désormais surmontée.

— Dans ce cas, mesdames, je vous souhaite une bonne nuit, dit Edison avec un signe de la tête, au mépris de la sensation étrange qui travaille son estomac, avant de regagner le couloir.

De retour dans sa chambre, Edison s'interroge. Il se sert un verre supplémentaire. Charlotte Hollis n'a-t-elle pas réveillé son mari lorsqu'elle a commencé à sentir de la fumée ? Elle doit avoir plus de cran qu'il l'imaginait si elle est prête à courir droit sur des flammes sans l'assistance d'un homme. Et Mme Horton. Qu'a-t-elle été si prompte à lui cacher ? Qu'a-t-elle glissé dans le tiroir de ce buffet ? Peut-être la source de l'incendie (car il sait pertinemment que ce n'est pas le bougeoir).

Il envisage de retourner dans sa chambre et d'exiger de savoir ce qui a réellement causé l'incendie. Peut-être au prétexte d'effectuer une déclaration officielle de sinistre ? Mais cela aurait la subtilité d'un marteau. Il lui faut quelque chose de plus fin. Il laisse alors son esprit dériver vers la douceur de sa peau. Cette bouche mûre. Ce regard. Ce sentiment étrange, instable, lorsque ces yeux croisent les siens. Il est interrompu par un coup frappé à sa porte et il sait, avec un frisson de certitude, que c'est elle.

Ce n'est pas elle. C'est lady Westbury.

Son message est bref.

— Je dédommagerai le propriétaire pour la dégradation des rideaux. N'allez pas déranger Mme Horton pour cela.

Ses yeux, non pas chassieux contrairement à ce à quoi l'on pourrait s'attendre chez quelqu'un d'aussi épuisé par l'âge, mais brillants et vifs comme une aiguille, scrutent la pièce derrière lui. Dépouillée de ses bijoux et de son bonnet, elle semble frêle, même si elle est bien en chair. Les os de ses poignets forment des éperons, remarque-t-il, elle a de longues phalanges et des clavicules pointues qui semblent très faciles à briser.

— Très bien, lady Westbury. Je ferai les démarches nécessaires dans la matinée.

Il se dirige vers la porte pour la fermer.

— C'était un appel à l'aide, j'en suis tout à fait certaine.

Lady Westbury a saisi la tranche de la porte et la rouvre.

Il marque un temps d'arrêt. Il veut qu'elle s'en aille, mais tout ce qui concerne l'état d'esprit de Mme Horton l'intrigue.

— Cela ne vous surprendra pas, j'en suis sûre, d'apprendre que je place le savoir au-dessus de presque tout le reste.

Edison résiste à l'envie de se moquer. Le savoir. C'est ainsi que la dame appelle ses potins minables, sans doute ?

— Vous comprendrez qu'avant de faire ce voyage, j'aie jugé bon de mener mes propres recherches au sujet des autres participants, poursuit lady Westbury. J'aime savoir à quoi je vais être confrontée.

Edison déglutit péniblement. Il est à la fois intrigué et alarmé. A-t-elle également fait des recherches sur ses propres antécédents ?

— Si vous en aviez fait de même, vous auriez su que Jameson est un opposant ardent et virulent à la peine capitale.

Soit. Un point pour elle. Cela lui aurait effectivement évité bien des embarras.

— Vous auriez su également que Mme Horton est en deuil depuis peu, ajoute-t-elle. Et la mort nous fait faire des choses étranges. Il n'est pas juste qu'elle ait à supporter le fardeau financier d'actions provoquées par le désespoir.

— En effet.

Il hoche vivement la tête, comme s'il avait su tout cela depuis le début. Mais il ne savait pas que Maude Horton était endeuillée. Était-elle veuve ? Elle n'était pas en vêtements de deuil, ne portait pas de cape ou quoi que ce soit d'autre qui puisse laisser imaginer qu'elle était en deuil.

— La mort d'un être cher peut avoir un effet des plus contre nature, déclare lady Westbury.

La flamme d'une bougie tremblote au-dessus de son épaule en libérant sa cire.

— J'espère que vous la traiterez avec attention, monsieur Stowe.

La femme sourit et la lumière de plus en plus faible de la bougie s'enfouit dans ses rides.

— Tant qu'elle est sous votre responsabilité, lors de cette excursion, j'ai bon espoir que vous ferez tout ce que vous pouvez pour assurer sa sécurité.

Quelle impertinence. Quel manque éhonté de respect. Comment cette vieille ose-t-elle lui dire comment organiser ses excursions !

— Vous avez ma parole, lady Westbury.

Il pousse fermement la porte et tourne la clé dans la serrure.

Le Journal de Jack Aldridge

74° N, 84° O
Détroit de Lancaster, passage du Nord-Ouest
4 octobre 1849

Maude. Ma situation s'est considérablement aggravée depuis la dernière fois que j'ai écrit dans ce journal. Je me demande si ces mots se retrouveront un jour entre tes mains. Si c'est le cas, sache ceci : je suis désolée. Je suis désolée d'être venue ici. Je suis désolée de t'avoir quittée. Et je suis désolée de ne t'avoir jamais assez dit à quel point je suis reconnaissante de t'avoir eue pour sœur. Je ne l'ai pas mérité, mais tu m'as toujours donné la priorité. J'ai reçu cette bonté et je l'ai trahie en t'abandonnant.

Voilà ce qui s'est passé : il fallait que je raconte à Sedgewick ce dont j'avais été témoin dans le campement. Despie nous a dit à six heures le lendemain matin qu'Ellis était venu le voir pour lui signaler qu'un de ses baleiniers était mort. Il avait consommé trop d'alcool et s'était endormi parmi les barils d'huile de baleine où il était mort de froid. Moi, évidemment, je savais que ce n'était pas comme ça que les choses s'étaient passées.

Il fallait que je dise au chirurgien qu'il avait raison à propos des troubles mentaux de Stowe. Que Stowe n'était pas comme les autres hommes qui étaient à bord de ce navire. Que nous avions un tueur parmi nous.

Après le discours de Despie, je me suis rendue directement à l'infirmerie, où l'on m'a dit que Sedgewick était parti. À ce moment-là, j'ai senti toute couleur se retirer de mon visage. Comment pouvait-il être parti ? J'avais à peine enregistré les paroles de l'assistant que je luttais pour garder mon calme devant lui. Sedgewick avait été appelé sur le High Regard, a-t-il déclaré, pour aider à une amputation. Il y resterait tant que les vaisseaux ne seraient pas arrivés au détroit de Lancaster.

Nous sommes donc partis, laissant derrière nous les baleiniers et ce dont j'avais été témoin. Et voilà où j'en étais : abandonnée sur un bateau avec un tueur et sans personne à qui le raconter.

Au cours des heures suivantes, j'ai réfléchi à la possibilité d'oublier tout simplement ce que j'avais observé. Stowe, à ma connaissance, ne m'avait pas vue au campement. Seule la silhouette sur l'échelle m'avait vue. Il pouvait s'agir de n'importe quel marin revenant du quart, mais étant donné sa taille, j'avais d'horribles soupçons quant à son identité.

Mon esprit ne pouvait rester en repos. J'avais des questions qui exigeaient des réponses. Pourquoi Edison Stowe avait-il tué le baleinier ? Qu'y avait-il dans ce baril d'huile ? Notre navire était-il en danger ?

Alors je suis allée à la recherche du tonneau.

Le pont orlop est l'endroit où les rats se rassemblent, où les stalactites s'accrochent aux fissures du bois de charpente. Je comptais sur le fait qu'une fois son exploit accompli, le scientifique aurait roulé le baril jusqu'au navire et l'aurait caché tout au fond, sur l'orlop. Il était trop grand pour être stocké dans sa cabine et, de toute façon, il n'aurait pas réussi à lui faire franchir la porte étroite.

Je suis d'abord descendue dans la cale non chauffée, où les réservoirs d'eau en fer et les provisions de charbon reposaient dans une eau de cale trouble. Ensuite, j'ai soulevé la trappe pour descendre encore six pieds plus bas et gagner un endroit plein d'obscurité et de neige fondante, où mon souffle s'est figé comme des cristaux en suspension dans l'air.

Je me suis frayé un chemin dans l'obscurité. Le froid glacial rendait mes côtes meurtries douloureuses. Je ne me sentais pas la bienvenue, c'était comme si j'étais tombée dans l'antre de quelque chose de maléfique, et j'ai donc rapidement passé les provisions en revue pour voir si je pouvais trouver où Stowe avait planqué son tonneau. Je n'avais pas voulu prendre le risque d'apporter une lampe et il a donc fallu un certain temps à mes yeux pour accommoder. Avec une vision si faible, je tressaillais à la moindre contraction du bois, au moindre gémissement du métal. Au début, je n'ai pas trouvé ce que je cherchais, et toutes ces silhouettes de barriques, de tonneaux de viande salée et de sacs de charbon en morceaux m'ont donné le vertige. J'ai tâtonné en cherchant maladroitement les preuves dont j'avais besoin. Puis quelque chose a attiré mon œil. Quelque chose de caché à tribord, à l'écart des autres provisions, qui était recouvert de toile de jute. Le souffle m'a manqué et l'orlop a résonné d'un vacarme silencieux et sépulcral. J'ai inspiré profondément, je me suis dirigée vers la forme et j'ai commencé à retirer le tissu.

Des bruits de pas.

Je me suis éloignée d'un bond en cherchant désespérément un endroit où me cacher. Avec horreur, j'ai compris que les voix se rapprochaient, précédées par la lueur trouble d'une lampe. Juste au moment où deux silhouettes ont pénétré dans l'espace, j'ai maladroitement niché mon corps derrière une pile de boîtes de conserve en tâchant d'ignorer la douleur qui enflammait mes côtes encore sensibles.

Les hommes ont d'abord parcouru les provisions en silence. Puis une voix basse a retenti dans l'obscurité. Je l'ai reconnue sur-le-champ.

— Un baril seulement ?

L'accent guttural de Mance était reconnaissable entre mille.

— C'est lourd, a répliqué Stowe. Ça m'a pris un temps fou de le rouler jusqu'au navire.

— Montre-moi ça.

J'ai pris le risque de jeter un œil au moment où Stowe a tendu à Mance une clef. Je les ai observés, depuis ma cachette, s'efforcer d'ouvrir le baril, puis Mance a plongé la main dans ses entrailles pour en retirer un bras recouvert d'huile. Dans sa main, il tenait un objet sombre et solide, qui ressemblait à un gros rocher aux arêtes rugueuses.

— Pour combien on en a avec celui-ci ?

— Il ne l'a pas dit, mais Hancock doit s'attendre à en tirer une bonne somme vu l'argent investi. À moins qu'il ne l'ait voulu que pour faire office de preuve.

Toujours ce nom : Hancock. Donc c'était un achat, mais de quoi ? Et pourquoi Edison Stowe avait-il tué un homme pour l'obtenir ?

— Ça ne ressemble pas beaucoup à un rubis à mes yeux, a marmonné Mance.

— Évidemment que ça ne ressemble pas à un rubis. (Le ton de Stowe était suffisant mais pas tout à fait convaincant.) Ils n'ont été ni taillés ni nettoyés. Les Esquimaux n'ont ni les outils ni les compétences pour le faire, pas plus que les baleiniers. Je suis sûr que quand nous les récupérerons ils seront joliment arrangés.

Des rubis. Des pierres précieuses. Mes yeux se sont agrandis dans le noir. Il y avait eu des rumeurs, j'avais lu des histoires qui parlaient de trésors dans les montagnes du Groenland. Certains pensaient qu'il existait des îles entières faites de pierres précieuses dans le nord gelé. Mais nous connaissions tous "l'or" de Frobisher, son minerai noir embarrassant. Comment les douze cents tonnes qu'il avait ramenées s'étaient révélées sans valeur*. Pouvait-il vraiment y avoir des rubis cachés ici ?

— Est-ce qu'il s'en est porté garant ? Le baleinier ? (Mance a plongé à nouveau le bras pour remonter une autre motte de roche dégouttante d'huile.) Quelle garantie avons-nous qu'il fermera son clapet ?

Stowe a émis un son bref et peu naturel. Cela m'a fait dresser les poils sur la nuque.

— Il ne dira rien à personne.

— Il n'est pas… (Mance était lent, mais Stowe semblait savourer cette pause qui tirait en longueur.) Il n'a pas… Ce n'est pas ce pauvre type qui est mort de froid, si ?

Le rire de Stowe était un aboiement étrange et aigu.

— Qui suis-je pour les corriger ? Si Ellis dit qu'il est mort de froid, il est mort de froid.

Mance secoua lentement la tête, mais je finis par distinguer un sourire réticent sur son visage.

* Martin Frobisher (1535-1594) est un marin anglais qui fit plusieurs voyages vers le Nouveau Monde pour y rechercher le passage du Nord-Ouest. Il découvrit à cette occasion le Canada, qu'il revendiqua pour la couronne d'Angleterre. Il rapporta de ses expéditions une très grande quantité de minerai qui s'avéra sans valeur.

— Ce n'est pas un meurtre que Hancock a ordonné, Stowe. C'est une transaction. Il veut une preuve de l'existence des pierres précieuses.

Il avait dit cela du ton d'un parent qui chapitre un enfant.

— Non, a concédé Stowe, d'une voix qui s'est étirée à mesure qu'il plongeait la main dans le baril en quête d'une roche supplémentaire à inspecter. Mais comme ça, nous recevons la rétribution que nous méritons. Hancock n'a pas à savoir que l'argent n'a jamais été remis.

La tête me tournait. Mon souffle était emprisonné dans ma poitrine compte tenu de ma position inconfortable derrière les boîtes de conserve, mes côtes imploraient le soulagement du mouvement. Mais je devais rester immobile. J'avais été témoin d'un meurtre, d'un acte de contrebande suivant des plans orchestrés, si Sedgewick avait raison, par un membre de l'amirauté elle-même. Je ne pouvais pas révéler ma présence à Mance et à Stowe. Je risquais la mort. Mais la douleur était telle qu'on aurait dit qu'un cheval m'avait donné un coup de pied dans le dos. Je ne pouvais bouger que d'un pouce pour la soulager et il faudrait bien que je m'en contente. Mais un pouce a suffi à faire voler les boîtes de conserve. La tour s'est effondrée dans un grondement qui a secoué tout l'orlop. Les têtes des hommes ont pivoté d'un coup.

— Fouineur ! a crié Stowe tandis que Mance me saisissait par les épaules et me traînait contre un tas de corde. (La douleur était désormais intense, mais la peur avait plongé mon corps dans un bain de glace.) Espion pestilentiel. Qui t'a envoyé ici ? Despie ?

La vapeur de son haleine tournoyait lentement à la lueur de la lampe.

Je suis restée bouche bée. Je ne savais pas quoi faire. Que pouvais-je dire ? Révéler ce que je savais, ce que j'avais vu, ce que j'avais entendu ? Ou mentir ? Demander grâce.

— Je te connais, a-t-il craché. C'est toi qui rôdais devant ma cabine et qui m'as sorti un baratin sur les méduses. Quel est ton nom ?

Les yeux durs de Stowe ont brillé dans la pénombre. Comme j'avais été stupide de cacher le couteau de Sedgewick dans mon hamac ce matin-là.

— Je ne suis qu'un garçon de cabine, ai-je balbutié. Je ne compte pas. Je ne veux pas causer de problèmes.

Tout en parlant, j'ai vu la reconnaissance apparaître également sur le visage de Mance. Ses yeux veinés de rouge se sont lentement plissés.

— Je t'ai vu, a-t-il craché en tenant un doigt épais et noirci par la pipe à quelques centimètres de mon visage. (Cela m'a fait penser à grand-père, à la façon dont ses doigts étaient toujours tachés d'orange à cause du curcuma.) Il était là. Hier soir. Sur le pont. Il a dû te voir revenir. (Il a secoué la tête.) Il en a trop vu.

Je savais ce que cela signifiait.

— Il parlera, a sifflé Mance à Stowe, avec ma chemise toujours dans son poing. (Mon dos se tordait et se contractait de douleur.) Si tu parles, je t'ouvrirai comme un phoque, je plongerai mon doigt dans tes intestins et je te les arracherai alors que tu respires encore.

— Je ne parlerai pas.

C'était un chuchotement, mais j'avais envie de le hurler. D'implorer. Pour les convaincre que je garderais leur secret. Que je ferais tout ce qu'il faudrait pour rester en vie.

— Il y a des gens qui nous ont vus ici, ai-je ajouté. Ils sauront.

En guise de réponse, Mance a relâché sa prise, et sans prendre le temps de retrouver mon souffle je me suis dégagée, j'ai quitté l'orlop en courant, gravissant les escaliers à grand fracas, pour regagner l'air libre, les autres hommes, la sécurité.

Ils ne m'ont pas suivie. Ils sont restés en bas, sans doute occupés à effacer tous les signes de leur contrebande, de leur crime.

Je ne pouvais pas aller avertir Despie, je n'étais qu'un mousse. J'étais impuissante. Sedgewick était toujours sur le High Regard.

Je n'avais personne.

Alors, me voici assise là, recroquevillée dans le coin le plus sombre de la cuisine, entourée de miettes et de traînées huileuses, à regarder les rats renifler l'air et reculer avec dégoût.

Je ne peux pas retourner dormir dans mon hamac, car si je le faisais, je suis convaincue que je ne respirerais pas demain matin. Je vais rester éveillée cette nuit, je vais endurer la douleur, je vais épier le moindre reflet de couteau. Je vais rester cachée, à partir de maintenant et jusqu'au retour de Sedgewick. Lui saura quoi faire. Il saura comment me protéger, nous protéger, protéger le navire. Il faut juste que je tienne jusque-là. Maude, il faut juste que je survive encore quelques jours. Et c'est ce que je vais faire. Pour toi et pour grand-père. Je vis pour toi maintenant, et je reviendrai. Je t'assure. Mais que Dieu m'accorde la sécurité d'ici là.

15

Maude

Les reflets peuvent être choses dangereuses, Maude s'en est rendu compte. Une vitrine peut représenter un affront. La porte-miroir d'une armoire, une insulte caractérisée. S'étudier trop longtemps dans un miroir est un risque qu'elle ne peut tout simplement pas prendre. Car dans son reflet, Maude retrouve si souvent Constance.

Le brocart de soie d'huître ne semble pas naturel autour de sa taille. Elle passe sa paume sur son ventre, ajuste son col berthe et lisse une mèche de cheveux follets. Elle jette à nouveau un œil au visage qu'elle voit dans la vitre de la voiture. Elle le regarde avec méfiance : une peau pâle et poudrée ; des cheveux sombres, lissés, avec une raie au milieu et frisés en bouclettes.

On avait parfois dit à Maude qu'elle était belle. Même quand ce n'était pas dit, elle le sentait au poids des regards masculins sur elle. Elle le sentait dans le changement d'atmosphère lorsque les femmes détournaient d'elle leur mari.

À la pharmacie, elle avait eu des soupirants. Des jeunes gens qui faisaient semblant de venir consulter les onguents, mais qui la regardaient à la dérobée pendant qu'elle travaillait. La plupart ne cherchaient pas à mal, elle le savait, et ne pourraient jamais trouver le courage d'engager une conversation avec elle, eux qui rougissaient si elle croisait accidentellement leur regard. Qui toussaient en gagnant la porte. Mais elle serrait parfois les poings à se voir observée ainsi, aussi intensément qu'un insecte sous une vitre. Il y avait cependant un visiteur qu'elle attendait avec impatience chaque semaine. Andrew Hale, le fils du boucher. Il était grand, avec des taches de rousseur sur le nez et un sourire chaud comme du pain grillé. Il était toujours si poli lorsqu'il récupérait les médicaments de son père. Il disait des choses gentilles à Maude. L'interrogeait sur sa semaine, lâchait une observation sur le temps qu'il faisait. Elle ressentait toujours un léger frisson lorsque la sonnette annonçait un client et que c'était Andrew Hale qui franchissait la porte, rayonnant. Puis Constance avait tout gâché.

— J'ai dit à Andrew Hale qu'il devrait demander à grand-père si tu pouvais l'accompagner en promenade ce week-end.

Maude s'était figée sur place non loin du comptoir tandis que Constance souriait. Elle souhaitait désespérément avoir mal entendu les paroles de sa sœur.

— Et pourquoi aurais-tu fait une chose pareille ? avait-elle demandé, essayant de contrôler sa voix.

— C'est un garçon si gentil. Si poli, tout comme son père. Je suis désolée, je pensais que tu appréciais sa compagnie. Ça te ferait du bien de sortir.

Elle avait inspiré profondément par le nez. Tenté de calmer son cœur qui s'emballait. Ses orteils s'étaient crispés dans ses bottines.

— Je n'ai pas besoin de ma *sœur* pour arranger de tels engagements. (Elle tremblait en crachant ses mots.) En fait, je n'ai absolument pas besoin que tu arranges quoi que ce soit à ma place.

Elle avait vu la confusion envahir le visage de Constance et avait ressenti un pincement de culpabilité à l'estomac. Mais comment expliquer à sa sœur qu'entretenir quelque relation de ce genre, que la perspective même de laisser sa sœur et son grand-père seuls à la pharmacie pour commencer une nouvelle vie avec quelqu'un d'autre était la chose la plus terrifiante, la plus impossible qu'elle puisse imaginer ?

Elle avait refusé l'invitation d'Andrew et bien qu'il ait continué à récupérer les médicaments de son père, son sourire n'avait jamais été aussi chaleureux qu'avant et il n'avait plus jamais mentionné le temps qu'il faisait.

Elle avait été surprise d'apprendre, après la disparition de Constance, que sa sœur n'avait pas partagé ses vues en matière de séduction.

La nouvelle était arrivée sous la forme d'une lettre, environ trois semaines après le départ de Constance pour l'Arctique. Elle était tombée un matin dans la boîte aux lettres de la pharmacie ; Maude en avait été avertie par le cliquetis inhabituel du volet en laiton. Les Horton ne recevaient pas beaucoup de lettres. Leur grand-père n'avait fait installer la boîte aux lettres que très récemment. Maude avait donc été suffisamment intriguée pour se précipiter vers le paillasson. Alors qu'elle se penchait pour ramasser la lettre, elle avait vu le nom de sa sœur – C. Horton – sur l'enveloppe.

Elle avait envisagé de laisser le pli scellé. Elle pourrait le garder à l'abri, à la pharmacie, jusqu'au retour de sa sœur. Et si c'était quelque chose d'urgent ? Et si la lettre contenait des informations qu'elle ou son grand-père avaient besoin de connaître au sujet du voyage de Constance ? Finalement, Maude avait déchiré le sceau, surprise de constater qu'une mise en demeure avait été glissée à l'intérieur.

> BUREAU DE POSTE DU DISTRICT DE LONDRES, commençait l'avis.

> Le document ci-joint a été ouvert par l'officier compétent et vous est retourné pour la raison indiquée.

Maude avait rapidement lu l'unique page.

> L'affranchissement d'une lettre d'une partie de la ville à une autre, toutes deux à portée du Bureau de poste général, coûte deux pence ; vers et depuis les parties de la ville hors de ce périmètre, trois pence. Les lettres destinées à la Poste de trois pence sont fréquemment déposées par erreur au Bureau de poste général, ce qui entraîne inévitablement retard ou renvoi à l'expéditeur.

Maude avait cligné des yeux. Constance avait dû essayer d'envoyer une lettre avant de partir et s'était trompée d'affranchissement. Elle imaginait sa sœur apposant soigneusement deux timbres Penny Black sur une enveloppe. Déposant une lettre dans la boîte aux lettres. Avait-elle essayé d'envoyer quelque chose dans le Surrey ou le Kent ? Si c'était le cas, elle n'avait pas dû inclure les frais de port supplémentaires.

Maude avait froncé les sourcils. S'était torturé les méninges. Elle n'avait pas été au courant que sa sœur ait pu avoir la moindre raison d'envoyer une lettre avant son départ. Alors, avec curiosité et appréhension, elle avait sorti de l'enveloppe la lettre réexpédiée et l'avait rapidement dépliée.

Mon amour,

À ces mots, son cœur avait manqué un battement.

Ne sois pas triste que je sois partie.

La bouche de Maude s'était ouverte, et elle s'était retournée pour voir si son grand-père la regardait. La paillasse était vide. Il devait être dans l'arrière-boutique. Elle avait repris précipitamment sa lecture.

Ne te rends pas malade de colère. Ne verse pas la moindre larme salée.

Parce que je laisserai une partie de mon être derrière moi lorsque je monterai à bord du Makepeace demain. Mon cœur sera toujours là avec toi à Richmond, et il bat, et il bat, il se consume d'amour pour chaque centimètre de toi.

Peux-tu sentir son pouls, mon amour ? Sens-le dans tes os, ton âme, dans chaque sillon de ta paume.

Si jamais la solitude te saisit, attends-le et il viendra à toi.

Sache que je penserai toujours à toi. Quand je me lèverai de mon hamac le matin et que mes pieds toucheront les planches froides et dures, ma première pensée sera pour toi, pour nos excursions pieds nus dans les rivières, pour la sensation de nos mains chaudes, si doucement entrelacées. Je penserai à nos rires, à nos lectures, à nos baisers et à nos souffles mêlés. Notre amour est comme une paire de poumons qui enflent et se vident de concert.

Le mariage organisé pour toi par ta famille t'apportera une vie meilleure. Une vie remplie de toutes les richesses que je ne peux te donner. Une maison chaleureuse, avec un feu dans le foyer et de la nourriture sur la table. Je ne pourrais pas vivre avec moi-même si tu n'avais pas ces choses. C'est pourquoi, en partant, je te donne la permission de les choisir.

C

Maude avait alors constaté qu'il ne lui restait plus le moindre souffle d'air dans les poumons. La tête lui tournait de manière vertigineuse et elle avait été obligée d'agripper l'une des étagères pour s'empêcher de tomber. Elle ne savait pas que sa sœur était amoureuse. *Amoureuse ?* Constance ne lui en avait rien dit. Et Richmond ? Qui diable connaissaient-ils à Richmond ?

L'agent des postes n'avait pas renvoyé l'enveloppe qui aurait indiqué l'adresse à laquelle était initialement adressée la lettre de Constance. Il n'y avait que la note. Juste l'écriture de sa sœur. Juste les mots "Mon amour", qui ne permettaient pas d'identifier le destinataire d'origine.

Ainsi, pendant des mois, Maude avait fouillé chaque souvenir pour essayer de déterminer à qui sa sœur avait pu écrire. Elle avait dû rejeter la brûlure urticante de la jalousie, l'horreur d'avoir été menée en bateau, trompée par la personne qu'elle avait passé sa vie à protéger. Jusqu'à ce qu'un jour, plusieurs mois plus tard, elle obtienne enfin la réponse.

Maude se retourne vers son reflet. Lady Westbury lui avait prêté la robe de brocart, comme promis. La femme était venue la voir le matin même pour la lui apporter, sa chevelure argentée captant les premiers rayons du soleil tandis qu'ils filtraient à travers les rideaux détruits. Elle avait posé d'étranges questions sur l'incendie ; avait dit à Maude que ça ne posait pas de problème si elle avait su que cela allait arriver. Maude n'avait pas su quoi penser de tout cela. Si elle avait *su* qu'à tester une nouvelle concoction en chauffant un mélange d'éthanol, d'acide malique et de bichromate de potassium, quelques gouttes seulement, elle se retrouverait avec une chambre qui n'avait pas grand-chose à envier à l'Enfer de Dante, elle n'aurait jamais pris un tel risque et ne se serait jamais mise en danger ainsi. Elle est consternée par sa propre imprudence et ne peut qu'être soulagée d'avoir réussi à cacher son équipement à Stowe juste à temps.

Elle est nerveuse à l'idée de la soirée qui s'annonce. Officiers ivres, femmes flagorneuses, joueurs de violon bruyants ; rien qu'à cette perspective elle a mal à la tête. Mais si elle est allée jusque-là, c'est pour obtenir ce qu'elle veut d'Edison Stowe. Elle puisera sa force chez sa sœur. En agissant comme Constance l'aurait fait. Elle deviendra elle-même une actrice. Il faut qu'elle le fasse parler. Ce ne sont pas une fête remplie du gotha du Wiltshire et des rideaux brûlés qui vont l'arrêter.

— C'est vraiment l'une des plus belles maisons du comté, estime lady Westbury tandis que leur voiture roule le long de Wilton Road.

La lune brille d'un éclat intense dans le ciel noir de fumée, l'air à l'intérieur de la voiture est saturé d'un âcre parfum de muguet.

— Le onzième comte, l'ancien propriétaire, était un homme des plus extraordinaires, raconte-t-elle. Extrêmement cosmopolite…

Maude écoute lady Westbury tandis que Charlotte baisse la fenêtre pour laisser pénétrer les doigts glacés de la fin de l'automne.

— Un collectionneur d'antiquités, de sculptures classiques, etc. Je ne sais pas encore grand-chose du nouveau propriétaire, mais j'ai entendu dire qu'il avait des liens avec l'amirauté.

L'attention de Maude s'aiguise.

— J'ai entendu dire qu'il avait des liens avec le conseil d'administration, déclare Charlotte. C'est un ami de lady Jane Franklin. (Elle jette un coup d'œil à Maude.) Très influent.

Tout le corps de Maude est inondé de chaleur. Elle cherche le visage de Charlotte, mais la femme a ramené son attention sur l'extérieur.

— Est-ce qu'il y aura des membres du conseil d'administration à la fête ? demande Maude en pensant aux regards mauvais et à la suffocante salle de réunion lambrissée.

Son esprit revient au journal, à ce que Mance et Stowe avaient dit au sujet d'un certain Hancock. À la certitude du secrétaire, Heart, selon laquelle toute l'affaire était liée à de la corruption au sein même du bureau de l'amirauté.

— Oui, ne vous inquiétez pas, il y en aura à foison, de beaux officiers de marine prêts à être cueillis, taquine lady Westbury. Et aussi, bien sûr, toute personne en vue dans un rayon de quinze kilomètres autour de Salisbury.

Lady Westbury se penche pour donner une tape sur le genou de Charlotte.

— Ma chère, si vous regardez la lune trop longtemps, vos yeux se transformeront en soucoupes.

Lady Westbury, fidèle à son habitude, avait tout à fait raison : la maison est magnifique. La voiture pénètre dans la propriété par une série de portes en fer noir et en or brillant, encadrées par un porche de pierre de style roman, surmontées par une imposante sculpture représentant un soldat à cheval. Leur voiture s'arrête juste derrière celle des messieurs. Le valet de pied déplie les marches et Maude descend d'un saut élégant pour inspecter une vaste cour couverte de gravier éclairée par des torches.

— Sacré endroit, fait Frank Hollis qui aide M. Westbury à descendre à sa suite.

Maude ne peut s'empêcher d'être d'accord. Tout autour d'eux, des jardins bien entretenus sont remplis de peupliers et d'hortensias, un peu dénudés par les gelées mais néanmoins harmonieux. Un ensemble de fontaines en leur centre projette d'élégants panaches d'eau. Sous la lueur argentée de la lune, les invités en tenues raffinées affluent vers le corps de bâtiment où des hommes en livrée les attendent sous des gargouilles pour les faire entrer dans la chaleur de la maison.

Une fois à l'intérieur, Maude peut constater que les cloîtres sont en effet remplis des antiquités les plus exquises – des sculptures, des peintures, des curiosités, des bustes en marbre d'empereurs et de philosophes présentés sur des socles à colonnades. Charlotte Hollis est plantée, totalement fascinée, au pied d'une statue de Shakespeare, le poing sous le menton, qui observe les invités d'en haut.

— Et ici, les sarcophages découverts dans le columbarium des affranchis de Livie, sur la Voie Appienne.

Stowe, qui connaît son texte sur le bout des doigts, les conduit à travers le quadrilatère comme s'ils exploraient un marché aux épices dans un pays lointain.

— Quelle antiquité. Quelle histoire. C'est vraiment remarquable.

Il désigne à leur attention des vitraux représentant Henri VIII, Hercule combattant Achille, un faune et une panthère, Cupidon tendant son arc.

— Atys le berger dans son manteau en poil de chèvre, chuchote-t-il presque en affectant la frayeur. La belle Athéna – c'est un bas-relief de porpher.

— Porphyre, le corrige lady Westbury.

Ils continuent, attirés par le crescendo hypnotique des cordes de violon et des voix murmurées. Le ventre de Maude se noue d'impatience. Que fera-t-elle si elle tombe sur Hancock ? A-t-elle la force, a-t-elle des preuves suffisantes pour l'interroger au sujet de la contrebande, au sujet de la mort du baleinier, au sujet du sort de sa sœur ?

La pièce d'apparat qui s'ouvre devant eux est couleur jaune d'œuf, chargée de lourdes tentures, de tapis et de meubles couverts d'or qui ne dépareraient pas au château de Versailles. Toutes les antichambres sont remplies d'invités. De l'une s'échappe le tintement des verres et des couverts en cristal ; de l'autre, de la fumée de cigare qui ressemble à des serpents en fuite. Maude penche la tête en arrière pour inspecter le plafond. Une scène dramatique a été restituée avec de délicats coups de pinceau : satyres, fruits défendus, chérubins aux jambes potelées, anges aux poitrines gonflées et aux cheveux flamboyants.

La tête toujours penchée en arrière, elle sent quelqu'un la prendre fermement par le coude et la propulser vers l'avant.

— Venez, allons explorer les lieux, sourit lady Westbury à ses côtés. (Elle est aussi dodue et brillante qu'une loutre dans son taffetas ce soir, et une broche sertie d'émeraude luit d'extase à son cou.) Mais un conseil : si vous êtes engagée dans une conversation, ne dites à personne la véritable raison de notre visite à Salisbury.

— Et pourquoi pas ?

Lady Westbury s'arrête net.

— Nous ne voulons pas donner mauvaise impression à quiconque, n'est-ce pas ?

Maude est surprise. Lady Westbury a parlé très ouvertement de ses goûts macabres. Elle ne s'était pas attendue à ce que cette femme soit du genre à se soucier de ce que pensent les autres. Elle la regarde tendre une main vers son propre visage pour ramener une mèche de cheveux derrière son oreille.

— Nous apprécions simplement le spectacle et le théâtre, la raisonne lady Westbury. Et… voir quelqu'un qui le mérite traduit en justice.

Le souffle se bloque dans la gorge de Maude. Il est impossible qu'elle sache ce qu'elle-même a en tête, assurément. Elle ne peut avoir idée de la raison réelle de sa présence à Salisbury, de la raison pour laquelle elle appartient au groupe constitué par Edison. Elle ouvre la bouche pour parler, mais l'attention de lady Westbury est déjà passée à autre chose.

— Ooh. (Elle tire sur le bras de Maude.) Un jambon.

Elles font le tour de la salle de rafraîchissements et Maude triture la dentelle de son col berthe. Sur tout un côté de la pièce, une table est recouverte d'une nappe blanche impeccable. Dessus : le buffet. De la nourriture à profusion.

— Voilà une marque d'authentique richesse, murmure lady Westbury.

La volaille a été découpée et ficelée à l'aide de rubans violets. Un gros jambon est farci d'une centaine de clous de girofle et des assiettes en porcelaine luisent de langues disposées en tranches humides et nettes. Des assiettes de mignardises salées – rognons à la diable, pâtés de foie, bécasse écossaise – sont disposées ici et là et, au bout de la table, des serveurs zélés se battent pour remplir un bol à punch de la taille d'une baignoire.

Ensuite, lady Westbury guide Maude jusqu'à la table du pudding, se pâmant devant ces offrandes toutes plus riches les unes que les autres. En son centre se trouve un gâteau à la crème décoré, parfumé, selon la petite étiquette qui l'accompagne, à l'eau de fleur d'oranger et à la noix de coco. Des glaces garnies de formes variées sont comme des danseuses de ballet à la parade ; il y a aussi des tartes à l'ananas, aux pêches, aux poires et aux cerises. Mais quel dommage, le grand pudding a déjà commencé à fondre.

— Nnnnng !

Maude quitte des yeux la matière en cours de liquéfaction pour voir lady Westbury, la bouche pleine de charlotte, faire des gestes extravagants tandis qu'un officier en uniforme bleu pénètre par la porte.

Un doigt froid l'effleure à la base de la nuque.

Hancock.

Elle ne sait pas très bien pourquoi son premier réflexe est de prendre la fuite. Peut-être est-ce parce que Hancock fait son entrée, tout à fait délibérément, elle en est certaine, comme s'il était l'homme le plus puissant de la pièce. Heart lui avait assuré qu'il avait agi avec la plus grande discrétion, mais si Hancock avait découvert que c'était elle qui était en possession du journal ? Que ce soit le cas ou non, elle ne peut le laisser la voir. Il la reconnaîtrait sûrement, et serait susceptible de la faire escorter jusqu'à la sortie. Elle ne peut pas prendre le risque d'un tel incident. Elle ne peut pas prendre le risque que sa véritable identité soit révélée à Edison Stowe.

Elle s'éloigne lentement de la table. Il y a d'autres personnes qui accompagnent le lord commissaire, des hommes à l'allure tape-à-l'œil dans leurs manteaux à queue-de-pie et leurs pantalons à fines rayures dorées, arborant leurs épées de cérémonie qui scintillent comme les dents découvertes d'un tigre. Un troupeau de femmes s'est rassemblé autour d'eux, dans un froufrou de plumes blanches et d'éventails palpitants. À quelques mètres de là, de l'autre côté de la pièce, Maude aperçoit Charlotte Hollis qui évalue le groupe, un verre aux lèvres.

— Ma chère, ne voulez-vous pas entendre ce qu'il a à dire ?

Maude fait taire lady Westbury d'un signe frénétique de la main tout en faisant un pas en arrière.

— C'est une occasion rare. Restez, écoutez donc.

Maude secoue la tête, ne voulant pas attirer l'attention sur elle.

Alors qu'elle approche du mur, elle voit l'un des officiers prendre une cuillère pour en heurter le bord de son verre.

— Puis-je avoir l'attention de la salle. (La voix de l'homme est grave et trop forte pour la pièce. Un joueur de violon s'arrête avec un crissement brusque.) Mesdames et messieurs, l'honorable sir Hancock!

Des murmures circulent dans la pièce. Hancock s'éclaircit la gorge sans enthousiasme.

Maude est prête à disparaître dans le mur tout en priant pour qu'il ne la reconnaisse pas.

— Hmm, oui. Merci, Marshall.

Elle reconnaît ce ton dédaigneux. Le visage couleur cendre, dépourvu de sourire. Elle sent à nouveau les murs de l'amirauté se refermer sur elle.

— Juste quelques mots au sujet d'un de mes amis, sir John Franklin. Et de sa femme, la remarquable lady Jane Franklin, qui a travaillé sans relâche pour collecter des fonds afin d'envoyer des vaisseaux vers le nord, aux côtés de nos propres bâtiments de la Marine, à la recherche de son mari et de ses navires d'exploration perdus.

Alors qu'il continue de parler, Maude voit, du coin de l'œil, Stowe entrer dans la pièce. Elle voit avec intérêt son attention se porter sur la voix qui émane du centre de la salle et ses yeux s'écarquiller d'inquiétude lorsqu'il comprend qui parle.

— Les efforts de lady Jane ne sont possibles qu'avec l'aide généreuse de bienfaiteurs tels que vous… (Stowe recule, tout comme elle l'a fait quelques instants plus tôt, puis il se dirige vers la porte ouverte qui mène vers l'entrée monumentale.) … Quelques centaines de livres seulement nous aideraient considérablement dans nos efforts.

Maude sort silencieusement de sa propre cachette, les yeux rivés sur Stowe.

— Les chèques peuvent être faits à mon nom…

Il se glisse par la porte et disparaît.

Elle le suit précipitamment en se faufilant à travers la foule médusée. Edison a-t-il peur de Hancock parce qu'il sait que Hancock a fait tuer Mance moins d'une semaine après le retour du Makepeace à Londres ? Et indépendamment de cela, avec tant de personnes à l'attention focalisée sur le bal, n'est-ce pas là une opportunité unique d'avoir accès à Stowe seul, une opportunité unique de le faire parler ? Mais y est-elle seulement prête ?

Le couloir silencieux résonne, un lustre brille au-dessus de sa tête, ce qui fait étinceler le papier peint doré, comme s'il était recouvert de pièces de monnaie. De chaque côté du couloir se dessinent de massives portes en acajou. Elle met la main dans sa manche pour vérifier que la petite bouteille qu'elle y a cachée plus tôt est toujours à sa place. Juste au moment où ses doigts effleurent le verre, elle est agrippée par l'épaule et entraînée avec force dans l'ombre.

Le Journal de Jack Aldridge

73° N, 90° O
Port Leopold, passage du Nord-Ouest
9 octobre 1849

Le repos ne vient jamais. Je passe mes nuits hors de mon hamac, et je prétends être insomniaque pour pouvoir aider M. Penny dans la cuisine. Il n'y a que là, accompagnée de la lueur du poêle et du chant chevrotant de cet homme, que je me sens désormais en sécurité. Au début il a refusé, en affirmant qu'il appréciait la solitude de ces premières heures du jour. Mais ensuite, il a dû la voir en moi, la peur dévorante. Il n'a posé aucune question, m'a simplement tendu un chiffon et m'a ordonné de commencer à frotter. Il n'est pas rare qu'un mousse soit outragé lors de longs voyages comme celui-ci. Penny doit en être parfaitement conscient. Alors il me permet de l'aider, et mes paupières s'alourdissent à mesure que je remue, que je tamise et que je fais cuire. Mais je ne les laisse jamais se fermer. Je ne peux pas le leur permettre.

Le jour, ce sont les nerfs qui me maintiennent éveillée, même s'il m'est arrivé de me surprendre à tituber jusqu'à l'infirmerie, comme poussée par le souvenir rassurant de Sedgewick. Je me réveille vingt minutes plus tard, le torse rugissant et mouillé de transpiration, convaincue que j'ai été découverte, qu'il y a un couteau glacé tout contre ma gorge.

Le reste du temps, je garde mon sang-froid et j'ai les yeux fixés sur les deux hommes qui me veulent du mal.

C'est le jeu du chat et de la souris.

Nous nous regardons quand nous sommes sur le pont. Tandis que je gratte la glace sur le matériel, je lève la tête pour scruter le gréement et trouver Mance qui me fixe comme un oiseau de proie. Aux heures des repas, je mange mon pemmican et mon porc salé avec un œil braqué sur Stowe. Il en a un rivé sur moi en retour. C'est un affrontement nécessaire. Je ne me déroberai pas.

Le Makepeace lui-même a pris des allures de prison. L'hiver s'installe autour de nous et le moral des hommes patauge aussi bas que le mercure. La lumière du jour s'est amenuisée et a fait ses tristes adieux. Il n'y a pas de bleu. Pas de soleil. Pas d'étoiles. Seulement une uniformité sombre et stérile. Le paysage qui nous entoure a été décimé, comme rasé par la guerre. Nous sommes des soldats. Si loin de chez nous.

C'est une routine de bagnard rythmée par des conserves de viande fades, des quarts de deux heures frigorifiants et le murmure inquiet d'hommes dont les âmes se brisent ici, aux confins de la terre.

Les marins accomplissent leurs tâches, tourmentés par le vent, cache-nez enfilé autour du cou, avec des pulls sous leurs manteaux qui leur donnent des allures de poupées en peluche. Tout semble sans fin. L'obscurité polaire, l'horizon inaccessible, les tempêtes de neige, la glace, l'incertitude, la peur dure et glacée. Chaque jour m'épuise – car je sais qu'à chaque encoignure, tapie dans chaque ombre, la mort attend, les paumes tendues. Je n'ai nulle part où fuir. Aucun moyen de m'échapper. Aucune protection. Quand le vent souffle et dépasse en hurlant des mâts cerclés de glace, si abattus et courtauds qu'on dirait les doigts fracturés d'un géant, on pourrait croire qu'il s'agit d'un avertissement des dieux.

— Que faites-vous ici ? demandent-ils. Cet endroit n'est pas pour vous.

Et pourtant, je suis là, Maude. Pourtant, je suis en vie.

16

Edison

Edison fait irruption à l'air libre et chancelle. Son arrivée maladroite fait cracher les arbres, des oiseaux jaillissant de leurs branches pour s'envoler, minuscules, très haut dans le ciel clair de la nuit. La tête lui tourne, son cœur frappe si fort dans sa cage thoracique qu'il s'étonne qu'elle ne se soit pas fracturée. Il n'a pas revu son oncle depuis le jour de son retour de l'Arctique, où l'autre lui avait fait savoir très clairement que s'il le recroisait, il ne se montrerait pas aussi indulgent.

Mance en avait déjà subi les conséquences.

Son esprit regorge de souvenirs de ce matin-là, alors qu'il était tout juste débarqué du Makepeace. Quand Hancock les avait convoqués dans une ruelle des docks. Le sol était recouvert de boue, il y avait une odeur de sel dans l'air et le cri des mouettes qui planaient et descendaient en piqué au-dessus d'eux. Ils voyaient encore les mâts très hauts du Makepeace au-dessus des bâtiments trapus du quai. Hancock leur avait ordonné de lui montrer le contenu du baril. Pour prouver que le marché avait été mené à bien.

— Eh bien, je dois reconnaître que je suis impressionné, avait lâché Hancock d'une voix traînante tandis que Mance attaquait le tonneau avec une clé. Je ne pensais pas que tu en avais le cran, Edison.

Personne ne l'avait jamais pensé. Mais avec cette expédition, il avait fait ses preuves. Il avait prouvé qu'il était un homme qu'il fallait prendre au sérieux.

Mance mettait un temps interminable avec sa clé. L'oncle d'Edison n'avait plus daigné faire la conversation après cette remarque, et n'avait pas demandé davantage de détails sur leur expédition.

Le couvercle du tonneau avait fini par se soulever et Hancock s'était approché. Edison l'avait vu lever le creux de son bras jusqu'à son nez et se pencher pour inspecter l'huile trouble.

Des cris industrieux leur parvenaient depuis les quais, et Mance avait pris le silence de Hancock pour un signal, il avait retroussé une manche et plongé un avant-bras dans le tonneau. Il en avait sorti la première des pierres, l'avait secouée, essuyée grossièrement sur son pantalon et l'avait tendue au commissaire.

Le silence avait semblé descendre sur la ruelle tandis que Hancock clignait des yeux sans un mot devant la masse d'un brun gris qu'il tenait à la main. Les secondes s'étiraient, s'étalaient comme la traînée d'huile qui maculait le pantalon de Mance. Hancock avait tourné la roche entre ses mains.

— Évidemment, elles ne sont encore ni nettoyées ni taillées.

Quelque chose de dur et d'aigu commençait à s'insinuer dans la gorge d'Edison.

Hancock avait levé le regard vers lui, cligné des yeux une fois, puis deux. Alors, sans le moindre avertissement, il avait rejeté le bras en arrière et lancé la roche contre le mur. Elle s'était brisée comme un vase d'argile bon marché et avait été réduite en poudre.

Edison avait tressailli et s'apprêtait à bondir pour empêcher son oncle de détruire les rubis.

Quand il avait compris.

Hancock s'était penché vers le tonneau dans lequel il avait enfoncé le bras, sans prendre la peine de relever la manche de sa veste. Une fois redressé, il avait projeté une nouvelle roche contre le mur. Puis s'était retourné pour en récupérer une autre. L'avait jetée. *Smash !* Et encore une. Il était possédé.

Puis Mance avait détalé. Le serpent. En laissant Edison affronter seul les conséquences du subterfuge du baleinier.

— Bande d'imbéciles dégénérés, avait rugi Hancock en continuant à balancer les roches sans valeur contre le mur. Vous savez ce que vous m'avez coûté ? On se moquera de moi, tout comme de Frobisher. Vous savez ce que vous avez commis ?

Edison ne pouvait rien faire d'autre que d'attendre que les roches s'écrasent l'une après l'autre.

Tant que Hancock ne découvrait pas qu'il n'avait pas payé pour la transaction, il pourrait s'en sortir vivant. Son oncle ne lui ferait sûrement pas la peau. Pas à un membre de sa famille.

Une fois Hancock épuisé, il s'était tourné vers Edison. Le blanc de ses yeux était immense. Son corps tremblait.

— Était-ce juste un ?

Les mots avaient fendu l'air.

Edison n'avait pas compris, au premier abord, ce qu'il voulait dire.

— Il n'y en a eu *qu'un* ?

Puis il avait réalisé, dans un éclair de clarté, que son oncle devait être au courant pour le baleinier. Il n'avait pas le temps de se demander comment.

— Oui, avait menti Edison en pensant aux traîneaux et à la neige tourbillonnante.

— Va-t'en, avait ordonné son oncle en lui tournant le dos et en secouant l'huile de sa manche.

Edison n'avait pas eu besoin qu'on le lui dise deux fois et s'était précipité hors de la ruelle comme un renard qui a échappé aux mâchoires d'un chien.

Pas d'argent, pas de foyer, pas d'aide familiale, personne vers qui se tourner. Juste ses maudits os glacés par l'Arctique.

— Et, Edison ? l'avait hélé Hancock.

Il s'était retourné avec un petit battement d'espoir.

— J'espère que tu feras en sorte de ne plus jamais croiser mon chemin.

Dans la cour, Edison apaise sa respiration. Le bruit de la fête recommence derrière lui ; son oncle a dû terminer son discours pompeux. Il crache le goût amer qu'il a dans la bouche, contrarié par la succession d'événements qui l'a mené là. Le pari fait dans l'Arctique n'avait pas été concluant. Oui, il avait empoché l'argent destiné au baleinier, mais au bout du compte, il avait fini par le perdre lui aussi. Mance s'en était emparé. Quand Edison était allé le récupérer dans son coffre le matin où le Makepeace était revenu à quai, il avait disparu. Mance était le seul à savoir que l'argent était là, et il l'avait pris. Donc, se dit Edison, Mance avait bien mérité ce qu'il avait récolté.

Son regard est attiré par un mouvement dans les buissons. Un petit sabot délicat en sort, suivi du nez humide et des grands yeux de vache d'un cerf. L'animal lève la tête et voit Edison ; tout son corps est paralysé par la peur. Edison soutient son regard en se penchant lentement pour ramasser une pierre à ses pieds. Lentement, très lentement, il se redresse. Puis, vif comme l'éclair, il balance avec rage la pierre sur le flanc de l'animal. Elle atteint le petit corps en emportant avec elle un peu de chair. Le cerf bondit dans le jardin avant de disparaître plus loin dans l'obscurité. Le bourdonnement de contentement commence à peine à refluer en Edison lorsque quelqu'un lui tapote l'épaule.

17

Maude

La pièce est sombre, l'air est visqueux, empli d'un tic-tac mécanique.

Celui qui l'a traînée ici a verrouillé la porte derrière lui et trafique quelque chose dans un coin. Il est presque invisible dans l'obscurité.

Maude a envie de crier, de cogner sur la porte, mais ses muscles sont paralysés par la peur. Le *tic-tac tic-tac* qu'elle entend l'en empêche aussi, comme une menace.

Une bougie s'allume dans un coin de la pièce et la silhouette se retourne, visage éclairé de jaune.

Ses épaules s'affaissent.

— Vous n'en faites pas un peu trop ?

— Vraiment ? fait Heart comme en réfléchissant à la question tout en se déplaçant vers le centre de la pièce pour allumer plus de chandelles.

Sa peau est toujours aussi pâle, et la lueur des bougies projette des cernes sous ses yeux. On dirait qu'il vient d'être exhumé.

— Nous nous trouvons dans une salle au milieu de nulle part entourés de gens qui ont tué, de gens qui ont donné l'ordre de tuer et de gens qui ont fait d'énormes efforts pour dissimuler leur meurtre, dit-il. Et encore, c'est sans parler des troupes entières qui ont tué au son des trompettes, ce qui donne à leurs meurtres un aspect bien plus légitime. Et on leur donne des médailles, avec ça. Je pense donc plutôt approprié que nous cachions cette rencontre. Et puis, j'aime plutôt l'ambiance, pas vous ?

Elle ne dit rien, et écoute. Ce tic-tac incessant. Elle laisse ses yeux s'adapter à l'obscurité et faire lentement la mise au point sur les formes granuleuses qui sont dans la pièce. Il y a une grande table au milieu, qui doit être cirée de frais car elle peut encore sentir son parfum de cire d'abeille. Au-dessus est suspendu un grand candélabre immobile, avec des dizaines de bougies à moitié brûlées et des bulles de cire solidifiées, comme de petites perles blanches. Puis, au fond de la pièce, sur presque toute la longueur et la hauteur du mur, se trouve une impressionnante collection d'horloges. *Tic.* Des dizaines, voire des centaines d'horloges. Dans des styles variés mais manifestement toutes précieuses. On a dû les déplacer là pour qu'elles ne soient pas abîmées pendant la fête.

— Qu'avez-vous pensé du journal ? demande Heart.

Il n'a manifestement pas de temps à perdre.

— Il est sans appel, dit-elle.

— Est-ce que vous avez déjà réussi à tirer quelque chose de lui ? J'ai entendu parler de ses tournées macabres. Tout un roman.

— Il ne me fait pas confiance. Je n'ai pas encore eu l'occasion de lui administrer…

Elle s'interrompt.

— J'aime ce que j'entends, fait Heart en penchant la tête. Lui administrer quoi ?

— De l'éther, du chloroforme, du laudanum. Une combinaison que je n'ai pas encore déterminée.

— Votre plan consistant en…

— Je ne sais pas ! (Heart hausse les sourcils à sa réaction explosive.) Je veux le mettre dans un état où il ne se soucie pas de ce qu'il dit. J'ai besoin que ce masque tombe.

Heart hoche lentement la tête.

— Je suppose que ça pourrait marcher. Mais c'est risqué. Avez-vous besoin de quelque chose ? Davantage d'argent ?

— Pas pour le moment. J'ai juste besoin de temps. (Alors elle se souvient.) Hancock. Est-ce qu'il sait que c'est moi qui ai le journal ?

— Bien sûr que non. Mais il est sur le sentier de la guerre. Il sait qu'il n'est plus là. Il blâme la nouvelle servante.

Ils ont un sourire contraint. Elle pense au journal. Aux mots de sa sœur. La dernière chose que sa sœur ait touchée. Comment quiconque pourrait-il imaginer qu'il soit en la possession de quelqu'un d'autre qu'elle ?

— Et Sedgewick, lâche-t-elle. Le chirurgien.

Il hoche à nouveau la tête.

— Ils étaient amis. J'espère que cela vous apporte un peu de réconfort de savoir qu'il y a eu des gens qui lui voulaient du bien sur ce navire.

Mais ils n'ont pas été en mesure de l'aider, au bout du compte.

— Avez-vous transmis ma lettre à votre frère ? demande-t-elle rapidement. (Elle la lui avait donnée avant de partir pour Salisbury.) Pense-t-il être en mesure de la lui faire parvenir ?

— Il m'assure qu'il fera ce qui est en son pouvoir.

Le moral de Maude remonte un peu. Elle sait que toute réponse provenant du chirurgien sera utile. Tout ce qui peut concerner l'état du corps de sa sœur, des informations concrètes, la mènera plus loin et acculera Stowe dans une impasse.

— Eh bien, vous avez mon adresse, dit Heart. Écrivez à tout moment. Mais pour l'heure, bonne chance, madame Horton. Puissions-nous trouver les réponses que nous recherchons.

Il souffle les bougies.

Elle trouve Stowe dehors, regardant un joli cerf sauter sur le gravier du beau jardin clos. Elle l'observe pendant un moment, remarquant à quel point la simple vue de sa personne lui donne la chair de poule. Elle finit par s'avancer et lui tapoter l'épaule.

Il sursaute. Elle ne sait toujours pas pourquoi il se cache de Hancock, et elle n'a pas eu la possibilité de verser le contenu du petit flacon qui se trouve dans sa manche dans la boisson d'Edison. Mais si elle ne lui pose pas de questions au sujet du Makepeace maintenant, quelle que soit la frayeur que cela lui inspire, elle n'aura peut-être pas de meilleure occasion.

— Madame Horton. (Il se détend une fois qu'il voit de qui il s'agit.) Si nous faisions un tour ?

En une fraction de seconde, il a remis son masque.

Elle se force à sourire et accepte son coude, persuadée qu'il sent son pouls sous sa peau. Son coude est tout en os, comme si chaque centimètre de son corps avait été fait pour repousser. Elle espère que son propre corps ne la trahit pas, elle espère qu'il n'est pas en mesure de sentir à quel point être si près de lui la fait trembler.

Elle se demande souvent comment Constance a pu faire une chose pareille, comment elle a réussi à cacher si longtemps sa vraie personnalité, ses vraies peurs, sous l'apparence grossière d'un garçon. Elle est devenue une actrice talentueuse en devenant une jeune femme, pense Maude. Elle avait des secrets même du temps où elle était à la maison, Maude le sait maintenant. Elle repense à la lettre. Aux déclarations d'amour. Ces mots – *Ne sois pas triste de mon départ* – adressés à quelqu'un d'autre qu'elle. Elle savait déjà, à ce moment-là, que Constance ne lui avait pas tout raconté de sa vie. Mais elle restait abasourdie d'avoir pu passer à côté de quelque chose d'aussi sismique chez sa sœur. Ces mots mettaient en relief une révélation des plus cinglantes : elle avait été stupide de croire qu'elles se suffiraient toujours l'une à l'autre. Elle ne sait plus quand elle a conclu ce pacte silencieux avec elle-même. Mais, si elle regarde en arrière, cela a dû avoir lieu au moment de la mort de leurs parents. Au fil des années, elle ne s'était autorisée à être tentée ni par le mariage, ni par les relations amoureuses, ni par aucun désir susceptible de l'éloigner de la pharmacie. Découvrir que Constance n'avait pas, de son côté, conclu le même pacte était la trahison la plus terrible que Maude ait jamais pu imaginer.

La lune a projeté la moitié du visage de Stowe dans l'ombre. Il est légèrement parfumé, bien qu'il y ait un soupçon de quelque chose d'autre dans son odeur. De l'antiseptique.

Elle jette un coup d'œil autour d'eux pour voir s'il a apporté un verre dans le jardin. Mais il n'en a pas. Son espoir s'évanouit. Elle va devoir y arriver avec des mots, pas avec des médicaments.

— C'est une belle soirée, n'est-ce pas ?

Il l'aide à descendre les marches qui mènent à la cour de gravier.

Elle hoche la tête, sans oser parler encore.

Ils commencent leur lente promenade embarrassée autour du jardin clos. La lune projette leur ombre sur le gravier, ce qui met en évidence leur différence physique : Stowe n'est pas costaud, mais son ombre paraît presque deux fois plus longue que celle de Maude. Comme si elle était une enfant que promènerait dans le jardin quelqu'un qui pourrait aisément l'étouffer en lui plaquant une paume sur la bouche.

— Ils ont fait un travail fantastique avec les décorations, risque encore Edison.

Elle évalue les ornements ; ils répondent à un thème sous-marin, semble-t-il, peut-être en l'honneur de leurs hôtes très honorables de l'amirauté. Ici et là, des guirlandes bleues et vertes ont été disposées pour imiter des vagues ondulantes. D'énormes sculptures de coquilles de palourdes, qui lui arrivent à l'épaule, se dressent dans les parterres de fleurs. Les nymphes de la mer sont moulées dans un papier mâché parfaitement réaliste, bouche légèrement ouverte, suggestive, comme si elles étaient sur le point de révéler leurs propres secrets sordides.

Changeant de cap, Edison les dirige vers le coin le plus reculé du jardin. D'abord, elle panique avant de s'apercevoir qu'une grotte y a été aménagée, dont le temple en forme de dôme est constitué de centaines de coquilles d'huîtres empilées. Un moignon de bougie allumé, dégoulinant de cire, a été placé en son centre. La lumière éclaire de petites fenêtres faites de verroterie colorée et bordées de guirlandes. Maude s'arrête devant ce spectacle, en proie à un souvenir flou. Elle tourne la tête pour le retrouver : Constance et elle allument des bougies à Noël. La lueur réchauffe leurs visages, conférant à leurs joues un éclat plein et joyeux. Elle pose les doigts sur sa peau comme si elle pouvait encore le sentir.

— Salisbury vous plaît-il, madame Horton ? Avez-vous apprécié l'excursion, jusqu'ici ?

Ces répliques automatiques débitées à nouveau.

Elle lève les yeux vers lui, la main toujours posée sur sa joue. C'est une chose étrange que le visage d'Edison Stowe. Comme s'il était composé de deux parties qui n'étaient pas censées aller ensemble. Une bouche étirée dans un sourire raide et des yeux qui appartiennent à un monde complètement différent. Elle est frappée par sa froideur reptilienne. Comme si, depuis son retour de l'Arctique, il n'avait jamais véritablement dégelé.

Il lève un sourcil pour la pousser à répondre.

— C'est une belle ville, n'est-ce pas ?

— C'est une très belle ville, finit-elle par reconnaître avec trop d'enthousiasme. (Elle ne peut s'empêcher de penser au journal. À sa lettre à Sedgewick. À tout ce qui est en jeu.) Tant d'histoire, tant de cachet.

Elle s'empare des refrains de Stowe répétés à satiété. Ses propres mots l'abandonnent.

— Votre sensibilité n'est pas heurtée par les pendaisons ?

Ces yeux à nouveau. Ce regard de pic à glace.

— Elle ne l'est pas. (Elle secoue la tête en entreprenant de mentir.) Simplement, je…

Elle s'interrompt. Sans doute ne devrait-elle pas poursuivre.

— Simplement, vous… quoi ?

Ses yeux parcourent son visage pour se poser sur sa gorge. Elle est si près de lui qu'elle peut voir à quel endroit le climat arctique a durci sa peau.

— Je me demande simplement si le processus de pendaison est juste, dit-elle.

Il rit, comme s'il était surpris. Incline la tête.

— Je dirais que dans sa définition même il est juste. Œil pour œil. Hammurabi. (Puisqu'elle n'intervient pas, il poursuit comme si l'adage avait besoin d'explications.) Tout homme, ou toute femme, qui ôte une vie, devrait voir la sienne lui être ôtée.

Après avoir dit cela, il déglutit.

— Et qu'en est-il de ceux qui sont accusés à tort, de ceux qui ont commis des erreurs, de ceux qui sont poussés à des actes désespérés par leur propre désespoir ? Est-ce qu'ils méritent la pendaison ? demande Maude.

— Avez-vous lu les brochures de Jameson ? (Il lui retire son coude.) Tout individu qui commet un crime doit savoir qu'il y aura des conséquences. (Il fléchit les épaules.) Si vous n'êtes pas d'accord avec la peine capitale, je suis étonné que vous participiez à cette excursion, madame Horton.

Il semble jauger son visage, comme s'il était impatient de voir sa réponse à ce défi.

— Tout individu ? Qu'en est-il des hommes de votre sorte ?

Ces mots à peine prononcés, elle a l'impression de tomber d'un immeuble très haut. Autour d'eux, l'air s'épaissit, le vent tombe et il n'y a aucun bruit. Plus aucun.

— Que voulez-vous dire par des hommes de ma sorte ?

Leurs regards sont désormais rivés, visages à quelques centimètres seulement l'un de l'autre. Il est plus grand qu'elle. Plus fort.

— Ce que je veux dire… (Elle affecte un rire qui n'est pas convaincant.) Je veux juste parler des marins. Dans le Grand Nord, sur le Makepeace ? Sans agents de police, sans tribunaux, rien que de la glace et des montagnes… est-ce que dans ces conditions, un homme serait traduit en justice pour ses crimes ? Je me suis souvent posé la question.

Dans l'air résonne l'écho d'un long silence.

— Le Makepeace ?

Elle sent son cœur battre jusque dans sa gorge. Lui a-t-il jamais dit le nom de son navire ? Elle le connaît grâce au journal, évidemment. À Constance. Elle sait qu'il était à bord du Makepeace, mais l'a-t-il déjà dit, lui ?

— Votre vaisseau. Le Makepeace. (Elle cligne des yeux.) Lady Westbury a dit que c'était le nom de votre navire, ment-elle. Tout cela a l'air d'une sacrée aventure.

Il ne lâche pas son regard.

— Je n'ai jamais été à bord du Makepeace.

Il se racle brièvement la gorge en prononçant ces mots.

— Vous n'y étiez pas ? J'aurais juré que c'était ce que lady Westbury a dit.

— Contrairement à la croyance populaire, lady Westbury n'a pas raison sur tout.

— J'ai du mal à le croire.

Elle se force à rire à nouveau. Cela sonne creux.

— L'*Albatros*. J'étais sur l'*Albatros*. Vous pouvez vérifier. Si cela vous amuse.

— Je le ferai peut-être.

Avec fracas, les portes-fenêtres s'ouvrent brusquement et une silhouette en sort. Maude s'éloigne d'Edison, dont les yeux sont toujours emplis de suspicion.

La silhouette s'avance dans leur direction en trébuchant.

— Ils sssssssont sssssur le point de sssssse mettre à dansssssssser, alors je sssssssuis sssssssorti tant qu'il était encore temps. (M. Westbury pose un coude sur l'épaule d'Edison.) Sauvez-vous !

Maude les prie de l'excuser et s'en va, marchant aussi vite que possible vers le lieu sûr que représente la fête. La nuit est fraîche et l'air est vif, mais elle sent le regard de Stowe sur sa peau comme la brûlure du soleil.

Le Journal de Jack Aldridge

73° N, 90° O
Port Leopold, passage du Nord-Ouest
11 octobre 1849

Despie a ordonné une dernière sortie en luge avant que le paysage gèle complètement. Même si nous n'avons déjà quasiment plus de lumière. Il veut que nous posions des cairns pour Franklin, que nous déposions les derniers messages, que nous fassions tout ce qui est en notre pouvoir pour faire connaître notre présence avant que l'hiver nous engloutisse tous.

Je savais que je serais sélectionnée. Je savais que la chance avait tourné. Je l'ai su dès que j'ai parcouru la liste de noms épinglée sur la coque à l'extérieur de la cuisine.

Le vent hurlait dehors et la trame grise du ciel épiait par les hublots.

Je savais que je verrais son nom sous le mien. Il était là : Edison Stowe.

LONDRES

18

Edison

La tête d'Edison le lance comme un abcès. Il a bu trop de champagne à Wilton House. La vue de son oncle l'a ébranlé, l'a incité à boire.

Le crissement du moteur lui transperce le crâne. Le train s'arrête en gare et il pilote le groupe d'excursionnistes le long du quai, à travers des nuages de charbon.

Des bribes de la nuit précédente lui reviennent à mesure qu'ils avancent. Daphné Westbury étincelant comme une boîte à bijoux. Une salle pleine d'invités bruyants qui dansent. Des membres qui tournent sur eux-mêmes et des ricanements aigus. De l'alcool qui coule dans des gorges. Des verres remplis encore et encore. Il pense à Charlotte Hollis. Sa docilité sans apprêt. Son mari Frank. Peu impressionnant, et assez inoffensif. Et Maude, Maude, étrange et séduisante. Comme elle est enivrante. Comme elle est insaisissable. Qui est-elle, au fond ?

Leur conversation dans le jardin l'avait troublé. Comment avait-elle appris qu'il était à bord du Makepeace ?

Il était certain de n'avoir mentionné ce nom à personne. Mais lady Westbury est un terrier, elle est capable d'obtenir toutes les informations qu'elle veut. Pourtant, il y a des choses sur Maude Horton qui lui échappent. Il se flatte de la voir partager son inclination pour les sciences les plus obscures ; se demande si, enfant, elle s'est retrouvée tout comme lui à briser le cou d'un étourneau pour l'ouvrir au niveau du ventre et s'émerveiller des os délicats qui se trouvaient à l'intérieur. Mais il doit y avoir autre chose. Ce feu étrange. Les questions qu'elle lui a posées à Wilton. Quelque chose au plus profond de lui a *besoin* d'en savoir plus sur elle. Il ne devrait pas être bien difficile de la suivre jusque chez elle, se dit-il. De l'attendre dans l'ombre, et de l'observer ainsi en catimini pendant un moment.

Ils croisent un groupe de policiers des chemins de fer, tout raides dans leurs manteaux à col montant, en pantalons pâles et chapeaux tuyau de poêle. Edison baisse son haut de forme d'un centimètre.

Elle semblait toujours si insatisfaite, Mme Horton. Lorsqu'ils avaient discuté, c'était comme si elle cherchait quelque chose de complètement différent sous ses paroles. Et que dire de ce collier de dents des plus incongrus ? Il l'imagine qui brille dans son sac. Ce collier le démange, l'aiguillonne, mais il ne sait pas pourquoi.

Il se sent momentanément mal à l'aise, mais il y a là aussi un soupçon délicieux de quelque chose d'autre – de l'excitation ou de la peur, sans qu'il sache exactement si c'est l'un ou l'autre.

Il est encore en train de réfléchir à quoi pourrait ressembler une goutte du sang de Mme Horton lorsqu'il réalise que lady Westbury lui parle.

— Monsieur Stowe, répète-t-elle. Vous entendez ? Je crois qu'on vous appelle.

Son attention se porte à nouveau sur le quai de la gare, envahi d'excursionnistes de retour de voyage.

Cette femme a raison. Quelqu'un l'appelle. On l'entend à peine dans le brouhaha.

— MONSIEUR EDISON STOWE... JE CHERCHE UN CERTAIN EDISON STOWE EN PROVENANCE DE SALISBURY.

Il se fraye un chemin à travers la foule en direction d'un garçon portant une casquette plate et une sacoche élimée.

— Je suis Edison Stowe.

— Télégramme.

Le garçon lui fourre un message dans les mains, et avant qu'Edison ait eu le temps de cligner des yeux, il crie déjà le nom de quelqu'un d'autre.

Edison déplie le papier et le lit rapidement en se mordant la joue lorsqu'il découvre le nom de la femme de ménage griffonné tout en haut.

Le message suivant a été reçu à – Gare centrale de Londres, le 10 novembre

DE LA PART DE, nom et adresse – Harriet Black, c/o Les squelettes de M. Inchbold, 17 Theobalds Road, WC1X 8TG

ADRESSE À, nom et adresse – Edison Stowe en provenance de Salisbury, train de 10h30.

Monsieur Stowe,

Ses hommes sont revenus.

Cette fois, il n'y avait aucune subtilité dans leurs menaces.

Inchbold m'a demandé de vous préciser qu'à moins que vous ne régliez vos dettes dans les deux prochains jours, votre chambre ici ne sera plus disponible pour vous.

Le Journal de Jack Aldridge

Sur la glace
12 oct.

Cela fait deux jours que nous sommes sur la glace et à chaque seconde qui passe, je garde les yeux rivés sur Edison Stowe.

J'ai envisagé de simuler la maladie pour rester à bord du navire. J'ai imaginé de raconter à Despie ce que j'avais vu dans l'orlop. Ou même de porter la main sur moi, à l'aide d'un couteau. Un garçon blessé ne serait jamais en mesure de tirer un traîneau.

Mais est-ce que cela suffirait à me sauver la vie ?

Le vent ici est une force à part entière. Anéantissante. Quelque chose qui crie, qui gémit et qui miaule comme une bête. Je surveille mes arrières à tout moment. Je sais où se trouve le scientifique à chaque instant de veille. Je m'agrippe au groupe, dans une quête désespérée de sécurité. On nous donne à manger un peu de rhum et un biscuit, mais j'arrive à peine à les avaler.

Tirer le traîneau est plus fatigant que tout ce que j'ai pu faire jusqu'ici. Je suis hébétée d'épuisement, mes épaules sont à vif suite au contact brûlant de la corde de halage. Mes doigts sont gourds. Le moindre souffle que nous sortons de nos poumons se transforme en cristaux de glace dans l'air. Chaque jour, nous trouvons les empreintes de pattes d'ours blancs meurtriers enfoncées profondément dans la neige.

13 oct.

Je n'ai pas beaucoup de temps pour écrire. J'ai caché ce journal dans mon sac à dos et j'ai noté ce que je pouvais dans le bleu du crépuscule polaire. Je ne veux pas que les hommes sachent que je fais un compte rendu de notre expédition. Alors je me cache, dos au traîneau, et je griffonne aussi vite que possible avant que la glace ne saisisse ma peau exposée. Je ne fais pas confiance aux hommes, je ne fais plus confiance à aucun d'eux désormais. Si j'avais une carabine ou un fusil de chasse, je le garderais à moitié armé à portée de main.

Chacun d'eux est en train de se débarrasser de la glace qui a gelé sa barbe à l'aide du feu qui crépite bruyamment au centre de notre camp. Stowe l'attise en lui donnant des coups de pied avec sa botte. Je l'entends d'ici. Cela fait voler les braises en l'air. Elles savent qu'il n'y a rien de bon à trouver en ces lieux.

Sur le bateau, je sentais ses yeux bleus posés sur moi à chaque instant. Maintenant, il se comporte comme si je ne faisais pas du tout partie de ce groupe d'excursion en luge. Il me traite comme un chien indésirable, son regard plane très haut au-dessus de ma tête, il ne baisse jamais les yeux pour croiser les miens. C'est aussi alarmant d'être constamment réduite à néant que d'être épiée. Parce que je sais sans l'ombre d'un doute que dès que j'aurai le dos tourné, dès que je baisserai ma garde, il passera à l'action.

14 oct.

Stowe ne se donne plus la peine de cacher sa vraie nature aux hommes. L'épuisement a émoussé ses dehors raffinés. C'est un rustre. Il se dévoile. Ce matin, alors que nous nous reposions à côté d'une étroite piste dans la banquise, nous avons eu la surprise de voir des défenses percer la surface de l'eau. Nous avons été stupéfiés qu'il y ait quelque chose de vivant dans ce lieu absolument immobile. Tandis que la neige fondante tourbillonnait autour de nous, les défenses se dressaient, se frottaient doucement les unes aux autres, se heurtaient avec un léger tapotement, semblable au bruit que font des dents qui s'entrechoquent. Des narvals ! Sedgewick brûlerait de jalousie. Je mourais d'envie qu'il soit là. Qu'il me protège.

Les hommes étaient ébahis de voir des baleines si tard dans l'hiver. Il y avait de la majesté dans ces créatures. Quelque chose qui venait d'un autre monde. Comme si la magie nous avait rendu visite.

Il n'a fallu que quelques secondes à Stowe pour passer à l'acte.

Sans attendre, il a levé son arme et a envoyé une balle dans le dos de l'une des baleines.

La colonie s'est dispersée sous l'effet de la peur, disparaissant sous la couche de glace en un clin d'œil. La baleine flottait inerte dans l'eau, se vidant de son sang, et Stowe a ordonné aux hommes de l'aider à la récupérer.

Sur la glace, il a entrepris de découper la défense. Il était plus dur qu'un boucher, il levait sa hache au-dessus de son épaule et en abattait encore et encore le tranchant pour séparer la défense de la chair. Les hommes étaient inquiets à l'idée que le sang attire les ours. Mais ils avaient faim, et la promesse de manger de la viande les faisait délirer.

Stowe se glorifiait de sa prise. Il était en extase. Il a caché la défense au fond du traîneau, au milieu des provisions et des tentes.

On ne m'a pas offert de chair de baleine et je ne l'aurais pas mangée si on l'avait fait. Je n'ai plus d'appétit désormais. Il n'y a plus que la peur.

15 oct.

Ce journal me survivra peut-être après tout. J'espère que quelqu'un le trouvera quand je ne serai plus là. J'espère qu'il te parviendra, Maude. Promets-moi ceci : ne crois pas ce que l'on te racontera.

19
Edison

Le corbeau le jauge depuis la pierre tombale avec un œil noir et austère. Son corps a l'éclat mouillé du goudron bouillant, sa tête est légèrement inclinée sur le côté.

L'oiseau met Edison mal à l'aise. Il lève un bras pour le chasser et le volatile s'envole à contrecœur, ne consentant à se déplacer que de quelques mètres. Il se pose sur une vieille tombe en pierre et lâche un croassement rauque.

Au-dessus d'eux, le grand dôme de Saint-Paul s'élève sur le ciel gris et lumineux. En contrebas, le sol aux pieds d'Edison grouille de vers et de cloportes. Le temps humide les a attirés hors de la terre et ils se tordent pathétiquement dans la boue et les fougères.

Tout cela pour en arriver exactement là où il a commencé. Menacé de perdre son logement. Pas d'argent. Pas de perspectives. Pourquoi le monde s'en prend-il à Edison Stowe ? Qu'a-t-il fait pour mériter une telle infortune ?

Il avait perdu de vue Mme Horton à la gare, debout avec le télégramme à la main. La colère brûle à nouveau dans sa poitrine. Ce foutu collecteur de dettes ! Ce misérable parasite. Ne le laissera-t-il jamais en paix ? Les bénéfices de l'excursion à Salisbury ne feront pas même une entaille dans la somme qu'il doit à Carter. Pas quand il aura payé la compagnie ferroviaire, pas si la prostituée Adélaïde insiste pour récupérer également sa part.

Edison avait fait un détour par le cimetière de la chapelle en revenant au magasin, et envisageait de réaliser quelques croquis des tombes. Peut-être qu'il pourrait recourir aux services d'un professionnel et les utiliser astucieusement dans les prochaines brochures promotionnelles de ses excursions. S'il avait l'argent nécessaire, bien sûr. Il avait remis à plus tard ce qu'il savait être une discussion laborieuse avec Inchbold et, à la place, il avait consacré sa matinée à parcourir des piles de journaux et de brochures, à effectuer des recherches sur les crimes et les pendaisons à travers le pays. Calcraft avait eu fort à faire – Norwich, Édimbourg, Liverpool, Bristol. Des trains express affrétés depuis Londres avaient emmené des foules assister à des pendaisons à la prison de Stafford, au château de York. Il y avait des histoires innombrables. Des hommes qui tuaient leur femme, qui tuaient leur sœur, leur servante, parfois même leur propre fille. Le tout relaté en capitales et dans un langage fleuri.

D'ÉTONNANTES RÉVÉLATIONS ! promettaient les journaux. DES CRIMES HORRIBLES ET BARBARES. Les récits étaient toujours structurés en trois parties, avait remarqué Edison : LA VIE. LE PROCÈS. L'EXÉCUTION. C'était tranché comme le fait un boucher avec sa viande.

Les crimes eux-mêmes étaient intrigants. Il y avait le métayer qui avait mis une perruque et des moustaches pour tirer sur le propriétaire terrien et sa famille. L'horloger qui avait pris un omnibus et deux trains pour assassiner sa maîtresse dans son sommeil, avant de ramener sa tête à Londres dans une boîte à chapeau en velours. C'était dommage, pour la bonne santé de son porte-monnaie, de voir qu'il y avait moins de meurtrières en action. Des femmes qui mettaient de l'arsenic dans le dîner de leur mari ; de jeunes servantes qui matraquaient à mort leur vieille maîtresse avant d'empocher ses bijoux. La pendaison d'une meurtrière attirait beaucoup plus les foules que celle d'un meurtrier, et les journaux s'en donnaient à cœur joie lorsqu'une femme était condamnée. La femme est de nature douce et passive, la femme dans l'essence même de sa féminité est une créature impuissante. Des créatures impuissantes n'étranglent pas leur mari avec des draps de lit et ne cachent pas leur corps passé à la chaux sous le plancher.

Trente ans plus tôt, il aurait eu bien plus de possibilités pour ses excursions. Les hommes et les femmes s'adonnaient à toutes sortes d'exactions – voler des hongres, frapper et faire circuler de la fausse monnaie, se livrer à des magouilles. On pouvait perdre la vie simplement pour avoir transmis de faux documents ou pour avoir tué une vache avec sa charrette. Mais pour Edison Stowe, ce n'était pas le moment de s'attarder à des réflexions sur la justice.

Le nombre d'exécutions était en baisse à Londres, assurément. De plus en plus de détenus étaient acheminés jusqu'aux colonies pour les alimenter ; des sursis étaient accordés avant que les condamnés atteignent l'échafaud.

Mais peu importait. Quoi de plus banal qu'une offre excédentaire ? La rareté rendait son concept encore plus précieux. Aujourd'hui, il fallait voyager pour voir du spectacle, pour voir la justice être rendue, pour être témoin de cette rareté en déclin.

Et c'était exactement ce qu'il allait mettre en place.

Il va organiser une autre excursion. Il le doit.

Oui. Sa poitrine se gonfle. Ça ne devrait pas être bien difficile. Mais où ? S'il pouvait attendre qu'il y ait une exécution ici à Londres, il pourrait organiser un petit déjeuner de bourreau, dans une chambre au premier étage donnant sur Old Bailey. Et pourquoi pas une bonne paire de jumelles d'opéra pour pimenter l'affaire ?

Non. Ses épaules se relâchent. Pas à Londres. Il faudrait attendre trop longtemps. Et de toute façon, il faut que ce soit plus excitant que Londres. Surtout s'il veut augmenter ses prix. Il se demande si ses précédents invités seraient de la partie. À l'exception de M. Jameson, bien sûr. Il veillerait à ce que Mme Horton ait une place attitrée. Peut-être pourrait-il la retrouver seule un soir. Frapper un coup à sa porte après l'extinction des feux. Poser la main sur sa gorge. Sentir le contact de ses cheveux entre ses doigts.

Ce fichu corbeau fait toujours autant de bruit. Il cherche autour de lui une pierre à lancer et, ce faisant, son regard se pose sur quelqu'un qui l'observe depuis le coin le plus éloigné du cimetière. Ce spectacle lui envoie un coup de couteau dans la moelle épinière et il fait semblant de reporter son attention vers le sol. Il attend un moment avant de relever les yeux. L'homme est toujours là, dans un épais manteau qui lui descend jusqu'aux pieds. Il attend. Il observe.

Edison choisit de le défier et longe rapidement la rangée de pierres tombales, feignant de l'intérêt pour un monument représentant un ange qui veille, ailes étranglées par le lierre, visage ravagé par la mousse.

DINGGGGGGGGGGGGG.

Les cloches de Saint-Paul le font presque sortir de son corps. Il trébuche et recule dans un enchevêtrement de ronces qui lui envoie de la rosée sur le pantalon. Il lève les yeux. Il n'a pas vu l'homme bouger, mais quelle que soit la façon dont il s'y est pris, il est là, encore plus près, qui observe Edison derrière une grande croix de pierre.

L'insolent.

Au-dessus de l'homme, dans un vieux chêne aux branches tortueuses, d'autres corbeaux sont amassés comme des escarboucles sur les rameaux. Leurs croassements incessants déchirent la brume, et les deux hommes s'observent, les pans de leurs manteaux flottant doucement dans la brise.

Lentement, Edison sent toute chaleur abandonner son corps. Il n'a pas besoin de voir le visage de l'homme pour savoir qu'il est de la bande de Carter. Il va falloir courir, c'est ça ? Bon sang. Le tout est de savoir quand.

Il voit l'homme attraper quelque chose dans sa poche. Ça lui suffit. Il décolle à toute allure, traverse les buissons en les écrasant au passage, saute par-dessus les racines des arbres et sort du cimetière par son coin ouest. Sur Giltspur Street, il dépasse des groupes de chalands. Ses poumons détruits par la glace sont mis à rude épreuve tandis qu'il file à toute allure devant les étals du marché pour se frayer un chemin dans le long intestin du vieux viaduc. Au carrefour suivant, risquant un coup d'œil par-dessus son épaule, il s'aperçoit, ce qui lui donne un sursaut d'adrénaline, que l'homme se rapproche de lui. Rapide comme un rat, Edison bifurque et se précipite dans une calme rue latérale, apercevant une ruelle une dizaine de mètres plus loin qui, il le sait, lui fournira exactement le refuge dont il a besoin. Il file dans sa direction et, avec un dérapage, emprunte la ruelle et s'y accroupit, le corps enveloppé par l'ombre fraîche et sombre. Alors il s'immobilise, poitrine haletante, et scrute la rue avec circonspection.

L'homme n'est pas là. La rue est vide.

Il se rencogne dans l'ombre, s'autorise une profonde inspiration gratifiante. L'air est un baume pour ses poumons rongés par la glace.

Puis, soudain, derrière lui, une légère toux se fait entendre, et chaque goutte de son sang se fige. Lentement, il se retourne.

L'homme de Carter est plus grand que lui, il se retrouve donc nez à nez avec une bouche pleine de dents gâtées. L'homme sourit, un sourire sarcastique de crocodile ponctué de sales incisives en or. Edison lève le menton et essaie de carrer les épaules, sous le regard dur et cruel de l'individu.

Il y a un silence tandis qu'ils se jaugent mutuellement.

— Très convaincant, lâche finalement Edison avec une longue expiration avant de se mettre à bafouiller. (Le froid rend sa respiration sifflante.) Peut-être un peu *trop convaincant*, d'ailleurs. Mes poumons ne supportent pas de courir si longtemps.

Ses paumes se posent sur ses genoux et il se plie en deux, luttant pour reprendre son souffle.

L'homme rit sèchement et met la main dans son manteau pour en sortir une cigarette. Il se retourne et s'adosse au mur à côté d'Edison, craque une allumette et se met tranquillement à fumer.

Silas Blackthorn est le second de Carter. Il est celui sur lequel s'appuie le créancier le plus puissant de Londres pour faire respecter sa loi brutale et impitoyable. Silas Blackthorn a tué plus d'hommes qu'Edison Stowe n'aimerait l'imaginer. Il a torturé, il a fait chanter, il a lâché des corps dans les eaux boueuses de la Tamise au plus froid de la nuit. Mais il ne tuera pas Edison. Il ne touchera pas un cheveu de sa tête. Même si Lucian Carter le lui a ordonné. Parce que Silas Blackthorn et Edison Stowe ont un accord.

Edison avait eu l'intelligence de combiner pareille entente, qui avait nécessité une immense agilité mentale. Il avait cette capacité quand la pression était suffisamment forte.

Silas Blackthorn avait retrouvé Edison facilement à son retour de l'Arctique. Il se peut que ce ne fût que quelques jours seulement après l'accostage du Makepeace et l'installation d'Edison au-dessus du magasin. Il marchait dans la rue, et il avait senti une main lourde et sévère le saisir à l'épaule. Il était en train de manger une tourte, il s'en souvient parfaitement, et il se souvient de la vue désagréable de la sauce brune qui dégoulinait pour aller se solidifier sur l'une de ses meilleures paires de chaussures. Silas avait été envoyé par Carter pour lui adresser un premier avertissement. Edison l'avait invité à prendre un verre, puis il lui avait fait une offre qu'il ne pouvait refuser.

Il avait d'abord pensé à la défense de narval, imaginé de le payer de cette façon, mais quelqu'un comme Silas Blackthorn n'avait ni la nuance ni le tact nécessaires pour entrer en affaires avec les bonnes personnes et convertir quelque chose de si inhabituel en monnaie sonnante et trébuchante. Il devait faire appel aux compétences les plus élémentaires de cet homme, aussi bien qu'à son ambition brute, son besoin de contrôle, son désir incontestable d'être aussi puissant que celui qui tirait ses propres ficelles.

Edison avait voulu utiliser son nouveau contact sur les quais à ses propres fins économiques. Il n'avait rien d'autre à perdre à son retour de l'Arctique, et après de multiples visites de reconnaissance, il avait fini par sympathiser avec un gardien d'entrepôt qui était assez liant. Le gardien semblait impressionné par ses références scientifiques et intrigué par ses récits d'aventures. Il n'en avait pas fallu beaucoup pour ouvrir le robinet. Pour voir comment ils pourraient travailler ensemble, pour leur bénéfice mutuel.

Il était apparu, après quelques jours de cajoleries, que le gardien pouvait, moyennant rémunération, lui fournir de grandes quantités d'opium non déclarées et non taxées. L'opium pouvait être vendu sans intermédiaire aux repaires de Limehouse, aux apothicaires les moins regardants et à d'innombrables acheteurs privés au caractère douteux. Ils vendraient moins cher que tous les autres vendeurs présents sur le marché. C'était un jeu d'enfant. Le gardien avait l'accès et Edison le charme et le sens des affaires.

Il devait ainsi réduire ses dettes. En tout cas, c'était le plan. Il paierait le gardien avec un pourcentage de tout ce qu'il gagnait. Ils ne seraient jamais attrapés; ils n'en prélèveraient qu'une petite quantité à la fois. Cela pourrait prendre un certain temps, très longtemps, mais il leur était impossible de perdre. Évidemment, il n'avait pas vraiment envie de se salir les mains avec cette drogue trouble, et il n'appréciait certainement pas la perspective des taudis sombres remplis des fumées sinueuses et de l'atmosphère suffocante, pleine de miasmes, propre aux dégénérés. Mais cela lui était littéralement tombé dessus. L'opportunité commerciale était trop belle pour qu'il la laisse passer.

Quoi qu'il en soit, lorsque Silas lui avait mis la main sur l'épaule ce jour-là, il avait dû réfléchir très rapidement à la meilleure manière de se protéger. À la manière dont il pourrait survivre maintenant que le créancier l'avait retrouvé. En fin de compte, c'était l'opium qu'il avait dû utiliser comme levier. Si Silas acceptait d'assurer la sécurité d'Edison – tout en faisant croire à Lucian Carter et au reste de ses laquais qu'il était tout sauf en sécurité –, il lui fournirait un approvisionnement constant en opium, qu'il pourrait vendre pour son propre profit. Il savait que Silas ne refuserait pas ce marché. C'était pour lui un moyen de s'élever, de consolider son propre pouvoir, son propre potentiel dans les rangs des criminels de Londres. Chaque second veut détrôner son patron, au bout du compte. Un homme comme Silas – au physique imposant mais à l'esprit et aux manières frustes – ferait n'importe quoi pour gravir les échelons. Ainsi, ils avaient joué le jeu : Silas poursuivait ostensiblement Edison dans les rues de Londres, attendant qu'il ait quitté la boutique pour rendre visite à Inchbold. Il en faisait juste assez pour donner l'impression qu'Edison était réellement traqué.

Edison avait choisi de ne pas considérer cela comme un moyen de payer pour sa protection, mais simplement comme l'un de ses nombreux trafics astucieux. Tout était sous contrôle. *Tout*. Même s'il était désormais en retard aussi dans le paiement de sa part au gardien de l'entrepôt. C'était lui qui tirait les ficelles. Pour le moment, du moins.

— Il va bientôt être plus inflexible, le prévient Silas tandis qu'un nuage pommelé de fumée de cigarette les enveloppe. Il sait que quelque chose cloche. Il s'énerve.

Edison soupire. Il sait que Silas parle de Carter. Il sait que le créancier se demandera pourquoi sa meilleure recrue ne parvient pas à le retrouver. Ce n'est pas un idiot.

— Ça ne marchera plus très longtemps, dit l'homme d'un ton définitif. Il n'y a rien que je puisse faire.

Silas se tourne vers Edison et inspire une nouvelle bouffée profonde. Il jette la cigarette dans la boue et l'écrase avec sa botte, avant d'expulser la fumée directement sur le visage d'Edison. Lequel cligne des yeux avec répulsion mais ne fait pas un geste. Silas affiche un dernier sourire étincelant et sort de l'allée pour disparaître dans la rue.

Quand Edison finit par quitter la ruelle, il se remet à courir. On le poursuit sans pitié, c'est de toute façon à quoi cela doit ressembler aux yeux des autres. Il continue de courir jusqu'à ce qu'il atteigne la boutique d'Inchbold et franchisse la porte qu'il ouvre à toute volée en soufflant de tous ses poumons, parfaitement crédible.

Il se tourne pour faire face à la porte et recule, comme s'il attendait l'arrivée de la marionnette de Carter. Ce faisant, il heurte quelque chose de gros et de lourd. Frédéric ! L'ours bascule et le plat en métal s'écrase sur le sol.

— Pour l'amour de Dieu, Edison ! crie Inchbold.

Edison se précipite pour redresser le corps de l'animal. Il ne le soulève que d'un pouce.

— J'étais pourchassé. Poursuivi. Un type de la bande de Carter…

Il s'accroupit et essaie de soulever l'ours. Sa voix s'essouffle tandis qu'Inchbold sort à contrecœur de derrière la caisse. Lessivé, Edison admet sa défaite et s'assied par terre. Inchbold le regarde sans un mot, les mains sur les hanches.

Une fois remis, alors qu'avec l'aide d'Inchbold il a rétabli l'ours, qui a perdu un œil dans la bagarre, les deux hommes se retrouvent face à face.

— Avez-vous eu le mes…

— Reçu cinq sur cinq.

Edison pivote et se dirige vers les escaliers. Il ne peut supporter une seconde de plus de se laisser dire ce qu'il a à faire par des gens qui ne lui arrivent pas à la cheville.

— Comment allez-vous le payer ?

— Les plans sont au point, crie-t-il en gravissant péniblement les marches.

— Je ne veux plus les voir ici, Edison. (La voix d'Inchbold s'élève au fur et à mesure qu'il s'éloigne.) Ceci est mon dernier avertissement. Vous avez trois jours. Non, deux jours !

Edison fronce les sourcils. L'homme a le courage d'un triton aveugle. Il ne le mettra pas à la porte. Il n'en a pas le cran.

Mais Edison a besoin d'argent, et vite. Si Inchbold est mou, Carter, lui, est tout en arêtes. Lorsqu'il réalisera qu'il a été dupé par son second, il mordra encore plus fort qu'avant. Edison rencontre Hattie dans le couloir, qui tente de disparaître dans le mur. Il la frôle en la croisant, un simple coup de coude, et le linge qu'elle transporte s'envole dans les airs.

Il gagne sa chambre dont il ferme la porte à double tour.

Il doit agir vite. Il doit faire des plans pour sa nouvelle excursion et constituer un groupe de participants presque sur-le-champ. Il doit continuer à avancer. Il *doit* gagner. Pas de publicité cette fois, donc. C'est trop lent. Des invitations privées. Des lettres adressées aux invités de sa précédente excursion. Il n'y a qu'une seule façon pour Edison Stowe de sortir triomphant de cette situation.

Il prend une feuille vierge et commence à écrire.

20

Maude

— EST-ce que tu pourrais juste… (Un fracas métallique se fait entendre depuis la pièce située à l'arrière de la pharmacie.) Maude, c'est toi ? Tu peux juste venir me donner un coup de main ?

Elle se précipite vers la salle de préparation. Son grand-père est à moitié accroupi, avec un amoncellement de piluliers en équilibre dans les bras.

— Pour l'amour du ciel. (Elle va le soulager du poids qu'il porte.) Comment peux-tu même voir ce qui se passe ?

Finalement, Henry parvient à se redresser de toute sa hauteur. Il s'essuie les mains sur le devant du pantalon.

— Comment était-ce ?

Les mots lui font un instant défaut.

— Le voyage ?

Il lève ses mains pour les inspecter et gratte la saleté enfoncée sous ses ongles.

— Ennuyeux, dit-elle. Tranquille. Exactement ce qu'il me fallait.

— Bon, fait-il en attrapant un pot sur le comptoir. Quelqu'un est venu te voir ce matin. (Il dépose une pincée de poudre bleu-vert sur sa langue.) Hou, de l'acétate de cuivre.

Il le crache.

— Qui ? demande-t-elle, alarmée.

Comment son grand-père peut-il être si désinvolte ? Stowe ne serait pas capable de la trouver ici, n'est-ce pas ? Elle n'avait prévu de voir personne d'autre.

— Un homme, dit Henry en arrachant une longue feuille séchée d'un rouleau et en la lui agitant sous le nez.

— Il est venu pour me voir ?

— Pour te voir.

Ses doigts commencent à la picoter.

— Il a dit qu'il t'attendrait à L'Anguille Fumée, sur les docks. N'a pas laissé de nom mais a dit que tu l'attendais.

C'est impossible, certainement.

— Oserais-je te demander ce que tu as réellement fait, Maude ?

Il la fixe dans les yeux et elle réalise que le jeu est terminé.

— C'était juste une lettre. (Elle lève les paumes en l'air.) Je n'étais pas sûre que cela lui parviendrait. Mais il fallait que j'essaie. Tu étais d'accord ! Sur le fait que nous devions essayer de lui faire passer un message. Peut-être qu'il sait quelque chose. Peut-être que nous pourrons obtenir des réponses.

Il soupire.

— J'ai quel âge, Maude ?

Elle penche la tête. Est-ce un piège ?

— Soixante-sept ans.

— Je suis un vieil homme, Maude. Donc, j'aimerais penser que je ne vais pas survivre à mon unique petit-enfant.

— C'est juste une lettre. C'était un ami de Constance.

— J'ai besoin de toi ici.

— Je n'ai pas l'intention de m'en aller.

— Tu sais très bien ce que je veux dire.

— Je serai prudente. Je le suis toujours.

— J'ai toujours pensé que c'était toi, la prudente des deux, mais maintenant je n'en suis plus certain.

— Qui est-ce que je dois chercher ?

Il cligne de ses yeux gris.

— Bel homme. Cheveux noirs, lunettes, manteau marron. Pas d'ici.

Elle prend le visage de son grand-père dans sa main et embrasse son front ridé.

Il sourit malgré lui et elle fait demi-tour sur elle-même pour se frayer un chemin hors du magasin, vers les réponses qu'elle cherche.

Les quais sont recouverts de sel et de bitume. La brise est vive. Maude serre son manteau de laine plus étroitement autour de ses épaules. Sur l'eau, les barges se rassemblent en frémissant, bousculées par d'immenses et imposantes goélettes. Leurs mâts grimpent aussi haut que les nuages, leurs enfléchures dégringolent comme les fils d'une toile d'araignée détruite.

Un navire fourmille encore d'activité ; il ne doit être entré au port que récemment. Les hommes s'empressent de le dépouiller de ses entrailles, de le débarrasser de tonneaux et de coffres de mer, de sacs et de vieux meubles. Elle regarde une colonne de moutons désorientés descendre la passerelle. Un homme au chapeau sali s'essuie le nez de son avant-bras et les aiguillonne avec un bâton pour les faire avancer.

L'eau, d'un gris acier et fouettée de rides, la fait penser à Constance. Elle imagine sa sœur, habillée en garçon, regardant cette portion de fleuve. A-t-elle eu peur avant que le navire largue ses amarres ? La question aiguise ses pensées et elle scrute les bâtiments environnants.

Elle entend le grondement qui s'échappe de l'auberge avant de l'atteindre, le vacarme canaille que font les marins de retour d'un long voyage en mer. Elle s'arrête à l'extérieur et lève les yeux vers l'enseigne. Une anguille dotée de gros globes oculaires tire sur un cigare.

Est-elle inconsciente de se rendre ainsi seule dans un lieu rempli de marins ? Peut-être, mais si Constance s'est mise dans une telle situation, alors elle peut faire de même.

Le bruit la frappe comme si elle avait heurté un mur, suivi immédiatement par la puanteur de la sueur rance. La taverne est remplie d'hommes qui basculent la tête en arrière au bar, étalent des cartes sur les tables, rugissent, enjôlent et trébuchent. Elle déglutit.

Dans son dos, la porte laisse pénétrer une nappe de lumière froide, qui révèle des médailles et des épaulettes. Certains hommes portent des manches de chemise retroussées sur des avant-bras poilus et des articulations couvertes d'ampoules. Un pauvre hère, elle le voit, a déjà succombé à la boisson et est étendu de tout son long dans la sciure tandis que des hommes jouent à faire tenir des objets en équilibre sur son corps.

Des cris lui parviennent depuis un côté de la pièce. Elle doit regarder au-dessus d'une foule d'épaules pour voir ce qui se passe. Les hommes semblent inciter deux petits animaux à courir après avoir construit un circuit de fortune entre les tables. Les animaux, qui ne ressemblent à rien de ce qu'elle connaît, paraissent agités et sautillent sur deux longs pieds plats équilibrés par des queues épaisses. Ils ricochent contre les tables et renversent les chaises, battant de la queue tandis que les hommes hurlent avec autant de passion que s'il s'agissait de chevaux de course.

Elle avance dans le vacarme. Les hommes la remarquent à peine tellement ils sont absorbés dans leur boisson et leurs jeux. Il y a quelque chose d'enivrant à se trouver parmi eux. Elle se demande si c'est ce que Constance a ressenti, les premiers jours, sur ce navire.

Au pas suivant qu'elle fait, la foule semble se séparer. Puis elle le voit. Elle ne distingue que son dos, au bar, mais sait dès que ses yeux se posent sur ses épaules qu'il s'agit de lui. Des cheveux noirs. Très grand. Un manteau marron. Mais il y a autre chose : elle *sent* que c'est lui. Comme si Constance était là, qu'elle avait levé le doigt pour le lui désigner. Sans y avoir été le moins du monde invité, il se retourne, comme s'il avait senti lui aussi qu'elle était là, et à partir de ce moment, le temps semble bégayer. Et quand il se lève de son tabouret pour se diriger vers elle, on dirait que quelqu'un a enveloppé la pièce de coton.

Il se tient devant elle et sourit.

— Je m'appelle Giles Sedgewick, dit-il. J'ai bien reçu votre lettre.

Maude a d'abord l'impression qu'elle est tombée dans les pages du journal de sa sœur. On dirait que ce monde-là a pris vie autour d'elle – et que cet homme, sur lequel elle a tant lu, est sorti de ces mots griffonnés pour devenir chair, sang et os.

Alors qu'ils parcourent ensemble les quais, Maude a presque envie de tendre la main pour le toucher. Juste pour vérifier qu'il est là, qu'il est bien réel – que c'est un homme vivant, qui respire, qui sent une odeur musquée faite de savon et de sel mêlés.

Ses mains sont serrées avec force pour lutter contre la brise, ses yeux sont patients, possédés, comme le disait sa sœur, d'une clarté intelligente. Il y a une force tendue dans tout son corps, dans ses mouvements, comme s'il ne savait pas quoi faire de sa propre énergie. Un côté de sa bouche se relève légèrement tandis qu'il la regarde parler. Cherche-t-il en elle le fantôme de sa propre amie ?

Autour d'eux, des hommes entrent et sortent des hangars. Ils hurlent, sifflent et aboient des ordres. Sur l'eau, des barques à rames effleurent la surface, certaines pilotées par des marins isolés, d'autres remplies d'hommes querelleurs. Maude se demande ce que ces navires ont rapporté à Londres. De l'ivoire, des épices, du sucre et du rhum, des thés, du tabac et de l'acajou. Tout le butin insolent de l'Empire.

Tandis que Maude et Giles marchent, emmitouflés pour se protéger du froid, ils échangent d'abord uniquement des civilités. Maude l'interroge sur ses voyages. Giles lui présente ses plus profondes et plus graves condoléances. Mais tous deux savent pourquoi il est ici.

— Que savez-vous d'Edison Stowe ? demande-t-elle finalement.

Il s'arrête, lève les yeux, étudie le ventre pâle d'une mouette qui passe au-dessus de leurs têtes. Non loin d'eux, un homme perd le contrôle de son tonneau, qui descend la pente avec un bruit de liquide qu'on agite.

Sedgewick exhale un souffle bref.

— Je sais qu'on ne peut pas lui faire confiance, c'est une certitude.

— Le journal de ma sœur le suggérait.

— Je ne savais pas qu'elle tenait un journal, au fait. (Il semble impressionné.) Pas avant de recevoir votre lettre. Votre sœur avait plus de courage que la plupart des hommes à bord de ce navire, c'est certain.

Maude hoche la tête, toujours incapable de savoir si, de la part de sa sœur, tenir un journal était un acte de bravoure ou de folie.

— Stowe y figure souvent, je suppose ?

— On peut dire ça.

L'homme court maintenant à la poursuite de son tonneau, qui prend de la vitesse en roulant dans la direction de l'eau.

— Pensez-vous qu'il ait quelque chose à voir avec sa mort ?

Elle cherche son regard en lui posant cette question.

— C'est possible, oui. Cet homme était instable. Paranoïaque. Je ne pense pas qu'il maîtrise sa propre psyché. Et…

— Meeeeeerde ! (Le tonneau a atteint le bout du quai et s'est jeté dans l'eau.) Va me chercher mon tonneau de vin. Oh, toi ! Rapporte-moi mon tonneau !

Un homme assis dans une barque à proximité de la scène ignore les supplications et continue à avancer avec lenteur.

Maude pense à l'Edison qu'elle a découvert dans le journal de sa sœur. Méfiant. Secret. Mercenaire. Manipulateur.

Puis elle pense au personnage qu'il a projeté depuis, lors de leurs excursions. Un homme faisant autorité. Aventureux. Fiable. Elle a rarement vu imitation aussi fragile. Elle ne peut pas être la seule à voir derrière les fêlures, la seule à avoir noté son caractère colérique, sa nature inconstante, son imprévisibilité.

— Et ? demande-t-elle à Sedgewick.

Elle essaie de paraître calme même si sa poitrine se serre à la promesse de davantage d'informations.

Il secoue la tête, comme s'il n'était pas encore parvenu à assembler les éléments de ce qu'il s'apprête à dire.

— J'avais été transféré sur le High Regard, commence-t-il. Blacklock effectuait une amputation délicate et la convalescence du patient serait longue. Il avait besoin d'un assistant expérimenté.

Un bruit sourd leur parvient depuis un entrepôt voisin.

Les yeux de Maude sont rivés sur sa bouche pendant qu'il parle.

— Quand je suis revenu quelques jours plus tard, c'était déjà arrivé. Les hommes étaient rentrés plus tôt de leur sortie en luge, les détails de l'accident avaient été transmis et Despie avait fait son rapport, il avait juste besoin que je fasse le mien. Despie avait utilisé le témoignage de Stowe comme un fait, qui corroborait son histoire : il s'agissait d'une blessure accidentelle par balle. Les hommes avaient tous déclaré que des traces d'ours avaient été aperçues. Qu'un coup de feu avait été tiré et avait manqué son but et que Jack – *Constance* – avait été touché par la balle.

Maude lutte contre la nausée qui lui monte à la gorge. Une balle ? Un coup de feu qui manque la cible ? Entendre parler de sa sœur de cette manière, entendre parler de sa mort dans les termes d'un rapport officiel est insupportable.

— Ce n'est pas rare, poursuit Sedgewick. Les armes manquent leur cible. Les hommes, épuisés par des journées entières sur la glace, croient voir des choses et sont trop prompts à se protéger. Mais je ne crois pas que ce soit ce qu'il s'est passé lors de la sortie en traîneau. En fait, cela ne *peut pas* s'être passé comme ça.

Elle est incapable de parler. Seul persiste le battement de son pouls.

— J'ai demandé si quelqu'un avait inspecté le corps. (Ses mots ont désormais un ton plus urgent.) Despie m'a alors pris à part. Il a fermé la porte de sa cabine. Pour parler loin des oreilles des autres hommes. Il voulait me faire jurer le secret. Il avait découvert au sujet de Jack quelque chose que personne d'autre ne pouvait savoir. J'ai feint l'ignorance, la surprise, même si je savais, bien sûr, de quoi il parlait. Il a dit qu'il voulait enterrer le corps mais qu'il m'avait attendu. Qu'il était clair que les blessures correspondaient à l'histoire, mais qu'il me laisserait y jeter un œil. Comme s'il me rendait un service.

Il se met presque à rire. Leurs regards se croisent brièvement et Maude remarque, avec surprise, à quel point cela fait tanguer son cœur.

— J'ai exigé de le voir immédiatement. (Il secoue la tête, se corrige.) De la voir. Son corps était conservé sur l'orlop. Il y fait très froid, ça gèle presque, et le corps ne peut pas… se dégrader.

Elle ferme les yeux pour ne pas entendre le mot. C'est sur l'orlop que Stowe et Mance avaient menacé Constance pour la première fois, se souvient-elle d'après le journal. C'est là qu'ils stockaient leurs roches dans un baril rempli d'huile de baleine. Le fait que Constance ait été renvoyée là-bas, dans un endroit si froid, si hostile, donne envie à Maude de pleurer de chagrin.

— Avez-vous réussi ? À la voir ?

Elle parvient, sans trop savoir comment, à prononcer les mots.

— Il était hors de question que je ne la voie pas.

Maude hoche doucement la tête, reconnaissante encore une fois que Constance ait eu un ami sur ce navire.

— Despie insistait pour que nous enterrions le corps le plus rapidement possible. J'ai dit que j'avais besoin de plus de temps pour produire un rapport précis. Besoin d'investigations. Je lui ai dit que cela pourrait prendre quelques jours. Mais il voulait qu'elle quitte ce navire le plus tôt possible. Je le voyais parfaitement. (Il s'interrompt pour jeter un bref regard en direction du ciel sombre et gris.) J'espérais, d'une certaine manière, que c'était pour le bien de Constance. Les monstres naissent sur des navires comme le nôtre. Si les hommes découvraient qu'il y avait le corps d'une femme à bord, qui sait ce qu'ils auraient…

Maude sent l'horreur lui faire tourner la tête. Cette barbarie. Ces secrets. Le fait de devoir entendre parler ainsi du corps de sa sœur.

— Avec le recul, je pense qu'il ne voulait clairement pas que les gens sachent qu'il avait été dupé, qu'il avait laissé monter à bord une femme sans s'en être aperçu, poursuit-il. Mais très vite, j'ai été, une fois de plus, appelé sur le High Regard. C'est à ce moment-là qu'il l'a enterrée. Sans que je sois là. Sans que je puisse faire davantage d'investigations pour déposer un rapport approfondi. (Il se passe la main sur le crâne.) J'étais tellement en colère contre lui de s'être autant précipité. D'avoir été si négligent. Mais au moins j'ai réussi à la voir. Une fois.

Il baisse le regard sur elle en clignant de ses yeux sombres.

— Et qu'avez-vous trouvé ?

Elle n'a presque pas envie de poser la question. Mais il le faut.

— Je savais qu'on ne pouvait pas faire confiance à Stowe, répond-il après un silence. J'avais déjà remarqué d'étranges schémas dans son comportement ; un manque de sensibilité, une façon d'être que je trouvais anormalement froide, contre nature. Et lorsque j'ai mené mes investigations sur le corps de Constance, il est devenu clair que la vérité ne correspondait tout simplement pas à l'histoire qu'il racontait. C'était impossible.

— Ce n'était pas un accident ?

— Ce n'était pas une blessure par balle.

Les mots mettent son esprit en ébullition.

— Une balle crée une blessure très particulière sur un corps, madame Horton. Stowe avait allégué qu'une balle était entrée dans la poitrine de Constance, ou de Jack, juste au-dessus du niveau du cœur.

Elle hoche la tête, même si l'image d'une balle dans la poitrine de sa sœur est abominable.

— Si cela avait été le cas, j'aurais vu une blessure relativement petite à l'extérieur du corps. À l'intérieur, cela aurait été une autre histoire : dedans, une balle peut percer des tissus, briser des os, sectionner la moelle épinière, voire disloquer des membres. Mais une blessure d'entrée, en particulier une blessure d'entrée où la balle aura eu à traverser un épais manteau, devrait être très propre, même avec une arme lourde : la rupture des tissus ne serait que d'environ sept centimètres autour de la trajectoire de la blessure. Il peut même y avoir une blessure de sortie à l'arrière du corps si l'arme utilisée pour tirer est puissante, comme l'étaient les mousquets que les hommes portaient pour les sorties en traîneau. Mais… (Il semble réticent à poursuivre, mais Maude a besoin qu'il parle, elle a tellement besoin qu'il dise ce qu'il a à dire.) Les blessures trouvées sur le corps de votre sœur ne correspondaient pas à une blessure par balle.

— À quoi correspondaient-elles ?

— Si vous voulez bien me pardonner de m'exprimer avec clarté, madame Horton, et j'espère que ce sera le cas.

La peur la saisit à la gorge avec ses doigts crochus.

— La poitrine de votre sœur était presque entièrement écrasée.

Un instant, elle cesse de respirer.

— Elle avait subi un impact significatif. (Il ne parvient pas à la regarder dans les yeux en parlant.) Ce genre de blessure est tout simplement incompatible avec une balle. C'est le résultat d'un choc avec quelque chose de gros et de lourd, quelque chose qui pourrait se terminer en pointe, mais une pointe épaisse. Plus épaisse qu'une lance, une baïonnette ou un pic à glace. Quelque chose de plus brutal. Ce serait plutôt comme… (Il secoue la tête comme s'il parlait malgré lui.) Plutôt comme un os.

Elle ne peut que le regarder avec horreur tandis qu'il parle. Tandis qu'il secoue la tête, en essayant encore d'interpréter ce qu'il a vu.

— Les vêtements aussi. Je les ai inspectés. Je voulais voir le manteau qu'elle portait. Si elle avait été touchée par une balle, il aurait fallu que la balle traverse le manteau, il y en aurait eu des preuves. Mais il n'y avait rien. Le manteau était propre et je déduis donc que le manteau a été retiré avant qu'elle soit frappée par quelque chose.

Elle est persuadée qu'elle va s'évanouir. Qu'elle va se laisser tomber sur les planches crasseuses de ce quai pour rejoindre la boue et les rats.

— J'ai refusé de signer le rapport de Despie, poursuit-il avec passion. Et je n'ai pas pu terminer le mien. Pas sans savoir exactement ce qui s'était passé. Eh bien, après ça il m'a tenu à distance. M'a muté de façon permanente sur le High Regard et nous avons passé tous les mois suivants pris dans les glaces.

Elle l'entend à peine. Elle repense aux pages du journal de Constance, au passage sur la sortie en traîneau, à la peur de Constance, à sa méfiance à l'égard de Stowe, à la certitude de sa sœur qu'elle ne reviendrait pas vivante de l'Arctique. Puis son esprit s'éclaire. Avec un assaut de douleur extrême, un élan de certitude horrible.

Comment avait-elle pu manquer cela ?

L'objet était là lorsqu'elle attendait le retour de Constance sur les quais avec son grand-père. Il était là, à se balancer au bout de chaînes au-dessus de la caisse, lorsqu'elle avait observé Edison Stowe dans la boutique d'ossements, la première fois, bien des semaines plus tôt.

Elle déglutit. Se tourne vers Sedgewick, les oreilles bourdonnantes.

— Ce n'était pas un os, dit-elle.

Le front de Sedgewick se plisse. Ses yeux vifs scrutent son visage.

— Ce n'était pas du tout un os, reprend-elle. C'était une défense.

La bouche du chirurgien s'ouvre lentement. Elle sait alors qu'elle tient sa réponse.

YORK

21

Edison

Une invitation privée et exclusive aux :

CIRCUITS MORAUX D'EDISON STOWE

Excursion pour une visite unique en son genre de la cathédrale de York et du château historique suivie par la pendaison de Matthew et Margaret Ann Forrester, les Meurtriers au Couperet à Viande

Départ de Londres (Gare d'Euston), jeudi 5 décembre

1re classe – 45 shillings

Repas, logement et transport inclus

Hébergement au Seven Cats Public House

Pour les tickets, les programmes et la réservation d'un siège en première classe, adressez-vous à :

EDISON STOWE, C/O LES SQUELETTES DE M. INCHBOLD, 17 THEOBALDS ROAD, WC1X 8TG

Tous avaient dit oui. Il n'arrivait pas à le croire. Lorsqu'il les avait contactés, leur avait fait savoir qu'il préparait une nouvelle excursion, avait inclus son invitation complétée par des illustrations astucieuses, ils lui avaient tous répondu pour confirmer leur participation – en dépit de ses tarifs à la hausse. Mme Horton aussi. Il avait même recruté un nouveau membre pour le groupe, un play-boy de Kensington. Plein de fric. Ces prospectus valaient vraiment le coup.

Ce n'était pas son seul coup de maître. Il avait également gagné un peu plus de temps chez Inchbold en vendant l'un des phoques annelés du magasin à un collectionneur de passage, et en empochant lui-même l'argent – qu'il utiliserait pour payer son loyer. Inchbold ne remarquerait jamais sa disparition, ce n'était qu'un squelette, ou alors une fois qu'il l'aurait remarquée, Edison aurait amassé suffisamment d'argent pour payer Carter et quitté les lieux depuis longtemps. Même s'il ne savait pas encore exactement où aller. Mais si l'autre avait insisté pour conserver la défense pour l'Exposition, pouvait-on sérieusement reprocher à Edison d'avoir cherché à commercer dans son dos ? C'était une transaction mesquine, et il avait empoché bien moins que ce que valaient les os, mais il ne pouvait pas se permettre de perdre son logement pour le moment. De quoi cela aurait-il l'air ?

Après cela, York lui était tombé dessus tout à fait par hasard. Un soir, en rentrant dans sa chambre, il avait trouvé un journal ouvert sur le buffet. Ce devait être celui d'Inchbold. On aurait même dit que ses pages avaient été soigneusement lissées, comme c'était son habitude. Au début, il était furieux qu'on ait laissé traîner ce journal dans sa chambre, et il était décidé à punir Hattie en conséquence. Le journal s'était néanmoins révélé utile. Sur la page s'étalait en capitales stylisées le gros titre suivant : LES MEURTRES AU COUPERET À VIANDE. Il avait rapidement parcouru l'histoire : un propriétaire terrien cruel, un mari et une femme en quête de vengeance. Ils devaient être pendus dans l'enceinte du château d'York sous quinzaine. Une double pendaison. Rareté presque inconcevable. Susceptible d'attirer des dizaines de milliers de spectateurs. Des trains affrétés spécialement pour l'occasion circuleraient. *La perfection.*

Le voyage en train, cependant, ne s'était pas déroulé aussi simplement que le processus de RSVP. Les Hollis étaient arrivés les premiers dans la voiture, suivis peu après par Mme Horton qui avait choisi une robe couleur sang de bœuf pour la circonstance. Cela faisait briller ses yeux bleus comme des diamants taillés.

Le play-boy, Charles Arnott, était arrivé précédé d'une odeur de cirage et d'ambre gris. Alors qu'il s'était assis et appuyait sa canne au pommeau d'argent contre le siège de devant, Edison avait vu ses yeux glisser sans s'arrêter sur Charlotte pour se poser sur Maude.

Le voyage s'était ensuite déroulé, du moins au début, sans incident majeur, même lorsqu'il avait commencé à pleuvoir abondamment et que les passagers de troisième classe dans leurs voitures découvertes s'étaient retrouvés trempés jusqu'aux os. De telles épreuves ne semblaient pas avoir beaucoup d'effet sur les pauvres dont l'humeur était restée joviale, et il n'avait pas fallu longtemps pour qu'ils se mettent à chanter leurs chansons joyeuses.

Ce n'était pas même les questions ultérieures, et extrêmement intrusives, d'Arnott qui avaient fait dérailler l'excursion. Même si la bouche de cet homme était plus lâche que les cordons de sa bourse. "Je dis ce qui me vient à l'esprit", semblait être la défense qu'il opposait à toute accusation d'inconvenance, et il ne lui avait pas fallu longtemps pour s'attirer la colère des autres touristes. Il avait d'abord interrogé Daphné Westbury sur la provenance de ses bijoux rutilants couleur cerise. Elle s'était soumise avec impatience à ses questions, le repoussant avec ce qui ressemblait au contenu de l'*Atlas de la Reine Victoria*.

— Le saphir ?

— Ceylan.

— L'émeraude ?

— Colombie.

— Les perles ?

— Mers du Sud.

Quand il en avait eu assez de ce jeu, il avait reporté son attention sur Charlotte, qui avait pincé les lèvres avant de diriger résolument son regard vers la fenêtre tandis qu'il évaluait sans y avoir été invité sa tenue vestimentaire.

Non, la véritable affaire avait été quand le train, les freins crissant, les lampes au plafond se balançant furieusement, s'était brutalement arrêté juste à l'entrée de Birmingham.

Pendant un moment, tout avait été silencieux et les passagers étaient restés patiemment assis, les mains sur les genoux. Puis, il y avait eu un grand sursaut d'activité tandis que les employés ferroviaires descendaient de leurs voitures et se précipitaient vers la seconde. Frank Hollis et Arnott s'étaient penchés pour regarder par la fenêtre, effaçant au préalable les petits nuages de vapeur qui embuaient la vitre.

— Que se passe-t-il ? avait demandé lady Westbury en surmontant divers obstacles pour les rejoindre.

— Il semble qu'il y ait une urgence quelconque, avait marmonné Edison en se mettant sur la pointe des pieds.

L'un des agents remontait le quai en courant dans leur direction. Lorsqu'il eut atteint le groupe de visages écrasés contre la vitre, il avait toqué sur le verre.

— Est-ce qu'il y aurait des médecins à bord ? Quelqu'un qui a une expérience médicale ? (La vitre étouffait sa voix.) Une infirmière ?

Edison avait fait un pas en arrière. Le reste du groupe échangeait des regards expectatifs. Hollis, avait-il pensé, pouvait avoir reçu une formation en secourisme. Il n'avait donc pas été surpris de le voir se lever pour suivre l'agent. Mais il avait été choqué de voir Mme Horton se pencher pour récupérer son sac de voyage. Elle s'était dirigée vers la fenêtre et avait levé une main pour faire signe à l'employé.

Pour autant qu'il sache, Maude n'était pas, n'avait jamais été infirmière.

— Je peux aussi aider, avait-elle crié.

Les autres membres du groupe avaient déplacé leur corps pour que Maude et Hollis puissent se frayer un chemin hors de la voiture. Edison ne parvenait pas à comprendre pourquoi son cœur battait si vite. Mais tout ce qui était susceptible de faire dérailler son excursion l'inquiétait. Il ne pouvait tout simplement pas se permettre de rembourser.

Il avait enlevé son haut-de-forme, s'était lissé les cheveux de la paume avant de le remettre en place. Puis il était sorti de voiture, était descendu sur le quai et avait gravi les marches qui menaient à la seconde.

L'air était différent à l'intérieur, l'atmosphère y était alourdie par quelque chose de pesant. Les passagers s'étaient aplatis contre les cloisons pour laisser un peu d'espace au patient. C'était un homme âgé, à ce qu'Edison pouvait constater, étalé de tout son long sur le dos à même le sol, entre les sièges. Ses yeux étaient ouverts, vitreux et hébétés. Il était tombé, en avait déduit Edison. Une substance gluante et écarlate s'était accumulée sous sa tête. Maude et Frank s'étaient murmuré des instructions, et il avait regardé Frank remettre à Mme Horton un châle roulé en boule et l'avait vue soulever la tête du patient pour le glisser dessous.

— De l'eau, avait-elle ordonné.

Un homme s'était avancé, quittant le coin de la voiture, et lui avait tendu une flasque. Maude l'avait délicatement portée aux lèvres du malade. Tous avaient détourné les yeux avec inquiétude en voyant le liquide rouler sur son menton.

Maude avait alors attrapé son sac, l'avait ouvert et en avait sorti une pochette de plus petite taille. Elle en avait renversé le contenu sur le sol avec un tintement de verre. Il n'y avait pas que des fioles à l'intérieur ; il y avait des baumes, des teintures, des pastilles et des crèmes. Elle avait continué à en déverser le contenu. Il y avait des couteaux, des scalpels, des emplâtres, toutes sortes de choses en rapport avec la médecine. Comment Mme Horton en était-elle venue à posséder une telle collection ? Et pourquoi diable avait-elle eu besoin d'emporter tout cet attirail avec elle lors de cette excursion ?

Les questions s'immisçaient sombrement dans ses os.

— Passez-moi le laudanum. Il doit souffrir.

Hollis s'était mis à fouiller parmi les fioles jusqu'à en isoler quatre ou cinq. Il les avait poussées dans sa direction.

C'était une grande quantité à transporter, s'était dit Edison. Bien trop importante pour un usage personnel.

Maude avait débouché l'une des bouteilles et avait semblé réfléchir à la meilleure façon de l'administrer. Finalement, et au grand dégoût d'Edison, elle avait inséré les doigts dans la bouche de l'homme pour forcer ses dents à se desserrer. Puis, tout en lui tenant la mâchoire ouverte d'une main, elle avait soigneusement versé le liquide dans l'espace situé sous la langue de l'homme.

— Cela le maintiendra dans un état confortable jusqu'à… (Hollis et elle avaient échangé des regards graves.) … jusqu'à ce que vous puissiez l'emmener chez un médecin, avait-elle dit à l'employé de chemin de fer.

Une fois de retour en première, ils avaient trouvé lady Westbury qui piaffait de curiosité.

— Alors ? avait-elle demandé avant même qu'ils aient pris place.

— Il se remettra, avait tranquillement répondu Frank Hollis.

Edison avait regardé Maude serrer son sac sur sa poitrine.

Leur arrivée est donc retardée, mais lorsque York finit par se présenter, tous les membres du groupe s'accordent à dire que c'est vraiment une très, très belle ville.

Leur auberge, idéalement située à proximité de l'enceinte du château, a de la peinture écaillée sur la façade et un épagneul King Charles devant le feu. C'est une scène chaleureuse qui réchauffe Edison. Qui le réchauffe beaucoup trop. Bon Dieu. Pourquoi transpire-t-il ainsi ?

La chaleur lui monte jusqu'à la racine des cheveux avant de redescendre sur son visage pour gagner sa gorge. Il tousse pour essayer de se soulager. Prend une inspiration laborieuse. Et encore une.

Il pense au contenu du sac de Mme Horton. Un corps sans vie. Une maison calme.

À ses côtés, Charlotte Hollis le regarde avec circonspection. Il la voit qui lui tend la main, mais l'image est floue. Ses yeux roulent dans leurs orbites.

— Vous vous sentez bien, monsieur Stowe ?

Il ne sait pas qui prononce ces paroles. Les mots glissent comme s'ils avaient été graissés à l'huile. Il faut qu'il retire certains de ses vêtements. Pourquoi donc a-t-il l'impression de tomber ? Les murs ! Est-ce qu'ils sont réellement en train de fondre ? Il tire avec effort sur les épaules de son veston et le dépose en tas sur le sol. Un corps sans vie, affalé, se matérialise à côté de lui. Il s'apprête à le pousser du pied, mais sa botte ne rencontre que de l'air. Tout le groupe tourne nerveusement autour de lui désormais. Oh, si seulement ils s'éloignaient ! Ils accaparent tout l'air de la pièce.

Il tire sur les boutons de son gilet, entend l'écho de la voix de Frank Hollis qui essaie de le raisonner et le prend par le bras.

Mais il a été plongé sous l'eau.

Il doit regagner la surface.

Il prend une nouvelle inspiration. Profonde. Un, deux, trois. Il se représente une fenêtre ouverte ; les oiseaux planent dans un ciel bleu pâle. Il respire à nouveau. Plus facilement cette fois.

Un.

Deux.

Trois.

Puis tout à coup, sa vision s'éclaircit, sa poitrine s'apaise, sa respiration ralentit. Il est de nouveau présent dans la salle.

— Vous êtes de retour parmi nous, Stowe ? fait la voix de Hollis, claire comme une cloche désormais.

Il l'ignore et se précipite pour récupérer son manteau par terre. Son chapeau, il s'en aperçoit, est entre les mains de Mme Horton. Elle a dû le récupérer quand il est tombé. Il la voit le passer à Frank Hollis et s'essuyer les mains sur sa jupe.

— La météo, risque-t-il en guise d'explication. Elle est tellement changeante à cette période de l'année qu'on ne peut jamais vraiment savoir quel est le nombre approprié de couches.

— C'est tout à fait exact, acquiesce généreusement Charlotte, et le groupe tout entier l'accompagne jusqu'aux escaliers.

Au pied des marches, un homme fluet se tient debout avec un trousseau de clés surdimensionné attaché à la ceinture. Il propose de leur montrer leurs chambres et les autres parlent de faire un souper léger. Une jolie serveuse passe par là, et Edison ne peut s'empêcher de remarquer que ses mains sont maculées de terre, noires comme du charbon de bois. Il les prie de l'excuser et prend congé, non sans leur rappeler qu'ils doivent partir tôt le lendemain s'ils veulent précéder la foule.

Il monte les escaliers derrière l'homme mince, avec encore un léger tremblement des mains tandis qu'il attrape la rampe. Les clés chuchotent. Il est impossible de ne pas avoir l'impression d'être conduit dans une cellule.

Il faut une éternité au tenancier pour identifier la bonne clé sur son anneau surchargé, et encore une éternité pour l'introduire avec incompétence dans la serrure. Lorsqu'Edison se voit finalement accorder la permission d'entrer dans sa propre chambre, une fois l'homme enfin parti, il laisse tomber son sac et son manteau sur place et se dirige vers le lavabo.

Il se penche au-dessus de la vasque, paumes écartées appuyées contre le marbre, et rejoue la scène d'en bas. Cela faisait longtemps que cela ne lui était pas arrivé, cette perte de contrôle alarmante ; cette sensation de sombrer, de s'enfoncer au plus profond de la terre. Il prend la cruche d'eau sur le buffet et penche la tête au-dessus de la vasque. Lentement, il se verse le liquide sur la nuque. L'eau a des dents. Elle ne fait rien pour arrêter les tremblements. Mais son tranchant efface le brouillard de son esprit. Il ôte le tissu de son anneau et se sèche les cheveux, frictionnant vigoureusement pour conjurer ce qui, il le sait, ne manquera pas d'arriver. *Frotter*. Ça vient. *Frotter*. Ça bouillonne comme de l'eau de cale. *Frotter*. Il lève la tête et regarde dans la glace.

Elle est là. Mère.

Sa présence est le spectre indésirable qu'elle a toujours été. Se découpant dans l'embrasure de la porte, des poignets frêles comme des oiseaux et des doigts osseux qui lui donnent l'illusion d'un arbre calciné. Il peut l'imaginer vivante maintenant, avec sa bouche mince et ses cheveux de paille, ses mèches lâches emportées et soulevées par la brise qui souffle de la fenêtre ouverte. Après que son père était parti, après qu'elle l'avait chassé, il n'y avait plus eu que lui et Mère dans la maison. Il ne l'entendait jamais approcher, elle s'en assurait, son pas était si léger qu'elle n'était jamais trahie par le grincement des escaliers. Quand elle venait le voir, c'était toujours avec quelque chose dont elle promettait que cela le ferait aller mieux. De quoi bannir ses sueurs nocturnes, ses crampes. Il était délicat, disait-elle, ses repas nécessitaient une préparation spécifique, ses médicaments devaient être soigneusement comptés. Chaque gorgée, chaque bouchée, chaque morceau ou miette était examiné par Mère. Pourtant, plus il mangeait et buvait, plus sa peau devenait pâle, plus ses yeux étaient ternes et plus ses membres s'affaiblissaient.

Cela faisait des années qu'ils n'étaient plus que deux. Pas de femme de ménage, pas de frères et sœurs. Ils avaient tellement de chance, disait Mère, tandis que son corps devenait de plus en plus faible au fur et à mesure qu'elle le nourrissait. Chacune de ses actions était dictée par Mère. Chaque petite humiliation orchestrée par elle. Elle aimait qu'il nettoie chaque centimètre de son corps jusqu'à ce qu'il ne reste plus aucune trace de saleté sur sa peau. La baignoire aussi, elle la lui faisait frotter jusqu'à ce qu'elle brille, au point de le forcer à baisser une tête tremblante pour en lécher le bord. Finalement, il était tombé si malade qu'il lui était devenu presque impossible de quitter le lit. Aucun médecin n'avait jamais été appelé, et Edison était trop affaibli pour se demander pourquoi, alors qu'il gisait allongé dans des draps humides, ravagé par la fièvre et la douleur, à regarder les oiseaux naviguer dans le ciel à travers la fente de la fenêtre ouverte.

Bien sûr, il sait désormais qu'il est en sécurité. Il sait maintenant que c'est sa mère qui était malade. Il pense encore, dans le froid de la nuit, lorsque les lampes envoient des formes étranges sur le plancher, à la façon dont elle est morte. C'était une nuit noire. Pas de lune, pas d'étoiles, le ciel voûté et menaçant comme un chien. La journée avait été lamentable et remplie de cette sorte de demi-conscience somnolente qui lui était devenue habituelle. Il avait regardé avec ressentiment sa mère fouiller dans sa chambre, toucher ses possessions – les livres sur la commode, le petit peigne en argent, un grand chandelier qu'elle astiquait encore et encore –, manifestant par là même que ce n'était pas du tout ses possessions à lui. Elles étaient à elle. Elle possédait tout dans cette maison, lui y compris.

Il était tard lorsqu'il avait entendu le bruit, un bruit traînant venant du couloir, à l'extérieur de sa chambre. Il avait remonté sa couverture jusqu'au menton ; il n'était pas rare que sa mère vienne le voir au milieu de la nuit pour lui administrer des médicaments, mais d'ordinaire elle n'était pas aussi bruyante. Il faisait souvent semblant de dormir une fois qu'il avait vu son ombre à la porte, mais elle l'attrapait par l'épaule et le secouait pour le réveiller. "Juste quelques gouttes sous la langue, murmurait-elle. Voilà, tu es un bon garçon." Elle avait toujours fait passer cela pour de l'amour. Mais au matin, il inspectait son reflet dans la glace, et les flaques violettes sous ses yeux étaient plus intenses que jamais.

Cette fois, elle n'était pas entrée dans sa chambre. Edison avait attendu en retenant son souffle, mais la porte ne s'était pas ouverte en grinçant. Au lieu de cela, il y avait eu un raclement étrange, puis à nouveau ce bruit traînant. Il avait repoussé les draps et soulevé, avec beaucoup d'effort, ses membres fragiles du lit. Il avait traversé le parquet sur la pointe des pieds, gagné la porte dont il avait tourné la poignée et l'avait légèrement entrouverte. Un corps se tenait là, debout dans le couloir, vêtu de la chemise de nuit brodée blanche qui appartenait à sa mère. Le corps avait aussi les cheveux de sa mère. Les cheveux de paille, qui s'échappaient de sa longue tresse. Mais le visage n'était pas celui de sa mère. Le visage était relâché et le regard était mort. Il le regardait droit dans les yeux mais sans rien voir. Le corps avait pivoté sur lui-même et avait continué sa déambulation traînante de cadavre dans la direction de l'escalier. Du somnambulisme. Il avait déjà entendu parler de gens qui marchaient dans leur sommeil, mais n'en avait jamais vu. Ne s'attendait pas à ce que ce soit aussi déstabilisant. Pourtant, il éprouvait un léger frisson à voir sa mère ainsi, vidée de son pouvoir, aveugle, ignorante, incapable de faire du mal.

Elle avait continué sa route en direction des escaliers, et il lui avait emboîté le pas en silence. En haut des marches, elle s'était arrêtée, avait penché la tête comme si elle écoutait le battement de son cœur à lui. Il avait vu ses doigts trembler, l'avait vue commencer à se retourner, alors il avait tendu les bras en avant et l'avait poussée.

Le lendemain matin, l'air est glacial. La fenêtre est restée ouverte toute la nuit à claquer au vent et il n'a pas eu le courage de rallumer le feu, les draps ont donc absorbé l'humidité de l'aube. Quand il se lève, ils sont mouillés au toucher.

Il soupire. Se pince le haut du nez. A-t-il *réellement* le désir d'une nouvelle pendaison ? Il a entendu parler de la dernière de Calcraft à Cambridge. Du travail bâclé. Le tour favori du bourreau. Laisser le prisonnier agonisant se balancer avant de faire tout un spectacle en tirant sur ses jambes pour l'envoyer dans l'autre monde.

Peut-être pourrait-il faire l'impasse sur cette pendaison ?

Mais dès que cette pensée se forme, une image l'assaille : celle de Carter, qui finit par le retrouver pour exiger sa pénitence. Fou de rage d'avoir été trompé.

À contrecœur, il se dirige vers la fenêtre. La rue en contrebas est déjà animée, les vieilles enceintes de la ville sont pâles comme des jointures et, au loin, les drapeaux sont hissés au sommet de leurs mâts au niveau de la tour. Il pense aux condamnés, enfermés dans leur cellule humide du château. Ils doivent entendre tout cela – le premier omnibus qui passe en grinçant, livrant des hommes confus à des lieux de travail tout aussi confus ; les charretiers qui déchargent des fûts de bière que les foules attirées par l'échafaud videront ; les marchands des quatre saisons braillards et les chanteurs de ballades qui délimitent déjà à l'aide de pieux leur emplacement en prévision de la frénésie qui s'annonce. Au-dessus de leurs têtes, le ciel couleur de vairon est sinistre.

Edison s'habille et se prépare pour la journée.

En bas, le groupe est déjà rassemblé, en manteau. Étonnamment, ses yeux se tournent d'abord vers Charlotte Hollis, qui semble, oserait-il le dire, presque radieuse vêtue d'émeraude profond. Arnott est appuyé contre le mur et fume un cigare – si tôt ! – en feuilletant rapidement les pages de son journal. Le regard de Maude se lève rapidement tandis qu'il descend la dernière marche, mais il ne peut rencontrer le sien. En réalité, il n'a pas réussi à attirer son attention une seule fois depuis qu'ils sont montés à bord du train pour York. Elle a l'air fatiguée, le visage pâle et tiré, méfiant. Il déglutit avec difficulté lorsqu'il constate qu'elle a son sac de voyage avec elle. Il imagine tous les poisons astucieux qui sont à l'intérieur. Il agira ce soir. Un coup frappé à sa porte. Des questions chuchotées. Il sait ce qu'il doit faire pour obtenir d'elle la vérité.

— Je n'en ai pas vu depuis les Manning, dit lady Westbury en guise de salutation à son arrivée. Une double pendaison. Et vous ?

Il secoue la tête.

— C'est vraiment un spectacle différent.

Il est au moins réconforté de voir qu'elle arbore fièrement son ruban noir épinglé sur sa poitrine.

La porte est ouverte et on entend le grondement des roues de charrette qui font des embardées au-dehors. Edison se penche en avant et jette un œil par l'ouverture. Dans l'obscurité pluvieuse du matin, il peut voir des ouvriers occupés à mettre la touche finale à l'échafaud de St George's Field. La tour se dresse de toute sa hauteur à l'arrière-plan. Au moins, ils n'auront pas à voyager loin ce jour-là.

— Et si nous partions maintenant pour nous assurer une bonne vue ? J'aimerais être aussi près que possible de l'échafaud, dit lady Westbury, qui semble prête à s'emballer.

Arnott replie son journal dans un nuage de fumée de cigare.

— Pourquoi pas, si tel est le consensus ? demande Edison.

— J'aime être dans le vif du sujet, reconnaît lady Westbury. Sinon tous les colifichets auront disparu avant qu'on arrive sur place. J'ai besoin d'un lot de ces figurines du Staffordshire pour ma collection.

Ils s'accordent pour se mettre en route et Maude se penche pour récupérer son sac en partageant un étrange regard avec Charlotte. Edison le voit.

Des femmes sont alignées devant l'échafaud. Des grappes de femmes, drapées de vieux linceuls rouges et violets, tels des bijoux démodés prenant la poussière. Elles vendent des balais et des brosses, des accessoires et des pinces à linge, ou encore des racines de fougères et d'autres bricoles. La plus grande partie de la foule, qui ne doit compter que quelques milliers de personnes, se précipite en avant, uniquement obsédée par l'idée de trouver une place avec vue privilégiée sur la pendaison. Les membres de l'église locale, remarque-t-il, se sont rassemblés pour distribuer des tracts dissuasifs. Bonne chance à eux.

Sous les traverses, un bourreau nerveux, trop grand et trop mince pour être Calcraft, fait une démonstration de réglage de l'équipement. Il est habillé de manière trop recherchée pour l'occasion, avec son manteau de chasse en velours et son chapeau melon. Mais avec autant de gens qui regardent, Edison ne peut reprocher à quiconque de vouloir paraître sous son meilleur jour.

L'odeur de la foule est répugnante. Sueur purulente, lavande séchée, tourtes au boudin noir et sucreries.

Comment avait-il pu ne pas remarquer la fois précédente la misère sordide de la foule qui entoure l'échafaud ? L'argent à lui seul avait-il suffi à lui faire oublier la joie débordante avec laquelle un tel public braillait à la mort ? Quel spectacle épuisant.

Alors qu'il scrute la mer de visages avec dégoût, son attention est attirée par une femme. Se tenant à une petite distance du reste du groupe, elle porte un foulard cramoisi, un collier de pièces de monnaie en sautoir lâche autour du cou. Ses yeux, pâles et obsédants, sont maculés de charbon.

— Vous reluquez les gitanes, Stowe ? ironise Arnott en frappant le sol de sa canne.

— Bien sûr que non. (Il est irrité d'avoir été surpris.) Je pensais juste que je la reconnaissais.

— Je vous raconte la bonne aventure pour un sou.

La voix atterrit doucement dans son oreille.

Arnott hausse un sourcil diabolique.

— Allons, faites plaisir à la catin, voulez-vous ? (Il s'humidifie les lèvres.) Il nous reste un moment avant la pendaison.

Tous deux regardent vers l'échafaud.

— Ce n'est pas vraiment mon genre, marmonne Edison avant de poursuivre sa route.

Mais les yeux brûlants et charbonneux de la femme sont restés gravés dans son esprit.

— Oh, ne soyez donc pas si rabat-joie. Si vous ne pouvez pas lâcher un centime, je cracherai l'argent à votre place.

Arnott se dirige vers la femme et sort une pièce de monnaie de sa poche.

— Dites-lui l'avenir.

Arnott saisit Edison par les épaules et le place en face de la femme. Edison soupire intérieurement. Arnott a de la chance d'être si riche. Les riches peuvent aisément s'en tirer impunément.

— Il y a une chose en particulier sur laquelle vous voudriez que je vous éclaire ?

La voix de la femme est mielleuse.

Bousculé dans le dos, Edison trébuche.

— TOURTES À LA VIANDE. TOURTES AU COUPERET À VIANDE. DOUBLEZ LA

PENDAISON, DOUBLEZ LA QUANTITÉ DE SANG.

Il est incapable de détourner son regard du visage de la femme. L'a-t-il déjà vue ? La connaît-il ?

Il se risque à jeter un coup d'œil prudent à Arnott, dont l'attention vagabonde semble, heureusement, avoir été attirée par une bouquetière à qui il manque deux dents. Edison saisit l'occasion. Il se penche vers la diseuse de bonne aventure.

— L'argent, murmure-t-il en jetant un regard circulaire à la recherche du reste du groupe.

Il les aperçoit finalement, rassemblés librement autour d'un spectacle de Punch and Judy*. Jack Ketch passe un nœud coulant autour de la gorge de Punch. “Et maintenant, monsieur Punch, ventriloque le marionnettiste. Vous allez être pendu par le cou jusqu'à ce que mort s'ensuive.”

Alors qu'il commence à se retourner vers la gitane, il aperçoit Maude qui le regarde, les mains toujours agrippées à son sac. Leurs regards se croisent et elle détourne rapidement les yeux.

— Avez-vous des choses à me dire au sujet d'argent ? dit-il à voix basse. Est-ce que… est-ce que je vais bientôt toucher une belle somme ?

Sans prévenir, elle s'avance vers lui et lui prend les mains. S'il n'avait pas été aussi surpris par le froid de sa peau, il les lui aurait immédiatement retirées pour les essuyer sur la laine de son manteau.

* *Punch et Judy* est un spectacle de marionnettes célèbre au Royaume-Uni, inspiré de la *commedia dell'arte* italienne. Il met en scène une femme et son mari qui, chargé de surveiller leur bébé, le jette par la fenêtre, d'où diverses péripéties. Le premier spectacle de ce duo de marionnettes attesté est relaté par Samuel Pepys dans son journal en 1662.

Mais sa peau est comme de la glace. Il sent ses pouces sonder ses paumes ; cela lui provoque un pincement à l'entrejambe. Il tousse et se concentre plutôt sur les cils de la jeune femme. D'un noir de suie, collés les uns aux autres.

— Assurément, vous êtes un homme entreprenant, dit-elle d'un ton sentencieux. Ça ne fait aucun doute.

Pourquoi ne parle-t-elle pas comme la piétaille ?

— Cela portera ses fruits bien assez tôt. (Elle hoche lentement la tête, ce qui fait trembler les pièces d'argent autour de son cou.) Vous hériterez d'une jolie somme, mais vous devez l'utiliser à bon escient, sinon d'autres personnes seront à nouveau blessées.

Il lui arrache ses mains.

— Monsieur, je ne peux lire que si nous sommes reliés par les mains.

Il ricane. Il connaît cette astuce. C'est la combine de tous les voleurs : elle lui tient les mains tandis que son complice a un accès royal au contenu de ses poches. Il ne risque pas de tomber dans le piège d'une telle escroquerie.

— Truie malhonnête, fait-il en levant un doigt alors qu'un sourire commence à étirer les lèvres de la gitane. Petite gredine !

— Est-ce que cela vous dit quelque chose, Stowe ? Blesser les autres ? Seuls Dieu et moi sommes témoins de votre réponse.

— Qu'est-ce donc que ceci ? (Il se retourne, à la recherche de celui qui l'a piégé.) Tu débites des absurdités, vulgaire vermine.

— C'est vrai, fait-elle en riant tandis qu'il recule avec dégoût, entrant en collision avec d'autres corps. Mieux vaut vous mettre en route, Stowe. Il ne vous reste plus beaucoup de temps.

Il s'arrête au milieu de la foule. Il la voit à peine dans la cohue.

— Qu'est-ce que ça signifie ? tonne-t-il par-dessus des têtes. Comment ça, il ne me reste plus beaucoup de temps ?

Il ne se laissera pas menacer par une prostituée. Il change de direction, aiguillonné par la colère, et revient sur ses pas dans le vacarme ambiant. Le temps qu'il rejoigne l'endroit où elle se trouvait, elle s'est dissoute dans la masse des corps.

Plus beaucoup de temps. Les mots se répètent, pointus comme des tisonniers. Plus beaucoup de temps ? Foutaise. Il remet son chapeau en place et se lance à la recherche d'Arnott et du reste du groupe.

Ce n'est que lorsque les mots lui reviennent encore une fois, avec insistance, qu'il prend conscience de ce qu'elle a dit d'autre. Stowe, l'a-t-elle appelé. Stowe. Il cligne des yeux. Il est certain de n'avoir pas mentionné son nom.

22

Maude

TÊTES baissées, ils se frayent un chemin vers l'échafaud. Les plus riches ont choisi de regarder les festivités dans le confort de leur voiture. Les fermiers sont venus dans leurs charrettes ou à cheval, mais l'écrasante majorité – vêtue du brun, du noir et du gris des ternes oiseaux des jardins – est arrivée sans véhicule ni possessions, ce qui la laisse libre de grimper sur les gradins en écopant au passage de quelques contusions tandis que tous se bousculent pour arracher les meilleurs points de vue. Maude n'a aucune envie de voir les pendaisons. Elle est là pour quelque chose de complètement différent désormais.

Stowe était revenu de l'épisode avec la "diseuse de bonne aventure" joliment secoué. Parfait. Cette femme avait fait du bon travail ; Maude avait su qu'elle était actrice dès qu'elle l'avait vue derrière le bar du Seven Cats la veille. Elle savait que tout ce qu'il lui faudrait pour l'inciter à participer à un brin de théâtre était quelques pièces de monnaie, un flacon de laudanum et une couche de charbon de bois autour des yeux. Arnott, ce n'était pas elle. Quelqu'un d'autre l'avait envoyé. Mais elle était heureuse de constater qu'il était suffisamment pressant – tout à fait apte à mener Edison là où elle voulait qu'il aille. Elle n'avait jamais entendu parler d'Adelaïde Swan et n'était pas tombée sur elle lorsqu'elle avait pris Stowe en filature. Mais on lui avait assuré que la femme avait un sens aigu de la tromperie et savait exactement qui l'on pouvait employer pour manipuler les opérations.

La vengeance est un concept épineux. Une chose qu'elle n'avait rencontrée auparavant que dans les pages des livres à sensation de Constance – des maris qui cherchent à se venger de la mort de leur délicate épouse ; des servantes exerçant le châtiment à l'égard de leur maître cruel ; des amants délaissés administrant du poison. Il avait fallu du temps pour que l'envie, le *besoin* de vengeance cristallise en elle. Quand elle l'avait ressenti pour la première fois, cela avait été comme une douleur, et elle était persuadée que ce n'était que son chagrin qui prenait de la force. Elle n'avait jamais ressenti la mort de Constance comme un manque. Ce n'était rien de léger, rien de creux. Non, c'était une présence quotidienne. Lourde. Quelque chose qu'il fallait traîner. Mais là, c'était différent. Comme si le feu avait été mis à tout son squelette. L'injustice de toute l'histoire lui donnait l'impression que chaque fibre de son être réclamait justice. Elle s'était débarrassée de l'humilité et de la peur, elle voulait de l'action.

Elle veut effrayer Stowe. Elle sait maintenant ce qu'il a fait, et cette certitude brûlante et épouvantable lui a ôté toute la douceur qui lui restait. C'était là devant elle, tout ce temps. Les faits sont impudents et exaspérants. Ce sont eux qui lui donnent envie de cracher le poison. Sedgewick lui avait apporté ce dont elle avait besoin pour rassembler tous les fils. Maintenant qu'elle avait les réponses à ses questions, il lui fallait un lieu où placer cette rage inconnue. Elle veut se venger, et elle le veut maintenant.

La défense était là depuis le début, qui se balançait au-dessus de la caisse de la boutique d'ossements de M. Inchbold. L'arme même qui avait été utilisée pour tuer sa sœur. Exposée. Un trophée. Un objet de jubilation. Elle avait lu ce passage dans le journal encore et encore. Stowe qui coupait la défense de la baleine alors que la neige fondue tombait à gros flocons et que le traîneau attendait sur la glace. La peur de Constance transparaissait dans chaque mot. Elle savait que ce serait sa fin. Cela donne envie à Maude de plonger les mains dans sa propre poitrine pour s'arracher le cœur. Elle a besoin d'entendre les mots de la bouche du meurtrier. Elle a besoin qu'Edison Stowe admette la vérité. Il va falloir qu'elle le fasse parler, et elle va lui faire payer ce qu'il a fait.

Et désormais, elle a de l'aide. Au-delà de Sedgewick, au-delà de Heart. Désormais, elle a un arrangement.

Elle avait été convoquée juste avant l'excursion à York avec une simple carte, glissée sous la porte de la pharmacie, alors qu'elle revenait de son rendez-vous avec Sedgewick. L'auteur ne l'avait pas signée de son nom entier. Un simple C était tout ce qu'il avait offert.

L'adresse indiquée était à Mayfair, un endroit improbable de la part de quelqu'un comme lui pour organiser une rencontre. Mais qui était-elle pour refuser ? Si elle ne répondait pas à ses exigences, il enverrait ses hommes la retrouver.

Elle s'attardait donc dans une rue aisée de Mayfair, regardant avec envie des rouleaux de soie et de satin. Certains tissus exposés dans la vitrine étaient unis, d'autres étaient ornés d'imprimés éclatants. Une boutique de vêtements. Cela ne pouvait pas être l'endroit, si ? Elle avait sorti la carte de sa manche et vérifié rapidement l'adresse.

Elle avait à nouveau apprécié les tissus, plus luxueux que tout ce qu'elle pourrait jamais se permettre. Ils évoquaient des épices exotiques. Elle s'était sentie terne dans sa robe de jour bleu pervenche.

Mais peu importait ce qu'elle portait ou à quoi elle ressemblait, avait-elle supposé.

Prenant une inspiration, elle avait poussé la porte à vitraux en espérant que son apparition passerait inaperçue, afin d'avoir le temps de rassembler ses pensées avant qu'il n'arrive. La cloche, actionnée par une ficelle à son entrée, avait des idées plus expressives.

Deux personnes, qui semblaient avoir été en pleine conversation, s'étaient tournées vers elle en clignant des yeux, d'un air d'attente. Leur expression suggérait qu'elles avaient partagé une blague avant son arrivée. L'une d'elles était manifestement la propriétaire du magasin, une femme plus âgée, mince, élégante, avec une longue tresse grise qui descendait presque jusqu'au sol. Ses yeux, avait sur-le-champ remarqué Maude, étaient verts et durs, comme ceux d'un chat. Aux poignets, elle portait des bracelets d'or, d'argent et de jade. Face à cette femme élégante, de l'autre côté de la caisse, se trouvait Lucian Carter.

— Madame Horton.

Elle avait entendu des histoires sur le prêteur sur gages. Son grand-père lui avait parlé de sa réputation effrayante.

Mais en chair et en os, il ressemblait très peu à quelqu'un qui tranche les langues dans les bouches.

— C'est un beau magasin, n'est-ce pas ? (Il sourit en écartant les bras.) Mme Raika est la crème de la crème en matière d'importation de soieries de qualité.

Maude sentait bien qu'elle aurait dû hocher la tête, mais elle avait du mal à bouger. C'était une sensation déstabilisante d'être à ce point épinglée par le regard de quelqu'un, et l'espace d'un instant, elle avait imaginé très facilement la terreur à faire se dresser les cheveux sur la tête qui devait inonder le corps de ses victimes avant qu'elles meurent.

— Venez.

Elle ne parvenait toujours pas à bouger.

— Allons, venez. Venez ! J'ai besoin de votre aide dans une affaire.

Son sourire était tellement déconcertant. Ce n'était pas un sourire qui invitait à la joie. Non, un sourire qui suggérait que son propriétaire connaissait quelque chose de terrible à votre sujet que vous ne saviez pas encore vous-même.

La femme avait disparu tranquillement dans l'arrière-boutique, et peu de temps après le son de son chant avait filtré à travers les soieries.

— Maintenant. Laissez-moi vous regarder attentivement. Voilà, c'est ça.

Carter l'avait prise par le bras pour la faire lentement pivoter sur elle-même, en évaluant chaque centimètre de son corps au fur et à mesure qu'elle tournait. C'était un acte lent et irritant, qui avait donné à Maude la sensation de subir une expertise médico-légale.

— Parfait. Maintenant, je vous prie. Hepzibah ! Le coupon sang-de-bœuf.

La femme était sortie de l'arrière-boutique avec un rouleau de tissu rouge sous le bras. Ses lèvres pincées étaient chargées d'épingles.

— Je vous ai suivie, je l'ai suivi. Quelle pantalonnade.

Maude était uniquement capable de cligner des yeux sans un mot en guise de réponse.

— Et quand je vous ai vue, j'ai réalisé que vous aviez exactement les mêmes proportions que ma femme, vous vous ressemblez comme deux gouttes d'eau. Mêmes cheveux. Même silhouette, avait-il poursuivi. J'aime la surprendre. J'ai pensé que cela ne vous dérangerait pas de faire du mannequinat pour quelques jours.

Il jouait avec elle. Faisait d'elle sa marionnette.

— Et, je dois l'ajouter, je suis impressionné. Le meilleur de mes hommes semble pratiquement incapable de s'approcher de ce rat avant qu'il ne détale. C'est un jeu risqué de sa part. Il se croit intelligent. Mes hommes devraient avoir plus de jugeote, évidemment. Ils devraient savoir que je vois tout, que je *sais* tout, et qu'oublier cela porte nécessairement à conséquences. Mais peu importe. Ça ne fait rien. (Il agite la main comme pour écraser une mouche.) Nous n'avons plus à nous en soucier. Il ne peut pas continuer à me doubler depuis le fond de la Tamise.

Maude avait promptement dégluti.

— Mais *vous*, eh bien, il semble plutôt à l'aise en votre compagnie. Évidemment, la beauté lubrifie bien des liens sociaux. Mes hommes ne disposent certes pas de cet attrait. Prenez ses mesures, H.

Hepzibah s'était exécutée avec diligence. En bougeant les bras de Maude de gauche à droite, de haut en bas. Elle n'avait d'autre choix que d'obéir. Pendant tout ce temps,

Carter observait, évaluant la coupe, le nombre de boutons, la quantité de dentelle.

Quand Hepzibah en avait eu presque terminé, et qu'elle s'était retrouvée si ligotée qu'elle se sentait comme une poupée hérissée d'aiguilles, elle avait décidé de lui demander s'il allait la tuer.

Il avait aboyé de rire, comme si elle avait suggéré quelque chose d'absurde. Davantage de jeux. Davantage de fils de marionnette tirés.

— Que voulez-vous de moi, alors ?

Une épingle s'était enfoncée dans sa côte, mais elle ne pouvait bouger pour la libérer.

— Oh mon Dieu, mais je pensais que c'était assez clair, avait-il souri. Je veux que vous me donniez Edison Stowe.

Il y avait eu un long silence. Hepzibah en avait profité pour disparaître une fois de plus.

Carter pouvait parvenir facilement à Stowe s'il le voulait, Maude le savait. Il aurait toujours des hommes loyaux qui suivraient tous les ordres qu'il leur donnerait. Couper des pouces, traquer de mauvais payeurs, exercer son pouvoir à la moindre occasion. Mais l'homme dégageait une énergie curieuse ce jour-là. Il semblait… excité, c'était cela, à la perspective d'un plan plus ambitieux, de quelque chose qui enverrait un message à toute la ville.

— Qu'attendez-vous d'Edison Stowe ? avait-elle demandé.

— De l'argent. Entre autres choses. (Il avait dit cela comme s'il ne pouvait y avoir d'autre réponse.) Et vous, qu'attendez-vous de lui ?

Elle avait croisé son regard, le fixant droit dans les yeux pour la première fois. C'était comme d'être poignardé en pleine pupille.

— Je veux me venger.

Il avait souri.

— Délicieux.

De la main, il lui avait ôté un fil importun de la poitrine. Elle avait observé ses doigts, imaginé des os brisés et du sang. Des pouces tordus et des globes oculaires arrachés.

— Pourquoi avez-vous besoin de moi ?

Encore une fois, Carter était influent. Il savait où Stowe habitait, il pouvait parvenir à lui. Mais cela ne lui suffisait apparemment pas.

— Comment suis-je censée vous permettre de récupérer l'argent ?

Elle savait, bien sûr, que cela ne pouvait être réellement ce dont il était question.

Il avait souri de nouveau, haussé les sourcils, comme si sa méprise quant au sens de ses instructions trahissait sa naïveté.

— Je suis un homme patient, madame Horton, mais même moi, j'ai mes limites. J'ai observé ses petites représentations idiotes, ses excursions et ses spectacles, et mes hommes se sont révélés totalement incapables de faire le travail. Je ne veux pas que vous receviez de l'argent d'Edison Stowe. (Il avait vivement lissé le tissu de sa jupe pour signaler que l'essayage était terminé.) Je veux que vous m'aidiez à le tuer et je veux que ce soit le plus beau spectacle de tous.

Elle avait lutté pour empêcher sa mâchoire de s'ouvrir. Elle ne pouvait pas s'associer à Lucian Carter. N'est-ce pas ?

— Oh, avait-il gloussé en s'appliquant une tape sur le front comme s'il venait d'oublier un commérage de premier ordre. Je suis passé voir votre grand-père l'autre jour.

Elle s'était mordu le coin de la bouche.

— C'est un homme si affable.

Il avait tourné autour d'elle pour apprécier la coupe finale de la robe.

Alors, elle avait su qu'il la tenait.

Des coudes enfoncent les côtes de Maude et elle est ramenée vers la foule querelleuse. La bousculade va l'aider dans sa tâche. Elle avait accepté d'aider Carter. Elle n'avait pas eu le choix, évidemment, et il avait déjà commencé à l'aider – en parlant d'elle à Adélaïde, qui fournissait des informations à Carter depuis des mois et avait envoyé Arnott pour renforcer leurs plans. Oui, elle aiderait le créancier, mais pas avant d'avoir elle-même obtenu ce qu'elle voulait. La mort, c'était la fin de tout, plus de possibilité de parler, d'obtenir la vérité. Or elle devait toujours à Heart, et se le devait à elle-même, de découvrir ce qu'elle pouvait concernant les manigances de Hancock. Cela ne marcherait peut-être pas, elle en avait parfaitement conscience, mais il fallait qu'elle essaie.

Là, elle doit juste trouver un moyen de les isoler, Stowe et elle, du reste du groupe.

Elle tapote son sac, qui contient tout ce dont elle a besoin. Des dizaines de tavernes bordent la place. Elle doit s'assurer qu'ils seront à l'écart pour pouvoir boire seuls, afin qu'elle puisse faire ce qu'elle doit faire sans que lady Westbury ou quiconque n'intervienne.

— C'est parti, pour les meurtres au couperet à viande. (M. Westbury s'est procuré un prospectus et régale le groupe d'excursionnistes de son contenu.) Un propriétaire terrien cruel, une vengeance glorieuse, un corps fourré entre les bottes de foin, etc., etc.

Sa femme sourit à deux figurines en poterie à l'effigie des meurtriers qu'elle serre entre ses poings.

Maude regarde Edison desserrer sa cravate. Il a dû être vraiment secoué en entendant sa “bonne aventure”.

La foule fait rapidement silence. Une centaine de bouches sifflent tandis que les deux condamnés sont conduits à l'échafaud et que des cagoules sont placées sur leur tête.

— Monsieur Stowe, fait-elle en tournant vers lui une mine chiffonnée.

C'est sa chance : si seulement elle parvient à l'éloigner en l'enjôlant, elle pourra enfin le forcer à parler. Quelle que soit la drogue, quelle que soit la méthode à laquelle elle devra recourir.

Elle feint de s'évanouir, trébuche, lui saisit le bras.

— Je me sens assez faible, je me demande si nous pourrions…

Des corps leur foncent dessus. Elle lève la tête – une escarmouche à proximité a envoyé les spectateurs dans toutes les directions, comme du bétail. Des voix fortes leur passent au-dessus de la tête. Stowe se met sur la pointe des pieds, tend le cou pour voir ; elle fait de même, tout en s'assurant de garder la main fermement serrée sur son avant-bras. C'est sa chance. Il *faut* qu'elle la saisisse. Constance a besoin qu'elle le fasse. Mais ses horizons se voilent quand elle voit ce qui a causé toute cette agitation. Une jeune femme, à peine couverte par des haillons et portant un bébé au sein, a du mal à garder son équilibre. La foule autour d'elle progresse d'avant en arrière, les spectateurs titubent en criant et en s'accrochant les uns aux autres dans l'intention d'avoir une meilleure vue sur la pendaison. Au milieu de tout ce vacarme, le bébé au visage cramoisi hurle.

Maude marque un temps d'arrêt en se demandant brièvement si ce n'est pas exactement ce dont elle a besoin pour éloigner Stowe sans que le groupe s'en aperçoive. Mais presque immédiatement, elle est submergée par un flot de honte pour avoir eu une telle pensée. Elle retire la main du bras de Stowe, avance en repoussant à toutes forces des dos et des cuisses robustes. Elle pousse, pousse, en essayant de se faufiler dans la foule. Elle reste sur place.

— Aidez cette femme ! crie-t-elle en agitant les bras dans la direction de la mère qui sombre lentement.

La foule qui l'environne s'immobilise, tous à l'unisson attrapent leur chapeau et les tiennent respectueusement contre leur poitrine. La pendaison est imminente.

— Il y a une femme avec un enfant, elle a besoin d'aide !

Sa gorge grince en prononçant ces mots.

Le silence se fait tandis que le bourreau prend place sur la plate-forme.

— Il y a un bébé, là. Je vous en prie !

Sa voix est désormais la seule qu'on entende. Elle cherche autour d'elle un policier, quelqu'un, n'importe qui, qui puisse l'aider.

— Elle a besoin d'aide, crie-t-elle, désespérée. Sauvez-la ! Il y a un bébé avec elle. Ils vont être écrasés !

Une cloche sonne. Un son des plus abominables.

Sa main se porte à sa bouche quand elle voit la femme chanceler, mais avant qu'elle chute elle la voit élever les bras au-dessus de sa tête pour offrir l'enfant. Sur l'échafaud, les trappes s'ouvrent et la foule hurle, mais les yeux de Maude sont toujours rivés sur la femme. Le bébé. Son cœur s'emballe tandis qu'un homme se penche pour prendre l'enfant des paumes tendues de la femme. Il le passe ensuite par-dessus sa tête à un autre inconnu, qui fait exactement la même chose. Et ainsi de suite, jusqu'à ce que l'enfant ait été passé de mains en mains au-dessus de têtes par dizaines pour finir déposé par un commerçant à l'esprit vif sur la paille d'une charrette.

Soulagée, Maude se retourne pour chercher le groupe d'excursionnistes. Lady Westbury semble être occupée à démontrer les effets de la méthode d'exécution rapide à son mari ; Charlotte Hollis se tient patiemment à leurs côtés ; Arnott est déjà enveloppé dans la fumée de son cigare post-pendaison.

Edison Stowe, remarque-t-elle avec la morsure amère du regret, reste introuvable.

23

Edison

Il avait à peine remarqué qu'il montait dans la voiture, tant les mots tournaient en résonnant dans sa tête. *Plus beaucoup de temps. Plus beaucoup de temps.*

Ils sont accompagnés de visions troubles. Brûlantes et floues. Les flacons dans le sac de Maude. Des corps qui se balancent pour embrasser leur mort. Des foules qui hurlent. Des doigts glacés et des yeux de louve grimés de charbon de bois. Il a besoin d'un verre.

— Vous vous sentez bien maintenant, Stowe ? demande Frank Hollis.

Edison se frotte le front en guise de réponse. L'homme l'avait trouvé à la périphérie de la foule, assez nauséeux, pour tout dire. Il avait suggéré qu'ils prennent un verre ensemble dans une taverne proche et Edison avait été soulagé d'avoir la chance d'échapper au reste du groupe.

— Tout le monde n'est pas fait pour assister à une pendaison, n'est-ce pas ? Il faut avoir l'estomac bien accroché.

Hollis passe la main au-dessus de lui et baisse la vitre.

— Hmm.

Edison est trop distrait pour répondre. Pourquoi a-t-il l'impression que les choses sont en train de partir en quenouille ? Il se morigène en se rappelant qu'il est un être de raison, un scientifique. Il ne se laissera pas troubler par les paroles d'une pute aux yeux peinturlurés. Il se penche pour regarder par la fenêtre, essayant de se repérer. Il ne parvient pas à se débarrasser du sentiment troublant d'être emmené quelque part contre son gré. Il passe à nouveau la tête par la fenêtre pour regarder derrière eux, mais il n'y a pas d'autre véhicule.

— Vous devriez venir voir quelques masques mortuaires chez Tussauds, dit Hollis. Pour voir comment ils ont été fabriqués. C'est tout un processus. Ça vous donnera du cœur au ventre.

— Mon ventre est très bien comme il est, réplique Edison, mais le débonnaire Hollis ne se formalise pas.

Il pose ses mains calleuses sur ses genoux et reporte son attention sur ce qu'il voit par la fenêtre.

Ils restent silencieux un moment tandis que la voiture négocie sa progression dans les ruelles étroites.

— Une véritable mine d'or, n'est-ce pas, cette Tussauds ? demande Stowe comme pour faire amende honorable.

Il se souvient d'un article qu'il a lu dans un ancien numéro de *Punch* alors qu'il faisait des recherches pour préparer ses excursions. Il l'avait découpé avec une paire de ciseaux et l'avait conservé sur sa commode. “La bonne MADAME Tussauds, lisait-on, vouant l'art à l'homicide, tire de l'abomination du sang l'agrément du profit. Pour elle, plus il y a de meurtres, plus il y a de l'argent dans les caisses.”

— C'est très populaire, oui. Il peut y avoir énormément de monde, surtout quand il y a une nouvelle exposition.

La voiture vibre en passant sur les pavés.

— À propos, nous envisageons de faire quelque chose sur l'Arctique. Vous pourriez participer ? Ce serait un honneur de vous représenter.

Edison réfléchit à la suggestion et hoche la tête. Il se voit parfaitement dans une exposition. Et s'il parvient à surmonter cette crise de… comment la qualifier… de vague à l'âme ?… être chez Tussauds pourrait l'aider à promouvoir ses excursions auprès d'un public élargi.

Hollis semble content.

— Je vous écrirai avec tous les détails dès que nous serons de retour à Londres.

— D'accord. (Edison se retient à son siège quand le fiacre fait une embardée en tournant au coin d'une rue.) J'ai lu que Grosholtz avait passé en revue des tas de cadavres pour fabriquer ses masques mortuaires en France. J'imagine que ce que vous me proposez représenterait une expérience bien plus agréable.

Hollis rit.

— Une femme formidable, cette Grosholtz. Bon, Mme Tussauds, comme nous l'appelions. Frêle comme un moineau, avec les tripes d'un bœuf. Elle n'aurait pas cillé lors d'une pendaison, ça je peux vous le dire. Allons, où est passé l'autre fiacre ? (Il jette à nouveau un œil par la fenêtre.) Ah.

Edison est brièvement contrarié qu'ils ne puissent pas boire seuls, comme il l'espérait.

— Les Westbury ?

— Ils ont préféré marcher. Maude et Charlotte partageaient un fiacre. Les voici. Je leur ai dit que nous les retrouverions à l'auberge.

Peut-être que, quand il s'agit de boire, une compagnie imposée vaut mieux que pas de compagnie du tout.

— Hmm. Je suis content que nous ne soyons pas dans ce fiacre. (Il fait un geste de la tête vers l'arrière.) Ça fait partie des petits bienfaits que la vie nous accorde.

Hollis sourit d'un air interrogateur.

— La tension ! La jalousie de la part de Charlotte. Il n'y a aucun tort commis délibérément, bien sûr. Mais c'est quelque chose de très féminin, n'est-ce pas ? Le fait d'être envieux de l'apparence d'autrui.

Le fiacre s'arrête à un croisement et un cri discordant fait irruption dans la voiture. Edison regarde une femme coller son nez contre la vitre et crocheter ses doigts sales dans l'ouverture. Elle ne peut pas avoir plus de vingt ans, mais elle a l'apparence d'une vieille sorcière.

— J'peux vous prop'ser des œufs, messieurs les gentl'men ?

Les deux hommes échangent un regard dubitatif.

— Vous ! (Elle lève un doigt sale vers Edison.) J'ai quelq'chose de très spécial just' pour vous.

Il fulmine et tend la main pour fermer brutalement la fenêtre.

— L'amitié éteint ces jalousies mortelles, j'en suis certain, postule Hollis après un silence. Charlotte ne ressent pas du tout les choses comme ça et, quoi qu'il arrive, dans ma profession on s'intéresse bien plus à un visage inhabituel qu'à un beau visage régulier.

— Comment ?

— Un visage est bien plus intéressant à modeler s'il possède des particularités singulières – un nez crochu, une cicatrice sur une lèvre, des yeux légèrement écartés. Ce sont nos défauts qui nous rendent uniques.

— Non, que voulez-vous dire par “leur amitié” ?

— L’amitié de Charlotte et Maude. Il n’y a pas de malveillance entre amis. Pas de jalousie.

Edison s’esclaffe.

— Je suis étonné que des femmes se déclarent amies après quelques heures passées ensemble seulement. C’est comme si tenir un cercle à broder en échangeant des pensées stupides sur le temps qu’il fait vous donnait droit au type de lien que partagent des hommes qui partent à la guerre. C’est tellement frivole, tellement féminin.

Hollis marque un temps d’arrêt avant de répondre.

— Elles se connaissent depuis bien plus longtemps que ça. (Edison fronce les sourcils, perdu.) Charlotte me l’a dit l’autre jour, poursuit Hollis. Moi aussi, j’ai été surpris. Mais je suppose que cela fait quelques mois maintenant qu’elles sont en contact. C’est une base suffisante pour une amitié. Je me plais à imaginer que vous et moi sommes amis même si nous ne nous connaissons pas depuis très longtemps.

Il se tourne vers Hollis. Mortifié de constater qu’il ne plaisante pas. Mais qu’est-ce donc ? Un impénétrable tic de la bouche. L’homme soutient-il son regard une seconde de trop ? Quelque chose de froid se fraye un chemin dans ses veines. Quelque chose qui s’infiltre lentement, insidieusement dans son sang. Il n’aime pas ça. Il n’aime pas ça du tout.

Maude Horton est une menteuse. Que cache-t-elle d’autre ?

24
Edison

SA tête fait la roue. Quelqu'un frappe sur un très gros gong juste à côté de son oreille. Il ouvre un œil pour le fermer aussitôt. Pourquoi le plafond forme-t-il un angle aussi obtus avec le mur ? Et pourquoi, nom de Dieu, a-t-il de la sciure qui lui chatouille la nuque ? Il risque à nouveau l'ouverture d'une paupière et se met à gémir. Il est par terre. Comment s'est-il retrouvé ainsi le cul par terre ? Avec précaution, il étend les bras, pour se trouver à balayer des monceaux de sciure sale et détrempée… quelle horreur ! Il se dresse comme un ressort, et sa vision se brouille lentement.

Il se pince le front en parcourant la pièce des yeux. La nuit est d'un noir de suie, alors qu'il faisait jour quand ils sont arrivés. Seules quelques bougies scintillent encore dans le pub, qui jettent sur toutes choses une lueur terne et sirupeuse. Personne ne semble lui prêter beaucoup d'attention, donc cela doit faire un certain temps qu'il est par terre. Et en parlant de temps, comment a-t-il donc pu filer ainsi, au nom du Christ ? Un instant, il était dans le fiacre avec Frank

Hollis, et l'instant d'après… voilà qu'il se réveille ici, étalé comme un idiot sur le sol d'une auberge sordide. Quel genre de gentleman faut-il être pour en laisser un autre dans une telle situation ?

Il se redresse pour se mettre à genoux et inspire profondément avant de se remettre debout en titubant. La douleur dans son crâne est sans pitié. Il s'humecte les lèvres – sa bouche lui donne l'impression que quelque chose s'y est glissé pour mourir – puis il se déplace pour aller poser le coude sur la table qui est devant lui. Sans qu'il sache comment, le meuble se déplace de plusieurs mètres et il tombe en avant et se ramasse sur les mains et les genoux. Sans réfléchir, hébété, il enfonce ses doigts dans la sciure humide, puis, comme si une sonnette d'alarme retentissait, il a un mouvement de recul. Quelle saleté ! Quelle abomination sordide ! Ô cette répétition sans fin… Pourquoi donc finit-il toujours par terre ?! Il se relève à moitié, se frotte les mains sur l'arrière du pantalon avant d'essuyer sa bouche amère du dos de la main.

Quelque chose frappe un coup aux confins de sa vision et décide d'entrer. Un souvenir. Un souvenir d'un peu plus tôt dans la soirée. Il ne parvient pas à distinguer tous les détails, mais plisse les yeux pour les retrouver. Arnott. De l'ambre gris et du cirage. Une bière, juste une chope de bière, qu'il tenait dans sa main. Puis une étrange sensation qui s'empare de lui. Des voix qui semblent venir de très loin. Il cligne un bon coup, secoue la tête, et voilà que quelque chose d'autre est imprimé dans sa vision : un visage qui l'examine. Il est assez beau. Les cheveux noirs tombent en boucles sur un front pâle. Le visage parle, ou du moins sa bouche bouge, bien qu'il ne puisse comprendre ce qu'il dit. Le visage se penche encore plus près et quelque chose de froid et de dur effleure sa joue. Le visage recule d'un coup, mais ce faisant, il voit ce qui l'a touché. Une dent, deux parties d'une dent, attachées sur un cordon. Et c'est alors qu'il se souvient.

L'air arctique détruit sa peau en la brûlant comme le feraient des braises. La sciure commence à tourbillonner, à se transformer, et d'elle s'élèvent des tas de neige qui forment des collines et des buttes. L'air vrombit de neige fondue, le hurlement du vent lui torture les oreilles.

Une deux, une deux. Une progression lente, comme celle d'un régiment. Une marche pénible dans la neige. Avec ce lourd traîneau qui ne bouge que de quelques centimètres à chaque pas.

Leur groupe est en chemin depuis des jours, épuisé par la faim et la fatigue, mais le ventre d'Edison est plein. Il s'est régalé la nuit précédente de la chair d'un narval. Il avait arraché la défense du corps marbré de la créature et l'avait cachée dans le traîneau, pour la ramener en Angleterre. Elle ferait de lui un homme riche.

Cette excursion en traîneau était un exercice sans espoir. Il le savait. Tous le savaient. Ils ne trouveraient pas le *Terror* et l'*Erebus*; ils posaient des cairns que seuls découvriraient les Esquimaux. Pourtant, il fallait qu'Edison fasse partie de ce groupe-ci, loin du navire. Il y avait un problème qu'il devait régler.

Il n'était pas prudent de procéder à l'élimination à bord du Makepeace. Même si c'était ce qu'il aurait voulu. Dès que le garçon les avait vus dans l'orlop, il avait eu envie de lui trancher la gorge pendant son sommeil; de fondre sur lui pendant le quart et de jeter son corps par-dessus bord pour qu'il se fracture au contact de la glace. Mais Mance l'avait convaincu d'attendre. Loin de Despie, loin du cuisinier et de ceux qui avaient les yeux rivés sur le mousse, il serait libre d'agir impunément, sans risquer d'être soupçonné.

Ce garçon était plus fort qu'il n'en avait l'air ; assurément, quand il avait fallu tirer le traîneau, il avait tracté plus que son poids. Les autres hommes semblaient reconnaissants des efforts qu'il faisait, impressionnés par sa détermination, son sens du devoir.

Edison espérait que cela ne signifiait pas qu'il riposterait le moment venu.

Malheureusement pour lui, ce garçon en avait trop vu, trop entendu. Mais les autres hommes adoptaient une attitude protectrice envers lui, envers sa petite taille. Pour faire ce qu'il avait à faire, il allait devoir l'éloigner du reste du groupe, l'isoler.

Edison avait prétendu avoir vu les empreintes d'un ours, il avait été rusé. Il avait passé tout l'après-midi à expliquer aux hommes à quel point elles étaient grandes, en quoi il apparaissait que l'ours était en train de les traquer, à leur dire qu'il devait avoir faim. Il n'y avait bien sûr aucune empreinte, mais les hommes étaient trop épuisés pour s'en rendre compte. Ils s'étaient facilement laissé persuader qu'ils devaient garder leurs mousquets constamment à portée de main.

Après avoir tiré le traîneau aussi loin que leurs membres le leur permettaient, ils avaient établi leur campement au pied d'une vaste montagne. Le temps cette nuit-là ne les laisserait pas allumer de feu. Il leur faudrait se blottir dans leurs tentes pour essayer de se réchauffer.

Une tempête s'était mise à gémir et le ciel avait pris un ton bleu marine surnaturel et désincarné. La neige fondue dansait et tourbillonnait autour de la tente, mais à l'intérieur c'était calme. Les hommes disposaient leur sac de couchage, et leur souffle embrumait l'air. Le garçon avait annoncé qu'il allait récupérer sa sacoche, qu'il avait rangée dans un compartiment sécurisé du traîneau.

Edison savait que ce serait son unique chance.

Il avait attendu que le mousse parte, puis avait quitté la tente sur ses talons.

Le vent avait forci et il malmenait le cache-nez qui entourait son visage. La terre était blanche à perte de vue, la neige se déposant en masse sur la glace qui n'en finissait pas.

Il distinguait à peine la silhouette du mousse qui s'éloignait de lui en se dirigeant péniblement vers le traîneau, qui avait été laissé à une vingtaine de mètres de la tente. Edison avait jeté un œil derrière lui : les hommes étaient déjà emmitouflés dans leur sac, et il était peu probable qu'ils aient envie d'en sortir, peu probable qu'ils mettent le nez dehors à sa suite. Son mousquet était chargé et préparé, alors il l'avait porté à l'épaule, l'avait pointé et avait conservé cette position en courant pour se rapprocher du mousse. La neige complice étouffait ses pas. Alors que le jeune garçon montait dans le traîneau et retirait la bâche, Edison avait accolé l'œil au viseur et posé le doigt sur la détente.

Le mousse s'était alors figé, comme s'il avait pu sentir le pistolet dans son dos. Il s'était retourné lentement, et tandis qu'Edison s'attendait à trouver une expression de terreur sur son visage, il avait vu autre chose : de la résignation.

Ils avaient échangé un regard. Les choses étaient ce qu'elles étaient. Il fallait que ce mousse soit supprimé. Alors Edison avait appuyé sur la détente.

L'arme n'avait pas fait feu.

Edison avait réessayé.

À nouveau, l'arme n'avait pas fait feu.

À présent, la résignation du mousse avait fait place à la panique, à la confusion, et tandis qu'Edison abattait le mousquet avec colère, il s'était retourné et s'était mis à courir.

Il n'avait pas fallu longtemps à Edison pour le rattraper, ce n'était qu'un jeune mousse après tout, il ne pouvait rivaliser avec ses longues foulées. Il ne pouvait rivaliser avec le canon du mousquet qu'il lui avait balancé dans le crâne pour le faire tomber au sol. Le mousse avait tourné à demi sur lui-même en tombant, pour atterrir dans la neige suivant une position étrange.

Bon Dieu.

Edison allait devoir le battre à mort. C'était loin d'être aussi propre qu'il l'aurait voulu. Mais il avait néanmoins levé le canon.

Puis il avait marqué un temps d'arrêt.

S'il frappait à nouveau le mousse à la tête, comment pourrait-il faire passer cela pour un tir raté ? Il lui fallait autre chose, quelque chose qui rendrait son histoire crédible.

Juste un accident. Une balle perdue. Ça arrive tout le temps pendant une expédition.

Le mousse avait commencé à gémir, à lever les mains devant son visage dans un geste pitoyable d'autodéfense.

Puis il y avait eu un autre bruit.

Edison avait brusquement tourné la tête.

L'un des hommes appelait depuis l'intérieur de la tente. Il en était certain. Il ne pouvait pas prendre le risque qu'ils sortent. Il ne pouvait pas risquer de se faire prendre. Il lui fallait agir vite.

C'est alors qu'il avait jeté un coup d'œil dans le traîneau dont la bâche était retirée, dénudant ce qui était posé tout au fond : la défense. Il avait déposé son mousquet sur la bâche et s'était penché pour la récupérer en la prenant à deux mains.

Le mousse avait gémi comme une fille, plus fort cette fois, tandis qu'Edison s'agenouillait pour lui retirer son manteau en essuyant la neige fondue qui s'était abondamment accumulée sur ses propres cils. Son essai devait être propre, il n'en avait qu'un seul, mais la neige fondue continuait de tourbillonner et de lui brouiller la vue. Il avait levé la défense, et juste au moment où il l'enfonçait d'un coup violent dans la poitrine du garçon, il avait entraperçu quelque chose d'étrange. Quelque chose qui brillait à peine à travers les épais flocons blancs qui saturaient l'air. Oui, il s'en souvient maintenant. Il parvient à voir les détails. C'étaient deux moitiés de dent, enfilées côte à côte sur une cordelette.

Se redressant de toute sa hauteur dans le pub, il recule en titubant pour gagner son tabouret. Il est perturbé et, oui, il en convient, effrayé. Comment Maude Horton, une femme qu'il n'avait jamais rencontrée jusqu'à ces dernières semaines, peut-elle être en possession de ce collier ? Un collier si étrange et si original, porté par le mousse qu'il avait tué, *par nécessité*, pourrait-il ajouter, dans l'Arctique ?

Il a besoin d'un autre verre pour calmer ses nerfs. Il fait signe au barman, mais sa main ne suit pas les ordres énoncés par son esprit. Maude Horton sait-elle ce qui s'est passé sur ce navire ? Connaît-elle également le plan de son oncle ? Son échec ? Sait-elle qu'un baleinier est mort à cause de lui ?

Va-t-il devoir se débarrasser d'elle aussi ?

Son verre n'est toujours pas arrivé.

— Barman. (Dans sa tête, il prononce le mot avec clarté, mais les ricanements qui l'entourent suggèrent le contraire.) BARMAN.

Il s'assure que sa voix traverse la salle. Un homme de grande taille portant un tablier et affichant une expression évidente de dédain lève les yeux depuis le bar. Il tient un torchon dans une main et un verre dans l'autre. Il a l'air épuisé.

Lorsqu'il voit qui appelle, il retourne à son nettoyage.

— Ohé.

Edison se lève, vacille, traverse la pièce en titubant. Quelques visages gris, des habitués de l'heure nocturne, se tournent pour le regarder s'écraser sur une table. Puis renverser un tabouret avec son arrière-train en reculant.

Il finit par gagner le bar et s'éclaircit la gorge. Il sera servi par cette limace imbécile.

— Une autre bière.

Il applique une claque de la paume sur le comptoir en bois. Sa main atterrit dans une flaque de quelque chose de brun qui l'éclabousse jusqu'au menton. Il recule du bar avec horreur, puis marque un temps d'arrêt. Cela ne lui ressemble pas, mais son besoin d'un autre verre l'emporte sur son dégoût envers l'établissement qui le sert.

— J'ai dit une autre bière. Maintenant.

Le barman refuse de croiser son regard.

— T'as eu ton compte. Rentre chez toi et dors. Je te le répète.

Edison a un halètement théâtral, puis tourne la tête de gauche et de droite pour apprécier la réaction d'un public invisible.

— Je pense que vous découvrirez que c'est mon travail de décider quand j'ai eu mon compte, dit-il. Votre travail à vous, c'est de me servir.

Le barman fait un clin d'œil à un homme énorme assis en position semi-allongée près de la porte, ses gros doigts croisés sur son ventre. Edison ne voit pas la montagne humaine se lever et s'avancer vers lui. Ce n'est que lorsqu'il se retrouve soulevé par la taille, arraché au comptoir et porté ruant et vociférant hors du pub qu'il découvre la présence de l'homme.

À l'épisode suivant, sa joue est entrée en contact avec les pavés froids et humides de York. Puis il reçoit un coup : c'est son haut-de-forme qui suit le même chemin que lui et, jeté sur le pavé par la porte du bar, l'atteint à l'épaule.

— Retourne te faire voir à Londres, marmonne l'autre.

Edison lève la tête et essuie la crasse de la rue sur son visage.

LONDRES

25

Edison

Alors qu'il sort de la gare d'Euston, il pense qu'il vaudrait peut-être mieux qu'il soit lui-même au bout de la corde de Calcraft. Au moins, cela signifierait qu'il n'a pas à s'occuper de Maude Horton, ni de la douleur infernale qui tient son crâne dans ses serres.

Les souvenirs gèlent dans sa tête, il ne parvient pas à en sortir. Il retournera à Clerkenwell à pied, décide-t-il. Il faut qu'il essaie de mettre de l'ordre dans ses pensées.

Il avait pris le premier train pour Londres ; les autres étaient parfaitement capables de retrouver le chemin du retour, et si tel n'était pas le cas, peu lui importait.

Maude Horton *sait*. Elle sait ce qu'il a fait. Mais comment ?

Et bon sang ! Qu'est-ce que ça peut lui faire ? Ils ne portent pas le même nom. Ils ne sont pas de la même famille. C'était juste un mousse. Quelqu'un qui ne manquerait à personne.

Il marche. Inchbold le laissera entrer. Il sait qu'il le fera. Inchbold lui accordera encore quelques jours de grâce, il faut juste l'amadouer un peu parfois. Au fur et à mesure qu'Edison avance, la puanteur de la ville le salue de plein fouet. Il presse un mouchoir sur son nez pour conjurer les miasmes qui montent de la Tamise, résistant à l'envie de cracher.

Une jeune nurse le dépasse en poussant un landau à deux places. Il pense aux domestiques, aux bonnes, aux cuisiniers, aux balayeurs. Aux gens comme Hattie, qui ne survivent qu'en répondant aux besoins de ceux qui sont au-dessus d'eux.

Il ne sera jamais comme ça. Il ne sera jamais comme *eux*.

Il traverse la rivière et s'arrête sur le pont. Deux bateaux à vapeur patrouillent à l'horizon et des youyous sillonnent le maigre espace qu'il leur reste. Le contraste entre la glace et la boue lui vient à l'esprit. Ce paysage maudit qui n'offrait rien d'autre qu'une blancheur morte.

Il avance en vacillant, espérant que le mouvement le revigorera, et au fur et à mesure qu'il progresse, longeant les berges de la rivière, traversant Fleet Street pour se diriger vers le vieux viaduc de Holborn, il constate que ses épaules commencent à se redresser. Finalement, son menton s'incline vers le soleil aqueux. Edison Stowe est un explorateur, un homme d'affaires et un entrepreneur. Il aurait pu être l'un des plus grands esprits scientifiques s'il n'avait pas été ruiné par la malchance et les dettes. Il ne se laissera pas intimider par une femme. Edison Stowe est au-dessus de ceux qui cherchent à le détruire. C'est lui qui l'emportera, il en a toujours été ainsi et il en sera toujours ainsi.

Au moment où il atteint Clerkenwell, le parfum des pommes de terre au four et des châtaignes grillées lui emplit les narines. Il se sent positivement plein d'espoir quant aux mois à venir. Tellement plein d'espoir, en fait, que pour un peu il ne remarquerait pas que la porte de la boutique d'Inchbold est restée entrouverte.

Il s'arrête sur le seuil. Voilà qui est étrange, se dit-il, Inchbold la garde toujours fermée. Une sensation urticante gagne son cou, puis se propage comme un scarabée jusqu'à son cuir chevelu.

Il pousse la porte et appelle Inchbold.

Pas de réponse.

Il entre dans le magasin et marque un temps d'arrêt. L'air est gris et opaque.

Aucune lampe à huile n'a été allumée et les spécimens sont pris au piège de leur propre ombre. Il avance un peu, avec pour seul écho le silence, comme si la pièce elle-même retenait son souffle.

Il crie à nouveau le nom d'Inchbold. Puis celui de Hattie, plus fort.

Il scrute la pièce, plissant les yeux pour percer l'obscurité.

Ce qu'il voit remplit son cœur d'effroi.

Les os ont été détruits.

À sa gauche, le squelette du chimpanzé se dresse sans crâne. Des fémurs et des phalanges brisés et éparpillés jonchent le sol. Il déglutit sèchement, le sang lui battant effroyablement fort aux tempes. Il se dirige rapidement vers la lampe à huile accrochée au mur. Une boîte d'allumettes repose dans le berceau du support. Il en sort une qu'il gratte. Elle s'allume facilement et produit une flamme sifflante, ce qui permet à Edison de mieux voir le carnage.

— Merde.

À quoi joue donc Silas ? Ce genre de chose ne devrait pas être en train de se produire.

Au centre se trouve le corps de Livingstone, le lévrier. Un instant, Edison se prend à espérer que le chien ne fait que dormir. Mais alors qu'il l'enjambe, il remarque la mare de sang noir qui s'est écoulée de la gorge tranchée de l'animal. Son esprit le ramène à la semaine qui a précédé son départ pour York. Cette semaine-là, il n'avait pas vu Silas et ne lui avait pas parlé. Ce n'était pas particulièrement inhabituel : ils pouvaient parfois rester un certain temps sans contact ; Silas traitait désormais directement avec le gardien, la plupart du temps. Mais il y a quelque chose de très étrange dans tout ceci. Il s'agenouille à côté du chien et pose une main sur la fourrure rêche. Le corps est froid. Cela ne ressemble pas au travail de Silas.

Il hésite. Il y a quelque chose entre les dents du chien. Il se penche et regarde. Oui, c'est un morceau de papier, un petit morceau de papier plié. En grimaçant, il le retire, puis il se redresse et se dirige vers la lumière. Quand les mots sont éclairés, il sait que leur fortune s'est tarie. Que leur accord a été découvert. Que Silas Blackthorn est mort.

La fin est proche.

Lucian Carter

Sa tête se balance frénétiquement d'un côté et de l'autre, tant il est terrifié à l'idée que le créancier puisse se cacher dans l'ombre. Un éclair de lumière. Son cœur se plaque contre ses côtes. Est-ce la lueur d'un couteau qu'il voit briller ? Il met le papier dans sa poche. Inchbold ne lui pardonnera pas cette fois-ci, mais sans cette preuve, peut-être pourra-t-il faire passer tout cela pour un cambriolage. Quelque chose qui n'aurait rien à voir avec lui.

C'est alors qu'il entend un bruit étrange.

Cela recommence, c'est une sorte de gémissement sourd, exactement comme le bruit que le jeune mousse faisait sur la glace. Il se précipite vers l'arrière-boutique, tend l'oreille. Voilà, c'est cela, c'est un son humain. Une voix masculine. La peur se fraie un chemin dans son esprit.

Le son étranglé revient encore, et cette fois il peut en localiser la provenance : cela vient de l'espace situé derrière le comptoir. Il se penche par-dessus le bureau.

Inchbold est au sol, en position fœtale. Ses mains et ses pieds ont été liés et sa bouche bâillonnée. Ses yeux se tournent vers ceux d'Edison avec un regard empli de peur. Puis, il se met à gémir avec insistance. Edison contourne le comptoir et se met à genoux.

— Tout va bien, murmure-t-il en se mettant rapidement à dénouer le bâillon.

Ses doigts tremblent et il tâtonne sur le nœud, mais finalement il se desserre et Inchbold secoue la tête pour se libérer. Il avale une grande bouffée d'air en indiquant de ses yeux écarquillés les liens qui retiennent ses mains et ses pieds. Edison les dénoue.

Il a dû rester là toute la nuit.

Une fois les liens retirés, Edison aide Inchbold à se mettre en position assise. La respiration de l'homme s'est légèrement calmée mais tout son corps est pris de tremblements. Edison voit dans la pénombre que son visage a été roué de coups. Son œil droit est enflé et ensanglanté et une ecchymose bleu-noir s'étend sur son menton. Il imagine la scène : Carter et les hommes qui lui sont restés fidèles faisant irruption par la porte au moment où Inchbold ferme tranquillement boutique pour la nuit en époussetant soigneusement chacun de ses spécimens, après s'être assuré que les volets en bois sont bien fermés et qu'il ne reste plus aucune pièce dans la caisse. Il les imagine fouiller la pièce, détruire les os impeccablement disposés, exiger d'Inchbold qu'il leur dise où lui se trouve.

A-t-il résisté ? Est-ce pour cela qu'ils lui ont fait cela ? A-t-il essayé de protéger Edison comme le ferait un ami ?

Peut-être qu'il devrait s'excuser. Il risque un coup d'œil en direction d'Inchbold. Il est surpris de constater qu'il le fixe, visage vitreux et tiré par la fatigue.

Lorsque Inchbold s'apprête à parler, Edison sait, tout au fond de lui, ce qu'il s'apprête à dire. Il sait que ces mots, pour lui, signifieront la fin de tout espoir.

— Allez-vous-en.

Inchbold parle avec calme. Il n'y a aucune méchanceté dans sa voix, seulement du chagrin :

— Rassemblez vos affaires et allez-vous-en.

26

Maude

Les becs de gaz projettent des ombres angulaires sur le plancher de la pharmacie. Dans l'aquarium, de petits corps argentés s'élancent et nagent en ondulant. Elle entend son grand-père déplacer des flacons et des colis dans l'arrière-boutique, mais elle l'ignore et se précipite dans le couloir étroit qui mène à sa chambre.

Une fois à l'intérieur, elle prend une grande inspiration, marque un temps d'arrêt, puis jette son sac de voyage dans un coin où il atterrit dans un fracas de verre brisé.

Elle penche la tête en arrière et les larmes lui coulent des yeux. Elle pense au nombre de nuits qu'elle a passées sans dormir, à tenter de trouver des réponses. Elle pense au supplice de partager un wagon, une auberge, avec l'homme qui avait tué sa sœur, l'homme qui avait traité Constance comme si elle n'était qu'un animal à détruire.

Elle avait été si près d'obtenir de lui ce dont elle avait besoin mais, une fois de plus, elle avait gâché sa chance.

Elle lui en avait donné une trop grosse quantité. Ou bien était-ce l'ajout du mescal au laudanum qui avait provoqué cette réaction ?

Elle hurle, folle de fureur face à son échec. Elle doit tellement plus à Constance. Elle a tout gâché. Voilà précisément pourquoi elle a toujours privilégié une approche maîtrisée. Cette approche, là, elle l'a perdue de vue, elle est allée au-delà de ses capacités. Elle ne sait même plus qui elle est, et cela lui a coûté cher.

Après la pendaison, elle avait été prête à tout pour trouver une nouvelle occasion d'être seule avec Edison Stowe. Le message avait eu tôt fait de lui parvenir, et elle s'était retrouvée dans une taverne avec Stowe, Arnott et les Hollis, lesquels avaient tous présenté des excuses polies avant de prendre congé. Cela avait si bien commencé : la teinture s'était mêlée à la boisson, un voile était tombé sur son regard d'acier. Elle avait fait un test avec un sujet anodin, lui avait posé des questions sur le temps qu'il faisait et il lui avait retourné un sourire étrange et asymétrique. Lorsqu'elle lui avait demandé ce qu'il pensait des événements de la journée, sa paupière s'était mise à se contracter assez violemment. Elle avait lutté pour cacher sa frustration. Il avait commencé à débiter d'une voix pâteuse des absurdités dans lesquelles il était question d'escaliers et de somnambules, longtemps avant qu'elle puisse poser une seule des questions auxquelles elle voulait le soumettre – des questions au sujet de défenses, d'excursions en traîneau, de rubis et de jeunes mousses. À un moment donné, il s'était mis à baver, puis il avait glissé lentement de son tabouret, comme un serpent en pleine mue. Quand il avait heurté la sciure de bois, il s'était recroquevillé tel un cloporte débusqué, avait perdu connaissance et s'était mis à ronfler bruyamment et de manière répugnante.

Sa chance s'était évanouie.

Voilà qu'elle lève ses doigts vers son front et, remarquant leur tremblement au passage, en presse les dures extrémités sur ses tempes. Son corps est comme un bâtiment incendié. Les vapeurs qui proviennent des flacons cassés dans son sac lui déclenchent des élancements à l'arrière des yeux.

Il ne reste plus qu'une chose à faire maintenant. Pour répondre aux exigences de Carter, pour protéger son grand-père. Et cette entreprise, elle le sait, doit être menée de la manière dont Stowe a mené la sienne – avec le sens de la mascarade, de manière spectaculaire et pour aboutir à l'anéantissement le plus pur et le plus déterminé.

Nous y sommes, se dit-elle en imaginant le visage souriant de Constance. L'heure est venue.

27

Edison

IL est ruiné ! Toutes les amarres sont rompues ! Il n'a plus rien ! Pas d'argent, pas de logement, pas de dignité. On l'a laissé là à gratter la terre en compagnie des pigeons et des rats.

Edison Stowe est un homme de *qualité*, pourquoi est-ce donc si difficile pour les gens de se mettre ça dans la tête ? Il n'a pas sa place au milieu de la populace malodorante de Londres. Il n'a pas sa place dans un endroit comme celui-ci.

Carter avait tué ce chien car il savait que c'était ce qui, en dernier ressort, ferait à coup sûr expulser Edison de la boutique. Pas les menaces sournoises. Pas la torture. Pas la profanation des squelettes. Non, c'est un chien à la gorge tranchée qui l'a jeté à la rue.

Il a besoin d'argent. Il a besoin d'argent pour rester en vie et il en a besoin sur-le-champ. Si seulement il pouvait mettre la main sur de l'argent, même une petite somme, il pourrait peut-être contenir Carter un jour de plus. Il pourrait rester en vie.

Il jette un regard circulaire sur la pièce : humide, grise et au dernier stade de la décrépitude. Le lit est un piètre simulacre de lit. Toute la nuit précédente, à peine sorti du carnage qu'il avait vu à la boutique d'Inchbold, il l'avait passée à se tourner et à se retourner, avec des ressorts rouillés qui lui agressaient les côtes. Les planches du parquet sont dans un état de pourriture avancé et il y a une tache noire disgracieuse de la taille d'un cerceau de robe qui s'étend au milieu de la pièce.

Il fait froid aussi. Il y a des trous dans les vitres et à intervalles réguliers, le vent s'insinue à l'intérieur et secoue de ses doigts glacés les huisseries des fenêtres. Au moins a-t-il réussi à trouver un endroit où se réfugier. À moins qu'il ne faille dire se cacher ? Il avait fait un choix intelligent ; Le Chien Noir est un bordel, exactement le genre d'endroit que Carter et ses hommes fréquentent. Ils ne songeraient jamais à chercher un homme du standing d'Edison dans les chambres de l'étage.

Ses yeux se tournent vers sa malle au cuir défraîchi et aux boucles récalcitrantes. C'est un assortiment pitoyable de tout ce qu'il lui reste. Quelques manteaux, chemises et pantalons, quelques vieux livres sur les méduses.

Il se lève pour jauger son reflet dans le miroir, et ses mains tremblotantes se lèvent spontanément vers son visage. Des joues si creuses. Des cheveux si ébouriffés. Et cette crasse, est-elle incrustée dans les rides situées autour de ses yeux ? Empli de dégoût, il se précipite vers sa valise qu'il fouille à la recherche d'un mouchoir propre. Lorsqu'il en trouve un, il retourne devant le miroir, crache dans le tissu avant de se pencher vers son reflet pour frotter.

Son estomac saigne de faim. Il n'a pas mangé depuis la veille à midi. Il doit bien avoir encore une ardoise à son nom quelque part. Mais oui, à L'Ours Qui Danse ! Il ne faut pas qu'ils sachent qu'il n'a plus un sou en poche. Il portera son chapeau baissé sur les yeux, enfilera un de ses plus anciens manteaux. Si les hommes de Carter font le guet, avec cet accoutrement il pourra quand même passer inaperçu.

Au rez-de-chaussée, il parcourt des yeux le pub animé, à l'affût d'hommes au crâne tatoué ou aux phalanges abîmées. Il y a un groupe d'indésirables rassemblés autour d'une partie de Blind Hookey, et un homme avec une grande boucle d'oreille en or à l'air barbare qui tient conciliabule à une table dans un coin. On entend un rugissement soudain et l'un de ses laquais saisit un autre homme à la gorge. Puis ce sont des jambes qui battent l'air, tandis que le malheureux tente de trouver un appui avec ses pieds. Le barbare à la boucle d'oreille sort un cigare de sa poche et l'allume. Aucun d'eux ne se tourne quand Edison passe à leur hauteur. Il se rend compte, avec un spasme morne, qu'il en est déçu. Il est devenu invisible. Juste comme eux.

L'Ours est à une certaine distance, mais il sait qu'il n'aura pas de mal à se faire servir et il a vraiment besoin de manger.

Il est presque arrivé à la porte, presque dehors, quand une voix l'arrête.

Il se retourne en résistant à l'envie de fermer les yeux pour ne pas être confronté à ce qui, il en est certain, s'avérera être l'une des brutes de Carter.

— Oui, toi. Le type tiré à quatre épingles. Viens ici.

C'est le barman.

Il lui traverse l'esprit que c'est peut-être un piège. Qu'il est peut-être arrivé au moment où tout va le rattraper.

Le barman lui fait signe et l'appelle de manière insistante, à deux doigts de faire une scène. Il va le voir uniquement pour le faire taire.

— Votre nom est Stowe, c'est bien ça ? demande le barman.

Vu la physionomie de ses joues creusées, il peut difficilement lui rester plus d'une dent sur la mâchoire. Il regarde Edison d'un air interrogateur.

Comment peut-il connaître son nom ? Edison a donné un faux nom à son arrivée et n'a parlé à personne depuis son retour à Londres la veille au soir.

— J'ai un message pour vous.

L'homme lui tend un bras maigre. Au bout du bras, un mot. Ses doigts tremblent comme ceux d'un ivrogne et le papier qu'il lui tend frémit légèrement, jusqu'au moment où Edison l'attrape pour le glisser dans la poche de son manteau. Il jette un œil par-dessus son épaule. Personne n'est censé savoir qu'il est ici ; comment diable peut-il bien y avoir un billet pour lui qui l'attende derrière le bar ?

Il se détourne du barman qui marmonne quelque chose d'inutile sur les manières, et retourne à grands pas vers l'escalier, dont il monte les marches deux par deux. Il faudra qu'il supporte la faim un soir de plus.

Ce n'est qu'une fois de retour dans sa chambre, portes verrouillées, qu'il sort le billet pour le lire. Ses épaules s'affaissent de soulagement.

> Cher monsieur Stowe,
> J'écris, comme promis, avec une invitation.

Comme évoqué précédemment avec vous, nous travaillons à monter une exposition, un événement phare qui, nous l'espérons, attirera des foules immenses ici chez Tussauds. Cela doit s'appeler HÉROS DE L'ARCTIQUE – et présentera les masques de cire de ces hommes courageux qui se sont aventurés dans le Nord gelé à la recherche de sir John Franklin et du mystérieux passage du Nord-Ouest. Il y aura de la neige, il y aura des ours, il y aura des navires. Nous espérons que cela plaira à ceux qui se rendront à Londres pour l'Exposition universelle de l'année prochaine.

Nous serions très honorés si vous posiez pour cette manifestation.

Je sais que vous êtes un homme occupé, nous avons donc un créneau disponible en soirée. Le studio est situé juste à côté de la Salle séparée, que vous trouverez, je n'en doute pas, d'un très grand intérêt.

Je vous enverrai un fiacre. À sept heures. Vous serez bien entendu rémunéré pour votre contribution.

Je suis très impatient de pouvoir vous ajouter à notre collection, monsieur Stowe.

Avec un très grand respect,

Frank Hollis

Edison replie le papier et jette un coup d'œil à l'horloge. Inspecte à nouveau son visage dans le miroir. Un peu hagard encore mais ça ne fait rien, il a tout le temps de se préparer ; allons bon, où est son pot d'onguent ? Il savait qu'une occasion se présenterait. Il a besoin d'argent, et il en a besoin maintenant. Il ne peut tout de même pas sortir son chapeau pour mendier, il n'a pas le temps de monter une nouvelle excursion et remettre les pieds dans ses salons de jeux favoris s'avérerait trop risqué à ce stade. Mais poser pour la réalisation d'un masque de cire ? Poser pour un masque de cire est un moyen relativement simple d'obtenir ce dont il a besoin. Poser pour un masque de cire, voilà ce qui le sauvera.

Il y a cependant une question à laquelle il faut maintenant qu'il s'attaque : comment Hollis a-t-il bien pu savoir qu'il séjournait au Chien Noir ? Cette question le travaille brièvement, jetant une bouffée de suspicion dans l'air, jusqu'à ce qu'il se rende compte qu'évidemment Hollis sera d'abord passé à la boutique d'Inchbold. Edison avait dit à Inchbold, et à Inchbold seulement, que c'était là qu'on le trouverait. Si Inchbold venait à vendre l'un de ses spécimens, Edison mériterait toujours sa part, quelles que soient les vicissitudes de leur relation. George n'aurait dû dire à personne où il se trouvait, pas même à Hollis, mais Edison suppose qu'il est encore affaibli après les coups qui lui ont été infligés par les hommes de Carter. Il ne lui en voudra pas trop.

Il se demande en passant ses mains sur ses joues durcies combien il sera payé pour poser. Peut-être aurait-il dû le demander quand il se trouvait dans le fiacre à York. En tout cas, ce sera quelque chose qui tiendra Carter à distance et, pour le moment, Carter représente pour lui la menace la plus grave. Il s'occupera de Maude Horton plus tard. Un nuisible à la fois.

28
Edison

C'EST déstabilisant de voir Tussauds dépouillé de sa foule de visiteurs. Mme Tussauds elle-même vient de mourir et son portrait, moulé à la cire, a été placé à l'entrée des salles d'exposition. Les journaux ont fait état d'un nombre de visiteurs record : des personnages de qualité, avec leurs cannes et leurs gilets brodés, venus aussi bien pour voir les effigies des rois, des reines et des empereurs que pour lorgner le masque de la morte.

La rue qui longe le bâtiment est maintenant silencieuse, quelques rats grattent le sol mais il n'y a pas âme qui vive sur les pavés. La voiture envoyée par Hollis est partie, laissant Edison seul dans le noir sous le crachin sinistre.

Il regarde les affiches placardées sur la façade du bâtiment, éclairées par la faible lueur d'un réverbère. NAPOLÉON ! clame l'une d'elles dans un lettrage surdimensionné. Sur une autre, on lit : PERSONNAGES DISTINGUÉS, MEMBRES DE LA FAMILLE ROYALE, POÈTES, JOLIES FEMMES. En dessous, en caractères plus petits : *Têtes de la*

Révolution française (avec une maquette de la célèbre guillotine, dotée d'une lame véritable – L'APPAREIL QUI A ÔTÉ VINGT-DEUX MILLE VIES !*).*

C'est ça, et pas autre chose, n'est-ce pas ? Un commerce bâti sur des décapitations. Il pince les lèvres et expire longuement. *Imaginez* seulement les bénéfices !

Hollis a laissé la porte du musée entrouverte à son intention. Il se sent quelque peu vexé que l'autre ne l'ait pas accueilli dans la rue. Mais il suppose qu'il doit être occupé à préparer la cire.

Il pousse la porte et entre. Le hall d'entrée est vaste et le silence y résonne. Toutes les lampes ont été éteintes ; les sujets sont éclairés uniquement par le faible clair de lune qui pénètre par les hautes fenêtres étroites. Edison étouffe un frisson. Ainsi seul, il a le sentiment de se trouver dans une pièce remplie de cadavres.

Le plafond est tendu de draperies, ce qui lui donne l'impression d'avoir une mer sombre et impitoyable au-dessus de la tête. La pièce est bordée de colonnades et d'immenses moulages en plâtre de vases romains qui déversent des guirlandes sombres et sculptées le long de la corniche. Quelque chose de massif et de lourd est suspendu au centre de la pièce. Ah oui, ce sont deux énormes candélabres au bout de longs câbles.

Edison hausse légèrement les sourcils. Il savait que Tussauds était populaire, mais il ne s'était pas attendu à une pièce aussi raffinée, car même dans cette obscurité stygienne il peut apprécier son raffinement. Les murs sont recouverts de portraits dans des cadres dorés. Et bien sûr, sur d'immenses socles ornés se trouvent les bustes de certains des citoyens les plus impressionnants du monde.

— Monsieur Hollis ?

Les mots d'Edison résonnent dans l'espace caverneux.

En guise de réponse, le silence rugit encore davantage.

Il sent ses paumes le picoter et se retourne, alarmé un instant. Les personnages disposés en cercle dans la pièce l'observent tous. Du moins, seul ainsi dans ce grand hall, c'est ce qu'il ressent.

Il va trouver Hollis.

Il se dirige vers Alexandre, empereur de Russie. Même dans le noir, comme les médailles sur sa poitrine éblouissent ! Comme l'or de ses épaulettes frangées scintille ! Il se penche un peu plus pour inspecter le visage, se plaisant à reconnaître un peu de ses propres traits dans ceux de l'empereur.

— Monsieur Hollis, c'est Edison Stowe. Merci pour le fiacre.

Il traverse la pièce pour gagner le côté opposé où Louis XVI et Marie-Antoinette montent la garde. Ses pas résonnent. Il y a là le comte Bismarck et Garibaldi, et l'empereur du Mexique, même s'il doit plisser les yeux pour parvenir à lire ce qui est inscrit sur la plaque.

— Hollis, appelle-t-il à nouveau avant de sursauter : est-ce l'un des personnages qui vient de traverser le mur au fond de la pièce ?

Il secoue la tête pour chasser cette pensée. Le silence commence à le rendre malade.

La Salle séparée. C'est cela. Hollis avait dit que le studio se trouvait juste à côté de la Salle séparée. Il trouvera l'escalier. Il ignorera la panique qui s'empare de son corps en remontant depuis ses orteils. Il s'acquittera de la séance de pose le plus vite possible, il empochera l'argent, et ce sera l'argent qui dorénavant le sauvera.

Il y a une bougie qui vacille en haut de la cage d'escalier. À côté, un billet sur lequel est inscrit LE STUDIO EST EN BAS ! F. H. Edison soupire de soulagement et saisit le support en laiton du bougeoir.

L'air est encore plus épais sous terre. Les murs semblent entièrement noirs, recouverts de lourdes tentures de velours. Le faible éclairage confère à l'espace exigu une atmosphère morbide de cachot.

Voilà une autre source de revenus, se dit-il. La Salle séparée, ou Chambre des horreurs, comme la surnommait judicieusement Tussauds avant sa mort, a toujours attiré les foules, avec son "coin des meurtriers", ses masques mortuaires, ses boîtes de poison et ses souvenirs macabres. Ce n'est pas très différent, suppose-t-il, de ce qu'il a accompli avec ses excursions. Des têtes royales et des meurtriers. Après tout, ce n'est pas lui qui décide de ce qui rapporte de l'argent.

Il évalue rapidement les sujets tout en faisant connaître sa présence une fois de plus à Hollis. D'un côté de la pièce, une série de têtes sans corps sont exposées comme de précieuses antiquités. Dans le coin se profile un cortège de personnages aux chemises défraîchies – des meurtriers britanniques dont le procès avait décidé la mort, des hommes qui en égorgeaient d'autres célébrés comme des statues de poètes dans une abbaye.

S'il n'était pas si occupé à tenter de se débarrasser de la sensation palpable et inquiétante d'être surveillé, il pourrait se laisser distraire par l'attention que Mme Tussauds a portée aux détails. Sur les personnages de la Révolution française en particulier, les marques de leur mort violente ont été rendues avec une fidélité éclatante. Des têtes coupées ont été mises en scène pour mettre en lumière les circonstances réelles du décès des victimes. Elles sont immortalisées avec un nœud coulant autour du cou, une balle logée dans la tempe, un poignard fiché au-dessus du cœur ou dans une baignoire remplie de sang.

Au centre de la salle se trouve le sujet le plus impressionnant de Tussauds, une maquette de la célèbre guillotine. Juste à côté sont présentées de petites reconstitutions de la Bastille, avant et après sa destruction.

— Hollis ! Nous y allons, oui ou non ?

Voilà qu'il s'énerve maintenant, il n'a aucune envie qu'on lui fasse perdre son temps.

C'est alors qu'il la voit.

Une femme. Debout, qui lui tourne le dos. D'abord, il la prend pour une statue de cire, puis il se rend compte que la statue respire. Elle observe une figure de cire sur un socle. Ses épaules sont minces, ses cheveux d'un noir de corbeau, et au moment où elle se retourne, il reprend son souffle pour se trouver nez à nez avec le visage qui l'a tant captivé la première fois qu'elle était montée dans son wagon. C'est le visage qu'il a vu dans un éclair lors de la première pendaison, à Newgate. Avec ces lèvres en bouton de rose, ces yeux qui rappellent la glace de l'Arctique. Cette peau pâle et douce comme celle d'un enfant.

En cet instant, il sait qu'il a été possédé.

— Madame Horton, chuchote-t-il.

29

Charlotte

À DIX miles de là, à Richmond, Charlotte Hollis tient dans ses mains un billet mille fois lu et relu et se demande si l'acte a été accompli.

Frank, son mari, est en train de bricoler en bas – à dessiner ou à sculpter, ou à l'une des mille autres activités à quoi il occupe son temps dans leur logement commun. Ils sont assez satisfaits de vivre séparément mais ensemble sous le même toit. Il s'agit d'une compagnie facile, d'un partenariat basé sur le respect et la tolérance pacifique du mode de vie de chacun. Ce n'est pas une compagnie basée sur l'amour. Mais c'étaient dès le départ les termes de leur accord.

Bien entendu, Frank Hollis n'a jamais écrit de lettre invitant Edison Stowe à poser pour une exposition sur l'Arctique. C'est Charlotte Hollis qui l'a fait. Frank Hollis n'a pas fourni à Maude la clé de Tussauds pour qu'Edison soit attiré jusqu'à la célèbre Chambre des horreurs. C'est Charlotte Hollis qui l'a fait.

Elles avaient réalisé qu'elles ne réussiraient jamais vraiment à le faire parler, qu'aucun poison, aucun élixir ne l'inciterait à admettre son crime, quelle que soit leur persévérance dans un tel plan. Mais elles étaient persuadées qu'il pouvait être déjoué par deux choses très simples qu'il possédait au centuple : l'arrogance et la cupidité.

Edison Stowe, pour son malheur, avait accordé peu d'attention à Charlotte Hollis lors de ses circuits. Il n'avait d'yeux que pour Maude, et Charlotte ne pouvait pas lui en vouloir ; cette femme était incandescente, tout comme sa sœur. Personne ne semblait vraiment remarquer Charlotte avec son visage sans attrait, ses cheveux banals, ses vêtements soignés. Les gens faisaient rarement cas d'elle. C'est là que résidait sa force.

Elle repasse le billet entre ses doigts, il est devenu aussi doux que du daim. Elle l'a si souvent caressé, elle a versé tant de larmes dessus, confié si souvent les mots qu'il contient à son esprit qu'il arrive qu'ils dansent dans sa tête pendant son sommeil.

> Mon amour, dit le message. Ne sois pas triste que je sois partie. Ne te rends pas malade de colère. Ne verse pas la moindre larme salée.

Cette lettre est son bien le plus précieux.

> Je penserai à nos rires, à nos lectures, à nos baisers et à nos souffles mêlés. Notre amour est comme une paire de poumons qui enflent et se vident de concert.

Ces mots lui ont apporté du réconfort, ils ont apaisé le chagrin, la confusion et la sensation d'être chauffée à blanc qu'elle avait ressentis pendant tant de mois après le départ de Constance.

Elle avait rencontré Constance pour la première fois au St James Park trois ans plus tôt, alors qu'elle se promenait bras dessus bras dessous avec son père. Ils avaient croisé dans les bois une jeune femme sur le dos, et son père s'était précipité pour lui venir en aide, persuadé qu'elle avait dû s'évanouir et tomber dans les buissons. Constance avait levé les yeux dans leur direction à tous les deux ; elle rayonnait, avec ses joues maculées de terre et ses ourlets trempés de boue. Le père de Charlotte avait haussé les sourcils tandis qu'elle lui expliquait qu'elle cherchait des champignons ; est-ce qu'ils aimeraient y jeter un œil eux aussi ?

"Mon grand-père est pharmacien", avait-elle expliqué en se relevant et en s'essuyant les mains sur les genoux. Sa voix était jeune, enfantine et séduisante, et Charlotte avait eu l'impression qu'une paire de doigts appuyait sur la peau située à la base de sa gorge.

Charlotte était revenue. Elle avait fait le long trajet depuis Richmond tous les jours pendant deux semaines, à la recherche de la fille qui fouillait dans la terre pour dénicher des champignons. Jusqu'à ce qu'elle finisse par la retrouver, occupée à remplir son sac de crinières de lion blanches et moelleuses. Constance avait tapoté la terre à côté d'elle ; Charlotte s'était assise timidement.

Après cela, chaque seconde de temps libre avait été préemptée pour la passer dans la compagnie de l'autre. Charlotte était peut-être dépourvue d'attrait, mais l'amitié de Constance l'illuminait comme une actrice de théâtre sous les projecteurs. Être avec Constance n'avait rien à voir avec ce qu'elle vivait avec toute autre personne de sa connaissance. Elle avait l'impression d'être en orbite autour d'une planète ardente chaque fois qu'elle était en sa compagnie. C'était comme si le simple fait d'être avec Constance lui permettait de se réchauffer à une force incommensurablement bonne. Jusque-là, Charlotte avait passé sa vie tranquillement préoccupée par ses propres intérêts insulaires. Elle aimait peindre, dessiner, façonner des sculptures, dans le secret de son atelier aux portes bien fermées. Elle n'avait jamais partagé ses petites passions avec quiconque ; on n'aurait pas été intéressé par ses humbles talents. Mais Constance l'était.

Elles marchaient souvent en s'émerveillant devant les rivières gelées de Londres et les motifs de patchwork laissés sur le sol par la chute des feuilles de sycomore. Elles s'allongeaient ensemble sur l'herbe pour regarder les branchages d'en bas, écouter le murmure du vent dans les feuilles tout en fermant les yeux pour se protéger des taches de soleil. Tout comme leur manière de voir le monde était différente, leur manière de voir les arbres l'était aussi : Constance passait sa main sur l'écorce, parlait de purgatifs, de thés contre le rhume, contre la rougeole et d'autres maladies ; Charlotte prenait les feuilles entre ses doigts, les tordait au niveau de la tige comme des poupées dansantes et les ramenait chez elle pour les dessiner. Elles n'étaient pas toujours d'accord. Charlotte trouvait Constance impatiente, erratique et bien trop audacieuse. Constance reprochait à Charlotte de ne pas être plus forte dans ses convictions, plus enflammée dans ses opinions. Il y avait quelque chose chez Constance qui lui faisait un peu peur. Quelque chose de sauvage et de téméraire. Une lueur de menace. Mais les deux femmes ne pouvaient nier qu'un lien aussi solide que les racines des sycomores les unissait. Elle ne se souvient pas vraiment quand ses sentiments d'amitié se sont transformés en une attirance d'une nature totalement différente. Même si elle suppose, quand elle y repense, que ce n'était pas réellement de l'amitié qu'elle avait eue en tête dès le départ. Son père s'était interrogé sur le temps qu'elle passait avec sa nouvelle amie. Il avait arrangé un mariage pour sa fille, avec quelqu'un qui comme elle s'intéressait aux arts. Il l'avait suppliée de l'accompagner à un dîner afin qu'ils puissent se rencontrer, il était certain qu'elle serait tout à fait satisfaite de son choix. Mais elle s'excusait, feignait la maladie ou l'indisposition chaque fois que la date du rendez-vous approchait. Elle savait qu'en Constance elle avait trouvé son contentement. Avec Constance, elle savait qu'elle était rentrée à la maison.

Puis, ce bonheur s'était envolé.

Pendant si longtemps, Charlotte n'avait pas connu la véritable raison de son chagrin. Elle avait passé plus d'un an à croire que Constance l'avait simplement quittée, sans un mot, sans raison. Elle ne savait pas où elle se trouvait ni pourquoi elle était partie, sans la moindre explication, sans le moindre mot d'adieu. C'est pourquoi elle n'avait pas eu la force de refuser le mariage que son père lui avait assuré. Et c'est ainsi qu'elle était devenue la femme d'un homme qui travaillait la cire.

Ce n'est que lorsque Charlotte avait fini par accepter, d'une manière ou d'une autre, son abandon, qu'elle s'était mise à la recherche de la sœur de Constance. Constance lui avait parlé de Maude avec tant de tendresse et de fierté. Charlotte était aiguillonnée par le silence injuste de son abandon ; si Constance ne voulait pas lui parler, peut-être que sa sœur le ferait. Elle ne révélerait pas qui elle était, du moins pas au début, et de toute façon, à ce moment-là elle était déjà mariée. Mais elle demanderait des nouvelles d'une certaine Constance Horton, pour voir où elle avait fini, pour voir si cela l'aiderait à mettre un terme à leur amour.

La pharmacie était telle que Constance l'avait décrite, remplie de bocaux, de lampes à alcool et d'appareils étranges, avec un mur entier de tiroirs qui se dressait devant elle comme un assortiment d'innombrables fausses dents.

Il y avait là une femme, derrière la caisse, qui inspectait les étiquettes fanées des flacons, un tablier soigneusement épinglé sur de la bombazine noire. Son visage, semblable à celui d'une courtisane royale, paraissait totalement déplacé dans un tel décor. Elle n'aurait pas dû être aussi surprise de voir tant de beauté. Constance avait toujours dit que sa sœur ressemblait à un tableau. Mais c'était difficile à regarder pour Charlotte. Cela l'avait détournée momentanément de ses questions.

Au début, Maude s'était montrée méfiante lorsque Charlotte avait demandé des nouvelles de Constance, avait voulu savoir si elle vivait toujours à Londres, si elle serait susceptible d'accepter des visites. Ensuite, le visage de la femme s'était froissé et ses épaules étaient descendues de plusieurs centimètres, comme si les ficelles qui les retenaient avaient été coupées. Un vieil homme était sorti d'une pièce située au fond du magasin et avait tranquillement pris place à côté d'elle à la caisse. Il avait posé une main sur la base de sa colonne vertébrale et l'avait redressée doucement. Il avait un visage aimable et des yeux voilés par les ans. Elle avait su immédiatement qu'il s'agissait du grand-père de Constance.

Elle n'avait pas compris tous les détails de ce qu'il avait dit, car un son étrange s'était frayé un chemin jusqu'à ses oreilles, dans un gémissement interminable. Encore aujourd'hui, elle ne se souvient que de bribes, de mots isolés : voyage, rêve, têtue, morte.

Elle avait couru. Elle ne savait pas quoi faire de ces mots, comment les placer dans un ordre logique, alors elle avait fui la pharmacie.

Mais elle avait compris sans tarder qu'elle devait revenir, qu'elle avait besoin d'en savoir davantage sur le voyage étrange et ambitieux de Constance, et elle s'était sentie obligée, à travers son lourd et déroutant voile de chagrin, de dire à Maude que sa sœur avait été aimée.

D'abord, Maude s'était mise en colère. Avait accusé Charlotte de mentir pour créer un scandale dans leur famille, de chercher de l'argent. C'était blessant, mais Charlotte avait gentiment rétorqué qu'elle n'aurait rien à gagner à reconnaître une telle relation amoureuse. Elle était fille de policier. Une liaison avec une femme était très loin d'être quelque chose qui la mènerait à de grandes richesses.

Elle avait laissé son adresse à la pharmacie, sans savoir si elle aurait un jour de nouvelles de l'autre sœur Horton.

Jusqu'au jour où Maude était arrivée et avait doucement frappé à sa porte. Elle était venue avec une lettre. Au début, elle avait semblé réticente à la lui transmettre. Comme si elle ne voulait pas renoncer à une partie d'elle-même. Mais elle avait dit doucement à Charlotte que la lettre était pour elle. Les mots à l'intérieur avaient tout changé.

Après cela, Maude était revenue. Puis, encore, et encore, et progressivement les deux femmes avaient forgé une profonde amitié. Charlotte avait été ravie de trouver en Maude un esprit vif et une alliée solide. Elles s'autorisaient à parler de Constance quand elles en avaient besoin ; Charlotte rappelait ses manières douces et espiègles tandis que Maude lui racontait qu'elles n'avaient jamais eu besoin de finir leurs phrases quand elles se parlaient. Charlotte avait vu Maude reconstruire lentement une part d'elle-même sur les décombres du chagrin, et elle avait assisté à cela comme on assiste aux derniers coups de pinceau portés par un maître à son tableau – impressionnée par son savoir-faire, éblouie par le processus et persuadée qu'on ne pourra jamais réaliser une telle chose soi-même.

Puis un jour, Maude était venue chez elle avec autre chose. Elle avait passé la porte en trombe et avait posé un livre sur la table.

— J'ai besoin que tu m'aides à retrouver cet homme. Écoute ! Il faut le faire parler. (Elle avait tapoté les pages du livre.) Il est mêlé à ce qui lui est arrivé.

Charlotte avait pris le livre. Deux mots y étaient soulignés encore et encore. *Edison Stowe, Edison Stowe, Edison Stowe.*

Elles devaient participer aux circuits, accompagnées de Frank ; il serait par trop incorrect que deux femmes de leur âge paraissent dans ce train sans chaperon. Les yeux de Frank s'étaient écarquillés lorsque Charlotte lui avait rapporté un prospectus et lui avait dit ce que proposait l'homme de Clerkenwell. Son mari considérait la mort comme une journée au bureau. Il n'avait pas fallu beaucoup de persuasion pour le convaincre de l'accompagner dans cette excursion. Il ne savait rien, au début, de son amitié avec Maude. Ne connaissait pas la véritable raison de leur présence à ces pendaisons. Mais elle avait dû tout lui raconter avant York, pour lui demander de l'aide, pour implorer le secret. Il avait marqué un temps d'arrêt et elle avait vu les lignes familières de son visage se modifier tandis qu'il y réfléchissait. Finalement, il avait croisé son regard, répondant sans un mot.

Leur partenariat n'était peut-être pas fondé sur l'amour ou le désir. Mais il y avait entre eux du respect, une forme de solide dévouement. Elle n'avait donc pas été surprise de constater que ses yeux disaient oui.

Au moment où Maude et Charlotte avaient pris place, tout à fait séparément, dans le premier train, en prenant soin de ne pas révéler leur amitié ni même le fait qu'elles n'étaient pas des inconnues l'une pour l'autre, elles étaient liées par bien plus que leur chagrin. Elles étaient enchaînées par leur détermination à obtenir la vérité d'Edison Stowe.

Désormais, leur but était la vengeance. Hattie, la servante, avait été facile à recruter. Elle avait semblé terrifiée par Edison, avait dit Maude, mais aussi étrangement déterminée à contribuer à le faire tomber par tous les moyens possibles. Elle avait transmis des renseignements aux deux femmes. Aidé Maude à le prendre en filature. Disposé bien en évidence des articles de journaux, donné un aperçu de l'humeur et des penchants d'Edison.

Le recours à Tussauds comme décor, la mise en scène autour des mannequins de cire, tout cela, c'était des idées de Charlotte et elle en était franchement satisfaite. Maude et le créancier avaient été d'accord. C'était une bonne idée d'acculer Stowe dans une pièce pleine de meurtriers, où il serait à sa place. Le spectacle l'avait toujours enchanté, n'est-ce pas – il cillait à peine lors d'une pendaison ; tout ce dont il se souciait, c'était de savoir s'il facturait assez cher à ses hôtes la participation à ses excursions.

Il aimait le spectacle ? Il allait être servi.

Il y avait quantité de visages de cire de substitution dans leur atelier au sous-sol, qui étaient là à ramasser la poussière. Avec son œil de sculptrice, il ne lui avait pas fallu beaucoup de travail pour en trouver un dont la cire une fois chauffée puisse être travaillée afin d'obtenir des traits pincés proches de ceux de Stowe. Les boucles blondes, elle les avait choisies parmi les perruques que son mari avait reléguées dans un panier qui traînait dans un coin. Une brosse en avait ôté les nœuds et elle avait coiffé la chevelure en respectant l'austère raie sur le côté qui avait les faveurs de Stowe. Un peigne métallique rugueux passé sur ses joues, combiné à une touche de rouge, avait recréé sa peau tannée par l'Arctique.

Edison Stowe était un homme aux visages innombrables, aux masques changeants. Ce ne serait qu'un masque de plus à ajouter à sa collection.

30

Edison

Son premier réflexe est de courir.

— Je vous le déconseille, sourit Mme Horton tandis qu'il commence à reculer. Une femme comme moi ne viendrait jamais dans un tel endroit sans escorte. (Elle désigne le masque de cire sur le socle et il réfléchit rapidement à qui d'autre pourrait se trouver dans le bâtiment.) Cela vous plaît ?

Les yeux d'Edison se révulsent, il est bouche bée d'horreur.

Comment est-ce possible, comment se fait-il que le personnage qui se tient sur un socle devant eux, avec son visage de cire et son corps grotesque et inanimé, soit une réplique parfaite de son image ?

C'est une blague. Cela ne peut pas être autre chose. C'est une plaisanterie horrible et épouvantable.

— Venez donc, venez !

Maude singe le ton enthousiaste d'une enfant. Oubliez le mannequin de Sarah Siddons dans le hall d'entrée, la plus grande actrice de Londres se trouve actuellement tout en bas, dans la Chambre des horreurs.

La terreur le pousse à avancer. Maude lui indique la plaque. Insiste pour qu'il se penche et la lise.

Edison Stowe, lit-on. *Le tueur de l'Arctique.*

— Qu'est-ce que c'est que ça ?

Sa tête pivote, il cherche d'autres spectateurs dans l'ombre, il cherche un signe que tout cela n'est qu'une mascarade, que le rideau va tomber sur cette foutue farce absurde.

— Vous avez toujours aimé les spectacles. (Le visage de Maude reste figé dans cet horrible sourire.) Vous vivez pour le spectacle ! Comme nous tous, n'est-ce pas ? C'est pourquoi vous avez monté vos excursions. Et maintenant, vous aussi, vous faites partie du spectacle !

Elle hoche la tête en direction des mannequins de cire.

Elle a la dent enfilée sur un cordon autour du cou. Ses yeux s'y accrochent tandis qu'une chaleur épouvantable envahit son corps.

Il secoue à nouveau la tête, vivement, sans dire un mot.

Cela la met en colère.

— Vous avez tué un jeune garçon dans l'Arctique. (La voix de Maude est aiguë.) Avec une défense. Vous lui avez transpercé le cœur, vous avez écrasé sa poitrine, ses organes. Vous avez aspiré la vie hors de ses poumons.

Il ne parvient pas à déglutir. Un jeune garçon, oui. Ce n'était qu'un mousse. Et une euthanasie nécessaire. Juste un mousse. À qui manquerait-il ?

— Jack Aldridge, reprend Maude.

Edison ne se serait pas souvenu du nom complet.

— Sauf que ce n'était pas Jack Aldridge. Ce n'était pas un jeune garçon.

Cette femme est folle. Cela, au moins, c'est évident. Il faut qu'il trouve un moyen de s'échapper. Il pourrait aisément la maîtriser. Lui écraser le crâne, lui briser le cou. Ce n'est qu'un animal, après tout – de la chair, du sang, des os.

— Ce n'est pas un jeune garçon que vous avez tué, c'était Constance Horton. Ma sœur. Quelqu'un de bien plus intelligent que vous, quelqu'un de plus courageux, de plus aventureux que vous ne le serez jamais.

Voici qu'elle crache. Cela ne lui va pas. Les détails de son visage commencent à se fondre de manière très laide. Il essaie de capturer les pensées qui coulent. Il essaie de se concentrer sur son visage, sa bouche, sur ce qu'elle dit.

Une sœur. Il y aurait eu une femme sur le bateau ? Il n'y avait pas de femme sur le Makepeace. Il l'aurait su. Mais il avait déjà entendu parler de telles choses. Des femmes aux mœurs dissolues qui se déguisaient en… en… Il déglutit. Lady Westbury avait mentionné le fait que Mme Horton était en deuil. Ç'aurait été sa sœur ? Cela signifie que la personne qu'elle avait pleurée tout ce temps était sur le Makepeace avec lui. La sœur dont elle pleure tant la perte était le "garçon" qu'il a étouffé. Le garçon dont il était si sûr qu'il ne manquerait à personne.

Il comprend alors, avec une horreur vertigineuse, que Maude Horton a dû le traquer pendant tout ce temps : les questions étranges dans le jardin de Wilton House, le visage menaçant dont il se souvenait lorsqu'il était revenu à lui à l'auberge de York. La mégère sournoise ! Quelle audace. Sans parler de l'impudence et de l'incorrection d'un tel scandale. Une femme ? Ses doigts tremblent. Il ne sera pas dit qu'il se laissera battre par une femme. Ce combat-ci, il ne le perdra pas.

— Ça vous surprend ? poursuit Maude tandis qu'il déplace lentement la main vers la poche de son manteau. (Il sait ce qu'il a dans la poche. Il n'a pas été stupide au point de quitter le Chien Noir sans être armé.) Est-ce que cela vous met en colère d'avoir été trompé pendant si longtemps par une femme ?

Parle-t-elle d'elle-même ou de sa menteuse de sœur ? De toute façon, il ne lui répondra pas. Pas avec des mots en tout cas.

— Regardez autour de vous.

Elle désigne les mannequins de cire des meurtriers, des criminels et des révolutionnaires. Oh, comme elle la poursuit, cette comédie, sans savoir ce qui l'attend. C'est triste. C'est triste qu'elle croie, ne serait-ce qu'une seconde, qu'elle peut gagner contre lui. Il met les doigts dans sa poche pendant qu'elle palabre.

— Des costumes, des masques, des illusions, des répliques de cire, poursuit-elle. Rien n'est vraiment ce qu'il prétend être. Ma sœur n'était pas vraiment un mousse, et vous n'êtes pas vraiment humain.

Ses doigts se posent sur l'acier froid.

— Vous êtes un monstre, un corps fait de poison, animé par l'avidité, la méchanceté et l'instinct de conservation à tout prix. Et qu'avez-vous donc dit ?

Sa voix s'élève avec passion. Il voit le sang lui battre à la gorge, il voit exactement où il va percer la peau. Comme c'est pathétique qu'elle ne le sache pas. Comme il est gênant qu'elle poursuive cette mascarade. Il jette un dernier regard à la pièce remplie de sang, de couteaux et d'instruments de torture, et lève une dernière fois les yeux sur son effigie. Au moins ont-ils capturé la beauté de son visage, son air noble, sa façon de regarder ceux qui sont situés en dessous de lui depuis une position surplombante parfaitement méritée.

— *Œil pour œil*, disiez-vous. Vous avez dit que le fait de prendre la vie de quelqu'un signifiait que la vôtre, à son tour, devait être prise. Eh bien, je pense que nous pouvons arranger cela.

Non. D'un mouvement rapide, il dégaine le couteau et se jette de tout son poids sur elle. C'est un sentiment qu'il connaît bien désormais, la sensation brûlante d'être sur le point de mettre fin à une vie. Cela ne le dérange pas, tout comme cela ne le dérange pas de matraquer et d'écorcher un phoque, ou d'arracher les entrailles du ventre d'un renard gris. C'est ainsi que tout cela devait se terminer, comprend-il, et en la supprimant du tableau il sera à nouveau intouchable.

Ils atterrissent lourdement sur le sol, son corps à lui écrasant celui de la jeune femme impuissante sous son poids. Elle est à sa merci mais il ne lui tranchera pas la gorge, pas encore.

Elle cligne lentement des yeux, embrouillée, son regard bleu roulant dans ses orbites, elle n'a plus le moindre souffle d'air dans les poumons. Elle gémit de douleur, tout comme sa sœur. Elle a dû se cogner la tête en tombant. Parfait. Il veut qu'elle soit groggy.

Il s'interrompt un instant pour se délecter de la situation, et retenir quelques secondes de plus le délicieux sentiment de délivrance. Quelque chose en lui s'émeut de savoir qu'il est si près de son visage qu'il pourrait la mordre, l'embrasser, lui faire n'importe quoi sans qu'elle puisse réagir sous ses mains. Il envisage de lécher lentement la peau de son cou, pour voir quel goût elle a. Puis il se rend compte qu'elle essaie de parler.

C'est également ce que sa sœur avait fait. Il s'en souvient maintenant. Le jeune garçon, car il croyait que c'était un garçon alors, sur la glace, avait formé un mot de ses lèvres en mourant. Il est à deux doigts de rire lorsqu'il réalise ce qu'il a dû essayer de dire.

Mme Horton cligne de plus en plus lentement des yeux en murmurant. Le son devient plus faible, plus rauque à chaque respiration. Une mare de sang se forme autour de sa tête comme un halo sombre. Une couronne noire. Bizarrement, cela lui va bien. Cela lui donne un air de sainte.

— Je pensais qu'elle essayait de dire "Mère", sourit-il en laissant s'échapper un bref aboiement de rire. (Les yeux de Mme Horton se tournent immédiatement vers les siens, écarquillés, brillants de peur.) Quand c'est arrivé, poursuit-il de manière plus claire, je pensais que ce garçon, eh bien, je pensais qu'*elle* appelait sa mère.

Les yeux de Maude se ferment pour faire barrage à ce qu'il s'apprête à dire, son corps se relâche. Il est persuadé de voir une grosse larme humide se former au coin de ses jolis cils.

— M-m-m-m-m-m-m. (Il produit une imitation pleine de minauderies des derniers instants de Constance Horton.) M-m-m-m-m-m. (Il prend le couteau, le lève pour le faire glisser sur la peau blanche de sa gorge jusqu'à ce que tout son corps tremble.) Mais ce n'était pas "Mère", n'est-ce pas, madame Horton ? C'était "Maude" ! (Son visage se plisse en réponse.) Mais même vous, vous n'avez pas pu la sauver.

Un déclic dans l'obscurité le déstabilise et, sans réfléchir, il tourne la tête sur le côté. Ce faisant, il rencontre du métal froid, quelque chose de dur et d'anormal est pressé contre sa tempe dans l'espace situé juste au-dessus de son oreille droite.

— Je pense que vous devriez vous lever. Vous ne croyez pas, monsieur Stowe ?

Bon Dieu.

Précautionneusement, il tourne la tête encore un peu plus et le pistolet accompagne son mouvement. Quand il voit de qui il s'agit, chaque centimètre de son corps se fige. La douleur est pire que la morsure de n'importe quelle engelure. Lucian Carter se tient au-dessus de lui avec un revolver à poivrière chargé de frais pointé sur son crâne.

— Fin de la partie.

ÉPILOGUE

Elle regarde de loin le cercueil s'enfoncer dans la terre. Elle essaie de ne pas imaginer l'état du corps à l'intérieur. Il a fallu du temps pour qu'un terrain abordable soit disponible. Le ciel est d'un sombre gris pommelé, mais les oiseaux chantent à tue-tête, et leurs bavardages prêtent de la légèreté à ces funestes démarches.

Elle voit l'homme, Inchbold, penché au bord de la tombe. Malheureux dans son manteau gris et sa casquette plate, il sort un mouchoir de sa poche et s'en tamponne le nez. À un moment donné, il lève les yeux et elle se demande s'il la voit, mais elle recule lentement pour disparaître dans le feuillage.

Sa sœur est là aussi, cachée avec elle dans les arbres. Elle est dans les scarabées et dans les oiseaux, dans l'odeur de la pluie sur l'herbe, le doux baiser du froid dans l'air. Il en est ainsi et il en sera toujours ainsi. Où que soit Maude, Constance sera là aussi. Tout comme l'été succède au printemps.

Elle n'avait pas vu ce que Carter avait fait de Stowe chez Tussauds. Mais elle avait tout entendu. Tandis qu'elle reprenait conscience pour la perdre à nouveau, elle avait entendu des cris qui lui avaient semblé très lointains, mais elle savait qu'ils n'auraient pu être plus réels.

Lorsqu'elle était revenue à elle, alors que des hommes qu'elle ne connaissait pas lui faisaient passer les lourdes portes, alors que son corps rencontrait l'air frais de la nuit et qu'elle se retrouvait le visage baigné par la lueur argentée de la lune, elle avait senti venir sur elle une paix telle qu'elle n'en avait pas connue depuis les dernières fois où Constance et elle étaient ensemble, à préparer des remèdes et à bavarder avec leur grand-père dans la pharmacie.

Quelques semaines plus tard, une fois rétablie, elle avait rendu à Heart le journal de sa sœur, ainsi que le rapport d'autopsie officiel de Sedgewick, qu'il avait rédigé et certifié conforme maintenant qu'ils connaissaient les circonstances exactes de la mort de Constance. Ils les avaient apportés au père de Charlotte, qui était commissaire en chef, convaincus que leurs découvertes ainsi que ses implications dans des affaires de meurtre et de contrebande suffiraient à faire tomber Hancock une fois pour toutes.

Giles Sedgewick lui-même avait décidé de s'attarder à Londres. Maude rougit un peu maintenant en pensant à son visage, à ses manières douces, à sa relation avec Constance, dont elle lui sera toujours reconnaissante. Leur grand-père s'est pris de passion pour le chirurgien et tous deux passent de longues soirées à discuter des progrès de la chimie. Henry pousse Sedgewick à lui raconter ses voyages et Giles interroge son grand-père sur le contenu de ses armoires. Maude s'assied parfois avec eux, bercée par leurs aimables bavardages. Elle surprend Giles en train de la regarder, le visage éclairé par la lueur d'une bougie. Quand leurs regards se croisent, elle sait que de bonnes choses sont encore à venir.

Ce matin-là, elle a risqué une promenade au milieu de la foule rassemblée pour la pendaison. Il y avait des dizaines de milliers de personnes massées à Newgate, une foule record sans aucun doute. Tout Londres avait été captivé par cette histoire, les journaux ayant titré sur le crime, dans tous ses détails sanglants et spectaculaires, pendant des semaines.

Elle s'est brièvement arrêtée à un moment donné pour entendre le refrain de la chanteuse de ballades, et a baissé les yeux au son du nom familier.

Il y avait une excitation frénétique dans la foule qui entourait l'échafaud. Le genre d'énergie réservée uniquement aux crimes les plus sensationnels.

Elle s'est frayé un chemin à travers tout cela, anonyme et invisible.

Lorsqu'elle est arrivée devant un stand de cidre, elle a trouvé un enfant des rues qui vendait des affiches. Elle s'est avancée, a tendu une main chargée d'une pièce pour la voir bientôt remplacée par du papier. Elle a secoué la feuille, baissé la tête et étudié les mots.

LE CRÉANCIER CRUEL
ET LES MEURTRES DE CIRE
Escroquerie ! Machination ! Torture chez Tussauds !

> Le 10 décembre, le crime le plus ignoble et le plus horrible a eu lieu au plus profond des entrailles de la Chambre des horreurs de Madame Tussauds.

L'aventurier et entrepreneur Edison Stowe a vu sa vie édifiante écourtée par les actions du condamné Lucian Carter et de ses complices grossiers. Stowe – qui, en 1849, se rendit vaillamment dans l'Arctique pour participer aux efforts de recherche concernant sir John Franklin et ses navires – profitait d'une promenade investigatrice du côté de la "Salle séparée" lorsqu'il fut attaqué, de manière gratuite, par Carter et deux de ses acolytes.

Pendant des années, Lucian James Carter a semé la terreur parmi les Londoniens avec ses violents actes de représailles. Il était jusqu'à présent resté en liberté.

Les détails de la torture infligée à Stowe avant qu'il soit tué sont trop odieux et trop horribles pour être reproduits sous forme imprimée, mais les instruments utilisés pour ces activités macabres ont tous été tirés de la Chambre des horreurs elle-même.

Une fois cet acte horrible commis, le rusé Carter s'est échappé de chez Tussauds et a continué à déjouer la police pendant plusieurs jours. Mais sous la question, ses deux comparses ont sans difficulté révélé des informations sur leur chef et ont donné des renseignements sur des dizaines de meurtres similaires, faisant du déréglé Lucian James Carter l'un des tueurs les plus prolifiques de Londres.

Il sera pendu à Newgate aujourd'hui à 10 heures.

Aujourd'hui, à flanc de colline, le corps pourri d'Edison Stowe est enfin enterré. C'est toujours un héros, pour l'instant, mais Maude sait que la vérité finira par éclater. Quand elle éclatera, nul doute qu'elle fera vendre des milliers de journaux, remplira de nombreuses poches et approvisionnera de nombreux coffres. Le meurtre, après tout, c'est encore l'histoire que Londres préfère.

Alors que le cercueil s'enfonce dans la terre, un profond rugissement s'élève de la foule à Newgate, signe que Carter se balance désormais au bout d'une corde. Le soleil apporte un éclair de chaleur au ciel de Londres, et Maude Horton, sa sœur à côté d'elle, resserre son châle sur ses épaules avant de disparaître sous les frondaisons.

NOTE HISTORIQUE

Les pendaisons étaient des événements publics populaires au XIXe siècle, auxquels assistaient toutes les couches de la société – riches, pauvres, personnages célèbres et misérables. Parfois, une pendaison était si ardemment attendue qu'on estimait qu'elle justifiait un jour férié. En mai 1820, les garçons de la prestigieuse École de Westminster reçurent un jour de congé supplémentaire pour pouvoir assister, devant la prison de Newgate, au spectacle des derniers instants de cinq des conspirateurs du complot de la Rue Cato – des dissidents politiques qui avaient concocté un plan farfelu pour assassiner l'ensemble des ministres du cabinet.

L'entreprise d'Edison (fictive mais macabre) trouve ses racines dans la réalité. Il y avait réellement beaucoup d'argent à gagner lors des exécutions, et nombreux étaient ceux qui exploitaient cette demande. Le commerce des pages grand format (ou "placards") avait commencé dès le XVIIe siècle, sous forme de "confessions sur un lit de mort" ou de "récits véridiques" de ceux qui étaient sur le point d'être pendus. Ces placards avaient été produits à l'origine par Henry Goodcole, le premier aumônier à plein temps de la prison de Newgate, et décrivaient en détail, souvent de manière extravagante, l'énormité et l'horreur des délits de chaque criminel. Ces "confessions" avaient trouvé un marché lucratif auprès d'un public avide de sensationnalisme et avaient fini par évoluer vers des brochures de plusieurs pages couvrant les procès, les sermons prêchés aux condamnés et les récits de leur vie et de leurs crimes. Il s'agissait néanmoins le plus souvent d'une unique feuille, imprimée sur une seule face et vendue dans la rue – on trouvait le marché le plus favorable à côté du gibet, tandis que le corps se balançait encore – pour un demi-penny ou un penny. Pour ceux qui n'en avaient pas les moyens, les placards étaient affichés près des pubs, des cafés ou dans les vitrines des magasins, devant lesquels des groupes d'enfants se rassemblaient, bouche bée devant les représentations des condamnés gravées sur bois.

Lorsque les époux Frederick et Maria Manning furent pendus à la prison de Horsemonger Lane le 13 novembre 1849 (un événement auquel Daphné Westbury et Frank Hollis font tous deux référence), ils attirèrent la plus grande foule jamais vue lors d'une exécution publique. On estime qu'entre trente mille et cinquante mille personnes vinrent assister au spectacle, qui était aussi populaire auprès des classes supérieures que des pauvres (de nombreuses dames à la mode attendaient avec impatience de voir ce que Maria avait choisi de porter pour l'occasion – de la soie noire). Deux millions et demi de journaux furent écoulés. À cette occasion, les figurines en porcelaine du couple meurtrier se vendirent comme des petits pains et des colporteurs proposèrent des "biscuits Manning" et des "bonbons à la menthe de Maria Manning".

L'espace qui entourait les exécutions pouvait également être mis à profit. Lors des pendaisons, les cafés et pubs voisins ouvraient leurs portes aux plus offrants ; les chambres du premier étage, en face de l'échafaud, pouvaient être louées pour un tarif qui pouvait monter jusqu'à 12 £. Lors de l'exécution des Manning, la totalité des membres de nombreux clubs parmi les plus en vogue de Londres louèrent des chambres et des toits pour bénéficier des meilleures vues sur la "chute".

Les pendaisons qui se tenaient à l'extérieur de Newgate offrirent également au directeur de la prison une excellente occasion de consolider sa position sociale. Lorsqu'une pendaison survenait, il organisait des événements mondains exclusifs, auxquels il invitait un petit groupe restreint et distingué. Depuis la prison, on pouvait avoir une vue dégagée sur les opérations et, après l'exécution, les participants se retiraient pour prendre un petit déjeuner et du cognac. Au 18, Old Bailey, le pub Magpie and Stump (La Pie et la Souche) existe toujours. Entre 1783 et 1868, lorsque des exécutions publiques avaient lieu sur Old Bailey (la rue qui longe la prison de Newgate), des tarifs forfaitaires étaient proposés à de riches clients aux penchants macabres comme lady Westbury. Moyennant un montant substantiel, les invités pouvaient passer la nuit sur place, se régaler d'un "petit déjeuner d'exécution", puis jouir de la fenêtre de leur chambre d'une vue privilégiée sur les opérations sanglantes qui se déroulaient dans la rue en contrebas. Le pub a plusieurs siècles d'existence, mais il est désormais doté d'une façade vitrée et beaucoup plus flashy. Il surplombe le Tribunal pénal central (Old Bailey) qui a été ouvert sur le site de la prison de Newgate et de l'ancienne Cour de justice en 1907.

La fonction principale des exécutions publiques, du point de vue des autorités, était de démontrer aux spectateurs rassemblés les conséquences funestes de la violation de la loi. Mais nombreux sont ceux qui remirent en question leurs effets dissuasifs. En 1791, le *Gentleman's Magazine* reconnaissait l'inefficacité des pendaisons publiques, affirmant qu'"au lieu d'émousser les penchants des classes inférieures de la population, [elles] ne faisaient qu'accroître leur perversité". L'opinion publique au sujet des pendaisons était extrêmement mitigée, mais beaucoup, comme Jameson, étaient opposés à ce spectacle macabre.

Charles Dickens assista à l'exécution de François Courvoisier, le valet de chambre qui avait assassiné lord William Russell, et écrivit par la suite dans son récit que la foule ne manifestait "aucune tristesse, aucune terreur salutaire, aucun respect, aucune gravité ; ce n'était que grivoiserie, débauche, légèreté, ivresse et vice affichés sous cinquante autres avatars". (Les lecteurs remarqueront des échos aux paroles de Dickens dans les ardentes protestations de Jameson.) Dickens déclara publiquement qu'il espérait ne plus jamais revoir un tel spectacle.

Il assista néanmoins à la pendaison de Frederick et Maria Manning à la prison de Horsemonger Lane en 1849, insistant sur le fait qu'il y était allé dans la seule intention d'observer la foule. Cela l'amena à conclure dans une lettre au *Times* que le spectacle était "d'une horreur inconcevable [dans sa] méchanceté et sa légèreté".

Un éditorial ultérieur du *Times* ne partageait pas cet avis :

> La scène est sans aucun doute la plus horrible et apparemment la plus dure que l'on puisse imaginer. Nous

> ne sommes toutefois pas disposés à suivre M. Dickens jusqu'à ses conclusions. Il nous semble nécessaire qu'un acte aussi épouvantable qu'un homicide national soit commis publiquement et solennellement. La jalousie populaire l'exige… Le secret des murs de la prison serait intolérable, car, outre la simple curiosité, l'indignation populaire demanderait à voir ou à connaître les détails du châtiment.

Beaucoup, cependant, considéraient la potence comme une institution obsolète, inadaptée à son objectif, arguant que l'isolement cellulaire, les travaux forcés à perpétuité ou la déportation vers les colonies constituaient des punitions plus lourdes et plus dissuasives.

L'abolition des pendaisons publiques intervint finalement après le rapport d'une commission royale de juin 1864 qui conduisit à une nouvelle législation en 1868, vingt ans après la lettre de Dickens au *Times*, législation stipulant que les pendaisons ne pouvaient avoir lieu qu'à l'intérieur des enceintes des prisons.

J'ai romancé la compagnie d'excursions d'Edison, mais des circuits similaires existaient au XIXe siècle. Certaines sources affirment même que, parallèlement à des destinations comme des événements de tempérance, des foires rurales et des villes industrielles, les premiers circuits de l'agence de voyages Thomas Cook incluaient des excursions pour assister à des pendaisons publiques. Lorsque les frères Lightfoot furent exécutés en 1840 pour le meurtre du philanthrope et agent maritime Nevell Norway, on estime qu'une foule d'environ vingt-cinq mille personnes se rassembla pour assister aux exécutions. Cela comprenait les passagers des trains avoisinants, qui avaient été affrétés et arrêtés exprès sous le mur de la prison de Bodmin pour permettre aux spectateurs de voir le spectacle sans quitter les wagons.

Ce ne sont pas seulement les pendaisons qui excitaient la sensibilité macabre du voyageur ferroviaire de l'époque victorienne. Les "visites aux meurtriers" étaient également un passe-temps très populaire. En attendant leur exécution, les meurtriers qui avaient fait la une des journaux avec leurs crimes "barbares" étaient souvent épiés dans leurs cellules par la noblesse et par un public qui payait, et il n'était pas rare que des gens passent un après-midi à se rendre sur le site d'un meurtre très médiatisé (une maison, une grange, une taverne) pour se donner le temps de bien fouiner. Parfois, les corps en décomposition des victimes se trouvaient encore sur les lieux.

Au moment même où cette "Murder Mania" battait son plein, la disparition de l'officier de marine britannique sir John Franklin et de ses hommes inaugura l'âge d'or de l'exploration de l'Arctique. Plus de trente expéditions maritimes et terrestres allaient se lancer à la recherche d'indices concernant le sort de Franklin au cours de deux décennies, explorant de vastes zones et cartographiant ainsi l'itinéraire complet du passage du Nord-Ouest. Alors que bon nombre de ces expéditions de recherche furent financées par le gouvernement britannique en réponse à la demande publique de sauver Franklin, d'autres le furent par des souscriptions publiques, à la suite d'appels de l'épouse indomptable de sir John, lady Jane Franklin.

Le sort funeste de sir John Franklin fut finalement découvert par John Rae, de la Compagnie de la Baie d'Hudson, et rapporté le lundi 23 octobre 1854 dans le *Toronto Globe*, sous le titre: "Nouvelles surprenantes: sir John Franklin est mort de faim".

Le journal rapporta des "renseignements mélancoliques" que Rae avait découverts lors de son étude de la péninsule de Boothia:

> Des Esquimaux, [Rae] avait obtenu certaines informations sur le sort du groupe de sir John Franklin qui était mort de faim après la perte de ses navires pris dans les glaces alors qu'ils se dirigeaient vers le sud vers la grande Fish [Back] river, près de l'embouchure de laquelle un groupe de Blancs mourut, laissant le récit de leurs souffrances dans les cadavres mutilés de ceux qui avaient manifestement fourni de la nourriture à leurs malheureux compagnons.

Tout comme les pendaisons publiques, le grand public suivit avec une curiosité constante le sort souvent macabre de ces expéditions polaires. L'un des navires de secours envoyé pour retrouver Franklin, le *Resolute*, fut pris dans les glaces en mai 1854 au cours d'un tel voyage et abandonné à la latitude 77° N. En septembre de l'année suivante, il fut retrouvé totalement gelé par un baleinier américain, flottant à environ mille deux cents milles de là. Le gouvernement américain dépensa quarante mille dollars pour le ramener et davantage encore pour réparer et réaménager le navire, après quoi il le présenta au gouvernement britannique comme une "Pompéi flottante", avec la scène du "désastre" soigneusement préservée à l'intérieur, jusqu'aux boîtes à musique des officiers et aux photos de danseuses de ballet sur les murs. Un bureau fabriqué à partir de bois provenant du navire fut offert par la reine Victoria au président Rutherford B. Hayes et installé à la Maison-Blanche. Depuis, il a été utilisé par presque tous les présidents américains.

J'ai pris la liberté permise à l'auteur avec bien des choses dans ce roman. L'année 1850 fut en réalité une année calme en matière de pendaisons, j'espère donc qu'on me pardonnera d'avoir créé ma propre série de meurtriers et de leur avoir mis un nœud coulant autour du cou. En réalité, au milieu du XIXe siècle, les exécutions étaient en général relativement rares (quant aux exécutions de femmes, elles étaient extrêmement rares). Mais c'est une donnée qui ne faisait qu'attiser l'enthousiasme pour leur théâtralité macabre lorsqu'elles avaient lieu.

Le Makepeace et le High Regard sont des navires fictifs, leurs équipages sont fictifs et le rang des personnes à bord peut ne pas correspondre à la composition traditionnelle des navires ou du Discovery Service de l'époque (si un auteur ne peut pas modifier ces choses, alors qui le peut ?). Mais en retraçant leur route en direction du Passage, je me suis inspirée de l'expédition de secours (ratée) pour retrouver Franklin menée par James Clark Ross en 1848-1849.

La Chambre des horreurs de Tussauds est bien réelle et existait comme une sorte d'arène du meurtre. Ceux qui n'auraient jamais rêvé d'assister à une pendaison publique pouvaient assouvir leurs penchants les plus sombres chez Tussauds. Ses expositions attirèrent des foules immenses tout au long du XIXe siècle : plus de trente mille catalogues étaient vendus chaque année, ce qui pourrait indiquer une fréquentation dix fois supérieure. L'établissement connaissait bien son public et n'hésitait pas à saisir la moindre occasion de gagner de l'argent, exposant des reliques de scènes de meurtre, les masques mortuaires de criminels célèbres, des armes, des poisons et des vêtements. À l'approche du procès des Manning, le magazine populaire *Punch* commença à exprimer son dégoût pour la "Murder Mania" et le rôle joué par Tussauds dans cet engouement. "Les chiffonniers du crime sont à l'œuvre, écrivit-il dans un article rappelé par Edison dans ce livre. Londres pue l'horreur du meurtre de Bermondsey. Là, dans des mots de sang d'un noir d'encre, elle tache les murs ; là, on l'affiche sur des pancartes et on la porte en criant sur la grand route… La bonne MADAME Tussauds, vouant l'art à l'homicide, tire de l'abomination du sang l'agrément du profit. Pour elle, plus il y a de meurtres, plus il y a d'argent dans les caisses."

La plupart des objets se trouvent désormais dans les salles d'archives du musée, même si une nouvelle Chambre des horreurs a récemment ouvert ses portes, donnant au grand public – dont l'appétit pour l'horrible n'a pas diminué au fil des cent soixante-dix dernières années – l'occasion de lorgner certains des objets mentionnés dans ce livre et de rejoindre Edison Stowe, Maude Horton, Charlotte Hollis, Frank Hollis, Charles Arnott, M. Jameson et lady et M. Westbury en devenant lui-même touriste du macabre.

Mon bureau était rempli de livres, de brochures et de journaux intimes pendant l'écriture de ce roman, mais je voudrais dire ma reconnaissance à l'égard de quelques sources en particulier qui m'ont grandement aidée dans le long (et parfois ardu) processus de recherche. *Londres :*

The Executioner's City de David Brandon et Alan Brooke a fourni un aperçu fascinant sur William Calcraft et d'autres bourreaux victoriens, tandis que *The Invention of Murder* de Judith Flanders s'est avéré un compte rendu infiniment utile et divertissant de la "Murder Mania" qui a saisi l'Angleterre au XIXe siècle. *Frozen in Time: The Fate of the Franklin Expedition* d'Owen Beattie et John Geiger m'a été indispensable s'agissant de l'expédition malheureuse de sir John Franklin et des navires qui sont partis à sa recherche. J'aimerais également remercier Jane Sherwood et la famille Sherwood de m'avoir prêté leur précieux exemplaire du journal intime de George Brown (1826-1880), qui a navigué vers le passage du Nord-Ouest à bord du HMS *Investigator* en 1848 à la recherche des navires de Franklin. Ses récits sur la vie à bord et ses activités dans l'Arctique ont contribué à éclairer le journal de Constance. Je leur suis extrêmement reconnaissante d'avoir eu le privilège de les lire.

REMERCIEMENTS

UN deuxième roman est une bête intéressante, et j'avais parfois l'impression que je ne verrais jamais le jour où *La Glorieuse Vengeance de Maude Horton* serait publié. Mais il y a une armée de personnes qui m'ont soutenue pendant ce processus chaotique, à l'égard desquelles j'ai une énorme dette de gratitude.

À mes merveilleuses éditrices aux yeux d'aigle, mes inébranlables Orla King, Carina Guiterman, Bev Cousins et Sarah St Pierre, dont les suggestions éditoriales ont rendu ce livre infiniment meilleur. J'étais à peu près sûre que vous m'indiqueriez la sortie si je vous envoyais un manuscrit cinglé dans lequel il était question de pendaisons et de l'exploration de l'Arctique, mais vous ne l'avez pas fait. Merci infiniment d'avoir accueilli Maude & Co.

Merci à mon indomptable agent Maddy, dont le soutien ne faiblit jamais. Je lui serai toujours aussi incroyablement reconnaissante. Merci au reste de l'équipe de la puissante Agence Littéraire TV & Film Madeleine Milburn pour son enthousiasme et sa gentillesse.

Il faut tout un village pour publier un livre, et j'aimerais remercier les équipes de vente, de marketing, de production, de relations publiques et de conception (et tous ceux que j'oublie !) de Picador, Penguin Random House en Australie, Simon & Schuster aux États-Unis et Simon & Schuster au Canada. Je ne vous ai peut-être pas tous rencontrés en personne, mais je suis stupéfiée par le travail que vous accomplissez en coulisses. Merci également à Mary Mount, Lucy Hale, Siobhan Slattery, Rosie Friis, Laura Carr, Sam Humphreys, Alice Gray et Bella Bosworth.

Un merci spécial à Frieda Ruh et Lucy Scholes pour avoir créé une couverture glorieuse tout à fait adéquate pour ce livre*.

Merci à Nim Singh de Destination Canada pour toute votre aide au cours de ce long et vaste processus de recherche, ainsi qu'à Tessum Weber et Kylik Taylor de m'avoir parlé de la vie dans le Haut-Arctique (quand est-ce que j'emménage ?). Merci encore à Jane Sherwood et à la famille Sherwood de m'avoir prêté le journal de George. Quel homme remarquable ! Merci à Megan Berrisford du musée de Salisbury et au personnel du pub Haunch of Venison pour son accueil si chaleureux pendant que je fouillais dans les chambres à l'étage.

Le travail d'un auteur peut être solitaire, mais j'ai la chance de connaître beaucoup de compagnes d'écriture, ce qui rend ma vie meilleure. À mon âme sœur l'autrice Nikki May. Nous avons commencé en tant qu'enfants d'une même agence et avons fini comme de vraies sœurs (querelles comprises). Aux magnifiques Saara El-Arifi et Amy McCulloch. Je suis effrayée rien qu'à l'idée de penser que, si nous n'avions pas publié la même année, je ne vous aurais peut-être jamais rencontrées. Vous représentez

* L'autrice fait ici référence à l'édition anglaise du livre.

vraiment tout pour moi. À Emilia Hart et Ally Wilkes (co-fondatrices du groupe de soutien WhatsApp Deuxième Livre – anciennement connu sous le nom de “Livres au sujet de bateaux”). Je suis chaque jour éblouie par votre génie et votre amitié. (Merci aussi, Emilia, de m’avoir accompagnée à la Chambre des horreurs chez Tussauds et d’avoir hurlé face à absolument tout ce que tu voyais.) Merci également à Collette Lyons et Emma Stonex. Deux femmes au talent incommensurable dont je n’oublierai jamais la gentillesse et le soutien.

Merci aux Kirby et aux Arnott pour leur amour et leur enthousiasme durables. À Laura, Robin et au reste de l’équipe SWGS, ainsi qu’à Tom, Lucy et Sam pour avoir toujours été là. À mes neveux et nièces – Phoebe, Max, Martha et Rufus. Vous êtes fantastiques ! Je vous aime. Arrêtez de grandir si vite !

À mon père, qui ne lira jamais ce livre, mais sans qui je n’aurais jamais commencé à écrire. Tu me manques tous les jours. À Maman, la personne la plus forte, la plus merveilleuse et la plus dévouée que je connaisse. Je t’aime. Merci pour tout ce que tu fais.

Et à mes deux phares : Bobby, tout simplement le meilleur homme qui soit. Comment ai-je pu avoir autant de chance ? Je t’aime, je t’aime, je t’aime. Et à Rose, l’autre moitié de moi. Le point central de ma boussole.

DERNIÈRES PARUTIONS

Jean Hegland, *Le Temps d'après*
Lizzie Pook, *La Glorieuse Vengeance de Maude Horton*
Elliot Ackerman, *Halcyon*
John Gierach, *Nous avons tant pêché*
Peter Benchley, *Les Dents de la mer*
Jake Hinkson, *Ainsi va le monde*
Craig Johnson, *Le Dernier Combat*
Piergiorgio Pulixi, *La Librairie des chats noirs*
Jaap Robben, *Au crépuscule*
Vera Buck, *Les Enfants loups*
Maren Uthaug, *11 %*
Ayana Mathis, *Les Égarés*
Andrew J. Graff, *Plein Nord*
Mark Haskell Smith, *Mémoires*
Ferran Guallar, *La Part sauvage*
Peter Swanson, *Ceux qu'on tue*
Lars Elling, *Les Princes de l'étang aux Finnois*
Lily Brooks-Dalton, *Pirate de lumière*
Elliot Ackerman et James Stavridis, *2054*
Benjamin Whitmer, *Dead Stars*
Piergiorgio Pulixi, *La Septième Lune*
Melinda Moustakis, *La Clairière*
Tiffany McDaniel, *Du côté sauvage*
Keith McCafferty, *Buffalo Blues*
Trevanian, *Nuit torride en ville*
Helene Bukowski, *La Guerrière*
Michael Farris Smith, *Sauver cette terre*
Chris Offutt, *Les Fils de Shifty*
Giulia Caminito, *La Grande A*
Peter Swanson, *Neuf Vies*
John Gierach, *Le Paradis d'un fou*
Craig Johnson, *Le Pays des loups*
James Crumley, *Folie douce*

Cet ouvrage a été imprimé sur du papier
dont les fibres de bois proviennent
de forêts durablement gérées

IMPRIM'VERT®

CET OUVRAGE A ÉTÉ COMPOSÉ PAR ATLANT'COMMUNICATION (VENDÉE)

ACHEVÉ D'IMPRIMER SUR ROTO-PAGE
PAR L'IMPRIMERIE FLOCH À MAYENNE
EN NOVEMBRE 2024
POUR LE COMPTE DES ÉDITIONS GALLMEISTER
13, RUE DE NESLE
75006 PARIS

DÉPÔT LÉGAL : JANVIER 2025
1re ÉDITION
N° D'IMPRESSION : 105849
IMPRIMÉ EN FRANCE